Par-delà le risque

*

Un bébé à choyer

NICOLE HELM

Par-delà le risque

Traduction française de
DOMINIQUE TRUFFANDIER

BLACK ROSE

HARLEQUIN

Collection : BLACK ROSE

Ce roman a déjà été publié en 2020

Titre original :
WYOMING COWBOY BODYGUARD

HARPERCOLLINS FRANCE
83-85, boulevard Vincent-Auriol, 75646 PARIS CEDEX 13
Service Clients — https://www.harlequin.fr/contenu/contactez-nous
ISBN 978-2-2805-1861-1 — ISSN 1950-2753

Édité par HarperCollins France.
Composition et mise en pages Nord Compo.
Imprimé en avril 2025 par CPI Black Print (Barcelone)
en utilisant 100% d'électricité renouvelable.
Dépôt légal : mai 2025.

FSC
www.fsc.org
MIXTE
Papier issu de sources responsables
FSC® C159065

Pour limiter l'empreinte environnementale de ses livres, HarperCollins France s'engage à n'utiliser que du papier fabriqué à partir de bois provenant de forêts gérées durablement et de manière responsable.

1

Tom était mort. Cela faisait maintenant une demi-heu qu'on avait entraîné Daisy Delaney loin de ce corps sa vie au regard vide. Pourtant, l'image de Tom, gisant sur sol, hantait toujours son esprit. Ses membres qui formaien un angle anormal avec son corps, ses yeux marron grands ouverts, sans vie...

Et tout ce sang...

Elle était assise à l'arrière d'une voiture de police, qui traversait Austin à une allure régulière. Daisy Delaney. La mauvaise fille préférée de la country des États-Unis, jusqu'au jour où elle avait divorcé d'avec le fils prodigue de la country, Jordan Jones. Maintenant, elle était détestée de tous – et quelqu'un voulait même sa mort.

Mais c'était Tom qui avait été assassiné le premier.

Elle eut envie de fermer les yeux, mais craignit que l'image qui la hantait ne fasse que s'intensifier derrière ses paupières closes. Alors, elle se tourna vers la vitre et se concentra sur les pelouses d'un vert vif des maisons de banlieue, que l'aube effleurait d'une lumière couleur de perle.

Elle tenait le coup, même si elle était hantée par le regard sans vie de Tom, même si elle pouvait encore sentir l'odeur du sang. Elle était nauséeuse, elle devait prendre sur elle pour ne pas fondre en larmes, mais elle tenait le coup. *Tu dois toujours sauver les apparences, Daisy. Quoi qu'il arrive. Si quelqu'un te blesse, ne le lui montre surtout pas.*

Son nom de baptême était Lucy Cooper, mais son père ne l'avait jamais appelée que par son nom de scène, qu'il avait choisi lui-même : Daisy Delaney. Sa façon de rendre hommage à feu sa grand-mère chérie, qui lui avait offert sa première guitare.

À une époque, elle avait été heureuse et fière de porter ce nom, bien que sa mère et son frère n'aient jamais caché leur désapprobation. Mais aujourd'hui, pour la toute première fois, elle se demandait ce que serait devenue sa vie si elle n'avait pas suivi son père sur la voie de la célébrité.

Comme elle ne pouvait rien changer au passé, elle continua à tenir bon, sans rien laisser percer de son bouleversement et de sa frayeur.

Jusqu'à ce que la voiture s'arrête devant la maison de son frère, qui attendait sur le seuil de la porte. Il ne portait pas son uniforme de Texas Ranger, comme elle l'aurait cru. Pas de pantalon kaki au pli impeccable, de chemise, et d'étoile étincelante qui faisait sa fierté. Il était en survêtement – et tenait un bébé dans ses bras.

— Vous n'auriez pas dû m'amener ici, chuchota-t-elle à l'agent de police.

— C'est le ranger Cooper qui m'a demandé de le faire, m'dame.

Elle souffla. « Demandé ». Bien que son frère soit un Texas Ranger et que cet homme dépende du commissariat de police d'Austin, elle ne se faisait aucune illusion : son frère s'était arrangé pour que sa requête soit interprétée comme l'aurait été un ordre.

Quand l'agent lui ouvrit la portière, elle dut prendre sur elle pour lui sourire et le remercier. L'agent serra la main de Vaughn avant de se tourner vers elle.

— Nous aurons d'autres questions à vous poser, mademoiselle Delaney, dit-il avec un sourire compréhensif. Mais pour le moment, celles auxquelles vous avez répondu sur la scène de crime nous suffiront.

Elle le gratifia d'un pâle sourire.

— Merci. Et s'il y a du nouveau dans l'affaire...

— Nous vous en informerons, votre frère et vous.

L'agent les salua d'un hochement de tête et partit. Daisy se tourna vers Vaughn et posa les yeux sur le bébé emmailloté dans sa couverture.

— Tu n'aurais pas dû me faire venir ici, dit-elle en caressant la joue de sa nièce du bout des doigts. Ce n'est pas prudent de m'héberger ici, avec vous tous.

— Prudence est mon deuxième prénom, répliqua Vaughn.

Sa voix ne trahissait ni peur ni même inquiétude, mais elle les entendait quand-même. Même si son frère collet monté n'avait jamais compris le besoin qu'elle avait ressenti de suivre les traces de leur père, il l'avait toujours protégée.

— Tu ne m'avais pas dit que tu étais revenue à Austin.

Elle avait pensé qu'elle pouvait le lui cacher, faire en sorte que Nat et lui ne s'inquiètent pas, alors qu'ils étaient en train de construire cette magnifique petite famille.

En pensant qu'elle pourrait cacher quelque chose à Vaughn, elle avait été idiote et naïve – ce qu'elle ne pouvait plus se permettre. Cela faisait maintenant presque un an qu'elle vivait dans la peur, mais elle avait pensé jusqu'ici que les menaces ne seraient jamais suivies de violence. La personne qui la harcelait n'avait jamais blessé personne, ni elle ni qui que ce soit dans son entourage.

Et ce soir, cette personne avait tué Tom, l'homme que Vaughn avait engagé pour assurer sa protection. Son esprit rationnel savait que ce n'était pas sa faute, mais Tom, cet homme si gentil, si amusant, cet homme qui avait fait tout son possible pour la protéger, était mort.

— Entre, Lucy.

Vaughn passa son bras libre autour de ses épaules et la première larme roula sur sa joue. Elle ne pouvait pas se permettre d'en laisser échapper d'autres. Cependant, la force paisible de son frère et son habitude de l'appeler par le prénom que seuls lui et leur mère utilisaient comptaient parmi les rares choses qui pouvaient la faire craquer.

Enfin... elle devait sans doute ajouter une entrée à la liste : le meurtre.

— Tom...

— Nous nous occuperons de tout, dit Vaughn en pressant ses épaules. C'était un homme bien.

Dans ses bras, la petite Nora gazouillait gaiement.

— Il n'aurait jamais dû mourir en cherchant à me protéger.

— Mais c'est ce qui est arrivé. Il faisait un travail risqué, et il le savait. Tu auras tout le temps de faire ton deuil plus tard, comme nous tous. Pour le moment nous ne devons penser qu'à une chose : te mettre en lieu sûr.

Elle chercha une repartie acerbe. Vaughn pouvait parfois être tellement froid ! Elle avait beau savoir que c'était à cause de la formation qu'il avait suivie pour entrer dans les forces de l'ordre, cette insensibilité l'horripilait. Mais... il tenait son bébé dans ses bras avec toute la délicatesse due à ce précieux cadeau, et des années plus tôt elle avait entendu sa voix se briser au moment de l'échange des vœux avec sa femme.

Non, Vaughn n'était ni froid ni insensible. Il avait seulement porté le contrôle de lui-même au rang d'art. Et il s'inquiétait pour elle. Daisy se faisait l'effet de n'être pour lui qu'un fardeau, mais il n'y avait aucun moyen de le convaincre que ce qui se passait n'était pas son problème.

— Nat a fait du café et Jaime ne va pas tarder à arriver, dit Vaughn.

Il verrouilla la porte derrière eux avant de la conduire à l'étage de son ranch en duplex.

— Qu'est-ce que Jaime a à voir avec ça ? demanda-t-elle, méfiante. Tu ne peux pas impliquer le FBI dans...

— Je n'implique pas le FBI. J'utilise mes relations au sein du

FBI pour trouver un endroit où tu seras en sécurité pendant que les professionnels mèneront l'enquête.

— Et quand tu parles de professionnels, c'est à toi que tu penses.

— Je pense à toutes les personnes que je pourrai rassembler pour enquêter sur cette affaire, rectifia-t-il. Notre lien de parenté m'interdit de prendre part à l'enquête officielle.

Autrement dit, son frère allait mener sa propre enquête non officielle. Vaughn avait beau être respecteux des règles, il n'hésitait jamais à les violer pour l'amour des siens.

Nat sortit de la cuisine alors qu'ils atteignaient le haut de l'escalier et embrassa fougueusement Daisy avant de demander, une lueur de compassion dans ses yeux marron :

— Comment vas-tu ?

Si Daisy ne s'était jamais demandé pourquoi Vaughn était tombé amoureux de Natalie, il lui arrivait d'être étonnée que le sentiment ait été réciproque.

— Je suis indemne.

Natalie pinça les lèvres.

— Physiquement, peut-être, mais ce n'était pas du tout ce que je voulais dire.

Elle dévisagea son mari.

— Ah, les Cooper..., marmonna-t-elle avec un soupçon de dégoût.

Mais même si le rythme dément de ses tournées lui interdisait de passer beaucoup de temps ici, auprès de sa famille, Daisy connaissait assez bien sa belle-sœur pour entendre l'amour dans ces paroles.

La sonnette retentit et Nora commença à s'agiter. Vaughn confia le bébé à Nat en échangeant quelques mots avec elle, dans la chorégraphie bien rodée qui résulte du mariage. Une pointe de douleur traversa Daisy.

Son divorce avait déclenché une campagne de dénigrement dans la presse – grâce à l'entourage de Jordan, qui cherchait désespérément à ce que sa vedette reste sur la pente ascendante.

Ensuite, le harcèlement avait commencé, et elle avait été comme frappée d'insensibilité, plongée dans le néant.

Mais elle se rappelait encore qu'en épousant Jordan, elle avait espéré connaître avec lui le genre de relation qui unissait Nat et Vaughn. Quelle farce !

— Assieds-toi, dit Nat en la poussant doucement sur le canapé. Tu veux bien tenir Nora pour moi ?

Nat lui posa le bébé minuscule dans les bras et s'éloigna vivement pour aller voir ce que faisait leur fille aînée tandis que Vaughn et son beau-frère gravissaient l'escalier.

— Ah, voilà la cavalerie ! lança Daisy, un sourire narquois aux lèvres.

— C'est bon de te revoir, Daisy, répondit Jaime Alessandro.

Jaime, qui était agent du FBI, était l'époux de la sœur de Natalie. Daisy ne l'avait rencontré qu'à quelques reprises, et l'avait trouvé nettement plus sociable que Vaughn. Néanmoins, elle était mal à l'aise que Vaughn ait fait appel au FBI.

— Allons droit au but, dit Vaughn en s'asseyant sur le canapé, à côté d'elle.

Jaime s'installa dans un fauteuil, face à eux.

— Je pense que tu sais combien Vaughn s'inquiétait pour toi, même avant ce meurtre, dit-il.

Daisy dévisagea son frère.

— Non. Je n'en crois pas un mot.

Jaime sourit, mais pas Vaughn.

— Nous avons étudié quelques possibilités tout en menant l'enquête. Aussi longtemps que le harceleur continue à échapper à la police, la priorité est d'assurer ta sécurité. Et pour y parvenir, j'ai une idée.

— Voilà des paroles bien menaçantes, venant d'un agent du FBI.

— Qu'est-ce que tu penses du Wyoming ?

— Je pense qu'il y fait froid, répondit-elle, pince-sans-rire.

— J'ai un ami là-bas, qui a suivi la formation à Quantico en même temps que moi. Il travaille dans une agence de sécurité.

Je lui ai exposé ta situation, et il m'a proposé un plan. Mais pour qu'il fonctionne, nous devons t'isoler

— J'ai déjà été isolée. Le chalet...

— Non, coupa Vaughn. Il est isolé, mais encore trop repérable.

La dernière fois que leur vieux chalet familial leur avait servi de cachette, il avait été vandalisé.

— Tu étais trop facile à suivre, et le chalet était trop facile à trouver. Cette fois, nous allons prendre toutes les précautions nécessaires pour que personne ne puisse te suivre jusque dans le Wyoming.

Daisy avait envie de fermer les yeux, mais elle se contenta de les poser sur le bébé qu'elle tenait toujours dans ses bras.

— Tu veux donc que je m'éclipse pour aller dans le Wyoming. Et après ?

— Après, tu seras en sécurité jusqu'à ce que nous ayons trouvé ce type. Il y a eu un meurtre. Autrement dit, cette histoire prend de l'ampleur ; l'enquête va donc en prendre elle aussi.

— Nous pouvons nous arranger pour que tu arrives là-bas demain après-midi, enchaîna Jaime. Ils seront prêts à t'accueillir.

Elle eut envie de protester, mais l'image du corps sans vie de Tom s'imposa dans son esprit. Elle ne voulait pas mourir. Pas comme ça. Et surtout, surtout, elle ne voulait pas que Vaughn et sa petite famille courent le moindre danger par sa faute.

— Dis-moi seulement ce que je dois faire.

Zach Simmons contemplait la ville, qui ressemblait à toutes les photos de villes fantômes qu'il avait vues. Des bâtisses vides, des fenêtres aux vitres cassées. Une route de terre poussiéreuse qui devait jadis avoir été une grand-rue bouillonnante de vie. En ces lieux, on sentait tout autant le poids de l'histoire qu'un vide absolu.

C'était parfait.

Il sourit à l'homme qui, en plus de son associé, serait bientôt son beau-frère.

— Tu doutes toujours autant du bien-fondé de notre investissement ?

Cam Delaney le dévisagea.

— Bon sang, oui. Toujours autant.

Cam posa un regard morne sur les bâtisses décrépites et les montagnes qui se dressaient à l'horizon, que Zach voyait comme autant de sentinelles. Ce lieu était protégé. Sûr.

— Pour ta première mission, elle est plutôt importante.

Zach acquiesça. Il ne se faisait aucune illusion : le défi était énorme, hérissé de difficultés et de complications. Jamais il n'aurait pu expliquer à personne à quel point il était excité d'être délivré du carcan que représentaient les règles du FBI. Il ne regrettait pas une seule des minutes de sa carrière d'agent du FBI, mais ce travail avait fini par l'étouffer.

À tel point qu'il avait fini par se faire renvoyer.

Ce travail lui convenait nettement mieux, même si sa première mission allait être de protéger une enfant gâtée de la country qui s'était fourrée dans un sacré guêpier, dont elle était sans doute la seule responsable. Mais elle avait des ennuis, et on avait payé – et bien payé – l'agence de sécurité dans laquelle il travaillait aux côtés de Cam pour qu'elle reste en vie.

— Est-ce que Laurel a trouvé un lien entre cette femme et vous ? demanda-t-il.

Il espérait que le fait qu'elle s'appelle Daisy Delaney n'était qu'une coïncidence. Même s'il n'en disait mot à quiconque, il était un peu inquiet de voir les unions se multiplier entre Carson et Delaney.

En théorie, il était un Carson, bien que sa mère ait fui sa famille à l'âge de dix-huit ans et n'ait renoué avec ses racines que cette année. Il refusait de prêter foi à la supposée malédiction et n'accordait aucun crédit à la querelle ancestrale qui opposait les deux familles, qui passionnait les habitants de la petite ville de Bent, Wyoming – à tel point que Main Street était pratiquement coupée en deux : les commerces des Carson occupaient l'un des côtés, ceux des Delaney s'alignaient sur l'autre. Quant à cette histoire de malédiction, la légende prétendait que si un Carson et un Delaney nouaient des liens d'amitié – ou, que Dieu les en préserve, d'amour – la ville serait victime d'une série de catastrophes.

Cependant, bien qu'il y ait eu une recrudescence d'incidents à Bent l'année précédente, au cours de laquelle Carson et Delaney étaient tombés amoureux les uns des autres, tout allait bien maintenant.

Les cousins de Zach et leurs conjoints respectifs s'étaient mis à croire que c'était la destinée, et répétaient à qui voulait l'entendre que l'amour résolvait tous les problèmes.

Zach ne croyait pas plus à leurs dires qu'à la malédiction, mais la perspective d'assurer la protection d'une Delaney le mettait légèrement mal à l'aise.

— Elle continue à faire des recherches. Ça lui permet de s'occuper, maintenant qu'elle est en congé maternité. Mais comme le bébé devrait arriver d'un jour à l'autre, je ne suis pas certain qu'elle trouve une réponse à temps. Tu pourras toujours poser la question à la femme.

Zach haussa les épaules.

— De toute façon, c'est sans importance.

Cam gloussa.

— Bien sûr. Tu ne t'inquiètes pas de ce qui pourrait se passer si cette femme était l'une de mes cousines, que j'aurais perdue de vue depuis longtemps ?

— Non, pas du tout. La seule chose qui m'importe, c'est de progéger Daisy Delaney de son harceleur, en supposant qu'il existe vraiment.

Parce que cette affaire donnerait le ton de ce qu'il voulait proposer dans cette ville. En apparence, l'endroit avait tout d'une ville fantôme. Mais sous les apparences, il pouvait devenir un havre où les victimes pourraient reprendrc espoir pendant que les lents rouages de la justice se chargeaient des choses d'un point de vue légal.

S'il croyait aux vocations – et ces temps-ci, il commençait à y croire –, ceci était la sienne. Parce qu'il avait été lui-même l'un des lents rouages de la justice, et qu'il avait échoué à protéger les vies sur lesquelles il veillait. Dorénavant, il allait faire tout son possible pour que les personnes qu'on lui confiait soient en sécurité.

— Il faut que je parte pour l'aéroport, dit-il. Tu vérifieras tout ?

Cam fit un signe d'assentiment et demanda :

— Est-ce que le service de couverture est compris dans le forfait ?

— Ça dépend de toi, patron, répliqua-t-il en souriant et en lui assénant une tape sur l'épaule.

Cam le dévisagea, mais Zach ignora ce regard perspicace et se dirigea vers sa voiture. Il n'avait pas besoin que Cam lui fasse un autre sermon sur la nécessité de ne pas aller plus vite que la musique. Leur société démarrait tout juste, il ne devait pas nourrir d'espoirs trop déraisonnables.

Mais... Zach avait traversé une année éprouvante. Son frère avait été interné en hôpital psychatrique, et la sœur qu'il avait perdue de vue depuis longtemps avait pardonné à l'homme qui l'avait kidnappée et avait tué leur père. Il avait été viré du FBI – ce qui lui interdisait tout espoir de jamais refaire partie des forces de l'ordre. Et ensuite, il avait essayé d'aider l'un de ses cousins à déjouer les manigances d'un harceleur-assassin, et avait été blessé pendant l'opération.

Par certains côtés, ces difficultés lui avaient apporté tout ce qu'il avait toujours voulu : sa sœur était revenue dans sa vie, il avait trouvé un travail qui ne semblait pas vider son âme de toute essence, et il avait enfin pu tourner la page du meurtre de son père.

Et maintenant, il y avait ce projet : la Ville Fantôme. Il était incapable de réfréner son enthousiasme, son excitation. Tout dans sa vie s'était enfin mis en place. Tout lui semblait juste.

Il allait enfin pouvoir laisser le passé derrière lui et aller de l'avant, grâce à Daisy Delaney.

Il quitta les petites routes désertes du Wyoming pour s'engager sur la nationale et arriva enfin à l'aéroport de Dubois, quelques minutes avant l'heure où devait arriver sa cliente.

Il se gara et entra dans le petit terminal. Ses nerfs grésillaient sous le coup de l'excitation qui le gagnait toujours quand il commençait une nouvelle mission.

Avec l'aide de son ancien copain du FBI, il avait organisé les correspondances, et il savait sous quel déguisement avait voyagé Daisy Delaney. Mais il se demandait si une perruque et des lunettes noires auraient suffi pour que personne ne la reconnaisse, célèbre comme elle l'était.

Zach aimait la musique country, comme tout le monde. Aussi connaissait-il Daisy Delaney. Sa réputation avait fini par éclipser celle de son père, grâce à ses chansons qui parlaient sans détour d'alcool, d'infidélité et de vengeance. Les amateurs de country qui n'adoraient pas l'écouter adoraient la critiquer.

Bien sûr, depuis qu'elle avait divorcé d'avec Jordan Jones, l'enfant chéri de l'Amérique, les voix désapprobatrices s'étaient faites plus nombreuses. Zach n'avait pas suivi toute l'histoire, mais il s'était renseigné sur le sujet après avoir accepté la mission. Daisy avait été descendue en flammes par la presse, même après que son harceleur avait commencé à s'en prendre à elle – d'ailleurs, beaucoup pensaient qu'il ne s'agissait que d'une mise en scène par laquelle elle cherchait à s'attirer la sympathie du public.

Eh bien, si c'était ce qu'elle avait voulu faire, elle avait échoué.

Mais Zach ne pouvait pas écarter cette possibilité. Même s'il y avait eu un mort, malheureusement – son garde du corps –, il pouvait s'agir d'une mise en scène. Avec les gens riches et célèbres, tout était possible.

Cependant, il refusait de se laisser influencer. Il allait tirer ses propres conclusions sur Daisy Delaney et les agissements de son harceleur, qu'il soit imaginaire ou non.

Il regarda les passagers passer sous les portiques de sécurité. On lui avait dit de rechercher une femme aux cheveux et aux habits noirs, qui porterait un sac rouge et des bottes de cow-boy violettes. Il la repéra immédiatement.

Il fut frappé de voir combien elle était petite. Elle n'avait pas du tout l'air du genre de femme qui peut mettre le feu à la maison de son homme si son regard s'attarde un peu trop sur une autre femme, mais les apparences étaient parfois trompeuses. Il avait assez souvent travaillé sous couverture pour le savoir.

Il rajusta son chapeau et fit le signe de reconnaissance qui avait été convenu. Elle hocha la tête, se dirigea vers lui et lui tendit la main.

— Vous devez être monsieur Hughes.

C'était le nom d'emprunt que Jaime avait choisi. Il la détailla du regard : ses yeux étaient masqués par de grandes lunettes de soleil, et sa crinière noire dissimulait l'essentiel de son visage. Il ne savait pas ce qu'elle ressentait, mais elle n'en laissait rien paraître. C'était parfait. Si elle était nerveuse, mieux valait que cela ne se voie pas.

Il serra la main qu'elle lui tendait.

— Et vous êtes sans doute Mlle Bravo.

Encore un nom d'emprunt. Bientôt, ils n'en auraient plus besoin.

Il fit un signe de la tête vers le sac de voyage qu'elle portait à l'épaule.

— D'autres bagages ? demanda-t-il.

Elle secoua la tête.

— Suivez-moi.

Elle dévisagea toutes les personnes qu'ils croisèrent en sortant de l'aéroport, mais ses épaules demeurèrent souples, sa démarche détendue. Elle marchait à sa hauteur, sans agitation ni précipitation. Si elle craignait pour sa vie, elle le dissimulait à merveille.

Il lui ouvrit la portière de la voiture et elle s'installa sur le siège. La perspective de monter en voiture avec un étranger ne semblait pas l'inquiéter. Zach fronça les sourcils. Mais quand il eut contourné la voiture pour s'installer au volant, il avait masqué son étonnement sous une expression parfaitement neutre.

— Nous avons environ une demi-heure de route.

Il démarra et sortit du parking de l'aéroport.

— Vous pouvez enlever votre perruque, maintenant, suggéra-t-il. Mettez-vous à l'aise.

— Je préfère attendre.

Il acquiesça sans insister. L'affaire s'annonçait difficile. Si quelques indices trahissaient de temps à autre sa nervosité, sa cliente était dans l'ensemble très calme. Cependant, elle était prudente. Autrement dit, elle prenait la menace qui pesait sur elle au sérieux.

Ils continuèrent à rouler en silence à travers les vastes étendues du Wyoming. Zach la regardait du coin de l'œil de temps à autre, mais il avait toujours autant de mal à deviner ce qu'elle pouvait bien penser. Il ne la sentait pas impressionnée, mais il ne s'était pas attendu à ce qu'elle le soit. Elle devait préférer les lumières et les paillettes de la ville, ou le rythme lent et confortable de la vie du Sud, à laquelle elle devait être habituée.

Autant de choses que le Wyoming ne pouvait pas lui offrir mais ici, elle trouverait la sécurité. Il descendit la grand-rue qui traversait ce qui était devenu son domaine, cette ville fantôme que Cam et lui avaient purement et simplement achetée.

Un jour, toutes les bâtisses de cette ville seraient autant de refuges. Peut-être même qu'elles constitueraient une ville parfaitement autonome, sous leur apparence d'abandon et de délabrement. Mais pour le moment, seule la maison principale avait été rénovée.

Il arrêta la voiture devant l'immense bâtisse, qui avait été construite plus d'un siècle plus tôt par un cadre des chemins de fer. Avec ses vitres cassées, son bois délavé et sa peinture qui s'écaillait, elle avait un petit air de maison hantée sur le point de s'effondrer.

Ce qui ne manquait jamais de le faire sourire.

— Voilà, nous y sommes.

Pour la première fois, le visage de sa cliente trahit ses sentiments : elle était tout simplement horrifiée. Il dut reconnaître qu'il en retira un certain plaisir.

— Ne vous fiez pas aux apparences : elle n'est pas si délabrée que ça. Je vous le promets.

Elle se tourna vers lui et le dévisagea longuement.

— Est-ce que vous pouvez me montrer une pièce d'identité ? demanda-t-elle enfin.

Il sortit son portefeuille de sa poche et le lui tendit.

— Allez-y.

Il ouvrit la portière et descendit de voiture.

— Quand vous serez prête, je vous ferai visiter l'endroit où nous allons passer ces prochains jours.

2

Daisy n'avait qu'une envie : appeler son frère pour lui demander s'il était devenu fou, puis appeler Jaime pour lui demander s'il était certain que ce type était sain d'esprit. Et enfin, appeler quelqu'un, n'importe qui, qui pourrait venir la chercher pour la ramener chez elle.

Cependant, dans le portefeuille que l'homme lui avait tendu avec désinvolture, elle avait trouvé son permis de conduire. Le nom qui y figurait était bien celui que Jaime lui avait donné, et la photo était bien celle de l'homme qui l'attendait, debout devant une bâtisse qui n'aurait pas détonné dans un film d'horreur. Elle avait aussi trouvé plusieurs permis de port d'armes et diverses attestations.

Quand Vaughn lui avait dit que le lieu où elle allait être emmenée était encore plus isolé que leur vieux chalet des Guadalupe Mountains, elle avait pensé que c'était impossible.

Elle s'était trompée. C'était possible – et terrifiant.

Elle referma le portefeuille et contempla l'immense bâtisse délabrée. Si le harceleur qui s'était lancé à ses trousses ne finissait pas par la tuer, elle allait mourir quand cette ruine s'écroulerait sur elle.

En plus, elle était certainement infestée de rats, et de Dieu sait quelles autres vermines.

Elle se sentait incapable de descendre de cette voiture, où elle se sentait en sécurité. Pourtant, l'homme dont on lui avait promis qu'il saurait la garder à l'abri de tout danger en était descendu et contemplait la bâtisse, un sourire aux lèvres.

Il ne pouvait pas être sain d'esprit. C'était impossible. Elle se retrouvait coincée au fin fond du Wyoming avec un déséquilibré pour toute compagnie.

Mais comme elle savait que Vaughn n'aurait jamais pris un tel risque, elle prit sur elle et descendit de voiture. Elle passa la bandoulière de son sac de voyage sur son épaule en essayant de ne pas trop regretter de ne pas avoir pu emporter sa guitare. Elle n'était pas venue ici pour écrire de la musique mais, littéralement, pour sauver sa peau.

Elle rejoignit Zach. Elle se méfiait toujours autant de lui, mais elle faisait confiance à son frère. Elle leva les yeux vers la maison comme il le faisait, mais avec beaucoup moins de ravissement que lui.

— Je sais que cette maison est plutôt rébarbative, vue de l'extérieur, mais c'est un peu le but.

— Le but ? demanda-t-elle en remarquant une planche qui pendait d'un unique clou tordu.

— De l'extérieur, n'importe qui penserait que personne n'a vécu ici depuis des décennies.

— Dites plutôt des siècles, marmonna-t-elle.

Il lui fit signe d'avancer, et elle le suivit sur l'allée aux dalles de pierre fendues et inégales qui menait à la porte d'entrée.

— Faites attention au trou, dit-il gaiement en montrant le trou béant dans les planches du porche.

Il glissa une clé dans la serrure et poussa la porte gondolée, qui s'ouvrit avec un grincement.

— Même si quelqu'un s'approche un peu trop, il ne verra qu'une vieille bâtisse qui tombe en ruine.

C'était tout ce qu'elle voyait, elle aussi. Cependant, en examinant un peu plus attentivement les lieux, elle remarqua quelques détails surprenants. Oui, cette maison semblait être dans un stade de délabrement avancé, avec son papier peint décollé et ses planchers gondolés, jonchés de gravats.

Mais elle ne voyait ni poussière ni toiles d'araignée. Quant à l'odeur qui flottait dans l'air… ce n'était pas le relent de moisi auquel elle s'était attendue, mais une légère odeur de peinture.

Zach traversa le sol inégal jusqu'à une autre porte, qu'il déverrouilla et ouvrit. Quand il alluma la lumière, elle resta bouche bée.

Elle se trouvait dans une pièce magnifique, entièrement meublée et d'une propreté impeccable. La pièce était dépourvue de fenêtres mais, grâce à la lumière qui se réverbérait sur les murs de couleur claire, elle ne semblait ni froide, ni confinée.

— Voici la salle commune, dit-il.

Peut-être qu'il n'était pas aussi fou qu'elle le pensait, après tout.

— Là-bas, derrière le salon, il y a le coin cuisine, poursuivit-il. Vous êtes libre de l'utiliser autant qu'il vous plaira. Une fois que nous serons certains que personne ne vous a suivie jusqu'ici, vous pourrez sortir plus librement. Mais pour le moment, vous devez rester à l'intérieur.

Elle ne put qu'acquiescer, abasourdie. Est-ce que tout ceci était réel ? C'était peut-être elle qui était devenue folle. La tragédie qu'elle venait de vivre l'avait tellement traumatisée qu'elle avait perdu tout contact avec la réalité…

Mais quand Zach verrouilla la porte derrière eux, elle fut brusquement ramenée à la réalité : oui, elle se trouvait bien dans une étrange ville fantôme, avec un parfait inconnu.

Il avança vers deux portes et déverrouilla celle de droite.

— Votre chambre et votre salle de bains sont là, dit-il.

— Et qu'y a-t-il ici ? demanda-t-elle en montrant l'autre porte du doigt.

— C'est là que je dormirai.

— Vous… Très bien.

Il allait donc occuper la chambre juste à côté de la sienne. Ce parfait étranger, qui avait été engagé pour assurer sa protection, mais que ni elle ni Vaughn n'avaient jamais rencontré. Jaime le connaissait, mais il ne l'avait pas revu depuis l'époque où ils avaient suivi ensemble une formation pour rejoindre les rangs du FBI. Comment pouvaient-ils tous lui accorder une telle confiance ?

Il lui tendit la clé avec laquelle il venait d'ouvrir la porte de sa chambre et dit :

— Voici votre clé. Je n'ai pas de double. Comme les portes extérieures sont toujours verrouillées, vous pouvez décider de fermer la vôtre à clé quand vous le souhaiterez.

Elle savait qu'il cherchait à la mettre à l'aise, mais elle ne pouvait penser qu'à une chose : avec ou sans clé, n'importe qui pourrait pénétrer dans cette chambre - lui, ou quelqu'un d'autre.

Toute personne suffisamment décidée à vous atteindre trouvait toujours un moyen de parvenir à ses fins.

Il la dévisagea longuement avant de l'inviter à entrer, d'un geste de la main.

— Vous pouvez vous installer. Faites comme chez vous. Reposez-vous, si vous en avez besoin.

— Est-ce que cela se voit tant que ça ?

— Vous venez de vivre une véritable épreuve. Prenez tout le temps qu'il faudra pour vous familiariser avec cet endroit. De mon côté, je vais vérifier une nouvelle fois que personne ne vous a suivie depuis Austin. Si vous avez besoin de moi...

Il avança vers le mur et lui fit signe de le rejoindre. Hésitante, elle obéit, son sac toujours à l'épaule. Il tapota un endroit, sur le papier peint.

— Vous voyez cette fleur ? Celle dont les pétales sont du même vert que la tige, alors que ceux de toutes les autres fleurs sont bleus ?

Elle hocha la tête, méfiante.

Il pressa la fleur en question et un petit panneau jaillit du mur, démasquant un haut-parleur sous lequel il y avait un interrupteur.

— C'est un interphone, tout simplement. Si vous avez besoin de quoi que ce soit, n'hésitez pas à me prévenir. En fonction de ce que vous désirerez, je pourrai aussi bien venir que vous répondre.

Il appuya sur le panneau qui se referma avec un déclic, redevenant parfaitement invisible. Comment diable sa vie avait-elle pu devenir aussi... aussi digne d'un film d'espionnage ?

— Vous avez pensé à tout, n'est-ce pas ?

Un bref sourire illumina son visage, et un mélange de fierté et de tendresse traversa ses traits qui étaient restés jusqu'ici vides de toute expression. Quand elle découvrit ce petit aperçu de sa personnalité, la seule pensée qui occupa son esprit pendant quelques instants fut : *Bon sang, mais cet homme est séduisant !*

— C'est pour ça qu'on me paie.

Son masque neutre se remit aussitôt en place et l'étincelle qui avait illuminé ses yeux bleus s'éteignit. Il avait de nouveau tout du flic – ou plutôt, de l'agent du FBI mais, pour elle, c'était du pareil au même. Elle n'accordait pas autant d'importance que son frère à la nécessité de faire respecter la loi et l'ordre mais, dans sa situation actuelle, elle était ravie d'en bénéficier.

Elle étudia la pièce dans laquelle elle se trouvait. De jolis tapis bleus parsemaient un plancher bien ciré. Les murs étaient tendus d'un papier peint au motif floral, et la décoration était féminine et romantique. Les meubles étaient un peu éraflés, comme s'ils étaient anciens, mais parfaitement cirés. Quant au jeté de lit, il n'aurait pas détonné dans la chambre d'une jolie ferme, aux fenêtres agrémentées de rideaux en dentelle ondoyants.

L'atmosphère qui régnait dans cette pièce était apaisante, réconfortante. Si elle avait été dans un meilleur état d'esprit, elle aurait pu oublier l'aspect extérieur de la maison, les verrous, l'interphone et l'absence de fenêtres. Mais comment aurait-elle pu oublier que Tom, l'homme qui avait été engagé pour la protéger, était mort ?

— Installez-vous, mademoiselle Delaney. Vous êtes en sécurité, ici. Je vous le promets.

Elle posa doucement son sac de voyage sur le plancher luisant et marcha jusqu'au lit d'un pas lourd. Elle s'assit sur le joli jeté de lit et répondit :

— Je ne suis en sécurité nulle part, monsieur Simmons.

Il ouvrit la bouche pour protester, mais elle n'était pas d'humeur à discuter.

— Mais je me sens suffisamment en sécurité pour faire une bonne sieste, poursuivit-elle avec un geste vers la porte. Si vous voulez bien m'excuser...

Il haussa un sourcil, comme s'il était contrarié par son ton majestueux et la façon dont elle le congédiait, mais elle était trop fatiguée pour s'en soucier.

Il sortit de la pièce et referma la porte derrière lui.

Dès qu'elle fut seule, Daisy ôta sa perruque, s'allongea sur le lit et se laissa engloutir par le sommeil.

Zach passa l'après-midi à relire tous les renseignements dont il disposait au sujet du harceleur de Daisy – tant ceux qu'on lui avait communiqués que ceux qu'il avait rassemblés lui-même avant son arrivée.

Le meurtre de son garde du corps, perpétré alors qu'elle était sur scène, était sans doute le moment charnière. Jusque-là, personne n'avait vraiment enquêté sur les événements – sauf le détective privé que son frère avait engagé.

Zach appréciait que le ranger Cooper ait consenti à lui transmettre les rapports très détaillés fournis par ce détective. Il savait combien on pouvait se sentir impuissant quand on essayait de protéger l'un de ses proches, et lui était reconnaissant de lui avoir fourni de bonne grâce tous les renseignements dont il disposait.

Cependant, certains détails avaient été omis – ou, sans être omis, n'avaient pas été traités avec toute l'attention nécessaire. Si Zach avait fait un aussi bon travail au sein du FBI, c'était en partie grâce à sa faculté de trouver des pistes et de les connecter afin de parvenir à définir les schémas qui dictaient les actions des suspects, faculté que ses collègues n'avaient pas.

Avant que son frère se retrouve mêlé à une affaire sur laquelle il travaillait et qu'il se délivre de tous ses scrupules pour le protéger, sa carrière avait été exemplaire. Et c'était pour cela que sa séparation d'avec le FBI avait été moins douloureuse et retentissante qu'elle aurait pu l'être.

Il fit jouer ses épaules pour se délivrer de la tension qui l'habitait. Cette histoire le taraudait toujours, et cela ne lui plaisait pas. Parce que même s'il avait pu remonter le temps, il aurait agi exactement de la même façon, à quelques détails près.

La porte de la chambre de Daisy s'ouvrit, et elle sortit d'un pas hésitant. Elle avait enfin ôté sa lourde perruque noire, et ses cheveux blonds et plats étaient rassemblés en queue-de-cheval. Son visage semblait différent, mais il ne la connaissait pas encore assez bien pour dire ce qui avait changé. Si on lui avait posé la question, il aurait répondu qu'elle avait retouché son maquillage.

Elle avait troqué son élégante tenue noire contre un long T-shirt ample, d'un bleu qui évoquait le ciel par un après-mdi d'été, et des leggings noirs. Ses pieds étaient protégés par d'épaisses chaussettes violet vif.

Elle semblait n'avoir fait que dormir depuis qu'ils étaient arrivés, cinq heures plus tôt – à moins que la magie du maquillage ait suffi à atténuer la pâleur de sa peau et à estomper ses cernes.

— Il y a quelque chose à manger ici ?

Il se leva et se dirigea vers le coin cuisine.

— Les placards sont pleins. Faites comme chez vous. Dites-moi seulement ce que vous voulez faire, et je vous montrerai où se trouve ce dont vous aurez besoin et comment faire marcher les appareils.

— Du café, dit-elle. Non... oubliez ce que je viens de dire. Je ne supporte pas très bien le café, depuis quelque temps.

Elle soupira. Si son épuisement ne se lisait plus sur son visage, il s'entendait encore dans sa voix.

— Que diriez-vous d'un chocolat chaud et d'un beignet ? proposa-t-il.

Un petit sourire arqua ses lèvres.

— Il y a là-dedans assez de sucre pour tuer un cheval.

— Petite joueuse, répliqua-t-il.

Elle soupira.

— Mais c'est une bonne idée. Après tout, je suis coincée ici pour échapper à un psychopathe qui n'hésite pas à tuer les gens qui me protègent. Compter les calories devrait être le cadet de mes soucis.

— Je pense que vous survivrez.

Elle leva les yeux au ciel.

— Vous n'avez jamais lu les commentaires laissés par certaines personnes sous des photos de femmes sur Internet, n'est-ce pas ? Enfin...

Elle désigna la cuisine d'un geste de la main.

— Je vous suis.

— Asseyez-vous, dit-il. Je m'occupe de tout. Je vous montrerai demain comment est agencée la cuisine. Aujourd'hui, vous êtes en permission.

— Merci beaucoup.

Elle s'assit sans protester, toucha sa pile de notes du bout du doigt et remarqua :

— Ça fait beaucoup de paperasse pour une simple mission de protection.

— Toute enquête génère de la paperasse, répondit-il en mélangeant du lait et du chocolat en poudre.

— Je pensais qu'on vous avait seulement engagé pour me protéger le temps que Vaughn et la police résolvent l'affaire.

Il mit la tasse dans le four micro-ondes caché dans un placard et posa un beignet sur une assiette.

— Je pourrais me contenter de vous protéger, en effet, mais ce n'est pas pour cela que CD Corp a été créée.

— CD Corp ? répéta-t-elle. On dirait le nom d'un gang de bande dessinée. Et un nom assez nul, en plus.

— Nous voulions que le nom de notre société soit neutre et sans éclat.

Il posa l'assiette devant elle et lui sourit.

— Mission accomplie.

— Quant à cette mission-là, répliqua-t-il en tapotant les papiers, elle consiste à assurer votre sécurité tout en comprenant la nature de la menace qui pèse sur vous.

Il ne remarqua ni la petite fossette qui se creusait dans sa joue quand elle souriait, ni ses yeux bleus qui lui rappelaient le ciel d'été.

— Tout ce qui pourra m'aider à cerner la menace ou à définir le schéma qui dicte les actes de votre harceleur me permettra de mieux vous protéger.

— Est-ce que je peux vous aider ?

Il se détourna pour attraper la tasse de chocolat dans le micro-ondes et se libérer de l'attirance étrange et parfaitement déplacée qu'elle lui inspirait. Ce fut d'une voix parfaitement neutre qu'il répondit :

— J'y compte bien.

Il remua le chocolat et posa la tasse devant elle avant de s'asseoir devant son ordinateur.

— Avez-vous remarqué le schéma selon lequel se déroulent tous les incidents ? demanda-t-il en épiant sa réaction.

Maintenant qu'elle avait dormi, elle semblait moins froide et détachée que pendant le trajet en voiture – et plus maîtresse d'elle-même que quand il lui avait montré sa chambre. Ce n'était que quand ils avaient traversé la maison sécurisée que sa méfiance, sa peur et son épuisement s'étaient enfin lus sur son visage.

Toutes ces émotions n'avaient pas encore complètement disparu, mais elle semblait mieux les contrôler. C'était sans doute normal : les chanteurs, puisqu'ils se produisaient en public, devaient avoir un certain don pour la comédie. Daisy était bonne comédienne, mais elle n'avait pu empêcher son calme apparent de se fissurer quand il lui avait assuré qu'elle était en sécurité.

Elle avait colmaté ces fissures, mais son regard était toujours hanté par un mélange de méfiance et de fatigue – de cette fatigue qui n'avait rien à voir avec un manque de sommeil.

— Quand vous parlez de schéma, vous voulez dire que tous les incidents se sont produits au moment où j'étais sur scène ? Mon frère me l'a fait remarquer, lui aussi. Je lui ai répondu que cela ne signifie qu'une chose : cette personne guette les moments où elle sait exactement où je vais être, et pendant combien de temps.

— Bien sûr, répondit-il. Mais je pensais aussi au lien entre les incidents et vos chansons.

Elle fronça les sourcils et prit une gorgée de chocolat.

— Tous les incidents, reprit-il, y compris le meurtre de votre garde du corps, se sont produits quelques semaines après que l'une de vos nouvelles chansons a commencé à passer sur les radios. J'ai dressé une liste des titres.

— Laissez-moi deviner… Ce sont toutes des chansons qui parlent d'alcool, d'infidélité et de promesses non tenues ?

— Non. Je n'ai rien trouvé qui puisse permettre d'établir un lien avec leur sujet.

Mais il allait quand-même examiner cette possibilité.

— Pour le moment, j'ai remarqué que tous les incidents se produisent quand une chanson que vous avez composée vous-même a du succès.

Elle reposa le beignet qu'elle avait porté à ses lèvres sans mordre dedans.

— Ça n'a pas de sens.

— Pas encore, répondit-il. Mais en creusant, nous en trouverons peut-être un.

— Comment avez-vous…

Il haussa les épaules.

— Je suis plutôt bon pour repérer les schémas suivis par les malfaiteurs.

— Seulement bon, ou carrément génial ?

Il ne put s'empêcher de lui sourire. Grâce à la formation qu'il avait suivie au sein du FBI, il avait appris à endosser toutes sortes de rôles et à se dissimuler sous un million de masques différents. Mais ce travail et l'univers ultra-sécurisé qu'il avait créé ici lui tenaient tellement à cœur qu'il avait bien du mal à continuer à jouer un rôle.

— Disons génial, mais je préfère que cela ne s'ébruite pas.

Elle éclata de rire et, pendant un bref instant, une lueur d'amusement chassa l'inquiétude qui voilait son regard. Il aurait aimé qu'il en soit toujours ainsi, qu'elle puisse se sentir suffisamment en sécurité ici pour rire et se détendre.

Uniquement parce que c'était son travail, son devoir, ce qu'il savait faire. Certainement pas à cause de ce que lui faisait ressentir la femme qu'on avait placée sous sa protection.

Il baissa les yeux vers son ordinateur en fronçant les sourcils, agacé par l'émotion déplacée qui l'avait traversé. C'était à cause des émotions qu'il avait été renvoyé du FBI. Il ne regrettait rien de ce qu'il avait fait, mais il savait combien il était difficile de ne pas se laisser détourner du droit chemin quand les émotions entraient dans la danse.

— Je pense que nous pouvons écarter la piste de l'admirateur déséquilibré, reprit-il. Les motivations de notre coupable sont plus personnelles.

— Pourtant, beaucoup de fans établissent un lien personnel avec l'artiste qu'ils admirent, remarqua Daisy. Ils pensent le connaître à travers sa musique. Que j'écrive mes chansons moi-même ou non, cela ne fait aucune différence pour mes fans.

— Mais cela en fait une pour une personne au moins, répliqua Zach. Sinon, les incidents ne se produiraient pas exclusivement au moment où sort une chanson que vous avez écrite vous-même.

Elle n'avait pas touché à son beignet et bu seulement quelques gorgées de chocolat. Elle se leva et se mit à faire les cent pas. Il attendit. Elle sembla enfin comprendre qu'il n'allait rien dire de plus et se tourna vivement vers lui.

— Écoutez... je ne sais pas comment je vais y arriver.

— Arriver à quoi ?

— À rester cachée ici, tapie dans cette maison, et...

Elle poussa violemment la chaise qu'elle avait occupée avant de passer les mains dans ses cheveux. Elle tremblait.

— À cause de moi, un homme de valeur a été tué. Je ne peux pas supporter d'y penser.

Malgré sa brièveté, cet éclat de douleur pure l'émut un peu trop. Il répondit, avec une brusquerie volontaire :

— C'est vrai, un homme de valeur a été tué. Mais il n'est pas un cas isolé. Beaucoup de gens de valeur meurent en cherchant à faire le bien, parce qu'il y a dans ce monde des forces et des hommes dont les motivations sont loin d'être aussi honorables que les leurs. Votre sentiment de culpabilité est naturel, mais vous allez devoir vous en délivrer.

— Oh ! vraiment ?

— Quand cette affaire sera réglée, vous devriez suivre une thérapie.

— Une thérapie, répéta-t-elle, comme s'il parlait une langue étrangère.

— En gros, le harcèlement s'apparente à une forme personnelle de terrorisme. Il est rare qu'on en ressorte indemne. Pour le moment, notre préoccupation est votre intégrité physique. Mais quand tout sera fini, il ne faudra pas que vous négligiez votre bien-être émotionnel.

— Est-ce que vous passez beaucoup de temps à prendre soin de votre bien-être émotionnel, Zach ?

— Personne n'entre au FBI ni n'en ressort sans une évaluation psychiatrique. Et tous les agents en passent également une avant, et après une mission en infiltration. Croyez-moi : certaines des missions que j'ai accomplies m'ont secoué, assez pour que j'aie besoin d'un suivi psychologique. Parler à quelqu'un de ce que je ressens ne me fait pas peur. Vous ne devriez pas avoir peur de le faire, vous non plus.

— C'est loin de me faire peur.

Il lui suffisait de regarder son visage renfrogné pour en douter, mais cela ne le regardait pas. Sa seule mission était d'assurer sa sécurité. Il n'était pas censé veiller à sa guérison.

— Parlons des personnes qui figurent sur cette liste, dit-il en tournant l'ordinateur vers elle.

Sur l'écran s'affichait une liste de personnes qu'elle avait dressée avec son frère, des personnes dont elle pensait qu'elles pouvaient avoir des raisons de lui en vouloir.

Elle se massa les tempes du bout des doigts.

— C'est Vaughn qui vous a donné ça ?

Il se leva, alla chercher l'aspirine rangée dans le placard, au-dessus de l'évier, et la posa à côté de son coude.

— Votre frère m'a envoyé des copies de tous les documents ayant trait à l'affaire.

Daisy regarda le flacon d'aspirine, les sourcils froncés, puis reposa les yeux sur lui.

— Est-ce que je suis censée vous donner un pourboire ?

— Il est compris dans tarif global du service de protection et d'enquête, mademoiselle Delaney. Au fait, Delaney est un nom de scène, c'est bien ça ?

— Comment ? rétorqua-t-elle avec un sourire narquois. Le dossier que vous avez établi sur moi ne comporte pas tout un chapitre sur mon nom ?

Il secoua la tête. Le lien potentiel entre cette femme et les Delaney n'avait aucune importance – pas plus que le désir que ce sourire narquois avait fait naître dans son ventre. Un désir auquel il ne céderait jamais, au grand jamais.

Tout ce qui importait, c'était ce que Daisy allait lui dire au sujet de cette liste, ainsi que les conclusions qu'il pourrait en tirer et les schémas qu'il pourrait établir. Alors, il ramena la conversation sur l'affaire et fit en sorte qu'elle ne s'en écarte plus.

3

Le sommeil apportait à Daisy un répit bienvenu, la libérant de ses inquiétudes, sauf quand les rêves se produisaient. Ils arrivait qu'ils n'aient pas le moindre sens mais, ces derniers jours, le corps sans vie de Tom y apparaissait toujours.

Elle était en train de rêver qu'elle se promenait dans les montagnes, au coucher du soleil. Tout était calme. Zach était avec elle et lui souriait. Elle aimait son sourire, elle aimait le déchaînement des couleurs du crépuscule dans le ciel. Elle avait envie d'écrire une chanson, hâte de le faire.

Un carnet et un stylo apparurent dans ses mains, mais à peine eut-elle commencé à écrire que les mots se transformèrent pour devenir une image de Tom. Elle trébucha sur quelque chose, baissa les yeux et vit le corps de Tom. Elle tendit le bras vers Zach, implorant son aide. Mais quand elle le regarda, ce n'étaient plus ses yeux qui la fixaient mais ceux, sans vie, de Tom.

Elle se mit à crier, ou à pleurer, ou peut-être les deux, et tressaillit violemment en se sentant tomber. Elle ouvrit vivement les yeux. Son visage était humide et sa respiration tellement rapide qu'elle en avait mal aux poumons.

Elle ne sursauta même pas quand elle vit, devant sa porte, une silhouette qui se découpait dans la lumière allumée dans la pièce voisine. D'instinct, elle avait su que Zach serait là, et sa présence lui sembla parfaitement normale et très rassurante.

Il ne portait qu'un pantalon de jogging, et elle ne put s'empêcher de remarquer ses bras musclés et ses abdominaux bien dessinés. Cet homme avait un corps parfait – et elle était pratiquement certaine qu'il faisait exprès de s'habiller de sorte que cela ne se voie pas.

Il baissa lentement le revolver qu'il tenait à la main et expliqua :

— Vous avez crié et votre porte n'était pas fermée à clé...

Il leva les yeux vers le plafond et agita la main vers elle.

— Vous voulez peut-être...

Il laissa sa phrase en suspens. Elle était tellement perturbée par le tourbillon de ses émotions et bouleversée par son rêve qu'elle mit une bonne minute avant de s'apercevoir que la bretelle de son débardeur avait glissé de son épaule et qu'elle lui montrait presque ses seins.

Elle aurait dû être gênée, mais elle était surtout fatiguée, épuisée même par cette histoire qui lui pourrissait la vie.

— Désolée, marmonna-t-elle.

Elle rajusta son débardeur et remonta le drap sur son corps.

— Non. Ce n'est pas...

Il se râcla la gorge.

— Vous devriez fermer cette porte à clé.

Il semblait tellement troublé par la vue d'un bout de poitrine qu'elle s'en serait amusée si elle n'avait pas été aussi fatiguée.

— Pour me protéger des fous armés ? demanda-t-elle avec un signe de la tête vers son revolver.

— Simple mesure de précaution, répondit-il fermement.

— Dois-je comprendre que si j'avais crié et que ma porte avait été fermée à clé, vous n'auriez pas déboulé en tirant dans tous les sens ?

— Je n'ai pas tiré un seul coup de feu, riposta-t-il, éludant la question.

Mais elle n'avait pas besoin qu'il y réponde. Elle ne connaissait pas Zach Simmons, elle ne comprenait pas son mode de fonctionnement, mais elle savait qu'il avait une chose en commun avec son frère : il se donnait corps et âme à la mission qu'on lui avait confiée.

Et pour l'heure, la mission de Zach Simmons était de la protéger. Cette pensée aurait pu la réconforter si l'image du visage sans vie de Tom n'avait pas continué à hanter ses pensées.

— Vous voulez boire quelque chose ? demanda-t-il.

Sa voix était toujours aussi neutre, mais l'offre était gentille.

— Oui. Oui, je veux bien.

Il hocha la tête.

— Je vais voir ce que je peux dégotter. Rejoignez-moi dans le séjour.

Elle devina qu'il cherchait à lui faire comprendre qu'elle devait s'habiller plus décemment. Dès qu'il fut ressorti de sa chambre, elle se leva avec un soupir et alla fouiller dans son sac de voyage, dont elle sortit son grand peignoir en éponge jaune vif. Quand elle le portait, elle avait toujours un peu l'impression d'être Toccata, l'oiseau géant de *1, rue Sésame*, ce qui ne manquait jamais de la faire sourire.

Sauf cette nuit... mais elle se sentit quand-même un peu mieux. Quand elle rejoignit Zach, il était en train de verser du whisky dans un verre. Il avait passé un T-shirt d'une coupe différente de celui qu'il portait la veille, et qui dissimulait ces muscles d'une fermeté insoupçonnable. Ce nouveau T-shirt lui allait à merveille, ce qui fit naître en elle un nouvel éclair de désir, d'une intensité surprenante.

Il posa le verre sur la table et, d'un geste, l'invita à s'asseoir. Elle obéit et contempla le liquide ambré avec un brin de suspicion.

— Merci. Est-ce que vous avez quelque chose à mettre dedans ? Les héroïnes de mes chansons boivent peut-être leur whisky sec, mais pas moi. Ça me rend malade.

Il esquissa un sourire avant de hocher la tête et d'aller chercher une cannette de boisson gazeuse dans le réfrigérateur.

— Vous n'avez pas de soda sans sucre ?

— J'en rajouterai sur la liste de courses.

— Et où fait-on ses courses au milieu de nulle part, dans le Wyoming ?

— Même les habitants du Wyoming ont besoin de manger, vous savez. J'ai une assistante qui se chargera des courses. Faites une liste et nous vous fournirons tout ce dont vous avez besoin.

Elle sirota la boisson qu'il avait posée devant elle. Le mélange de sucre et de whisky était d'une familiarité réconfortante au milieu de tout ce… bouleversement.

— Vous ne buvez jamais de whisky ?

Elle lui sourit.

— Toutes mes chansons ne sont pas autobiographiques, mon vieux. Pour tout dire, je préfère la bière, mais ça ne fait pas autant tourner la tête, n'est-ce pas ?

— Non, mais j'aurais cru qu'il était plus facile de trouver des mots qui riment avec « bière » qu'avec « whisky ».

— Les chansons n'ont pas non plus besoin de rimer. Vous vous prenez pour un spécialiste de musique country ? Ou seulement un spécialiste de Daisy Delaney ?

— Je ne me prends pour rien de tout ça. Je me suis seulement renseigné sur votre travail, bien que je l'aie déjà entendu auparavant, bien sûr. Certaines de vos chansons marchent plutôt bien à la radio.

— Plutôt bien, oui. J'ai moins de succès que Jordan Jones, mais c'est le cas de tous les chanteurs. Et surtout des chanteuses.

Cette fois, elle prit une bonne rasade de son whisky soda. Le moment était mal chosi pour s'agacer de la façon dont la carrière de Jordan décollait alors que la sienne semblait stagner. Elle avait des préoccupations bien plus importantes : des cauchemars, des gardes du corps assassinés, des villes fantômes dans le Wyoming.

— La police ne le considère pas comme faisant partie des suspects.

Elle prit une nouvelle gorgée.

— Non, en effet.

— Et vous ?

Elle contempla les bulles qui éclataient à la surface de son verre. Pensait-elle que c'était l'homme qu'elle avait épousé, avec lequel elle avait échangé des promesses d'amour, de fidélité et de loyauté qui la harcelait maintenant ? Que c'était lui qui avait tué la personne qu'on avait chargée de la protéger ?

— Je ne veux pas croire que ce soit lui.

— Mais vous pensez qu'il pourrait être responsable ? insista Zach.

Apparemment, cela ne le dérangeait pas d'appuyer sur une plaie béante.

— J'en doute, répondit-elle. Mais le coupable pourrait bien être l'une des personnes de son entourage. Après que j'ai demandé le divorce, ses proches m'ont joué de sales tours. Ils ont fait courir des rumeurs disant que je l'avais trompé, que je buvais et que mon comportement était imprévisible et incohérent. Je sais ce que vous allez me faire remarquer : mes chansons n'ont pas aidé à faire pencher la balance en ma faveur. C'est quand-même amusant... mon père chantait le même genre de chansons, mais il a toujours été vénéré, même quand il a laissé tomber ma mère. Et moi... aux yeux d'une partie du public, je ne suis qu'une pouffiasse déséquilibrée qui n'a que ce qu'elle mérite.

Le regard de Zach demeura parfaitement inexpressif, dénué de tout jugement. Sans qu'elle sache pourquoi, cela l'agaça. Alors, elle continua à boire et attendit que le picotement de l'alcool réchauffe tout son corps, en espérant qu'il ralentirait un peu le rythme effréné des pensées qui se bousculaient dans son cerveau.

— Je ne veux pas me lancer dans un débat sur le féminisme ou l'égalité entre les sexes, reprit-elle. Je veux rentrer chez moi et dormir dans mon lit sans m'inquiéter pour ma sécurité. Et je veux que Tom soit en vie.

— Je travaille sur l'un de ces points. Je ne peux rien faire pour l'autre, et j'en suis désolé.

Sa voix était vide de toute émotion. Pourtant, cette fois, elle fut réconfortée par son détachement. Elle croyait bien plus à ces paroles que s'il avait cherché à se montrer trop convaincant.

— De quoi avez-vous rêvé ? demanda-t-il.

Il semblait toujours aussi imperturbable. Pourtant... il avait été gêné à la vue de son sein baladeur. On pouvait donc déstabiliser M. l'ancien du FBI. Elle se raccrocha à cette pensée.

— D'une balade, répondit-elle. De vous. De Tom. Un fatras sans queue ni tête, comme souvent chez moi. Mes rêves sont toujours très intenses, et je fais beaucoup de cauchemars quand... quand je me sens mal. Mais ils n'ont jamais été aussi proches de la réalité, ni aussi nombreux.

— Votre vie n'a sans doute jamais été aussi agitée ni effrayante qu'en ce moment.

— C'est vrai.

— Ces cauchemars n'ont rien d'amusant, mais vous devrez vous y faire. Certaines personnes trouvent un répit grâce à la méditation, d'autres grâce à l'alcool, même si je vous déconseille de prendre cette habitude. Faire du sport et se fatiguer peut également vous aider.

— Laissez-moi deviner... votre truc à vous, c'est le sport.

Il haussa les épaules.

— J'ai essayé les trois.

— Est-ce que vous rêviez beaucoup à cause de votre boulot ?

— Oui. Les rêves sont l'expression de notre subconscient. C'est une façon de faire face à tout ce que nous n'affrontons pas quand nous sommes réveillés, parce que nous en sommes incapables, par exemple. Notre cerveau essaie de démêler par lui-même tout ce que nous ne comprenons pas.

— Vous avez beaucoup plus réfléchi que moi au rôle du cerveau.

— La dimension psychologique est primordiale quand on travaille sous couverture. Votre métier, au contraire, fait plus appel au cœur qu'au cerveau.

Il avait cerné un peu trop facilement l'essence de la vocation de toute sa vie – ce qui, sans qu'elle comprenne pourquoi, atténua sa nervosité. Aussi choisit-elle de se concentrer sur la première partie de sa phrase.

— Vous avez travaillé sous couverture ? Fait tomber quelques gros clients ?

Il haussa les épaules.

— Quelques-uns, oui.

— Si vous ne vous en vantez pas, à quoi cela vous a-t-il servi ?

Il réfléchit à cette question avant de délivrer sa réponse avec une conviction totale.

— À obtenir la justice. À être fier d'avoir fait mon travail.

Elle plissa le nez.

— À votre place, j'aurais aimé que les projecteurs soient braqués sur moi.

— C'est sans doute la raison pour laquelle je suis dans la sécurité, et vous dans le spectacle.

— Sans doute, oui.

Elle finit son verre. Elle se sentait plus détendue maintenant, sans savoir si c'était grâce à l'alcool ou à la conversation de Zach. Elle avait l'impression désagréable que les deux avaient joué un rôle, et que Zach en était conscient.

— Je pense que je vais essayer de dormir, maintenant. Je vous remercie pour...

Elle ne savait pas comment décrire ce qu'il avait fait pour elle. Il avait répondu à sa détresse, lui avait proposé un verre, tenu compagnie... Personne ne lui avait offert autant depuis très longtemps.

Enfin... pour être parfaitement franche avec elle-même, elle devait reconnaître que c'était elle qui refusait de recevoir quoi que ce soit depuis très longtemps. Bien avant que le harcèlement commence.

Elle se leva sans finir sa phrase et Zach l'imita en ramassant son verre et sa cannette vides. Elle fut gênée par ce geste, sans savoir pourquoi, mais ne fit rien pour y remédier. Elle marcha vers la porte de sa chambre et l'ouvrit en lui jetant un dernier regard.

Zach regagnait sa chambre, lui aussi. Cet homme enveloppé d'un épais mystère, dont le visage inexpressif dissimulait un cœur d'or.

Il s'arrêta devant sa porte, sans se tourner vers elle. Pourtant, elle était certaine qu'il savait qu'elle le regardait.

— Daisy.

C'était la première fois qu'il prononçait son prénom, ou du moins la première fois qu'il le prononçait comme un être humain s'adressant à un autre être humain. Elle attendit qu'il poursuive, sans comprendre pourquoi elle retenait son souffle.

— Vous avez traversé beaucoup d'épreuves, reprit-il. Vous avez perdu un proche, et vous vous sentez responsable de sa mort. Ensuite, vous avez dû vous exiler, quitter votre vie, tout changer autour de vous. Vous avez peut-être l'habitude d'être en tournée, mais ce que vous vivez en ce moment est très différent. Vous ne pouvez pas évacuer la pression en chantant. Alors, ne soyez pas trop dure avec vous-même.

Sur ces mots, il entra dans sa chambre et referma la porte derrière lui. Elle entendit la clé tourner dans la serrure.

Zach n'avait jamais été un gros dormeur. Mais le lendemain matin, bien qu'il ait dormi pendant quatre heures, comme d'habitude, il se sentait un peu sur les nerfs. Sans doute parce que son sommeil avait été interrompu par les cris de Daisy.

Il avait eu tellement peur qu'il avait failli perdre une année de vie.

Mais d'un autre côté, tous ses derniers doutes s'étaient envolés. Elle était réellement terrifiée par quelqu'un – ou par quelque chose. Mais il allait quand même aborder l'affaire en se basant sur les faits, froids et tangibles. Il ne savait que trop bien ce qui pouvait arriver quand on s'impliquait trop dans une affaire, émotionnellement parlant.

Non, la vulnérabilité ne le laissait pas de marbre. Il pouvait le reconnaître maintenant. Et cette femme hantée par les cauchemars, qui se sentait responsable de la mort de l'homme qui avait été engagé pour la protéger, était vulnérable.

Mais il refusait de penser à la façon dont la bretelle de son débardeur avait glissé de son épaule, parce que cela n'avait rien à voir avec l'affaire.

Il fit quelques séries de pompes et d'abdos avant de passer aux fentes et aux flexions. Il allait devoir passer chez lui pour rapporter quelques affaires, à moins qu'il déménage carrément pour s'installer ici. Puisque son travail était ici, il ne passerait sans doute plus beaucoup de temps à Cheyenne.

Sa chambre avait encore besoin de pas mal d'aménagements. Il s'en occuperait dès que cette affaire serait bouclée, du moins s'il en avait le temps avant qu'on lui en confie une nouvelle. En attendant, il avait un plancher, une salle de bains rudimentaire et un lit. Tout ce dont un homme avait besoin.

Il savait que sa mère s'inquiétait de voir qu'il consacrait autant de temps à son travail. Elle craignait peut-être qu'il connaisse le même sort que son père – un agent de l'ATF, qui avait été assassiné à cause de son travail –, à moins qu'elle ait peur que son existence tout entière soit dédiée à son métier. Mais cela n'avait aucune importance.

Son travail lui plaisait, et le comblait. Et d'ailleurs, il avait des amis, même si ces amis se trouvaient être ses cousins. En retrouvant sa sœur, qu'il avait perdue de vue depuis longtemps, il avait aussi retrouvé la famille de sa mère. Même s'il s'entendait moins bien avec les membres de sa famille qu'avec leurs conjoints respectifs, ils faisaient partie de son entourage proche.

Oui, sa vie était bien remplie.

Et pourtant, assis sur le sol de cette pièce miteuse, en nage après sa brève séance de sport, il s'interrogeait sur la nature de ce qu'il ressentait. C'était une envie étrange de connaître une chose qu'il était incapable de définir, et qu'il n'avait jamais connue avant de retrouver sa sœur. Mais puisque ces retrouvailles avaient coïncidé avec son renvoi du FBI, peut-être que la fin abrupte de sa carrière était la seule responsable de ce qu'il éprouvait.

Encore un détail sans importance. Parce que maintenant, en plus d'aller parfaitement bien, il avait une mission à mener à bien.

Depuis sa chambre, il entendait Daisy s'affairer dans le séjour et devina qu'elle était en train de préparer le petit déjeuner.

Il aurait préféré qu'elle dorme plus longtemps. Aujourd'hui, il avait l'intention de se pencher sur certains aspects de sa vie, mais il craignait d'y renoncer si elle avait l'air trop fatiguée.

À moins qu'il prenne sur lui et se montre impitoyable. Après tout, c'était l'une des bases de son métier. Il savait trop bien ce qu'il risquait s'il était trop gentil pour ne pas s'interdire toute faiblesse.

Il prit une rapide douche froide, s'habilla, attrapa son ordinateur et sortit de sa chambre.

Il trouva Daisy dans le coin cuisine, debout devant la cuisinière, en train de préparer des œufs brouillés. Elle portait un jean moulant et un T-shirt rose fluo orné de sequins qui composaient les mots « Straight Shooter » dans le dos et dessinaient un revolver sur chaque manche. Elle se retourna en l'entendant et lui sourit.

Elle avait attaché ses cheveux, dévoilant des boucles d'oreilles vert vif, en forme de cactus, et s'était maquillée. Ses yeux étaient charbonneux, ses lèvres claires et luisantes.

Elle était aussi primpante que si elle s'apprêtait à monter sur scène. Zach soupçonna qu'elle ne s'était maquillée que pour tenter de dissimuler les traces laissées par une nuit difficile, ce qui allait lui faciliter la tâche. Grâce à ce vernis, il allait pouvoir faire semblant, lui aussi.

— Vous en voulez ? demanda-t-elle en inclinant la poêle vers lui.

— Bien sûr, s'il y en a assez.

Il posa l'ordinateur portable sur la table et la rejoignit pour attraper des assiettes, mais elle le repoussa d'un geste.

— Vous m'avez servie hier, c'est à mon tour. D'ailleurs, j'ai eu tout le temps de me familiariser avec la cuisine. Merci d'avoir fait le café, au fait. Il était vraiment bon.

— J'ai seulement programmé la cafetière, répondit-il.

Comme il ne savait pas trop quoi faire pendant qu'elle s'occupait de préparer le petit déjeuner, il décida d'aller se servir une tasse de café.

Ensuite, pour ne pas rester derrière elle, il alla s'asseoir et ouvrit son ordinateur. Il commença par consulter ses e-mails, au cas où le ranger Cooper lui aurait envoyé d'autres rapports, mais sa boîte mail était vide.

Daisy posa une assiette devant lui et s'assit elle aussi, face à lui.

— Alors, qu'est-ce qu'on fait ? demanda-t-elle. On joue à la dînette jusqu'à ce que la police ait trouvé qui a fait le coup ?

Sa voix était un peu trop gaie, comme si elle cherchait à masquer son anxiété.

— C'est à peu près ça, oui. Nous sommes en train d'établir une zone protégée à l'extérieur de la maison, mais pour le moment, mieux vaut rester à l'intérieur.

Il pianota sur son ordinateur.

— Cela nous laisse le temps d'essayer de comprendre qui peut vous en vouloir.

Elle plissa le nez.

— Croyez-le ou non, je n'ai aucune envie de passer en revue la liste des personnes qui me détestent assez pour vouloir me faire du mal.

— Je suppose que vous préféreriez de beaucoup rentrer chez vous et retrouver votre famille et votre carrière. Malheureusement, vous n'avez pas vraiment le choix.

Elle fronça les sourcils, mais se mit à manger sans protester. De toute façon, il avait décidé de faire son travail, sans se laisser attendrir par les cauchemars et la fragilité de cette femme.

— Je veux que nous parlions de votre ex.

— Tout le monde veut parler de mon ex, marmonna-t-elle.

— Est-ce que votre divorce a fait les gros titres des journaux ?

Il connaissait déjà la réponse à cette question. Même s'il ne suivait pas l'actualité des vedettes, il avait vu son visage et celui de son ex sur suffisamment de couvertures de magazines aux caisses des magasins où il faisait ses courses.

— Oui. Enfin... la nouvelle a peut-être échappé aux personnes qui ne s'intéressent pas à la musique country, mais c'est en mélangeant différents styles que Jordan a vraiment commencé à se faire un nom. On peut donc dire que mon divorce a fait les gros titres des journaux, oui. Et ils m'ont descendue en flammes.

— Et pourquoi pas lui ? demanda Zach d'un ton désinvolte.

Il prit une bouchée d'œufs brouillés. Ils étaient cuits à la perfection.

— Parce qu'il est parfait ?

— S'il l'était vraiment, vous n'auriez pas voulu divorcer, fit-il remarquer. Et d'ailleurs, personne n'est parfait.

— Et si c'était précisément parce qu'il l'est que j'ai voulu divorcer ?

Il la dévisagea. Elle relevait le menton et une lueur de défi éincelait dans son regard.

— Je n'en crois pas un mot.

Ses épaules s'affaissèrent.

— Nos familles n'y ont pas cru non plus. Pas plus que Jordan lui-même, d'ailleurs. Je ne sais pas comment vous expliquer... Est-ce que nous devons vraiment parler de mon divorce ? Il a été assez médiatisé.

— Oui. C'est nécessaire. Plus je comprends ce dont il retourne, plus il me sera facile de trouver le schéma directeur.

— Et si ce n'est pas lui ?

— En ce cas, le schéma me le dira.

— Les gens ne sont pas des schémas, Zach. Ils ne sont pas nécessairement rationnels ou sains d'esprit.

— Je le sais bien, mais les harceleurs sont méthodiques. Ils n'agissent pas dans un moment de colère ni sur un coup de tête ou une impulsion. Le harcèlement est une forme de terrorisme, parfaitement planifiée. Prenons le meurtre de votre garde du corps : s'il n'y a pas eu de lutte, c'est parce qu'il était planifié. La personne qui vous veut du mal est méthodique. Autrement dit, si je parviens à déterminer sa méthodologie, je peux résoudre cette affaire.

Elle poussa un soupir.

— C'est ce que vous croyez.

— Je fais plus que le croire, rétorqua-t-il. Je le sais.

— Très bien... très bien ! Pourquoi est-ce que j'ai voulu divorcer d'avec Jordan ? Je ne sais pas. C'est compliqué. C'est une question de sentiments, et... Est-ce que vos parents s'aimaient ?

Il ne se laissa pas démonter par le brusque changement de sujet, parce qu'il était décidé à suivre chacune des pistes qui se présenteraient pour voir où elle le mènerait. Il acquiesça et dit :

— Énormément.

— Pas les miens, reprit-elle. À moins qu'ils se soient aimés, mais d'un amour déformé, dénaturé. Un amour qui faisait mal.

Il pensa à son frère, seul dans une unité psychiatrique, toujours sous l'emprise de la force mystérieuse qui s'était emparée de son cerveau.

— L'amour fait souvent mal, répondit-il simplement.

— Est-ce que vous avez quelqu'un à qui vous tenez ?

— Pas sur le plan sentimental.

— De la famille, alors ?

Il acquiesça et elle reprit :

— J'avais toujours pensé que je ne souffrirais jamais d'aimer mon frère - pas comme j'ai souffert d'aimer mon père ou même ma mère. Vaughn a toujours été parfait, il a toujours fait ce qu'il fallait. Il m'a toujours protégée, m'a toujours porté un amour inconditionnel. Mais aujourd'hui, je souffre en me disant qu'il pourrait être en danger à cause de moi.

— C'est un Texas Ranger, lui rappela-t-il.

— Ce n'est pas un gage d'invincibilité. Il a une femme et deux petites filles, et...

Elle déglutit en détournant les yeux.

— Je ne peux pas...

— La meilleure réponse à ce « je ne peux pas » est de résoudre cette affaire. D'examiner les schémas, et de trouver jusqu'à qui ils nous mènent.

— Vous croyez vraiment pouvoir le faire ?

— Oui. Avec votre aide.

Elle fit un signe d'assentiment.

— D'accord. Alors, installez-vous confortablement, cow-boy. L'histoire de Daisy Delaney et Jordan Jones est une longue histoire.

Il porta la tasse de café à ses lèvres pour essayer de dissimuler son sourire.

— Nous avons tout notre temps, Daisy.

4

— Nous nous sommes rencontrés à une soirée.

La scène était aussi nette dans l'esprit de Daisy que si elle s'était produite la veille. Elle était sortie pour prendre l'air, et il l'avait suivie. Il l'avait complimentée sur sa musique, sans prononcer une seule fois le nom de son père.

À l'époque, elle avait été un peu trop avide de ce genre de compliments. Elle s'était fait un nom, certes, mais uniquement quand ce nom suivait immédiatement celui de son père.

— Et c'était avant que Jordan connaisse le succès ?

Zach était assis face à elle, penché sur son ordinateur comme s'il s'apprêtait à prendre note de tout ce qu'elle allait lui dire. À résumer son mariage tout entier en quelques lignes lapidaires qui lui permettraient comme par magie de définir un *schéma* qui désignerait Jordan comme étant le coupable… ou pas.

— Mon frère a enquêté sur lui, vous savez.

— Je sais, oui. Il m'a transmis toutes les informations qu'il a pu glaner. Mais elles ne concernent que l'aspect… disons public de votre histoire. Je doute que vous lui ayez confié les détails les plus intimes.

Elle éclata de rire.

— Mais vous pensez que je vais les confier à un parfait inconnu ?

Zach souffla. Elle devina qu'elle l'agaçait, bien que les gens qu'elle insupportait expriment d'habitude leur agacement d'une tout autre façon.

Quand il lui répondit, ce fut sur un ton parfaitement calme, neutre et poli.

— Je sais que la question que je vous pose est très personnelle, et je comprends que vous souffriez de devoir analyser un passé qui vous semblait parfaitement normal à l'époque. Je ne minimise pas ce que vous pouvez ressentir, Daisy. J'essaie seulement de comprendre les motivations qui peuvent pousser quelqu'un à vous harceler jusqu'à ce que vous soyez terrorisée, et à assassiner votre garde du corps.

— Pour trouver votre précieux schéma ?

Elle n'avait pas posé la question d'une voix aussi froide qu'elle l'aurait voulu. Sa gorge était bien trop nouée.

— Oui, le précieux schéma qui pourrait vous sauver la vie.

Elle eut soudain envie de poser la tête sur la table et de se mettre à pleurer, mais elle se ressaisit. Il fallait qu'elle garde le contrôle de ses nerfs. Zach ne répéterait rien à personne de ce qu'elle allait lui dire, elle le savait.

— Il était gentil et prévenant, dit-elle. Nous avions beaucoup de choses en commun, bien qu'il ait grandi dans une ferme de Géorgie, au sein d'une famille aisée et prétentieuse, et moi sur la route. La façon dont il parlait de sa carrière, et de la musique en général, faisait vibrer quelque chose en moi. *Il* faisait vibrer quelque chose en moi. Quand il m'a demandé de l'épouser, il m'a dit qu'il savait que ma carrière était ma priorité, et m'a promis qu'elle ne souffrirait pas de notre mariage.

— Vous vous êtes donc mariée par amour ?

— N'est-ce pas la raison pour laquelle on se marie ?

— Je crois que beaucoup de raisons peuvent pousser les gens à se marier. Vous étiez célèbre, vous aviez de l'argent...

— Est-ce que vous suggérez que c'est uniquement pour cela que Jordan m'a épousée ?

— Non, je vous demande si c'est le cas.

— Je ne pense pas, non.

À l'époque où elle avait demandé le divorce, elle ne pensait pas que Jordan soit insensible et manipulateur. Mais si elle réfléchissait à tout ce qui s'était passé depuis que le divorce avait été prononcé...

— Il a toujours choisi avec le plus grand soin les projets sur lesquels nous devions travailler ensemble, mais il n'a jamais cherché à s'immiscer dans ma carrière. Voilà pourquoi je ne pense pas qu'il ait été intéressé par ma célébrité...

— Mais ?

Il comprenait trop facilement le cheminement de ses pensées, ce qui ne lui plaisait pas du tout. Cet homme était bien trop observateur et, de son côté, elle affichait la moindre de ses émotions. Il fallait qu'elle remette son masque.

— Notre divorce n'a donné lieu à aucune dispute. Nous nous étions déjà éloignés l'un de l'autre. Il se consacrait entièrement à sa tournée et à son nouvel album, j'étais en tournée de mon côté... Il y avait une bonne dose d'amertume entre nous, mais nous n'avons jamais été capables d'en discuter. Quand j'ai dit que nous ferions mieux d'en rester là, il a accepté sans rechigner. Le divorce a été simple et rapide, et les termes ont été... soigneusement planifiés. Par exemple, Jordan a exigé que nous nous partagions les cérémonies de récompenses.

— Hein ?

— Il a choisi les soirées auxquelles il voulait assister en me demandant de ne pas y assister moi aussi. Un peu comme si nous nous partagions la garde d'un enfant. Je ne sais pas... je me souviens du divorce de mes parents. Ils buvaient, se hurlaient dessus, cassaient des assiettes... Ce n'était pas qu'une question de... de paperasse.

— Donc tout s'est fait à l'amiable ?

Daisy hésita. En agissant comme elle l'avait fait après avoir demandé le divorce, elle avait pour ainsi dire tressé la corde pour se pendre. Alors que Jordan avait poliment accepté sa requête et obtenu sans tarder les formulaires nécessaires, il avait fallu qu'elle...

Elle cherchait parfois à se convaincre que seule sa fierté avait été blessée mais en vérité, elle avait été anéantie. Elle n'avait lancé le mot « divorce » que pour susciter une réaction quelconque, pour rallumer l'étincelle qui crépitait entre eux avant leur mariage.

Mais il s'était rangé à son avis. Il avait accepté sa suggestion et demandé qu'ils signent un accord stipulant qu'ils se partageraient les *cérémonies de remise de récompenses* !

Alors, elle avait mal réagi. Très mal, même. Jamais elle n'avait imaginé obtenir ce résultat. Elle avait laissé libre cours à son chagrin, à sa colère et à la douleur d'avoir été trahie, de la façon qui lui était la plus familière : elle avait bu plus que de raison et cassé quelques assiettes.

— Disons qu'il a été conciliant. Bien plus que moi, en tout cas.

— C'est pourtant vous qui avez demandé le divorce.

— Oui.

Elle n'avait aucune envie d'aborder ce sujet avec Zach, mas elle allait sans doute finir par lui fournir toutes les informations qu'il pensait nécessaires à l'établissement de ses précieux schémas. Quel autre moyen avait-elle de sortir saine et sauve de ce cauchemar ?

— Oui, répéta-t-elle, parce que je voulais le faire réagir. Qu'il se batte pour me garder, ou même seulement qu'il soit furieux contre moi… Je voulais une réaction, quelle qu'elle soit – mais je n'en ai eu aucune. Il est resté tellement calme que j'ai commencé à me dire qu'il ne m'avait jamais aimée. Sinon, son amour se serait transformé en amertume. C'est ce que le mien a fait, en tout cas. Maintenant, je pense qu'il a seulement voulu m'utiliser et que quand j'ai mis fin à notre histoire, il a été ravi de passer à autre chose.

Comme si c'était ce qu'il avait toujours eu en tête.

Même si cela faisait un an que le divorce avait été prononcé, le pincement de douleur qui accompagnait cette pensée était difficile à supporter – et impossible à chasser, même si elle cherchait à n'aborder la question que d'un point de vue rationnel.

Cependant, il y avait bien plus grave que l'échec d'un mariage. La mort de son garde du corps, par exemple.

— Jordan pourrait être notre coupable, reprit-elle, mais pas parce que nous avons divorcé. Croyez-moi : grâce à ce divorce, il a eu tout ce qu'il voulait ; et même plus. Il attache bien trop d'importance à sa réputation pour risquer de l'entacher en s'en prenant à moi. D'ailleurs, la presse s'en est chargée pour lui.

— Très bien. Si nous parlions des autres hommes que vous avez eus dans votre vie ?

— Parce que les seules personnes qui peuvent m'en vouloir sont des amoureux transis ?

— Parce que nous allons d'abord envisager les possibilités les plus logiques, rectifia-t-il. Ensuite, nous nous intéresserons à des hypothèses plus irrationnelles, comme celle de l'admirateur déséquilibré. Et...

Il fut interrompu par la sonnerie de son téléphone. Il le sortit de sa poche et consulta l'écran avant de répondre.

— Oui ?

Un changement qu'elle n'aurait su décrire se produisit dans son expression. Comme s'il était en alerte. Quand son visage se durcit, une étrange sensation lui noua le ventre, faite d'un soupçon de peur et d'une once de désir parfaitement incongru.

Mais après tout, elle s'était toujours sentie incongrue.

Il posa des questions comme « Comment ? » et « Description ? » tout en gribouillant au dos de l'une des nombreuses feuilles de papier que contenait son dossier – les réponses, sans doute.

— Regarde ce que tu peux trouver, dit-il avant de raccrocher.

Il griffonna encore quelques mots avant de se lever. Comme il semblait s'apprêter à quitter la pièce sans un mot d'explication, elle demanda :

— Qu'est-ce que c'était ?

Elle fut écœurée d'entendre sa voix, tremblante, trop aiguë, à moitié hystérique.

— Seulement quelques faits nouveaux. Pas de quoi s'alarmer.

Elle se leva d'un bond et le saisit par le bras avant qu'il ait eu le temps de se replier dans sa chambre. Il haussa un sourcil d'un air condescendant, comme si cela pouvait suffire à la convaincre d'ôter sa main. Mais il la connaissait mal : il n'était pas question qu'elle le relâche avant d'avoir dit ce qu'elle avait à dire.

— Vous voulez que je sois en sécurité ? Alors, il faut que je sache ce qu'il se passe.

— Pas nécessairement, répondit-il d'un ton parfaitement neutre. Savoir ne sert pas à grand-chose. Tout ce qu'il faut, c'est que vous restiez ici. Je reviens.

— Comment ça, « je reviens » ? Vous ne vous attendez quand-même pas à ce que je...

— Je m'attends à ce que vous écoutiez l'homme qui vous protège en ce moment, coupa-t-il. Rendez-moi ce service, d'accord ? Ne versez pas dans le cliché, ne vous comportez pas comme une idiote. Restez ici. Je reviens.

Sur ces mots, il sortit de la maison et verrouilla la porte derrière lui.

Zach savait qu'il s'y était très mal pris avec Daisy, mais il n'avait pas le temps de redresser la barre. Il empocha ses clés, vérifia que son revolver était bien glissé dans l'étui qu'il portait à la hanche, et sortit dans la lumière du jour.

Il prit une grande goulée d'air frais en essayant de ne pas trop culpabiliser à la pensée que Daisy était cloîtrée à l'intérieur depuis près de vingt-quatre heures. Mais c'était pour sa sécurité, et ce que Cam venait de lui annoncer au téléphone le confortait dans sa certitude qu'il ne devait pas relâcher sa vigilance un seul instant.

Aussi ne put-il retenir une grimace quand le pick-up de Cam apparut et avança jusqu'à la cabane qui dissimulait un garage, derrière la grande maison. Comme Hilly occupait le siège passager, il essaya de ne rien laisser paraître de ses pensées, mais la présence de sa sœur compliquait les choses.

Quand elle ne suivait pas les cours de l'école d'infirmières, Hilly leur servait d'assistante. Elle faisait les courses et se chargeait d'une partie de la paperasse.

Une fois le pick-up dans le garage, Cam et Hilly en descendirent. Zach pressa lui-même le bouton qui refermait la porte, et le garage ressembla de nouveau à une cabane sur le point de s'effondrer.

Le visage de Cam était grave, mais Hilly semblait dubitative.

— Je n'arrive toujours pas à croire que cet endroit existe, dit-elle avec un petit frisson. Il est tellement sinistre, vu de l'extérieur !

Zach se fendit d'un petit sourire.

— Et, comme tu le sais, parfaitement habitable à l'intérieur. Alors, qu'est-ce qu'il se passe ?

— Est-ce qu'elle est là-dedans ? demanda Hilly en fronçant les sourcils.

— Oui.

— En ce cas, entrons.

Zach se balança sur les talons avant de répondre :

— Pour le moment, ce n'est pas une bonne idée. Et d'ailleurs, elle n'a pas besoin de tout savoir.

L'expression de Hilly se fit encore plus réprobatrice. Zach faillit reprocher à Cam de l'avoir amenée, mais se ravisa. Cela n'aurait fait qu'ajouter à sa colère.

À vrai dire, il ne comprenait pas du tout la façon dont Hilly exprimait sa colère, d'une façon sournoise, qui atteignait sa cible de toutes sortes de façons très déconcertantes. En la faisant culpabiliser, par exemple. Il n'aimait pas du tout ça.

Elle se tourna vers Cam et remarqua :

— Je croyais que j'étais ici pour voir ce dont Daisy avait besoin.

— C'est le cas, convint Cam. Seulement, je veux discuter de certains points concernant l'affaire avec Zach. Pendant ce temps, tu pourrais aller proposer à Daisy de faire une liste de courses avec elle.

Elle se tourna vers Zach et le dévisagea en faisant la moue. Il ne savait jamais trop comment interpréter cette expression. Le jugeait-elle ? Exprimait-elle sa déception ?

— Je persiste à penser que vous pouvez tout aussi bien discuter à l'intérieur. Vous pouvez vous isoler dans une pièce. À moins que vous me laissiez entrer pendant que vous tenez votre petit palabre dehors.

— Tu ne veux pas savoir ce qu'il se passe ?

— Non, répondit Hilly. Je sais que certaines affaires dont s'occupe Cam exigent un haut niveau de confidentialité. Je le comprends parfaitement, et je n'ai rien à y redire. Alors, pourquoi est-ce que tu ne me laisses pas entrer ?

Zach hocha lentement la tête. Il ne tenait pas spécialement à présenter qui que ce soit à Daisy, mais elle était sans doute lasse d'être enfermée entre quatre murs, avec lui pour toute compagnie. Si elle parlait avec Hilly de ce dont elle avait besoin, elle se sentirait peut-être un peu plus chez elle. Et, pendant ce temps, il pourrait s'enfermer dans sa chambre avec Cam et discuter des derniers rebondissements de l'affaire.

Zach les fit donc entrer dans la maison, en refermant toutes les portes à clé derrière eux. Quand ils arrivèrent dans le séjour, il fronça les sourcils en constatant que Daisy n'y était pas.

Par contre, la porte de sa chambre était grande ouverte. Il avança lentement en portant la main à son arme, sans même réfléchir à son geste.

Quand il fut sur le seuil, il s'arrêta net, saisi par un mélange de surprise et d'irritation.

— Bon sang, qu'est-ce que vous croyez faire ? demanda-t-il sèchement.

Daisy n'eut même pas la décence de sursauter. Assise sur son lit, elle continua à fouiller dans ses affaires.

— On ne peut pas dire que votre chambre regorge de

surprises ou de secrets sinistres, Zach. Vous êtes le plus fade des hommes. Le plus...

Elle pencha la tête de côté pour regarder derrière lui et lança :

— Oh. Bonjour !

— Ôtez vos mains de mes affaires.

Elle le regarda en battant des paupières. L'innocence personnifiée.

— Est-ce que vous ne feriez pas la même chose avec moi ? À moins que vous l'ayez déjà fait ?

Elle se leva souplement, avança vers Cam et Hilly et tendit la main.

— Daisy Delaney, dit-elle.

Son sourire effronté devait être du meilleur effet sur scène.

— Bonjour, répondit promptement Hilly en lui serrant la main. Je suis Hilly, la sœur de Zach.

— La sœur de Zach, vraiment ?

Daisy le regarda et haussa un sourcil. Son sourire se fit plus dur.

— Eh bien, Hilly, poursuivit-elle, vous allez peut-être devenir ma nouvelle meilleure amie.

— Si vous comptez sur moi pour vous dévoiler les secrets de Zach, vous allez être déçue. Jusqu'à l'année dernière, je ne savais même pas qu'il existait.

— D'accord. Si vous ne pouvez pas me dévoiler les secrets de Zach, vous pourrez peut-être me dire ce qu'il se passe. Je suppose que vous le savez.

Elle posa les yeux sur Cam et conclut :

— À moins que ce soit vous qui me mettiez au courant.

— Je, heu...

Cam se râcla la gorge. Il semblait étrangement décontenancé et mal à l'aise.

— C'est l'un de vos plus grands fans, chuchota bruyamment Hilly.

— Ce n'est pas vrai, riposta Cam d'une voix étranglée. Enfin, je suis un fan, mais pas... Oh ! zut !

Hilly éclata de rire et s'appuya contre lui. Ils formaient véritablement un tout. Hilly avait beau être la sœur de Zach, elle ne serait jamais aussi proche de lui que de Cam. Une pointe de jalousie malsaine le traversa, dont il ne sut trop quoi penser.

Hilly avait été enlevée et élevée loin de sa famille. Pourquoi l'aurait-il enviée ?

Il eut la réponse à sa question en la regardant mêler ses doigts à ceux de Cam et se mettre à discuter gaiement avec Daisy.

— Hilly, si tu emmenais Daisy dans la cuisine pour prendre sa liste ?

Il se tourna vers Daisy et expliqua :

— Hilly est notre assistante. Elle achètera tout ce dont vous pourrez avoir besoin.

— L'élément féminin se voit signifier son congé, remarqua Hilly avec une douceur teintée d'amertume.

Mais Zach savait qu'elle réprimait un sourire. Elle se tourna vers Daisy sans protester et poursuivit :

— Je suis sûre que certaines choses vous manquent, mademoiselle Delaney. Je vous apporterai tout ce dont vous aurez besoin.

— Appelez-moi Daisy, répondit elle.

Les deux femmes se dirigèrent vers la porte. Zach savait pertinemment qu'il aurait mieux fait de se taire et d'oublier toute l'affaire, mais Daisy le cherchait vraiment. Quand elle passa devant lui, il marmonna :

— Nous reparlerons plus tard de la façon dont je vous ai prise à fouiller dans mes affaires.

— Ouh... je suis terrifiée, mon chou.

Il se fendit d'un sourire méprisant. Ses manières odieuses commençaient à l'agacer, mais il s'en voulait de ne pas être insensible à ses sarcasmes.

— Donc, tout se passe bien ici, dit Cam quand Daisy et Hilly furent sorties de la chambre.

— Tout se passe très bien. Je veux le compte rendu complet.

— Nous n'avions repéré personne à l'aéroport, mais un

homme est passé à l'Épicerie Delaney et a commencé à poser des questions à Jen. Il voulait savoir si elle voyait beaucoup d'étrangers dans sa boutique, ce genre de choses. Elle m'a prévenu aussitôt et j'ai fait quelques recherches sur ce type. Il est arrivé par avion du Texas, mais après Daisy. Pour le moment, nous n'avons établi aucun lien entre lui et l'affaire, mais ce n'est sans doute pas une coïncidence. Quelqu'un a suivi Daisy jusqu'ici.

— Je veux savoir comment.

— Tu ne préférerais pas savoir de qui il s'agit ?

— C'est secondaire. Je doute que notre harceleur soit subitement devenu assez idiot pour croire qu'il peut fouiner dans une petite ville sans faire de vagues. Je parie qu'il ne s'agit que d'un espion ou d'un homme de main. Voilà pourquoi le « comment » est plus important que le « qui ».

— Il a loué une chambre à Fairmont, mais je soupçonne que c'est pour nous emmener sur une fausse piste.

— Est-ce qu'il est au courant que nous existons ?

— Impossible à dire. Pour autant que je sache, il n'a qu'une vague idée de l'endroit où se trouve Daisy. Je suppose qu'il sait qu'elle a été placée sous protection, mais il ne nous a pas repérés, Hilly et moi, et personne ne nous a suivis jusqu'ici.

— Nous avons pourtant pris toutes les précautions possibles.

Pourtant, cela n'avait pas suffi. Une information avait fuité.

— Ce sont des choses qui arrivent, Zach. Maintenant, nous ne devons penser qu'à protéger Daisy. Jen doit me donner ses bandes de vidéosurveillance. Je vais essayer d'identifier l'homme et d'établir un lien entre Daisy et lui. De ton côté, je suis sûr que tu ne penseras qu'à trouver un schéma directeur. Mais le fin mot de l'histoire, c'est que nous la protégerons.

Sauf que... n'avait-il pas déjà échoué ? Elle était peut-être en sécurité pour le moment, mais la menace planait autour d'elle, ici comme dans le Texas.

— Hé, dit Cam. Aucun plan ne se déroule jamais comme prévu, et tu le sais.

Zach fit un signe d'assentiment. Mais ils avaient fait une erreur, et devaient l'identifier avant que ses conséquences s'abattent sur eux.

5

Quand Hilly avait entraîné Daisy vers le séjour, l'air vaguement amusée, Daisy s'était dit que la jeune femme n'allait pas lui plaire. Mais quelques minutes plus tard, elle s'aperçut qu'elle l'aimait bien.

Elle était attendrie par son mélange de gentillesse et de sérieux. Quand Hilly lui avait demandé un autographe pour l'homme qui discutait avec Zach dans sa chambre, son ego avait été flatté – et son esprit s'était empli de la pensée agréable que l'amour n'était pas forcément une chose compliquée. Hilly ne dissimulait pas les sentiments qu'elle avait pour son fiancé, et ne semblait nullement contrariée qu'il se soit montré aussi taciturne avec elle.

Maintenant, Hilly finissait de faire sa liste de courses. Daisy était ravie à l'idée d'avoir de la vraie nourriture dans cette maison.

— Vous ne savez vraiment pas ce que mijotent ces deux hommes des cavernes ? demanda-t-elle en posant un regard excédé sur la porte de la chambre.

Hilly sourit.

— Ce ne sont pas vraiment des hommes des cavernes. Ils sont seulement… sérieux.

Ce qui ne répondait pas à la question.

— Ne vous vexez pas, Hilly, mais l'un d'eux est votre frère et l'autre votre…

Elle laissa sa phrase en suspens et regarda le diamant qui étincelait au doigt de la jeune femme. Elle devait reconnaître que Cam avait plutôt bon goût, pour un homme des cavernes... mais peut-être que c'était Hilly elle-même qui avait choisi la bague.

— ... votre fiancé, acheva-t-elle. Vous n'êtes pas une observatrice impartiale.

— Sans doute pas, mais tous deux sont des hommes bien. Ils m'ont aidée à échapper à des personnes qui me voulaient du mal.

— Vraiment ?

— Zach a sauvé beaucoup de gens, ce qui lui a valu quelques blessures. C'est un homme bien. Je peux vous le promettre.

Elle sourit en voyant Zach et Cam ressortir de la chambre, l'air grave.

— Nous en reparlerons un jour, si vous voulez. À moins que vous préfériez demander à Zach de le faire.

— Qu'est-ce que je dois faire ? demanda Zach.

Hilly secoua la tête sans répondre et se leva en glissant la liste dans sa poche.

— Je ferais mieux d'aller faire les courses tout de suite. Je pourrai vous les rapporter avant le dîner.

— Je te contacte dès que j'en sais plus, dit Cam à Zach.

— Tu ne dis pas au revoir à Daisy ? demanda doucement Hilly à son fiancé.

Il la regarda de travers mais se tourna vers Daisy. Avec un sourire et un signe de la tête, il dit, d'un ton raide :

— J'ai été ravi de vous rencontrer, mademoiselle Delaney.

— Appelez-moi Daisy, mon chou.

Cam laissa échapper un petit son qu'elle aurait volontiers qualifié de couinement s'il n'avait pas été aussi grand et large d'épaules. Hilly le poussa vers la porte, et Daisy se retrouva seule avec Zach.

Elle lui lança un regard noir. Elle aurait dû être habituée à ce que des hommes excessivement sérieux prennent sa sécurité un peu trop à cœur, mais cela ne faisait que quelques mois que Vaughn enquêtait sur les incidents qui la visaient. Parce qu'elle passait l'essentiel de son temps en tournée et qu'aucune réelle menace ne planait sur elle, elle était parvenue à le tenir à l'écart de sa vie pendant un moment.

Même si l'ingérence de Vaughn dans sa vie était allée croissant, jamais personne ne s'était autant mêlé de ses affaires que Zach. Et jamais personne ne l'avait autant agacée, et aussi rapidement, que lui.

Mais au final, l'agacement que Zach suscitait en elle était sans importance. L'essentiel était qu'elle ressorte saine et sauve de cette épreuve.

— Je veux savoir ce qu'il se passe, lança-t-elle.

— Et moi, je veux savoir pourquoi vous fouilliez dans mes affaires, riposta-t-il d'une voix vibrante d'exaspération.

Elle avait peut-être tort, mais elle aimait le voir en colère. Elle préférait de loin les moments où il laissait tomber son masque inexpressif et ses façons stoïques que ceux où il lui débitait des réponses insipides. Alors, puisque cela semblait le mettre hors de lui, elle lui sourit et répondit :

— Si vous me montrez vos affaires, je vous montrerai les miennes.

— Quelqu'un vous a suivie, lança-t-il.

Aussitôt, le moment se vida de toute saveur. Elle sentit ses jambes mollir sous elle et s'effondra sur une chaise.

— Quoi ?

— Quelqu'un vous a suivie jusqu'ici, répéta-t-il.

Sa voix était neutre mais ses yeux étincelaient de rage. À qui en voulait-il ? À elle, ou à la personne qui l'avait suivie ? Elle n'était pas certaine de vouloir connaître la réponse.

— Il me faut donc la liste de toutes les personnes qui savaient que vous veniez ici.

— Vous l'avez déjà, répondit-elle en essayant de maîtriser le tremblement de sa voix. Vous, Jaime et mon frère. Et aucun d'entre vous ne figure sur ma liste de suspects. Quoique... je ne vous connais pas. C'est peut-être vous qui avez vendu la mèche.

— Vous n'avez dit à personne que vous quittiez la ville, ou posté une photo prise à l'aéroport, ou...

La question piqua sa fierté et ranima son indignation.

— Oh ! allez vous faire voir !

— Hé ! riposta-t-il. Si vous avez été suivie jusqu'ici, la menace contre laquelle je dois vous protéger est encore plus grande. J'apprécierais que vous soyez sincère avec moi.

— Vous me traitez de menteuse ?

— J'aimerais que vous vous fourriez quelque chose dans le crâne, si vous en êtes capable : je me fiche de votre fierté. En ce moment, elle est secondaire. Je veux que vous me disiez qui aurait pu savoir que vous quittiez la ville, que vous alliez à l'aéroport, ou quoi que ce soit d'autre. C'est important, parce que quelqu'un vous a suivie jusqu'ici et essaie de vous localiser en ce moment même.

Elle envisagea de le renvoyer sur-le-champ. Mais... elle n'en avait pas vraiment envie, et sa sécurité lui importait plus que son orgueil.

Un peu plus, du moins.

— Je... j'ai bien dit à ma manageuse que j'allais dans le Wyoming, mais...

— De toutes les conneries que...

— Je mettrais ma vie entre ses mains, rétorqua-t-elle avant qu'il ait pu finir sa phrase. J'ai une confiance absolue en Stacy. Ce n'est pas elle.

— Si vous le dites. Donc trois personnes savaient que vous veniez dans le Wyoming : votre frère, un agent du FBI et votre manageuse. Qui a vendu la mèche ?

— Pour ce que j'en sais, c'est peut-être vous, crétin !

— Bien sûr. Je suis un professionnel de la sécurité, mais je suis allé me vanter devant quelqu'un qui vous connaît d'avoir une énorme vedette pour cliente.

— Je ne vous connais pas ! s'exclama-t-elle. Comment est-ce que je peux savoir que vous n'avez rien dit ?

— Mais moi je me connais, et je sais que je n'ai rien dit à personne. Quant à Stacy… Stacy Vine ? C'est votre manageuse, c'est bien ça ?

— Vous ne pouvez pas enquêter sur elle.

— Oh ! si, je peux. Et je vais le faire.

Il était hors de question qu'elle se mette à pleurer. Elle pleurerait plus tard, hors de sa vue, pour ne pas lui donner de raison de la regarder de haut. Mais quand elle parla, sa voix était loin d'être aussi assurée qu'elle l'aurait voulu.

— Vous êtes en train de me demander laquelle de ces trois personnes que j'*aime* peut vouloir ma mort.

À son grand désarroi, le visage de Zach se radoucit un peu. Elle aurait pu le détester s'il n'avait été qu'un idiot autoritaire, mais il lui témoignait trop souvent de l'empathie pour que ce soit aussi simple.

Mon Dieu, comme elle aurait aimé qu'une chose au moins soit simple dans toute cette histoire…

Il déplaça une chaise pour s'asseoir face à elle, tellement près que leurs genoux se touchaient presque. Quand il se pencha en avant, elle eut envie de faire de même. Pour qu'il la touche, la réconforte.

Quelle bonne blague ! Même dans un bon jour, même avec un homme qui l'appréciait vraiment, elle avait trop de jugeote pour faire ce genre d'erreur. Et elle était loin d'être dans un bon jour, et Zach ne l'appréciait vraiment pas.

— La fuite ne s'est pas nécessairement produite de façon aussi directe, dit-il. Stacy aurait pu faire allusion à votre départ devant l'un de ses employés. Ou prendre une note à ce sujet, qui aura été lue par la mauvaise personne. Voilà pourquoi il est essentiel de savoir qui cherche à s'en prendre à vous, Daisy. S'il s'agit de quelqu'un qui a un lien personnel avec vous, il pourrait aussi s'en prendre à ceux que vous connaissez et aimez.

— Combien de façons de me faire souffrir allez-vous encore trouver, Zach ?

Elle leva une main avant qu'il ait pu répondre. Il ne cherchait pas à la faire souffrir, et elle le savait. Il ne faisait que son travail, ne cherchait qu'à la protéger. Ce qui la faisait souffrir ne venait que d'elle.

— Pardon, reprit-elle. Ce n'était pas juste de ma part de vous dire ça.

— Que vous soyez juste avec moi ou non, rien ne m'empêchera de faire mon travail. Soyez injuste, mettez-vous en colère contre moi si vous le voulez, mais dites-moi la vérité. Dites-la-moi toujours. Il n'y a qu'ainsi que nous pourrons vous tirer de ce guêpier.

« Nous », avait-il dit. Comme s'ils formaient une sorte d'équipe. C'était toute l'histoire de sa vie : elle pensait qu'un homme était prêt à tout pour elle – son père, puis Jordan – et finissait par comprendre qu'ils ne se souciaient que d'eux-mêmes. Elle n'était pas certaine de pouvoir supporter une nouvelle déception.

Mais que pouvait-elle faire d'autre ? Si elle se méfiait de lui, si elle lui mentait, où cela la mènerait-il ? Nulle part. De toute sa vie, jamais elle ne s'était retrouvée dans une situation aussi cornélienne – et, bon sang ! elle en avait connu quelques-unes.

— Personne d'autre qu'elle n'est au courant, à part Vaughn et Jaime. Peut-être que Nat – la femme de Vaughn – sait quelque chose, mais Vaughn est tellement conformiste que je doute qu'il lui en ait parlé. S'il l'avait fait, il lui aurait fait jurer de garder le secret, et Nat lui obéirait. Vous pouvez toujours leur poser la question, mais je ne pense pas que la fuite vienne d'eux.

— En ce cas, nous allons enquêter sur votre manageuse.

— Oui, bien sûr. Merveilleux.

Zach soupira avant de poser sa main sur les siennes. Une main chaude, ferme et forte. Elle voulait sincèrement le haïr, mais il lui compliquait vraiment la tâche.

— Une chose à la fois, d'accord ? Et nous finirons par obtenir ce que nous voulons.

La phrase était d'une banalité affligeante. Mais le pire, c'est qu'elle lui remonta quand-même un peu le moral.

Zach passa l'essentiel de sa journée à enquêter sur la manageuse de Daisy et son entourage en espérant comprendre comment quelqu'un avait pu suivre Daisy jusqu'ici.

Comme la personne qui avait été repérée en ville ne savait pas où Daisy se trouvait précisément, tous les schémas qu'il définissait manquaient de précision. Il avait bien du mal à accepter cette vérité frustrante.

Il passa aussi un temps considérable à vérifier ses mesures de sécurité et à regarder les bandes enregistrées par les caméras de surveillance qu'il avait installées tout autour de la maison. Quand il fut à moitié convaincu d'avoir vu un buisson d'amarante traverser sa grand-rue déserte, il comprit qu'il était grand temps qu'il passe à autre chose.

Mais rien n'y faisait : même s'il n'avait pratiquement aucune interaction avec Daisy, il sentait l'extrême agitation qui émanait d'elle.

Quand Hilly revint avec les courses et quelques renseignements sur les tâches qu'il lui avait demandé d'accomplir, Zach la remercia et la renvoya, bien qu'il voie qu'elle aurait aimé rester pendant un moment pour discuter.

Même s'il se fiait à Hilly et Cam pour repérer un éventuel suiveur, il préférait éviter les allées et venues inutiles. Moins il y en aurait, moins grand serait le risque qu'elles soient remarquées – que ce soit par les mauvaises personnes ou par les habitants du coin, qui auraient pu parler.

Armé de l'objet très spécial qu'il avait chargé Hilly de trouver, Zach approcha de la porte de Daisy. Cela faisait maintenant une heure qu'elle était enfermée dans sa chambre. Il savait qu'elle ne dormait pas, parce qu'il l'entendait remuer.

Quand il frappa à sa porte, il se sentit à la fois sûr de lui et parfaitement idiot. Rien ne l'obligeait à essayer de mettre Daisy à l'aise ou à lui apporter un peu de confort, mais rien ne le lui interdisait non plus.

Elle ouvrit la porte et le gratifia de son sourire narquois et hautain, mais l'éclat méfiant de son regard ne lui échappa pas. Cependant, quand elle remarqua ce qu'il tenait dans ses mains, son visage s'adoucit.

— Une guitare, souffla-t-elle, comme s'il lui apportait le Saint-Graal.

— Il y a un magasin de musique, à Fairmont. Hilly y est passée pour vous l'acheter. Vous êtes sans doute habituée à des instruments de meilleure qualité, mais...

— Est-ce que Hilly a acheté cette guitare de sa propre initiative, ou est-ce que c'est vous qui lui avez demandé de le faire ?

— Est-ce que c'est important ?

Elle inclina la tête et le dévisagea longuement, mais ne répondit pas à sa question. Elle prit la guitare qu'il lui tendait et passa ses doigts sur le bois et les cordes, le corps et le manche.

Comme ce spectacle avait quelque chose d'un peu trop érotique, il battit en retraite dans la cuisine. Il était encore tôt, mais rien ne les empêchait de dîner un peu en avance. Ne serait-ce que pour lui permettre d'échapper à une situation embarrassante.

Mais même depuis la cuisine, il ne pouvait s'empêcher de la regarder caresser l'instrument. Il fallait qu'il trouve quelque chose à dire, ou à faire. Il fallait qu'il éloigne son esprit des contrées où il ne pouvait pas lui permettre de vagabonder.

— J'ai droit à un concert gratuit, c'est ça ?

Elle sourit en tournant la guitare dans ses mains. Ensuite, elle passa la sangle à son épaule, pinça les cordes et tourna les clés pour accorder l'instrument.

— Rien n'est gratuit en ce bas monde, mon chou.

Elle répéta la même phrase, en la chantant cette fois, sur l'air de l'une des chansons de son père. Il lui suffit de plaquer quelques accords pour se détendre, s'adoucir, se perdre tout entière dans la musique.

Pour employer un qualificatif qu'il n'avait sans doute jamais utilisé de sa vie, le spectacle qu'elle offrait était enchanteur. Cette femme était véritablement fascinante, un peu à la manière d'une fée qui aurait eu un côté sombre, malicieux. Elle passa sans heurt de l'une des chansons à boire de son père à l'une de ses dernières compositions – celle qui avait rencontré un certain succès, juste avant le meurtre de son garde du corps.

Ses traits s'assombrirent sous l'effet de la tristesse, mais il n'y lut aucune peur. Elle passa ensuite à une chanson qu'il ne reconnut qu'après quelques accords : l'un des rares duos qu'elle avait enregistrés avec son père.

Elle s'arrêta net au milieu de la chanson.

— Merde, marmonna-t-elle. Ce vieux salopard me manque.

Parce qu'il comprenait son chagrin, il voulut essayer de la réconforter.

— Mon père n'était pas un salopard, dit-il, mais je sais ce que vous ressentez.

— Il n'est plus là ?

— Il a été assassiné.

— Bon sang ! Vous voulez bien m'en dire plus, Zach ?

Il haussa une épaule et se demanda ce qui le poussait à le faire. Offrir un peu de réconfort était facile, mais raconter toute l'histoire, de son plein gré... Pourtant, elle se déversa de lui, en un flot rapide.

— Les risques du métier. Il était dans l'ATF, il enquêtait sur un gang... Ça fait longtemps maintenant. Ce sont des choses qui arrivent.

— Elles ne devraient pas arriver.

Il ne comprit pas pourquoi cette simple phrase le touchait autant. Il avait eu beaucoup de temps pour se faire à l'idée que son père était mort, pour accepter tant cette mort que l'injustice de la vie. Il avait enquêté sur le meurtre de son père en s'assurant que cette tragédie ne le consumait pas comme elle avait consumé son frère. Il s'était fait une raison. Il s'en était sorti.

Mais elle disait vrai : ce genre de choses ne devraient pas arriver.

— Est-ce que c'est pour ça que vous faites ce métier ? demanda-t-elle en continuant à pincer les cordes de la guitare.

— Non, mais c'est pour ça que je suis entré au FBI. Et vous ? Je suppose que c'est à cause de votre père que vous être entrée dans le monde musical.

— Oui et non.

Elle plaqua quelques accords en fredonnant.

— Il m'y a poussée, bien sûr. Mais je ne l'ai pas seulement fait pour lui – à cause de lui. Je l'ai aussi fait parce que la musique, les histoires que racontent les chansons… c'est en moi.

Elle le transperça du regard.

— Je dirais qu'il en est de même pour vous. C'est peut-être l'exemple de votre père qui vous a poussé à entrer dans les forces de l'ordre, mais quelque chose en vous était fait pour ce métier.

— Sans blague, marmonna-t-il. Et maintenant, qu'aimeriez-vous manger ce soir ?

— Je vous laisse choisir.

Elle s'assit à la table sans cesser de pincer les cordes de la guitare, comme si les accords la réconfortaient, l'aidaient à se sentir en sécurité.

— Je suppose que vous n'avez rien trouvé sur Stacy.

— Non. Cam travaille de son côté pour identifier la personne qui vous a suivie jusqu'ici. Il doit m'envoyer son rapport ce soir, ainsi qu'une vidéo que je veux que vous regardiez.

— Pourquoi parlez-vous de la personne qui m'a suivie jusqu'ici ?

— Que voulez-vous dire ?

— À vous entendre, la personne qui est ici n'est pas celle qui tire les ficelles.

Son inquiétude était de retour. Elle empoigna le manche de la guitare avec tant de force que ses doigts blanchirent.

Il faillit lui mentir, mais se retint. En lui cachant la vérité, il se serait trop impliqué sur le plan émotionnel.

— C'est une possibilité, répondit-il.

— Donc ils pourraient être deux ?

— Je ne pense pas. À mon avis, l'homme qui est ici a été payé pour vous suivre. Tout s'achète, en ce bas monde.

— Vous croyez qu'il s'agit d'un... d'un tueur à gages ?

— Ou tout simplement d'un homme qui a été chargé de vous retrouver. Ce qui serait pour votre harceleur un excellent moyen de retrouver votre trace sans se faire prendre.

— Autrement dit, même si vous l'attrapez, vous ne pourrez pas établir un lien entre lui et le harceleur ?

— Peut-être que non, et peut-être que si. Pour le moment, nous n'en savons rien.

Elle se frotta la poitrine.

— Je croyais être prête pour affronter tout ce qui m'est inconnu. Vous comprenez, dans l'industrie du disque, on ne sait jamais à l'avance ce qui va marcher ou non. Je croyais que je parviendrais toujours à prendre les choses comme elles viennent, mais je me trompais : si je vous entends dire une fois de plus « nous n'en savons rien », je vais faire une dépression nerveuse.

— Vous vous trouvez dans l'endroit idéal pour faire une dépression nerveuse, plaisanta-t-il. Un foyer moderne, doté de tout le confort possible, caché dans une ville fantôme dont l'apparence vous donne la chair de poule.

Elle éclata de rire, mais reprit aussitôt son sérieux.

— En parlant de foyer, est-ce que vous en avez un ?

— Je suppose que vous parlez de plus que quatre murs et un toit ?

— Bien vu, cow-boy.

Zach réfléchit à la question. Le seul véritable foyer qu'il ait jamais eu était le ranch de ses grands-parents, où sa mère et lui étaient allés vivre après la mort de son père. Par la suite, jamais il n'en avait créé un qui lui appartienne. La maison où ils se trouvaient en ce moment était importante à ses yeux. Elle était plus qu'un simple bâtiment, plus qu'un lieu de travail. Mais ce n'était quand même pas... un foyer.

— Je pense que non, répondit-il enfin. Depuis que je suis entré dans l'âge adulte, je ne me suis vraiment fixé nulle part.

— Et moi, je n'ai jamais connu de logement permanent.

— Est-ce que vous vous êtes déjà demandé ce qui vous avait poussée à mener une vie de bohème, alors que votre frère est Texas Ranger et ne bouge pas de chez lui ?

— Est-ce que vous ressemblez à votre frère et à votre sœur ? répliqua-t-elle en haussant dédaigneusement un sourcil.

Il redevint grave en pensant à son frère, qui était dans un hôpital psychiatrique où il cherchait à remettre en ordre tout ce qui s'était déréglé dans son esprit depuis la mort de leur père.

— Pourtant, je trouve que Hilly vous ressemble un peu, reprit-elle, comme si c'était elle qui cherchait à le réconforter.

— Nous ne nous sommes rencontrés que cette année. Enfin, je me souviens d'elle quand elle était bébé, mais...

— C'est ce qu'elle m'a dit, oui. Si l'on ajoute le meurtre de votre père, je dirais que votre histoire n'est pas banale, Zach.

— Hilly a été enlevée par les hommes qui ont assassiné mon père et a grandi sous un faux nom.

Daisy ouvrit de grands yeux.

— Quoi ?

Il haussa les épaules, gêné d'aborder ce sujet et agacé d'en parler d'une façon aussi malhabile.

— Notre histoire est compliquée, mais... Tout est réglé, maintenant.

— Vous n'en avez jamais assez d'avoir l'air aussi calme, fade et blasé ?

Elle le perçait à jour un peu trop facilement. Agacé, il haussa lui aussi un sourcil en essayant de sembler aussi dédaigneux qu'elle.

— Qui vous dit que je n'en ai que l'air ?

Elle eut un sourire en coin.

— Vous étiez bien moins fade et blasé quand vous m'avez trouvée en train de fouiller dans vos affaires.

Sa mâchoire se crispa à ce souvenir, et son irritation augmenta quand elle tendit le doigt vers lui avec un sourire de triomphe.

— Vous voyez ? Sous ces apparences de robot, il y a un homme avec un cœur qui bat, et qui souffre.

Elle baissa les yeux vers la guitare posée sur ses genoux et fronça les sourcils.

— Et croyez-moi, Zach : je préfère que ce soit un homme doté d'un cœur qui s'occupe de cette affaire, plutôt qu'un robot. C'est pour ça que je fouillais dans vos affaires. Je voulais voir si je pouvais atteindre ce cœur.

— Et croyez-moi vous aussi, Daisy, riposta-t-il. Je fais tout le nécessaire pour vous protéger. Ce que vous appelez mes « apparences de robot » font partie de ma mission.

Elle fit la moue, comme si elle ne le croyait pas vraiment – comme si elle entendait dans sa réponse une espèce de défi à relever.

Mais, heureusement pour lui, il ne reculait jamais devant un défi. Et il gagnait toujours.

6

Zach était mort. Toute vie avait quitté ses yeux bleus. Il baignait dans son sang. Exactement comme Tom.

Elle se détourna pour fuir, pour se sauver, mais trébucha sur un autre corps et laissa échapper un sanglot étranglé.

Vaughn. *Non.*

Elle voulut tendre le bras, agripper son frère, lui faire du bouche-à-bouche mais, au contraire, elle se mit à courir. Elle se demanda pourquoi, parce que son cerveau lui hurlait qu'elle ne pouvait pas courir dans les ténèbres.

Pourtant, elle continua à courir. À se diriger droit vers le danger.

— Daisy. Allons, Daisy.

C'était la voix de Zach. Mais il était mort.

Elle continua sa course.

— Daisy. Arrêtez.

Elle voulut parler, mais elle en était incapable. Elle ne pouvait rien faire, sinon courir. Zach lâcha un énorme juron qui résonna dans les ténèbres qui la cernaient.

— Essayons autre chose.

Pourquoi la voix de Zach la hantait-elle ? Il était mort, et elle était seule. Non... elle n'était pas seule. Elle courait pour fuir... fuir qui ?

— Lucy ?

Lentement, graduellement, elle se rendit compte que les

ténèbres qui l'entouraient étaient moins épaisses qu'elle l'avait cru. Une lueur brillait dans un coin de la pièce, une légère odeur de peinture flottait autour d'elle. Et Zach était là et lui touchait l'épaule. Étrangement, elle savait que c'était lui.

— Lucy, réveillez-vous maintenant.

Oui, c'était Zach. Il était assis sur son lit et l'appelait par son vrai nom. Il était tourné vers elle, avait posé les mains sur ses épaules et les pressait doucement. Il l'appelait par son vrai nom et elle était dans le Wyoming.

Elle avait rêvé.

— Un rêve, marmonna-t-elle.

— Du calme, dit-il avec un soulagement audible.

Il caressa son dos de la main, et l'étrangeté de la situation lui apparut : elle se trouvait dans une chambre inconnue, et un homme qu'elle connaissait à peine la touchait à travers le fin coton de son pyjama pour la réconforter.

Et ce simple geste lui apportait tellement de réconfort qu'elle s'appuya contre lui quand elle sentit qu'il s'écartait d'elle. Tout son corps se crispa, mais elle n'y fit pas attention.

— Vous étiez mort. Vaughn était mort. Et tout ce que je faisais, c'était courir.

Elle sentit son corps se détendre contre le sien. D'un geste hésitant, presque circonspect, il l'enlaça.

Il la serrait dans ses bras pour la réconforter. Peut-être même parce qu'il avait pitié d'elle.

Mais elle s'en moquait. S'il le fallait, elle trouverait du réconfort dans sa pitié. Les images de ce rêve restaient gravées dans son esprit, lui apparaissaient dans toute leur horreur dès qu'elle fermait les yeux. Alors, elle ne pensa qu'à Zach.

Son corps chaud et musclé était d'une fermeté surprenante. Il sentait le savon. Elle ferma les yeux, inspira profondément et s'imprégna de sa chaleur. Elle posa la joue contre son torse et écouta le battement régulier, réconfortant de son cœur.

À chacune de ses inspirations, leurs corps bougeaient à l'unisson. Et quand il expirait, son souffle faisait voler ses cheveux contre sa joue. Sous ses paumes, elle sentait la fermeté de son dos, et se laissait imprégner par sa chaleur.

Et s'il n'avait pas porté ce T-shirt col tunisien ? Si ses paumes avaient été posées sur sa peau, sa joue pressée contre son torse nu ? Elle l'avait déjà vu sans T-shirt. Le souvenir était encore net dans son esprit.

Et cette image était tellement plus agréable que celles qui se bousculaient quelques instants plus tôt encore dans son esprit...

Elle ne comprit pas tout de suite la nature du frissonnement qui parcourait sa peau : un désir brut, sans mélange. Elle leva les yeux au ciel, consternée par sa bêtise et sa naïveté. Elle se redressa et s'écarta de lui. Il la relâcha aussitôt, et se leva sans attendre.

Il avait peut-être ressenti cet éclair d'attirance lui aussi. La pensée la consola un peu, et l'amusa. Qu'est-ce qui pouvait bien se passer dans ce cerveau tellement bien organisé ?

— Que diriez-vous d'un peu de crème glacée ? demanda-t-il.

La question la fit sourire.

— Est-ce que le sucre est la réponse que vous apportez à toutes les crises de l'existence ?

— Non, je ne dirais pas ça. Le sucre n'est pas une réponse, mais... un réconfort. Puisque vous avez demandé à Hilly de vous acheter ces ignobles sorbets à teneur réduite en sucre, j'ai pensé que vous aimeriez peut-être en manger un peu.

— Je veux bien, oui.

Elle se leva. Elle avait retenu la leçon de la première nuit et s'était habillée de façon plus décente, au cas où Zach la verrait une nouvelle fois dans son lit.

Mais pour être franche, elle le regrettait maintenant. Elle préférait de loin penser au désir que lui inspirait Zach – et aux façons dont ce désir pouvait être assouvi, alors qu'ils étaient confinés ensemble dans cet étrange refuge – qu'à son rêve, ou même à la réalité.

Alors, tout en le suivant jusqu'à la cuisine, elle essaya de définir le genre d'avances auxquelles Zach Simmons, cet être mi-homme, mi-robot, pourrait être sensible. La subtilité serait sans doute inefficace. Ressentir du désir pour elle devait être aux antipodes de tous ses principes.

Qu'aurait-elle dû faire pour qu'il en vienne à oublier ces principes ? Elle se rappela sa gêne de la première nuit, quand il l'avait surprise dans une tenue qui manquait de décence, et éclata de rire – ce qui lui fit un bien incommensurable après ce rêve terrifiant.

— Quelque chose de drôle ? demanda-t-il.

Il posa sur elle un regard inquiet, comme s'il craignait qu'elle ait perdu la tête. D'ailleurs, c'était peut-être le cas, mais elle avait toutes les raisons de dérailler.

— J'essaie seulement de penser à des choses amusantes, pas à des choses qui me font pleurer ou crier.

Il fronça les sourcils et sortit le bac de glace au yaourt du freezer.

— Et moi, je réfléchissais à l'homme qui vous a suivie jusqu'ici et je me demandais ce que nous allions faire.

— Vous réfléchissiez ? Vous ne dormez donc jamais ?

Il haussa les épaules et mit une part de glace dans un bol. Elle remarqua qu'il n'en prenait pas.

— Seulement quand c'est nécessaire.

Quand c'était nécessaire... Elle ne savait vraiment pas pourquoi cet homme lui semblait aussi singulier et attachant. C'était peut-être parce que la plupart des hommes qu'elle connaissait feignaient des sentiments qu'ils n'éprouvaient pas, alors qu'il faisait exactement le contraire.

— Je pense que la fuite vient de votre manageuse, reprit-il. C'est ce qui semble le plus logique, en tout cas. Nous allons donc creuser de ce côté.

Il posa son bol de sorbet devant elle avant de retourner au freezer pour en sortir un autre bac.

Elle contempla tristement le contenu de son bol. Parfois, la glace au yaourt à teneur réduite en sucre représentait un ersatz acceptable à une vraie crème glacée. Quand personne ne cherchait à la traumatiser ou à la tuer, du moins.

— Que veut dire « creuser » en langage de flic ?

Zach s'assit à côté d'elle en posant devant lui un bol de glace au chocolat qui semblait tellement riche et onctueuse qu'elle en eut l'eau à la bouche.

— Nous allons envoyer quelques informations erronées et voir lesquelles provoquent une action. Je n'ai pas encore tout compris à cette affaire, mais je ne pense pas me tromper. Vous allez devoir envoyer votre manageuse sur une fausse piste.

— Vous voulez que je mente à Stacy ?

Son estomac se retourna à cette idée. Parce qu'elle était une artiste, dont le métier était de conter des histoires, elle était assez bonne menteuse. Mais devoir mentir à Stacy, dans le seul but d'avoir la preuve que cette femme qu'elle aimait et qui avait toute sa confiance était mêlée à ce cauchemar...

Non, la glace au yaourt n'allait pas suffire à la réconforter.

— Vous n'allez pas nécessairement devoir mentir, rectifia Zach. Je vous demanderai juste de lancer quelques appâts, pour voir qui mord à l'hameçon.

Mais pour elle, cela ne faisait aucune différence : il s'agissait toujours d'un mensonge. Découragée, elle tendit le bras et vola une cuillerée de la glace au chocolat de Zach. Quand elle glissa la cuillère dans sa bouche, leurs regards se croisèrent.

Cet instant aurait pu être amusant s'il ne l'avait pas regardée avec une telle intensité que son corps tout entier s'embrasa instantanément.

Sous son apparence de fadeur, elle découvrait que Zach représentait une variable extrêmement dangereuse qui venait s'ajouter au guêpier dans lequel elle se trouvait. Malgré le harcèlement dont elle faisait l'objet, malgré ce meurtre dont le souvenir lui glaçait le sang, malgré la culpabilité qui la consumait, elle était toujours elle-même. Daisy Delaney. Lucy Cooper.

Et elle n'avait jamais été très douée pour se tenir à l'écart du danger.

Zach devait manquer de sommeil. C'était la seule explication possible. Sinon, jamais il n'aurait perdu le contrôle comme il venait de le faire.

Il n'avait rien fait, sinon regarder Daisy lui voler une cuillerée de glace, ouvrir la bouche pour l'y glisser, et l'avaler.

Et il avait failli être victime de combustion spontanée.

Il baissa les yeux vers son bol et essaya de se rappeler de quoi ils étaient en train de parler. Il ne fallait pas qu'il pense à sa bouche, ni à la façon dont elle s'était laissée aller contre lui dans la chambre, un peu plus tôt.

Mais peut-être qu'il était trop dur avec lui-même. Après tout, il n'était qu'un homme ; et Daisy était une femme très attirante. Elle avait ce truc qui donnait envie aux gens de la regarder, d'être attirés dans son orbite.

Il aurait préféré être immunisé contre son charme, mais il ne l'était pas. Ce qui ne faisait pas de lui un raté.

Mais la seule fois où il avait laissé ses émotions prendre le dessus, des gens avaient failli mourir. Des gens à qui il tenait. Des gens qu'il aimait.

Il ne pouvait pas refaire cette erreur, et ne la referait pas. Même si Daisy Delaney était terriblement attirante.

Tous ses papiers et son ordinateur étaient dans sa chambre. Il n'avait aucun bouclier pour se protéger d'elle – parce qu'il fallait qu'il pense à cette situation comme à une guerre, même si c'était une guerre qu'il livrait contre lui-même.

— Vous pourriez annoncer que vous êtes prête à donner quelques concerts, dit-il.

Même sans tous ses documents, ils pouvaient discuter des options qui s'offraient à eux. Dans le doute, mieux valait se concentrer sur sa mission. Pour échapper à la tentation, ne penser qu'à ce qui devait être fait.

— C'est toujours mon agent qui s'occupe de fixer les dates des concerts.

— Est-ce qu'il sait que vous êtes ici ?

— Non, à moins que Stacy le lui ait dit. Je doute qu'elle l'ait fait. Elle lui aura seulement dit que je ne suis pas disponible.

Peut-être… et peut-être que non. On ne savait jamais vraiment ce que quelqu'un pouvait répéter à quelqu'un d'autre, et jusqu'où l'information circulerait. Toutes les pistes qu'il envisageait s'effilochaient, et ses nerfs commençaient à faire de même. À cause d'elle, à cause de l'intimité physique qu'ils partageaient, et parce qu'il était frustré de comprendre que l'affaire était plus compliquée qu'il l'avait pensé.

— Et Jordan ?

Elle s'affaissa sur sa chaise et se mit à jouer avec sa cuillère. Il ne parvenait toujours pas à croire que la presse s'en soit prise à elle, l'accusant d'être froide et calculatrice, tandis que Jordan déversait toute sa douleur dans son dernier album.

À chaque fois qu'il mentionnait son ex-mari, elle avait une réaction viscérale – qu'elle n'avait sur aucun autre sujet.

Ce qui faisait naître en lui une émotion qu'il se refusait à analyser, parce que cette affaire ne devait prendre aucune dimension émotionnelle. Plus question de lui offrir une guitare, ou d'aller dans sa chambre si elle faisait un cauchemar. Plus question de…

Elle prit une autre cuillerée de sa glace, et il garda les yeux obstinément rivés à son bol. Plus question de partager sa glace avec elle.

— Quoi, « et Jordan » ? demanda-t-elle.

— Est-ce que quelqu'un aurait pu lui dire où vous êtes ? A-t-il des relations avec votre manageuse ou votre agent ?

— Il a pris un nouvel agent quand nous avons divorcé, et nous n'avons jamais eu le même manager. Peut-être que Stacy a été amie avec Doug, comme peuvent l'être deux personnes qui travaillent parfois ensemble. Elle sait… Écoutez, Stacy est restée à mes côtés pendant tout le divorce. Jamais elle ne dirait quoi que ce soit à Jordan. Et vu la façon dont il l'a traité, je ne pense pas que mon agent soit le plus fervent admirateur de Jordan, lui non plus.

À moins qu'il ne soit pas votre plus fervent admirateur, à vous. Zach prit mentalement note d'enquêter sur l'agent.

— Je ne comprends pas vraiment les subtilités de votre... comment appelez-vous ça ? Vos employés ?

— Mon équipe, répondit-elle avec emphase.

— Passons la hiérarchie en revue, vous voulez bien.

Elle secoua la tête.

— Je pense que je préférerais retourner me coucher. Tant pis si je fais d'autres cauchemars.

— D'accord.

Elle le dévisagea.

— Mais il faudra que nous le fassions demain matin, je suppose ?

Il haussa les épaules.

— Je dois comprendre ce qu'il se passe, Daisy.

— Non, ce n'est pas votre rôle. On vous demande seulement de me garder en vie.

C'était vrai. Il n'avait pas été engagé pour enquêter, mais pour la protéger... ce qui ne l'empêchait pas de faire les deux. Cependant, il avait besoin de sa coopération. Il allait donc devoir trouver une autre stratégie pour l'amener à lui fournir les renseignements dont il avait besoin.

— Vous avez raison, dit-il. Je n'ai pas à enquêter sur cette affaire ni à fouiner dans votre vie. Ce n'est pas mon travail.

Il se leva, prit les deux bols et les porta jusqu'à l'évier.

— Je ne m'en mêlerai plus.

Il fit quelques pas vers sa chambre. Une colère sourde grondait en lui, mais il la mit sous éteignoir. Les émotions non plus ne faisaient pas partie de son travail.

Pour lui, il était inconcevable de ne pas enquêter de son côté. Et si elle ne voulait pas qu'il le fasse... il se débrouillerait sans son aide.

Elle se leva et vint se planter devant lui, lui barrant le chemin. Elle inclina la tête et le dévisagea longuement. Il eut l'impression d'être de retour dans la FBI Academy, à l'époque où l'on jaugeait en permanence ses aptitudes et son utilité.

À l'époque, cela ne l'avait jamais dérangé d'être ainsi scruté. Il avait l'absolue certitude d'être à sa place et de posséder toutes les compétences requises pour devenir agent du FBI.

Mais cette nuit, en ce lieu, ce regard scrutateur l'agaçait. Il ramenait à la surface bien trop d'incertitudes dont il aurait aimé pouvoir nier l'existence.

— Vous avez fait un sacré boulot quand vous travailliez sous couverture, n'est-ce pas ? dit-elle à voix basse.

Il fut surpris par le changement de sujet, mais ne se laissa pas démonter.

— Je suppose.

— Le problème, c'est que vous n'êtes pas sous couverture en ce moment. Quand vous en faites un peu trop, vous n'êtes pas crédible.

— Je ne vous suis pas.

— Vous vous moquez qu'on ne vous ait pas demandé de mener l'enquête. Vous allez le faire quand même. Vous ne lâchez jamais rien, et je sais que vous allez trouver le moyen de continuer à me faire parler. Il y a quelque chose sous tout votre...

Elle agita les doigts en face de son visage.

— Je pourrais vous dire que je ne vous comprends pas, mais ce serait faux. Je n'ai peut-être pas grandi avec mon frère, mais je sais reconnaître ce qui motive les actes d'un flic. La recherche de la justice et de la vérité, avant tout.

— Je vous rappelle donc votre frère, dit-il catégoriquement.

La bouche de Daisy frémit et s'arqua lentement jusqu'à ce qu'un sourire bien trop amusé illumine son visage. Ce fut un mouvement tellement fluide et hypnotisant qu'il fut incapable de quitter sa bouche des yeux, jusqu'à ce que s'épanouisse son sourire sensuel.

— Non, Zach. Je ne peux vraiment pas dire ça.

Il fallait qu'il trouve un moyen d'atténuer la tension qui l'habitait. Qu'il change de position, qu'il se râcle la gorge... Mais il se serait trahi.

Et alors ? Est-ce qu'il serait tellement grave que tu te trahisses devant elle ? Cette femme n'est pas ton ennemie.

— Mais ce que je peux dire, reprit-elle, c'est que c'est grâce à mon frère que je peux croire à l'existence d'hommes qui ont un sens inné de la justice et un besoin viscéral de protéger autrui.

Il ne fit pas un geste. Il se contenta de lui opposer le regard parfaitement inexpressif qu'il avait perfectionné pendant sa carrière d'agent infiltré. Pendant une mission, il ne fallait surtout pas se laisser aller à penser qu'on était tellement bon acteur que les autres ne verraient rien, sinon ce qu'on voulait qu'ils voient.

Alors, on établissait un contact visuel, mais sans se prendre au jeu. On comptait les cils de la personne qui se trouvait en face ou on se récitait le discours de Gettysburg. On ne réfléchissait pas à son plan d'action, et on ne cherchait surtout pas à analyser les pensées ou les sentiments de son interlocuteur, parce que c'était impossible. Les pensées et les sentiments ne pouvaient être ni analysés ni prédits. Ils ne pouvaient pas entrer dans un schéma.

Ce qui, malheureusement pour Daisy, l'amenait à penser que toute cette affaire était *personnelle*. Son harceleur ne l'avait pas prise pour cible à cause de sa musique, ou de sa réputation.

— Vous pouvez continuer à me faire parler, reprit-elle, et je ferai de même avec vous. Mais n'allez surtout pas croire que je ne verrai pas ce que vous chercherez à faire, ni que je vous en voudrai de le faire. Si je m'en prends à vous, ce sera uniquement parce que je serai énervée et que vous représenterez une cible facile. Votre mode de pensée rationnel, basé sur les faits, sera la roche contre laquelle je pourrai projeter mes émotions extravagantes. Vous ne trouvez pas ça chouette ?

Elle lui tapota le torse et conclut :

— Le moment viendra même peut-être où nous prendrons plaisir à nous... sonder mutuellement.

Il aurait dû réagir à cette provocation. Rire peut-être, ou toussoter, ou apporter une réponse physique au sous-entendu sexuel. Mais il ne pouvait pas se laisser distraire par l'appât qu'elle venait de lui lancer délibérément. Elle était intelligente, il le savait, mais elle espérait que la personne qui la terrorisait était un parfait inconnu et que son enquête était inutile.

En répondant à sa provocation, il l'aurait confortée dans cette idée. Or, dans son esprit, cela ne collait pas. Il sentait que la personne qui était à l'origine de tous ces incidents la connaissait personnellement, et qu'il était fort possible que ce soit une personne en qui elle avait confiance.

Mais rien ne l'obligeait à le lui dire, et rien ne l'obligeait à la sonder – de quelque manière que ce soit. Pourtant, il n'aurait pas détesté poser sa main sur la sienne... seulement pour lui apporter un peu de réconfort.

Mais il n'en fit rien. Il demeura rigoureusement immobile et soutint son regard jusqu'à ce que ce sourire aguicheur s'efface de son visage.

— Ma priorité est votre sécurité, dit-il, mais mon but n'est pas de vous plonger dans une détresse émotionnelle injustifiée. Par conséquent, si ma façon de vous interroger vous déplaît, je n'aurai aucun mal à poursuivre mes investigations d'une autre façon, sans aucun...

Il avait une envie désespérée de prononcer le mot de « sondage ». Il voulait lui sourire, lâcher une boutade, et la délivrer de la tension qui s'était accumulée en elle.

Mais il valait peut-être mieux, pour elle comme pour lui, qu'un soupçon de tension les empêche de devenir trop intimes.

— Sans aucun interrogatoire qui pourrait nous mettre tous deux mal à l'aise.

Elle cligna des yeux.

— Priorité ? répéta-t-elle. Détresse émotionnelle ?

Elle secoua la tête, fit quelques pas en arrière et lui décocha un regard suspicieux. Comme il n'avait pas besoin de sa confiance pour faire son travail, ce regard ne le dérangea pas.

Pas du tout.

— Ouais... Vous deviez être un agent infiltré hors pair, marmonna-t-elle.

Elle était en train de se reprendre. Sa perspicacité, son assurance, ces outils qu'elle maniait contre lui comme autant d'armes, retrouvaient tout leur tranchant.

— Mais vous savez quoi ? Vous n'êtes plus un agent infiltré. Vous pouvez très bien me protéger et enquêter sur cette affaire en n'étant que vous-même, ce bon vieux Zach Simmons. Ce sera plus que suffisant.

Comment cela pourrait-il jamais être suffisant ?

Puisque c'était une question qu'il ne pouvait poser à voix haute, il se borna à acquiescer.

— C'est noté.

Alors, sans qu'il s'y attende, elle fit quelques pas vers lui. Elle posa une main sur son visage, en un geste qui n'était que douceur, le genre de geste qu'on réserve à ceux que l'on aime. Il lisait tellement de tendresse dans son regard qu'il fut incapable de détourner les yeux.

Ensuite se produisit la chose la plus folle qui lui soit jamais arrivée – ou même à laquelle il lui ait jamais été donné d'assister.

Elle se mit sur la pointe des pieds et pressa sa bouche contre la sienne.

7

Alors même qu'elle tendait sa bouche vers celle de Zach, Daisy était parfaitement consciente que ce qu'elle faisait était mal. D'ailleurs, c'était même peut-être pour cela qu'elle le faisait.

Mais, qu'il en soit conscient ou non, Zach lui avait lancé un défi. En cherchant à étouffer toute sa personnalité, son essence même, en se comportant en permanence avec elle comme s'il était un robot, il ne lui avait donné qu'une envie : court-circuiter ce robot.

Plus jamais personne ne lui ferait comprendre qu'elle était insignifiante, tout juste bonne à reléguer dans un coin sans le moindre scrupule. Non. Ni l'homme avec lequel elle avait été mariée, ni celui qui avait pour mission de la protéger.

Elle allait le lui *montrer*. Et il allait comprendre. Et quelle meilleure façon d'y parvenir qu'en utilisant sa bouche ?

D'abord il se crispa, sans doute sous l'effet de la surprise. Elle ne recula pas, loin de là. Elle inclina la tête pour pouvoir l'embrasser plus à son aise. Alors, elle sentit un frisson le traverser.

À moins que quelque chose se soit brisé en lui… Oui, elle avait brisé quelque chose en lui, parce qu'il fit bien plus que se soumettre à son baiser : il y répondit, et de quelle manière !

Dans son baiser, elle ne ressentit ni défi ni tentative de prendre le dessus. Non, c'était seulement un baiser… mais « seulement » n'était pas le mot qui convenait.

Ce baiser était vrai. Il était Zach tout entier. Comme s'il leur avait suffi de passer quelques jours sous le même toit pour s'attacher l'un à l'autre. Et pourtant, la bouche de Zach écrasait la sienne avec autant de passion que s'ils étaient amants depuis assez longtemps pour avoir l'habitude de s'embrasser, mais depuis trop peu de temps pour qu'un baiser ne lui fasse pas tourner la tête. Le sang se mit à frémir dans ses veines, comme si elle avait bu, et elle ressentit une brusque faiblesse, qu'elle regretterait plus tard.

Mais pour le moment, elle ne pouvait rien regretter. La bouche de Zach caressait la sienne et quand il l'enlaça, ce fut pour l'attirer tout contre la muraille de muscles et de stoïcisme qu'était son torse.

Cependant, il n'y avait rien de stoïque dans la façon dont il l'embrassait. Ce baiser n'était pas l'explosion d'un désir charnel, comme elle aurait pu s'y attendre, et qu'elle aurait pu comprendre. Il y avait autre chose. Quelque chose de plus profond, de plus intense. Le genre de chose qui ne vous ébranlait pas pour un moment, mais pour toujours. Oui, ce baiser était un baiser qu'elle se rappellerait *toujours*.

Cette pensée l'horrifia à tel point qu'elle tressaillit. Zach arracha aussitôt sa bouche de la sienne et la repoussa doucement. Elle recula d'un pas, les jambes tremblantes, et leva les yeux vers lui, juste à temps pour voir *quelque chose* étinceler dans son regard. Mais l'étincelle disparut avant qu'elle ait eu le temps de comprendre ce qu'il pouvait ressentir.

Il la toisa avec la plus grande solennité et dit, d'un ton sans réplique :

— Cela ne se reproduira jamais.

Elle fut horripilée par ce mot : « jamais ». Comme s'il était Dieu en personne et qu'il avait le droit de décider de la façon dont devait fonctionner le monde – et dont *elle* devait fonctionner. Alors elle le gratifia d'un sourire à la douceur trompeuse.

— Voyons, Zach… vous n’avez donc pas encore compris qu’il n’était pas raisonnable de me lancer un défi ?

— Est-ce que vous voulez mourir ? riposta-t-il.

Il semblait tellement sûr de lui que son sang se glaça dans ses veines.

— Je ne vois pas comment un baiser pourrait me tuer.

Mais sa voix était mal assurée. Tout en elle l’était. Malgré la peur glaçante qui l’avait gagnée, elle avait l’impression que son corps était aussi mou que de la gélatine.

Elle pouvait encore sentir la bouche de Zach sur la sienne. Le désir qu’elle avait cru sentir était-il réel, ou ne s’était-il agi que d’une comédie, une fois encore ? Un nouveau masque ?

Non. Son visage était peut-être redevenu parfaitement neutre, mais une colère sourde émanait de lui. Une colère qu’elle ne comprenait pas, parce qu’elle ne se manifestait d’aucune des façons qu’elle connaissait. Il ne hurlait pas, il ne serrait pas les poings, il ne lui lançait ni menace ni regard furibond. Il ne la gratifiait même pas d’un soupir condescendant, tel que celui que Jordan avait perfectionné durant leur mariage.

— Vous vous trouvez dans une situation extrêmement dangereuse, dit Zach.

Il avait retrouvé sa voix de robot, mais elle était moins ferme qu’avant.

— Une situation qui peut potentiellement vous coûter la vie. Si en plus vous…

Il inspira vivement et souffla lentement. Quand il reprit, sa voix était toujours aussi neutre, mais le ton était moins brusque.

— Il faut que vous m’écoutiez, parce que je me suis retrouvé moi-même dans quelques situations qui auraient pu me coûter la vie. Il ne faut jamais mélanger émotions et situations dangereuses. C’est le meilleur moyen de courir à la catastrophe.

— Mais ce n’était qu’un baiser, protesta-t-elle.

Sa voix était tellement boudeuse qu'elle ne put retenir une grimace.

— C'était une complication, rectifia-t-il. Du genre que vous devez vous interdire.

À ces mots, son irritation se renouvela. Elle releva le menton.

— Ne vous avisez pas de décider ce que je peux me permettre ou non.

— Est-ce que vous êtes toujours aussi casse-pieds ? demanda-t-il d'une voix légèrement cassante.

— Si vous devez poser cette question, c'est que vous ne m'avez pas bien regardée.

Il leva les yeux au ciel, et elle comprit qu'il allait la planter là. Elle eut envie de piquer une colère, de se rendre encore plus odieuse, mais cet endroit lui rappelait trop où elle s'était laissé entraîner par ses sentiments et ses colères.

Dans un mariage raté, sur lequel tout le monde semblait avoir son mot à dire. Ensuite, dans un isolement total, parce que beaucoup de gens étaient prêts à croire le pire à son sujet et à penser qu'elle méritait tout ce qui lui arrivait.

Jamais elle n'aurait dû embrasser Zach. Quand elle comprit l'énormité de son erreur, une vague de nausée monta en elle. Elle avait agi sans réfléchir, tout simplement. Quand tirerait-elle enfin la leçon de ses erreurs ?

Monsieur Contrôle t'a embrassée, lui aussi.

Et depuis quand les conséquences de ses erreurs étaient-elles moins graves parce qu'elle n'était pas la seule à blâmer ?

Le téléphone de Zach tinta dans sa poche. Il l'attrapa et déverrouilla l'écran, le visage toujours aussi impassible.

Mais qui pouvait bien le contacter à 4 heures du matin ? Seulement quelqu'un qui venait lui annoncer une mauvaise nouvelle. Et puisque toutes les mauvaises nouvelles qu'il recevait en ce moment avaient un lien avec elle…

— Qu'est-ce que c'est ? Quelqu'un a été blessé ? Est-ce que Vaughn…

Il secoua sèchement la tête.

— La femme de mon cousin a accouché.

Zach ne lui semblait pourtant pas être le genre d'homme à qui on envoie un texto en pleine nuit pour lui annoncer une naissance.

— Ne me mentez pas...

Il tourna le téléphone vers elle, et elle découvrit la photo d'un bébé emmailloté de rose, au visage écarlate. La photo était accompagnée d'un texte :

Amelia Delaney Carson, 3 kg, 50 cm. Préparons-nous au pire.

Son cœur se serra bizarrement, sans qu'elle comprenne pourquoi. Elle avait fini par se convaincre qu'elle n'était pas certaine de vouloir avoir des enfants. Jordan et elle avaient décidé ensemble de ne devenir parents qu'une fois leurs carrières sur les rails.

Mais au moment de son mariage, sa carrière était déjà sur les rails. Sans se l'avouer, elle avait espéré que ce mariage serait pour elle une sorte de transition.

Elle avait épousé Jordan dans l'espoir d'avoir un foyer où résonneraient les rires et la musique. Elle avait espéré en finir avec les tournées interminables et mener enfin une vie paisible. Une vie qui ne serait pas tout entière consacrée à la scène, dans laquelle elle pourrait choisir les moments et les lieux où elle endossait le rôle de Daisy Delaney.

Elle aimait le personnage de Daisy, parce qu'il était une partie d'elle. Mais il avait accaparé son enfance et son adolescence et plus le temps passait, plus elle avait l'impression qu'elle avait mérité de passer un peu de temps dans la peau de Lucy Cooper.

Pourquoi avait-elle cru qu'elle pourrait construire la vie dont elle rêvait avec Jordan, dans l'avenir lointain qu'il évoquait toujours ? Franchement, ça la dépassait.

Elle rendit le téléphone à Zach.

— Adorable, parvint-elle à dire. J'aime beaucoup le second prénom.

Il fit une drôle de tête et la dévisagea d'un air méfiant.

— C’est le nom de famille de la mère, expliqua-t-il.

— Une Delaney du Wyoming ?

Il réprima une grimace. Elle ne comprit pas pourquoi, mais décida de savourer son embarras.

— Est-ce que vous connaissez des… Delaney du Wyoming ? demanda-t-il, avec une désinvolture forcée. Pourtant, Daisy Delaney n’est qu’un nom de scène.

Il semblait avoir un peu trop envie d’avoir raison.

— Oui et non, répondit-elle. Pourquoi est-ce que cela vous met mal à l’aise ? Vous avez peur que nous soyons parents ?

— Les Carson et les Delaney ne sont pas apparentés.

— Je croyais que vous étiez un Simmons.

Il secoua la tête.

— Ne parlons plus de ça. Nous ferions mieux d’aller dormir un peu. Demain, nous réfléchirons au message que vous enverrez à votre manageuse pour voir si elle nous mène jusqu’à une piste.

Elle étudia son visage. Il y avait quelque chose d’étrange dans le malaise que ce nom, pourtant assez courant, faisait naître en lui. Comme il l’agaçait, elle décida de l’asticoter encore un peu.

— Mon nom officiel est Cooper, mais mon pseudonyme est le nom de jeune fille de mon arrière-grand-mère. Elle est née dans une petite ville du Wyoming, qui commence par un « B », je pense… Il faudrait que je demande à Vaughn. Il s’en souviendra. Oh ! attendez : la ville s’appelait Bent. Voilà pourquoi papa portait toujours un T-shirt sur lequel était écrit « Hell bound and whiskey bent ».

— Doux Jésus, marmonna Zach.

Il semblait tellement horrifié qu’elle faillit éclater de rire.

— Quoi ?

— Rien, répondit-il, bien trop vite.

— Est-ce que nous sommes près de Bent ?

— Plus ou moins. Mais n’en parlons plus. Au lit, maintenant.

— Peut-être que je suis une parente de la femme de votre cousin... Ça serait dingue, non ?

— Oui, complètement dingue. Bonne nuit, Daisy.

Zach ne supportait plus les femmes. Surtout quand elles étaient jolies et horripilantes, et ne se privaient pas de donner leur avis sans qu'on le leur demande.

Il se serait bien passé que sa sœur en rajoute. Pourtant, en ce moment même, elle essayait de lui dire ce qu'il devait faire.

— Il faut que tu viennes, dit-elle d'un ton autoritaire, qu'il ne lui connaissait pas.

Mais Hilly semblait chaque jour un peu plus sûre d'elle. Elle avait été élevée dans un chalet coupé du reste du monde, et s'adaptait graduellement à une tout autre vie.

Ils se tenaient sur la terrasse vermoulue de la maison qui lui apportait d'habitude tant de satisfaction. Mais après la nuit qu'il venait de passer, elle ne suffisait pas à le réconforter.

— Je suis en pleine mission. Je ne peux pas laisser Daisy enfermée ici.

— Si tu l'emmenais avec toi ?

— Mais quelle idée géniale ! Puisque quelqu'un fouine dans Bent pour retrouver sa trace, pourquoi ne pas l'amener à l'hôpital et mettre en danger les membres de nos deux familles ?

Et, apparemment, de celle de Daisy, dont l'arrière-grand-mère était une Delaney originaire de Bent, Wyoming.

Bien sûr, Zach ne croyait pas un mot de toutes les balivernes métaphysiques que débitaient ses cousins. Ils affirmaient que la vieille querelle entre Carson et Delaney appartenait au passé, et que les deux familles étaient maintenant destinées à être unies par toute une série de mariages.

Destinées ? Il ne croyait pas non plus au destin.

— Est-ce que tout va bien ? demanda Hilly.

Il se ressaisit aussitôt. Il n'avait pas de temps à perdre avec ce genre de balivernes.

— Bien sûr que oui. Mais cette mission est importante. Et nous n'avons trouvé aucune piste solide. Je ne peux pas la laisser seule ici, et je ne peux pas prendre le risque de l'emmener où que ce soit.

— Elle ne peut pas vouloir rester enfermée là-dedans !

— Hilly...

— Je sais, je sais. La sécurité. Les précautions. Mais...

Elle leva les yeux vers la bâtisse décrépite.

— Pendant combien de temps encore vas-tu pouvoir la garder ici ? Elle va commencer à avoir l'impression d'être en prison.

— Mieux vaut une prison qu'un cercueil, Hilly.

— Pourquoi est-ce qu'il faut que tu sois toujours aussi pragmatique ?

— Parce que c'est une aptitude essentielle dans mon travail.

— Mais ta vie ne se limite pas à une liste d'aptitudes essentielles dans un travail, Zach. Et celle de Daisy non plus.

Que pouvait-il dire pour la faire taire ? Soudain, un reflet, au loin, attira son regard. Il fut aussitôt en alerte, suffisamment pour ne plus se soucier de choisir ses mots. Il fallait qu'il fasse partir Hilly, c'est tout.

— Nous allons marcher jusqu'à ta voiture, dit-il. Quand tu seras montée, je veux que tu appelles...

Il se creusa la cervelle. Qui allait pouvoir l'aider ? Cam devait continuer à surveiller l'autre type. Tous les autres membres de sa famille étaient à l'hôpital, auprès de Laurel et de Grady. Et il rechignait à mêler la police à cette affaire.

— Qu'est-ce qu'il y a ? demanda Hilly d'une voix égale.

Elle semblait légèrement perplexe, mais elle avait compris.

Il la prit par le bras et l'entraîna vers sa voiture.

— Il y a quelqu'un ici.

Il devait trouver un moyen de faire croire à l'intrus qu'il n'habitait pas ici, et de l'éloigner le plus possible de la maison. Et il fallait aussi qu'il entre en contact avec Daisy pour lui dire de ne surtout pas bouger.

— Je ne peux pas avoir été suivie. Cam surveille notre homme.

Elle le regarda en riant, comme s'il venait de dire quelque chose d'hilarant.

— En ce cas, il y en a un autre.

— Très bien, dit-elle. Je vais appeler Cam, et nous trouverons un moyen d'agir. Ne t'inquiète pas pour moi. Veille sur Daisy.

— Je ne veux pas qu'il te suive.

— Mais tu ne veux pas non plus qu'il reste ici.

La marge d'erreur était trop étroite, la situation trop dangereuse. Sauf s'il jouait correctement les cartes qu'il avait en main.

— Vas-y, dit-il. Appelle Cam.

Pour la première fois, elle perdit légèrement contenance et pâlit.

— Je n'aime pas t'entendre parler sur ce ton, Zach.

— J'ai été agent du FBI, Hilly. Fais-moi confiance.

Elle marqua un temps d'hésitation, qui le blessa comme l'eût fait la pointe d'un couteau. Pourtant, elle avait toutes les raisons de douter de lui. Après tout, Cam avait failli mourir parce qu'il s'était trop préoccupé de la santé de son frère pour faire correctement son travail.

— Je ne veux pas que tu tentes quelque chose alors que tu es seul.

— Je ne serai pas seul, puisque tu vas appeler Cam en renfort, répondit-il. Mais il faut que tu t'en ailles. Il te suivra peut-être.

Zach espérait bien que non, mais si l'intrus suivait effectivement Hilly…

Hé bien, il avait un plan. Il éliminerait la menace.

— Va rejoindre Cam. D'accord ?

— Très bien. Mais c'est uniquement parce que je ne vois pas ce que nous pourrions faire d'autre. Ne fais rien seul, tu m'entends ?

— Je t'entends.

Elle poussa un soupir dégoûté. Elle devait savoir que ce

n'était pas parce qu'il avait répondu « je t'entends » qu'il était d'accord avec elle.

Elle prit sa main, la pressa, et se força à sourire pour le bénéfice de la personne qui les épiait.

— Fais attention, c'est tout, dit-elle. Parce que si tu es blessé, je devrai t'achever.

Elle ponctua sa phrase d'un sourire un peu plus naturel, se détourna et remonta en voiture. Zach s'interdit de jeter le moindre coup d'œil vers la maison, de peur de révéler la présence de Daisy. Il resta là où il était et suivit la voiture de Hilly des yeux.

Personne ne la prit en filature.

Quand la voiture eut disparu, Zach se garda bien de retourner vers la maison et de vérifier qu'il avait bien pris son arme et son téléphone – bien qu'il mourût d'envie de s'en saisir sur-le-champ.

Il ne savait pas ce qu'il avait entrevu. Il pouvait tout aussi bien s'agir de quelqu'un qui les épiait que d'un véhicule que son conducteur avait laissé à bonne distance pour approcher de la maison à pied. Il était également possible que ses yeux lui aient joué des tours, mais le picotement qui parcourait sa nuque lui laissait présager le pire.

Il devait redoubler de précautions.

Il descendit la rue d'un pas nonchalant, comme s'il n'avait pas un souci au monde. Ce fut même en sifflotant qu'il s'engagea dans la ruelle qui menait jusqu'à la bâtisse décrépite qui abritait le garage, où il avait dissimulé sa voiture le jour même de leur arrivée afin que personne ne la découvre par hasard.

Une fois dans la ruelle, il passa à l'action. Il ouvrit le panneau qui masquait le clavier posé sur le mur de la bicoque et tapa son code, tout en observant les environs du coin de l'œil. L'intrus pouvait toujours essayer de s'introduire dans la maison par effraction, mais cela lui prendrait du temps.

Du temps dont il allait se servir.

Il sortit la voiture du garage et en referma la porte. Quand la voiture s'engagea sur la grand-rue, il ne vit personne rôder autour de la maison. Alors, il roula lentement vers la sortie de la ville, dans la direction opposée.

Quand son regard fut une nouvelle fois attiré par le reflet, il vit qu'il avait été produit par une petite voiture, à moitié dissimulée derrière les bâtiments, tout au bout de la rue. Il était incapable de déchiffrer les chiffres et les lettres qui figuraient sur la plaque. Tout ce qu'il voyait, c'était le reflet du soleil sur le pare-chocs noir.

En respirant aussi calmement que possible, il continua à avancer lentement. Il regardait tout autour de lui, un sourire plaqué sur le visage, comme s'il n'était qu'un touriste qui savourait la beauté des paysages du Wyoming.

Mais la voiture ne le prenait pas en filature. Il lâcha un juron.

L'intrus soupçonnait donc qu'il n'était pas seul ici. C'était une mauvaise nouvelle. Il se gara sur le bord de la route et descendit de voiture, sans même prendre la peine de la cacher. Le temps pressait.

Il passa derrière les maisons qui bordaient la rue, du côté opposé à celui où il avait vu la voiture, et s'élança en essayant de ne pas se faire repérer. Quand il fut en face de la maison où se trouvait Daisy, il s'arrêta et tendit l'oreille.

Aucun bruit de moteur. L'intrus n'avait donc pas pris d'avance sur lui. Mais il n'aimait pas le savoir aussi proche de Daisy. D'ailleurs, rien ne lui permettait d'affirmer qu'il se trouvait encore dans sa voiture. Il rôdait peut-être déjà autour de la maison.

Il aurait aimé savoir depuis combien de temps cette voiture était là. Parce que si l'intrus n'avait pas eu besoin de suivre Hilly pour arriver jusqu'ici, cela signifiait qu'il disposait de beaucoup trop de renseignements.

Quoi qu'il en soit, une personne de l'entourage de Daisy avait vendu la mèche, et elle se retrouvait maintenant dans la ligne de mire.

Il devait agir sans perdre de temps.

8

Daisy pianotait impatiemment sur le plan de travail. Où diable était Zach ? Cela ne lui ressemblait pas de rester aussi longtemps enfermé dans sa chambre, à moins qu'il ait reçu de nouvelles informations concernant l'affaire ou qu'il veuille passer quelques coups de fil sans qu'elle l'entende.

Puisqu'elle était restée cloîtrée dans sa chambre à plaquer des accords sur la guitare qu'il lui avait offerte, il était plus probable qu'il soit parti. Mais comment avait-il pu partir sans la prévenir, même s'il était encore fâché qu'ils se soient embrassés ?

Elle sourit. Les instants qui avaient suivi ce baiser n'avaient pas été amusants du tout, mais elle aurait volontiers revécu le moment lui-même, encore et encore.

C'était la première fois depuis longtemps qu'elle s'était sentie… normale. Qu'elle avait eu l'impression d'être redevenue Lucy Cooper, ou même la Daisy Delaney des débuts. À cette époque, où rien dans sa vie n'était normal en dehors de la musique, son existence avait au moins une certaine simplicité.

Mais maintenant, vivre dans la peau tant de Lucy Cooper que de Daisy Delaney n'avait rien de simple. Quant aux séquelles de ce baiser, elles étaient particulièrement compliquées.

Pourtant, seule dans cette maison, elle s'autorisa à savourer le souvenir d'un moment qui pouvait offrir toutes les apparences de la simplicité.

Un léger craquement l'arracha à sa rêverie, et la mit aussitôt en alerte. Elle s'exhorta au calme : malgré toutes les améliorations que Zach y avait apportées, cette maison était vieille. Un craquement n'avait rien d'anormal.

Mais dans le silence qui s'ensuivit, son cœur se mit à battre tellement fort qu'elle sut que même si ce craquement se reproduisait, elle ne l'entendrait pas.

Elle regarda tout autour d'elle. Il ne fallait pas qu'elle oublie qu'elle était cachée derrière des portes fermées à double tour. En sécurité.

Mais quelqu'un sait que tu n'es pas loin.

Elle marcha d'un pas décidé jusqu'à la porte de Zach. Elle n'allait pas lui parler de ce bruit, seulement insister pour qu'il lui donne quelques renseignements. À moins qu'elle lui fasse un petit numéro de charme. Tout ce qu'elle voulait, c'était être près de lui, où elle se sentirait en sécurité.

Elle frappa à la porte, un peu trop fort, mais il ne répondit pas.

Son petit frémissement d'alarme se mua en frisson. Elle voulut ouvrir la porte, mais elle était fermée à clé.

Son angoisse enfla, jusqu'à ce qu'il lui devienne presque impossible de respirer.

— Zach ? appela-t-elle d'une voix étranglée.

En maudissant la peur qui lui nouait la gorge, elle inspira et expira plusieurs fois comme elle le faisait pour chasser le trac qui la prenait parfois avant de monter sur scène.

— Zach ? répéta-t-elle, d'une voix plus forte et plus ferme.

Il l'avait forcément entendue ! Et pourtant, la porte ne s'ouvrit pas.

Elle ne devait pas céder à la panique. Elle continua à frapper à la porte pendant un moment, avant d'entendre un autre son – entre le grincement et le gémissement. Un son qui venait de l'extérieur de la maison. Autrement dit, si quelqu'un d'autre que Zach se trouvait dehors, il ne pouvait que l'entendre cogner sur cette porte.

Mais Zach était forcément ici. Il avait sans doute décidé de lui donner une bonne leçon, de lui faire assez peur pour qu'elle arrête de lui faire du gringue. Oui, c'était la seule explication.

Eh bien, il allait s'en mordre les doigts ! Elle retourna dans la cuisine, sans prêter attention au tremblement qui agitait ses mains et au rythme effréné de son cœur. Elle empoigna un couteau à beurre, retourna à la porte de Zach et se mit au travail.

Il lui fallut un bon moment pour parvenir à glisser le couteau entre la porte et le chambranle. Maintenant, elle tremblait de tous ses membres. Où était-il passé ? Si elle essayait de forcer sa porte, il allait forcément se montrer. Il ne devait l'avoir fermée à clé que pour l'empêcher d'entrer.

La porte céda enfin et elle entra dans la pièce.

— Ah ah ! s'écria-t-elle en pointant le couteau devant elle.

Mais la pièce était vide. Elle inspecta chaque coin, alla même jusqu'à regarder sous le lit et dans la penderie, mais il n'y avait personne.

— Oh ! mon Dieu. Mon Dieu. Zach, si c'est une blague ou un test, j'en ai ras le bol.

Mais il ne se montrait toujours pas, et elle continuait à entendre les bruits qui provenaient de l'extérieur de ce trou à rats transformé en maison sécurisée.

La panique monta en elle, paralysant ses membres, comprimant sa gorge. Le sang rugissait à ses oreilles, et elle dut se retenir pour ne pas crier.

Elle avait pourtant vécu bien pire que cette solitude. Elle avait vu le cadavre de Tom… Personne n'avait le droit de rendre l'épreuve qu'elle traversait encore plus atroce.

Il y eut un bruit dans la penderie. Quelque chose bougeait là-dedans, et quelque chose de gros. Mais elle venait tout juste de regarder dedans. Comment est-ce que…

Une silhouette sortit de la penderie. Elle poussa un hurlement avant que son cerveau ait eu le temps d'admettre que c'était Zach, qui surgissait de nulle part, comme par magie.

— Comment est-ce que vous avez fait ça ? chuchota-t-elle.

Cet homme n'était pas un magicien. Il y avait forcément une explication rationnelle.

— Tunnel. Chaussures.

— Des chaussures tunnel ? Qu'est-ce que ça...

— Bon sang, Daisy ! Mettez des chaussures. Prenez votre sac si vous en avez besoin. Vous avez dix secondes.

Sans un mot de plus, il sortit de la chambre pour se rendre dans la cuisine. Elle le suivit mais s'arrêta net en le voyant sortir deux revolvers du placard au-dessus du réfrigérateur.

Il lui décocha un regard impérieux et ordonna :

— Bougez.

Elle fut arrachée à son hébétude. Oui, il fallait qu'elle bouge. Elle lui poserait les questions qui la taraudaient plus tard, à un moment où il ne serait pas en train d'accumuler les revolvers. Elle courut jusqu'à sa chambre, enfila une paire de tennis et chercha son sac du regard. Dix secondes... Elles étaient presque écoulées maintenant, et elle était loin d'être la personne la plus ordonnée de la planète.

Elle aperçut enfin la sangle de son sac à main, qui dépassait de sous son sac de voyage. Elle plongea, s'en empara et se hâta de rejoindre Zach. Il avait passé un énorme sac à dos sur son dos et posé un ordinateur portable sur l'un de ses avants-bras, sur lequel il pianotait de sa main libre.

Elle voulut regarder l'écran par-dessus son épaule, mais eut à peine le temps d'entrevoir plusieurs photos de la ville fantôme avant qu'il le referme brusquement.

— Le mieux est de sortir par l'avant de la maison. Suivez-moi, et ne vous éloignez surtout pas. Faites tout ce que je vous dis sans poser de questions et tout ira bien. S'il m'arrive quelque chose, quoi que ce soit, courez. Vous avez compris ?

— Non, Zach. Je ne comprends *rien !*

— Nous en reparlerons quand nous serons en sécurité.

Il la prit par la main et l'entraîna vers la porte.

Même si un million de questions l'assaillaient, elle savait

que Zach Simmons n'était pas homme à surréagir. S'il voulait qu'ils courent, elle courrait sans protester.

Il l'entraîna dans la pièce de devant, celle qui semblait aussi décrépite que l'extérieur.

— Refermez les verrous, dit-il en lui tendant un porte-clés.

Aucune des trois clés ne portait d'étiquette, mais elle ne lui demanda pas à quel verrou correspondait chacune d'entre elles. Elle se contenta d'essayer les clés l'une après l'autre jusqu'à ce que les trois verrous soient fermés.

Quand elle se retourna, il regardait dehors par une fente du mur.

— Vous voyez ce cadre, par terre ?

Elle baissa les yeux et vit un vieux cadre éraflé, qui contenait un bout de papier déchiré.

— Euh... oui.

— Accrochez-le à ce clou rouillé.

Elle obéit et cligna des yeux en constatant que le cadre masquait parfaitement les trous des serrures.

— Maintenant, redonnez-moi la main.

Elle voulut plaisanter, lui reprocher de la draguer, mais les mots restèrent coincés dans sa gorge. Ils étaient en train de fuir. La situation devait être grave.

Alors, elle posa sa main dans la sienne et le suivit quand il se glissa par la porte. Il ne la verrouilla pas : il laissa un cadenas rouillé pendu à la poignée.

Il balaya les alentours du regard et lui pressa la main.

— Maintenant, nous allons courir. Il va falloir que vous me suiviez, parce que si je continue à vous tenir la main, je vais vous cogner avec mon sac. Si vous ne pouvez pas rester à ma hauteur...

— J'y arriverai, répondit-elle, catégorique.

Il hocha fermement la tête.

— Bien. Allons-y.

Il traversa la rue, et ce ne fut qu'alors qu'elle se rendit compte qu'il tenait son portable fermé d'une main et un revolver de l'autre. Ils se glissèrent derrière une maison décrpite et traversèrent une ruelle qui séparait deux bâtisses à l'aspect encore plus pitoyable. Leurs murs étaient noircis par les flammes, les toits s'effondraient.

Quand ils atteignirent l'arrière du petit bâtiment délabré, au bout de la rue, il lui confia son ordinateur portable. La vitre de la porte était brisée. Il passa sa main libre par le trou et tâtonna jusqu'à ce que la porte s'ouvre.

Il ressortit son bras et ouvrit lentement la porte. Il fallut un moment à Daisy pour comprendre qu'il cherchait à atténuer le grincement produit par les gonds. Enfin, quand la porte fut suffisamment entrebaîllée, il lui fit signe d'entrer.

En essayant de ne pas se laisser démonter par l'obscurité – ou par la perspective de foncer droit dans une toile d'araignée –, elle pénétra dans le bâtiment où flottait une odeur de moisi. Zach la suivit et referma la porte derrière lui avant de sortir une lampe torche de son sac à dos.

Il la poussa en avant et elle attendit de voir comment l'intérieur de cette bicoque en ruine avait été aménagé.

Mais quand il alluma la lampe, elle ne vit ni cuisine fonctionnelle, ni joli intérieur flambant neuf. La maison était à l'abandon depuis des décennies.

— Nous allons rester… ici ?

Zach avait posé son sac sur le sol et repris son ordinateur sans mot dire. Elle le regarda pianoter avec acharnement, certaine qu'il ne lui avait pas prêté la moindre attention.

Quand il répondit enfin, elle manqua bondir sous l'effet de l'adrénaline.

— *Vous* allez rester ici. Moi, je vais essayer de comprendre ce qui se passe. Vous savez vous servir d'un revolver ?

Elle regarda l'arme qu'il lui tendait en clignant des yeux. Grâce à son frère, elle avait pris quelques leçons de tir. L'arme que Zach lui tendait lui était même familière. Elle fit un signe d'assentiment, et il lui posa l'arme dans la main.

— Si quelqu'un d'autre que Cam ou moi entre sans prononcer le mot de passe « querelle », vous tirez. Compris ?

Elle déglutit et parvint à acquiescer de nouveau.

Sur ces mots, il se leva, attacha plusieurs revolvers sur sa personne et se dirigea vers la porte.

Zach sortit prudemment du bâtiment en s'assurant que personne ne le voyait. Il souffrait de laisser Daisy seule avec sa terreur, mais il ne pouvait pas rester cloîtré avec elle en se bornant à espérer que les intrus finiraient par s'en aller.

Il avait remarqué, et plus d'une fois, que rester à l'abri et attendre pouvait générer plus de problèmes qu'en résoudre. Il fallait parfois agir pour protéger les gens.

Alors, il s'élança derrière les bâtiments en faisant de son mieux pour rester invisible.

D'après ce qu'il avait vu sur ses bandes de vidéosurveillance, il y avait deux hommes. L'un d'eux rôdait autour de la maison, l'autre était resté dans la voiture, prêt à repartir.

Son estomac se souleva quand il pensa que le type avait sans doute prévu de repartir en emmenant Daisy.

C'était forcément sa manageuse qui était à l'origine de la fuite, que ce soit intentionnellement ou non. Mais il n'avait pas le temps de se pencher sur un schéma. Il devait arrêter ces hommes avant qu'ils atteignent Daisy.

Il gagna une position de laquelle il savait qu'il pourrait voir le conducteur de la voiture sans trop risquer d'être repéré. Il se pencha et inclina la tête. Il vit bien la voiture, mais elle était vide. Il ne pourrait donc pas fournir de description du conducteur, mais c'était sans importance. Aucun de ces deux hommes n'était le cerveau de l'affaire. Il aurait juré qu'il ne s'agissait que d'hommes de main.

Ce qui, une fois encore, lui faisait penser que l'instigateur du harcèlement n'était pas un admirateur déséquilibré, mais quelqu'un dont les motivations était personnelles. Et qui avait de l'argent.

Comme Jordan Jones, par exemple.

Et si le coupable était Jordan, il avait largement assez d'argent pour continuer à envoyer des hommes comme ceux qui se trouvaient ici.

Zach retourna derrière le bâtiment. Neutraliser ces hommes n'était qu'une solution temporaire. D'autres les remplaceraient aussitôt. Mais s'il pouvait les interroger, il obtiendrait peut-être suffisamment d'informations pour trouver une piste.

La seule question était de savoir comment neutraliser la menace représentée par deux hommes armés qui voulaient s'emparer de la femme qu'il cherchait à protéger.

Il fallait qu'il les amène à se séparer. L'entreprise demeurerait risquée, mais c'était un risque qu'il devait prendre. Il examina les alentours, cherchant un endroit où isoler l'un des hommes sans risquer de se faire prendre au piège par lui et son acolyte.

Il fallait qu'il éloigne l'un des deux types. Il prit son téléphone et ouvrit l'application qu'il utilisait pour contrôler le système de sécurité du refuge à distance. Enfin, il eut une idée.

Il allait déclencher l'alarme de la porte de derrière. Les deux hommes se dirigeraient forcément vers la maison. Alors, il ferait suffisamment de bruit pour qu'ils pensent que l'un d'eux devait aller voir ce qu'il se passait.

Il mit son plan en pratique sur-le-champ. Les deux hommes se dirigèrent aussitôt vers l'arrière de la maison, la main sur la crosse de leur arme. Zach donna alors un violent coup de pied dans une planche, en espérant que le fracas du bois qui se fendait suffirait à attirer leur attention.

Cependant, il ne pouvait pas guetter leur arrivée. Il devait rester caché et prier pour qu'un seul homme vienne voir de quoi il retournait.

Dès que le canon du revolver apparut dans son champ de vision, il passa à l'action. D'un coup de pied, il fit voler l'arme de la main de l'homme, qui bondit aussitôt en avant. Mais Zach avait choisi une position idéale, qui lui permit de se jeter sur l'homme, par-derrière, et de lui passer un bras autour du cou. Le type était râblé, mais plus petit que lui.

— Qui es-tu ? demanda-t-il à voix basse.

L'homme se débattit sans répondre, et personne ne vint à son secours. Plus loin, l'alarme continuait à retentir. C'était parfait : son hurlement allait masquer les bruits de la lutte que Zach s'apprêtait à livrer.

Il resserra sa prise sur le cou de l'homme en évitant les coups qu'il cherchait à lui décocher.

— Qui t'a envoyé ? demanda-t-il.

L'homme partit d'un rire rauque et se tortilla tant et si bien qu'il faillit se libérer. Zach raffermit aussitôt sa prise d'étranglement et ne la relâcha pas, bien que le type se débatte comme un beau diable. Il continua à le questionner. Il savait qu'il n'obtiendrait aucune réponse, mais il espérait qu'un détail lui permettrait d'identifier l'homme, ou lui fournirait un indice.

Maintenant, en plus du hurlement de l'alarme, il entendait un autre bruit, tout aussi perçant. Celui des sirènes. Comme il était peu probable que la présence de voitures de police aux environs de la fille fantôme ne soit qu'une coïncidence, il devina que Cam et Hilly avaient décidé d'appeler la police. Merde. Maintenant, il pouvait seulement espérer que la police avait envoyé plus d'un agent, parce qu'il était certain que le second type venait déjà vers lui.

— Tu crois que les flics vont t'aider ? Ou l'aider elle, d'ailleurs ? demanda l'homme d'une voix étranglée.

— C'est ce que nous allons découvrir.

Il parvint à ramener l'un des bras de l'homme dans son dos, mais le type en profita pour lui décocher un violent coup de coude en plein ventre. Il relâcha légèrement sa prise, et l'homme parvint à lui échapper.

Il voulut s'enfuir en courant, mais Zach plongea en avant

et le plaqua au sol, où ils se mirent à lutter violemment. Le type était massif, mais Zach se pensait capable de le maîtriser jusqu'à ce que la voiture de patrouille arrive sur les lieux.

L'homme lui décocha soudain un coup de poing en plein torse, tellement violent qu'il eut l'impression d'entendre un chien aboyer et gronder.

Mais ce n'était pas qu'une impression : il y avait vraiment un chien, qui bondissait vers lui avec un grondement sourd. Un éclair de peur le traversa avant qu'il reconnaisse le chien, qui bondit sur son agresseur. L'homme hurla, et Zach parvint à se dégager de sa prise.

Un flic apparut, son arme braquée sur l'homme qui gisait sur le sol et regardait fixement, mort de peur, le chien qui grondait et montrait les dents, tout près de son visage.

— Assis, Free ! lança la voix de Hilly.

Le chien cessa aussitôt de gronder. Il s'assit en remuant la queue et tourna la tête vers Zach.

— Merci pour le coup de main, vieux.

Il caressa le chien, et la douleur lancinante qui lui vrillait le visage lui arracha une grimace. Il leva les yeux et vit Hilly accourir. Il fut un peu surpris que ce soit auprès de lui qu'elle s'agenouille, et non de son chien.

— Tu saignes, dit-elle.

Elle commença à palper son visage et ses épaules, comme pour y déceler des fractures ou des blessures, mais il immobilisa ses mains.

— J'ai la lèvre fendue, c'est tout. S'il te plaît, dis-moi que Cam est avec toi et que tu n'es pas venue seule.

— Je n'étais pas seule, répondit-elle. J'avais Free. Et la police.

Zach jura, mais sans grande conviction.

— Il faut que j'aille chercher Daisy.

Pendant ce temps, l'officier Keenland, du bureau du shérif du comté de Bent, menottait rapidement l'homme qui l'avait attaqué et lui lisait ses droits.

— Il y en a un autre, signala Zach.

— Nous le tenons déjà, répondit le policier.

— Je veux leur parler.

Keenland haussa un sourcil.

— Ils vont être transférés au poste, où *nous* les interrogerons. D'ailleurs, nous allons également devoir prendre votre déposition.

Il n'avait pas le temps de faire sa déposition ! Il jeta un regard à Hilly, qui hocha la tête sans qu'il ait besoin de lui poser la question.

Keenland aidait maintenant le prisonnier à se relever. À voix basse, de sorte que l'officier ne surprenne pas ses paroles, il dit :

— Le dernier bâtiment de la rue, de ce côté-ci.

Quoiqu'il lui en coûte, il allait devoir confier Daisy à Hilly le temps de faire sa déposition. Il prit son téléphone, le déverrouilla pour que Hilly puisse accéder à ses applications et le lui tendit, ainsi que les clés du bâtiment.

— Fais attention.

Ils allaient tous devoir redoubler d'attention.

9

Une fois de retour dans la jolie maison dissimulée dans une vieille bicoque au bord de l'effondrement, Daisy fut incapable de retrouver le calme et la résignation qu'elle avait ressentis ces derniers jours.

Quelqu'un l'avait débusquée. Ces deux hommes n'étaient pas arrivés jusqu'à elle, mais ils avaient tenté leur chance. Ici, dans ce lieu censé n'être connu de personne.

L'un de ses proches, quelqu'un qu'elle aimait et en qui elle avait confiance, avait bel et bien pour objectif de lui faire du mal – ou avait, par mégarde ou non, vendu la mèche à une personne qui voulait lui nuire.

Mon Dieu ! comme sa tête lui faisait mal à force d'étudier les interactions, de chercher une explication. Presque autant que son cœur.

Jaime était-il à l'origine de la fuite ? Même s'il était le beau-frère de Vaughn, elle ne le connaissait pas très bien. Il aurait pu parler à n'importe qui. Mais puisque Zach lui faisait entièrement confiance...

Zach qui essayait de la convaincre que Stacy était la coupable. Sa manageuse pouvait-elle nourrir une haine secrète contre elle ? L'explication était-elle aussi simple, aussi douloureuse ? Ou l'affaire était-elle plus compliquée, avec des motivations plus profondes, plus embrouillées ?

Mais il y avait pire que le tourbillon d'émotions, de peur

et de questions qui l'agitait. Cam et Hilly n'avaient pas dit un seul mot sur ce qui s'était passé après que Zach l'avait laissée dans la maison abandonnée.

Bien sûr, il allait bientôt revenir et tout lui expliquer. Mais les minutes s'égrenaient et elle ne pouvait qu'attendre son retour en regardant Cam et Hilly se déplacer dans la cuisine et le séjour avec une parfaite synchronisation.

Ce qui était en réalité le pire de tout. Ces deux-là formaient une équipe, et la solitude qu'elle ressentait ne lui en parut que plus pesante. L'isolement qu'elle avait connu ces dernières années résonnait en elle, comme si son âme avait été creuse, vide de tout amour, de tout espoir. Il ne restait plus rien, sinon la peur.

Elle posa son front sur la table et s'efforça de retenir ses larmes. Personne ne la verrait pleurer. Pas question. Elle avait traversé toutes les épreuves qui avaient jalonné son existence au culot, et celle-ci ne ferait pas exception.

Peut-être qu'elle était tout simplement fatiguée de la vie qu'elle menait, qu'elle voulait une existence un peu plus normale, une petite maison à la campagne et un homme doux en qui elle aurait assez confiance pour envisager de fonder une famille.

Mais peut-être que Daisy Delaney et Lucy Cooper n'étaient pas faites pour ce genre d'existence.

Son téléphone tinta sur la table de la cuisine, et elle plongea si vivement vers lui qu'elle manqua tomber. Ce ne pouvait être que Zach. Toutes ses connaissances avaient arrêté de l'appeler et de lui envoyer des textos. Sans doute que...

Elle contempla fixement l'écran, qui affichait un nom – Jordan – et la première phrase de son texto. Comme ces quelques mots la mettaient mal à l'aise, elle cliqua afin de lire le message dans son intégralité.

Je viens d'apprendre que tu avais quitté la ville pour quelques jours. Quelqu'un m'a parlé de cure de désintoxication. J'espère vraiment que tu reçois l'aide dont tu as besoin. Paix à toi.

Paix. Paix ? Un frémissement de rage la parcourut, et sa peur et son impression de ne rien contrôler de ce qui lui arrivait en ce moment n'en étaient pas les seules causes. Si elle était hors d'elle, c'était à cause de cette formule *ridicule*.

« Paix à toi. »

Paix.

Elle aurait aimé lui dire ce qu'il pouvait faire de sa paix. Se la fourrer...

— Est-ce que tout va bien ?

La voix de Hilly était douce mais trahissait son inquiétude. Daisy releva la tête et lui sourit, un peu trop durement sans doute, parce que la jeune femme recula d'un pas.

— Oui. Rien de plus qu'un texto envoyé par une... une connaissance dont je me passerais bien. Apparemment, la rumeur court que je suis en cure de désintoxication.

Elle avait envie de réduire son téléphone en miettes.

— Qu'est-ce que je peux répondre à ce genre de texto ?

— Rien du tout, répondit Cam d'une voix qui lui rappela celle de Zach.

En parlant de Zach, où pouvait-il bien être ?

— Vous devrez me pardonner, mais je ne veux pas que tout le monde pense que je suis en cure de désintoxication. Ma réputation est déjà suffisamment abîmée.

— Mais si les gens vous croient en cure, ils ne viendront pas vous chercher ici, remarqua Cam d'une voix empreinte de sagesse.

Apparemment, le dernier incident l'avait guéri. Il ne se comportait plus comme un fan intimidé par une vedette. À moins qu'il commence tout simplement à s'habituer à sa présence.

Mais Daisy s'en moquait.

— La personne qui m'en veut sait déjà que je suis ici.

— Mais moins de gens seront au courant, moins votre harceleur pourra en utiliser pour essayer de vous atteindre.

L'agrument était tellement inattaquable qu'elle avait

maintenant envie de casser son téléphone sur la tête de Cam. Elle en avait marre de traverser ces situations rocambolesques en restant raisonnable. Elle avait envie de faire l'imbécile. Elle avait envie de se battre.

Et elle mourait d'envie de dire à Jordan d'aller sauter du haut d'une falaise, ou d'écrire une chanson dans laquelle elle décrirait la façon dont elle aurait aimé mettre le feu à toutes ses précieuses possessions.

Pourtant, Cam avait raison. Elle ne pouvait rien faire, sinon rester assise ici, sans réagir à ce texto. Et attendre le moment où quelqu'un parviendrait à lui faire du mal.

— Est-ce que Zach vous a autorisée à vous servir de votre portable ? demanda Cam.

Il semblait tellement désinvolte qu'elle faillit se laisser berner et croire que c'était une question qu'il posait à tous ses clients.

— Oui, merci beaucoup. Il a configuré quelque chose pour qu'on ne puisse pas me localiser, je pense. Mais il voulait que je puisse continuer à m'en servir pour envoyer des e-mails à mon agent, entre autres. Il m'a expliqué ce qu'il faisait, mais c'était trop technique pour que je comprenne. L'essentiel, c'est qu'il m'a autorisée à m'en servir.

Parce que maintenant, tout dans sa vie devait être approuvé par Zach.

Sauf elle-même. Elle pouvait continuer à le mettre hors de lui… en supposant qu'il revienne, qu'il ne l'abandonne pas ici.

Elle ferma les yeux et faillit de nouveau fondre en larmes. Oh ! mon Dieu… Elle se rendait compte maintenant qu'elle n'avait pas peur parce que ces hommes l'avaient retrouvée, mais parce qu'elle craignait que Zach la laisse tomber maintenant qu'ils l'avaient fait.

Hilly poussa une tasse et une assiette vers elle.

— Buvez un peu de thé. Et mangez quelques cookies.

— J'avais oublié combien les Simmons étaient accros au sucre, ironisa-t-elle.

Un nœud inattendu se forma dans sa gorge.

— Mais où est-il ? demanda-t-elle.

Sa voix était rauque et trahissait son angoisse d'une façon qui la dégoûta. Hilly lui tapota la main.

— Il est en sécurité, et il reviendra bientôt.

Elle n'avait pas besoin qu'il revienne. Elle n'avait pas besoin de Zach Simmons. Pas du tout. Il n'était qu'une espèce de garde du corps, rien de plus.

Mais mon Dieu, comme elle aurait aimé qu'il soit là pour pousser l'assiette de cookies vers elle, lui dire quelle serait la prochaine étape, et lui promettre qu'il s'occuperait de tout !

— Cinq minutes, pas plus, dit Zach.

L'officier ne broncha pas, ne prit même pas la peine de lever les yeux vers lui.

— Nous avons pris votre déposition, monsieur Simmons. Vous êtes libre de vous en aller.

— Il me faut cinq minutes. Bon sang, je me contenterai de deux questions.

— Simmons ?

Zach se retourna et soupira. Le détective Thomas Hart se tenait à la porte, habillé en civil. Il sut aussitôt qu'il avait perdu la partie.

Hart sortit du bâtiment par la porte de derrière, qui donnait sur le parking, et il le suivit. La nuit était tombée. Il ne savait pas depuis combien de temps il était ici, mais il n'avait toujours pas obtenu ce qu'il voulait.

— Il y a forcément quelque chose que tu peux me dire, dit-il.

— Non, il n'y a rien. Je ne te mens pas. Ils refusent de parler.

— Je veux un nom, Hart. Un dernier domicile connu.

Hart se retourna, croisa les bras et répondit :

— Tu n'auras rien de tout cela. Arrête de harceler les agents. Rentre chez toi et occupe-toi du boulot que tu fais en ce moment.

— Je peux pirater votre système en cinq secondes, rétorqua-t-il d'un ton dégoûté.

Hart leva un doigt.

— Pemièrement, je n'ai rien entendu. Deuxièmement, fais comme il te plaira, parce que je ne peux te donner aucune information. Zach... je ne sais ni quelle est ta mission, ni ce que ces hommes cherchaient à faire, mais tu sais aussi bien que moi que ce ne sont que des hommes de main. Ils n'avoueront rien d'important, que ce soit à toi ou à moi.

— Mais vous allez enquêter pour découvrir qui les paie ?

— Si c'est nécessaire.

Zach jura.

— Tu me tues.

— Hé, protesta Hart. C'est mon jour de repos. C'est toi qui me tues. Si McCarthy m'a appelé, c'est uniquement parce qu'il sait que nous sommes amis. Si tu ne faisais pas partie de la famille de Laurel, tu aurais été arrêté pour trouble à l'ordre public et entrave à une enquête en cours.

— Je suis un Carson, riposta-t-il. Les gens de ton espèce n'ont jamais eu besoin d'une raison valable pour jeter les gens de mon espèce en prison.

— Aucun vrai Carson n'a jamais été agent du FBI, je peux te le dire.

Zach le regarda de travers, ce qui lui valut un grand sourire.

— Tu veux aller jouer aux fléchettes ? demanda Hart. Te changer les idées pour démêler les nœuds ?

Il avait envie d'accepter. Il allait souvent jouer aux fléchettes avec Hart quand son ami enquêtait sur une affaire difficile et se retrouvait dans une impasse. Une activité machinale l'aidait à poser un regard neuf sur le problème. Peut-être que c'était exactement ce qu'il lui fallait. S'il arrachait son esprit à tout ce méli-mélo pendant une heure ou deux, peut-être qu'il parviendrait enfin à comprendre de quoi il retournait.

Mais Daisy était toujours dans la maison sécurisée, et il était hors de question qu'elle y passe la nuit. Ces deux types étaient sous les verrous, mais d'autres allaient arriver. Ils étaient peut-être même déjà en chemin. Même s'il pouvait s'enfermer avec Daisy dans cette maison ultra-sécurisée, il pouvait se produire n'importe quoi.

Bon sang, mais il lui fallait des réponses !

— Peux pas, répondit-il. J'ai du boulot.

Hart hocha la tête.

— Je te laisse y retourner. Fiche seulement la paix aux officiers.

— Tu me transmettras les renseignements que tu découvriras ?

— Bonne nuit, Simmons, répondit Hart.

Il ouvrit la portière de sa voiture et s'installa au volant.

Zach soupira mais n'insista pas. Il repêcha ses clés dans sa poche et se dirigea lui aussi vers sa voiture. Il pouvait harceler les officiers tant qu'il le voudrait, ils ne broncheraient pas. Et plus il le ferait, moins il aurait de chances d'arracher un quelconque renseignement à Hart.

D'ailleurs, il n'avait pas le temps d'essayer d'obtenir des informations. Il devait agir. Une idée se formait déjà dans son esprit – une idée qui n'allait pas du tout plaire à Cam. Autrement dit, il allait devoir se montrer particulièrement sournois.

Pour retourner au refuge, il fit tout pour s'assurer que personne ne l'avait pris en filature. Il prit le chemin des écoliers, manqua deux fois la rampe d'accès de la nationale et fit deux fois demi-tour.

Quand il fut enfin de retour dans sa ville fantôme, il rentra sa voiture dans le garage caché en se demandant si c'était la meilleure option. Il aurait peut-être mieux valu qu'elle soit garée plus près de la maison.

À moins bien sûr qu'il parvienne à mettre son plan en œuvre sans tarder. Mais d'abord, il allait devoir se débarrasser de Cam et de Hilly.

Par texto, il prévint Cam qu'il allait couper l'alarme et

entra dans la maison. À peine avait-il posé le pied dans le séjour que Daisy, qui était assise à la table, se leva d'un bond.

— Oh mon Dieu. Vous êtes blessé !

Sa voix était douce, son ton horrifié. Comme si elle tenait à lui. Il en fut abasourdi. Elle courut vers lui et, du bout des doigts, toucha la commissure de ses lèvres, où il avait reçu un coup de coude qui avait donné naissance à un hématome.

— Je vais bien, parvint-il à dire d'une voix un peu trop étranglée. Je me suis seulement un peu battu.

Il recula pour fuir sa main à la caresse trop douce, trop réconfortante.

— Il faut que je remette les systèmes de sécurité en...

— Je m'en occupe, dit Cam.

Il se mit aussitôt au travail et Zach reposa les yeux sur Daisy. Elle était pâle et semblait épuisée. D'un ton neutre, il dit à Cam et Hilly :

— Je vous remercie pour votre aide, mais vous feriez mieux de rentrer maintenant. Nous allons tous dormir et nous réévaluerons la situation demain matin.

Cam le dévisagea, et il lui opposa un visage parfaitement inexpressif. Il ne fallait pas que Cam sache ce qu'il avait en tête. Pas encore.

Quand Cam eut fini de rebrancher les alarmes, il consulta Hilly du regard. Elle devait avoir compris sa question muette, parce qu'elle hocha la tête.

Jamais Zach n'avait été capable de communiquer de cette façon avec qui que ce soit. Il ne savait pas si c'était parce qu'il n'avait jamais eu de relation aussi sérieuse que celle qui unissait Cam et Hilly, ou parce qu'il lui manquait quelque chose de fondamental – mais le moment était mal choisi pour se poser ce genre de questions.

Hilly passa un bras autour des épaules de Daisy et dit :

— Montrez-lui le texto.

— Quel texto ?

Daisy regarda Hilly de travers, mais Cam et elle étaient déjà en train de passer la porte. Apparemment, ils avaient décidé de laisser Zach régler le problème lui-même.

— Daisy ? Montrez-moi ce texto.

— Ce n'est rien, répondit-elle.

Mais elle prit son téléphone, tapota quelques icônes et le fit glisser vers lui.

— Ce n'est que Jordan. Il s'inquiète tellement pour moi !

Il lut le message et le contempla longuement, l'air sombre.

— Comment a-t-il appris que vous aviez quitté la ville ?

— Je suis sûre que c'est ce que beaucoup de gens pensent, puisque je ne suis ni chez moi, ni en tournée.

Mais Zach n'aimait pas ça. Pour toute une série de raisons qu'il analyserait plus tard, une fois qu'il aurait mis son plan en branle.

— Est-ce que Jordan vous contacte souvent ?

Si ce n'était pas le cas, ce message renforcerait sa conviction que Jordan était mêlé à cette affaire.

— Pas souvent, non. Mais il n'y a rien d'anormal à ce qu'il m'envoie un texto de temps à autre. Comme : « Je serai tel jour à tel endroit, j'apprécierais que tu ne viennes pas faire de scandale. »

Il esquissa un sourire malgré lui.

— Laissez-moi deviner… Vous avez fait trois scandales.

Elle lui sourit, les yeux étincelants.

— Comment le savez-vous ?

Mais elle soupira et reprit :

— Personne ne me dira ce que je dois faire, et surtout pas un homme qui pense en avoir le droit alors que je n'ai plus de comptes à lui rendre. Croyez-moi : j'adorerais aller sonner à sa porte, soûle comme une grive, et lui dire ce que je pense. Mais j'ai appris à réfréner mes impulsions parce que la moitié du temps, ses provocations ne sont que des coups montés. Il veut que je vienne faire un scandale pour pouvoir jouer les victimes horrifiées et s'attirer la sympathie du public.

— Il veut vous détruire, dit carrément Zach.

— Il veut que j'apparaisse sous un mauvais jour, nuança-t-elle. Ce n'est pas la même chose.

Elle haussa brusquement les épaules. Elle voulait lui faire croire qu'elle s'en moquait, mais il voyait bien qu'elle était affectée. Tout son corps était rigide, ses doigts étaient crispés sur son téléphone.

— Plus j'y pense, moins je peux lui mettre cette histoire sur le dos, reprit-elle. Il est bien trop narcissique. Il ne cherche pas à me détruire. Tout ce qui l'intéresse, c'est de se donner le beau rôle.

Mais si son ex-femme venait à mourir, son capital sympathie augmenterait. Et même un narcissique pouvait vouloir se venger s'il pensait qu'on lui avait fait du tort.

Cependant, rien ne l'obligeait à argumenter pour chercher à la convaincre. Jordan figurait en tête de sa liste de suspects, au même titre que sa manageuse. Quand il aurait découvert le coupable, elle devrait s'en accommoder.

Soudain gagné par la fatigue, il s'assit sur l'une des chaises de la cuisine.

— En ce cas, vous devriez l'envoyer paître.

Elle lui coula un regard en coin.

— Continuez.

— Judo verbal, dit-il.

— Qu'est-ce que c'est ?

— Sans entrer dans les détails, c'est une façon de s'exprimer qui désamorce tout conflit potentiel.

— Je ne veux rien désamorcer, riposta-t-elle. Je veux lui exploser la tête.

— Je sais que c'est ce que vous voulez, ma puce, mais nous essayons de vous faire aussi discrète que possible.

— Il s'attend à ce que je sois hors de moi. Je ne devrais peut-être pas le décevoir, ne serait-ce que pour l'empêcher de s'intéresser d'un peu trop près à ce que je fais. Et pour honorer ma réputation.

Il pensait que Jordan était parfaitement au courant de ce qui se tramait. Il haussa les épaules et répondit :

— Bien sûr. Mais il sait qu'il se passe *quelque chose*, et il ne cherche qu'à glaner des informations. Alors, au lieu de vous mettre en colère, rendez-le dingue. Répondez-lui seulement : « Merci de t'inquiéter pour moi. » Quelques mots qui ne dévoilent rien, qui ne trahissent aucune culpabilité, qui ne provoquent aucune rancune. Cette petite phrase va le travailler, puisqu'il espérait une réaction plus violente de votre part. D'ailleurs, c'est bien ce qui m'inquiète.

Et ce n'était pas la seule chose qui l'inquiétait : ce texto était arrivé au moment où deux hommes qui avaient essayé de s'approcher de Daisy étaient emmenés par la police. La coïncidence était trop grosse pour ne pas être plus que ça.

Daisy contempla longuement son téléphone avant de demander :

— Vous pensez vraiment que cette réponse va le travailler ?

— Il vous connaît, non ? Il s'attend à ce que vous fassiez le contraire de ce qu'il vous demande. En vous proposant une trêve, il espère une explosion de colère pour toute réponse. Surprenez-le.

— À vous entendre, je suis une vraie mégère.

— Pas du tout. C'est lui qui est un crétin. Il pourrait s'abstenir de prendre contact avec vous pour essayer de vous faire parler. Il pourrait vous laisser vivre en paix. Mais non : il essaie de vous faire sortir de vos gonds et le pire, c'est qu'il feint l'inquiétude pour y parvenir. Ne lui faites pas ce plaisir. Parce que vous pouvez me croire, il retire du plaisir de vos réactions. Sinon, il ne vous contacterait pas.

Elle regarda son téléphone avant de se mettre à taper. Ensuite, elle le tourna vers lui et il lut :

Merci de ton inquiétude !

— Est-ce que le point d'exclamation est de trop ?

— Je pense que non.

— Envoi, dit-elle en tapotant l'écran d'un geste théâtral.

Ensuite, elle soupira et le regarda. Ses yeux s'attardèrent sur sa lèvre fendue et l'ecchymose qui marquait sa joue.

— Je croyais que vous étiez certain que Stacy était la coupable.

— Pour le moment, je ne suis encore sûr de rien. Nous devons examiner toutes les pistes possibles.

Et il ne pensait pas qu'ils les connaissent toutes.

Il ouvrit la bouche, prêt à lui exposer la suite de son plan, quand elle se pencha vers lui et toucha sa joue meurtrie. Tout en lui se noua. Elle planta son regard dans le sien et, du bout des doigts, effleura sa mâchoire endolorie.

S'il avait su à quoi s'attendre, il aurait pu s'en protéger. Mais la douceur de son geste le prit par surprise et le désarma totalement. Jamais personne n'avait… Le seul but de sa vie était de s'occuper d'autrui, de découvrir la vérité, de sauver des vies quand c'était possible.

Personne ne lui demandait jamais si la mission qu'il s'était donné pour but d'accomplir était un fardeau. Il n'avait jamais voulu – ni eu besoin – que quelqu'un le soulage de ce fardeau, parce qu'il lui appartenait.

Mais la caresse de Daisy était un cadeau tellement parfait que jamais il n'aurait pensé à le demander.

Elle s'assit doucement sur ses genoux. Il resta rigoureusement immobile, mais sans parvenir à étouffer le désir désespéré qui brûlait en lui. Ce moment n'avait rien à voir avec leur baiser de l'autre nuit, par lequel elle avait cherché à lui prouver quelque chose, à désamorcer quelque chose, ou peut-être seulement à oublier le cauchemar qu'elle traversait.

Non. Le moment qu'il vivait maintenant était empli de douceur, malgré la proximité de leurs corps, et bien que la faim qu'il avait d'elle n'ait rien de doux. Elle était tellement tendre, tellement… affecteuse.

— Daisy.

Sa voix n'était qu'un murmure rauque, mais il n'y avait plus de place en lui pour la gêne.

— Chut.

Elle posa ses lèvres au coin de sa bouche pour la plus douce, la plus légère des caresses.

— Il vous faut un bisou magique.

Une expiration tremblante lui échappa, et bien que ce fût la dernière chose à faire, il ferma les yeux. Elle parsema sa mâchoire endolorie de baisers qui le réconfortaient et l'apaisaient, de baisers qu'il n'avait aucun droit de recevoir parce qu'il était censé la protéger.

La protéger. Pas se terrer avec elle dans une maison abandonnée pendant que des hommes rôdaient aux alentours. Des hommes qui avaient bien failli arriver à leurs fins.

Aujourd'hui, il avait échoué. Mais cet échec ne serait suivi d'aucun autre : il allait agir.

— Nous n'avons pas le temps pour ça.

Ce n'était pas tout à fait vrai, mais il lui fallait trouver une excuse avant que sa volonté se dissipe totalement.

— Je pense que nous avons tout le temps qu'il nous faut, au contraire, répondit-elle en plaquant ses lèvres dans son cou.

Sa vision commençait déjà à se troubler avant qu'il ait une occasion de la repousser. Mon Dieu… comme il lui fut difficile de la repousser, et de la relâcher quand elle fut debout.

Mais il y arriva.

— Faites vos bagages, Daisy. Nous partons pour Nashville.

10

Daisy avait eu une sensation étrange en quittant la petite ville fantôme de Zach. Comme si elle allait lui manquer. C'était dingue, parce qu'elle était restée cloîtrée dans cette drôle de maison, sans pouvoir sortir et contempler les montagnes qui se dressaient à l'horizon ou les étoiles qui, en cette fin de nuit, scintillaient comme autant de diamants dans le ciel pur.

Il ne s'était rien passé de bon ici, et pourtant elle ne voulait pas partir. Elle n'avait aucune envie d'affronter Nashville et les gens qu'elle y connaissait, même si Zach était à ses côtés.

Parce que en affrontant son entourage, elle acceptait implicitement qu'une personne qu'elle aimait et en qui elle avait toute confiance pouvait être à l'origine de ce cauchemar.

Cependant, elle avait fait ses bagages sans protester. Et elle avait pu contempler le vaste univers pendant une trentaine de secondes avant que Zach la fasse monter en voiture.

Elle repensa aux baisers qu'ils avaient échangés. Il n'en avait pas reparlé, mais elle l'avait senti se détendre sous elle, pendant quelques instants.

Elle sourit. Enfin... tout ne s'était pas détendu en lui.

Elle lui coula un regard en biais. Ils roulaient vers un minuscule aéroport indépendant, dans une autre partie tout aussi perdue du Wyoming, où ils embarqueraient dans un avion minuscule qui les emmènerait jusqu'à Nashville, après quelques arrêts dans d'autres aéroports.

Nashville. Elle ne s'y sentait pas chez elle, parce qu'elle ne se sentait vraiment chez elle nulle part. Aussi loin qu'elle se souvienne, elle avait toujours été sur la route et n'avait passé que de brèves périodes avec sa mère et Vaughn. Une fois adulte, elle avait acheté une maison à Nashville, mais l'avait revendue quand elle avait épousé Jordan.

Ensuite, ils avaient vendu la maison qu'ils avaient achetée ensemble. La maison où elle avait cru fonder une famille, se construire une vie.

— Vous savez, dit-elle, brisant le silence, je n'ai pas de maison à Nashville.

— Mais moi, si.

— Vous avez une maison à Nashville ? demanda-t-elle, incrédule.

Elle avait bien voulu croire qu'il connaissait assez de gens pour pouvoir survoler la moitié du pays dans un petit avion, mais cette nouvelle révélation était invraisemblable. Et pourtant, elle avait en lui une confiance aveugle.

— J'ai des relations, Daisy. Je nous ai trouvé un refuge.

Elle continua à le regarder, parce que sa lèvre fendue et les ecchymoses qui se devinaient sous sa barbe naissante lui donnaient l'impression d'être en sécurité, même si elle savait que ce n'était pas le cas.

Mais il la protégerait quoi qu'il arrive. Il n'était qu'un homme, n'importe qui pourrait l'atteindre s'il le voulait vraiment, mais elle savait qu'il se battrait pour la protéger.

Il donnerait des coups, et il en prendrait. Pour elle.

Il pouvait la repousser, soutenir qu'ils n'avaient pas le temps d'échanger plus qu'un baiser, mais elle n'avait pas le moindre doute : cet homme n'était ni impassible, ni insensible. S'il s'inquiétait de trop s'attacher à elle, c'était parce qu'il sentait qu'un lien s'était déjà formé.

Cette pensée lui remonta suffisamment le moral pour qu'elle s'assoupisse. Ce fut en l'appelant par son vrai nom que Zach la réveilla.

— Quand vous dormez, vous semblez ne pas réagir au prénom de Daisy, expliqua-t-il.

Sa voix était rauque d'épuisement et pourtant, ses lèvres esquissaient un sourire.

— C'est parce que Daisy Delaney ne dort jamais.

— Très bien, Lucy Cooper. Je vous suggère d'avoir une petite discussion avec votre alter ego, parce que vous auriez toutes les deux bien besoin de dormir.

Il lui tapota la tête et descendit de voiture.

Elle ne put que le suivre des yeux, abasourdie. Quelque chose dans la façon dont il avait prononcé son vrai nom bousculait tout en elle. La sensation n'était pas entièrement agréable, parce qu'elle était trop forte, au point de faire enfler son cœur et picoter ses yeux.

Jordan ne l'avait jamais appelée Lucy, pas même après qu'elle lui eut demandé de le faire. Pour sa famille, elle ne voulait pas être Daisy Delaney. Elle voulait compartimenter sa vie.

Mais il n'avait pas compris.

Zach ne comprenait sans doute pas, lui non plus, mais il l'avait quand même appelée par son vrai nom comme s'il savait que, quel que soit le nom qu'il utilise, elle demeurait la même. Il ne voyait pas Lucy Cooper et Daisy Delaney comme deux identités distinctes qui luttaient pour se faire de la place au détriment de l'autre.

Il ouvrit sa portière et posa sur elle un regard impatient. Oui. Elle était censée descendre de voiture, pas pleurnicher à cause d'un détail aussi insignifiant.

— Vous ne m'avez toujours pas dit quel était votre plan.

Il prit leurs bagages dans le coffre et se dirigea vers un petit bâtiment.

Le soleil s'était levé et baignait le monde d'une lumière nacrée. Il leur restait un long chemin à parcourir avant d'atteindre Nashville.

— Pour commencer, nous allons rendre visite à votre manageuse.

— Ensemble ?

Il haussa les épaules.

— Je ne vois pas ce qui nous en empêcherait. Vous n'aurez qu'à dire que je suis votre garde du corps.

Il frappa à la porte du bâtiment. Quelques instants plus tard, un jeune homme maigrichon ouvrit la porte et salua Zach en l'appelant par son prénom. Les deux hommes discutèrent pendant un moment. Ensuite, le jeune homme les invita à le suivre. Ils traversèrent un bureau et sortirent du bâtiment par la porte de derrière.

Daisy avait l'impression d'être dans un rêve, impression qui se renforça quand elle vit le minuscule avion qui les attendait. Elle en eut le souffle coupé. Cet avion ne lui inspirait pas confiance, et si elle avait été avec toute autre personne que Zach, elle n'aurait pas hésité à le dire. Mais elle savait que jamais Zach ne lui aurait fait prendre le moindre risque. Cet avion devait être fiable.

Aussi fiable que n'importe quelle boîte de conserve fusant dans le ciel.

Il l'aida à monter l'escalier et pressa sa main.

— Vous avez peur de voler ? demanda-t-il avec douceur.

— Jusqu'ici, non, répondit-elle en balayant la minuscule cabine du regard. Mais cet avion pourrait me faire changer d'avis.

— Tout ira bien, affirma-t-il.

Elle n'était pas certaine qu'il ait raison, mais elle savait qu'il était sincère. D'un geste, il l'invita à s'asseoir.

— Pourquoi allons-nous à Nashville maintenant ?

Si elle parlait, elle oublierait peut-être son envie de s'enfuir en hurlant.

— Parce qu'il ne suffit pas d'attendre. Nous ne nous sommes pas rapprochés de la solution de l'énigme – au contraire, c'est la menace qui s'est rapprochée de vous. Nous allons donc agir et trouver l'origine de la fuite, s'il y en a eu une. En plus, votre présence à Nashville fera taire la rumeur qui prétend que vous êtes en cure de désintoxication.

Ce fut lui qui boucla sa ceinture. Elle ne pouvait que le dévisager, interdite, emplie du même sentiment que tout à l'heure : un cœur soudain devenu trop gros pour sa poitrine.

Elle déglutit et essaya de parler d'une voix normale – ou du moins, de *se sentir* normale.

— Quelle importance a ma réputation ?

— Jordan vous a déjà pris assez de choses, et la personne qui orchestre toute cette histoire en a pris encore plus. Ne leur en donnez pas plus. Nous allons faire taire toutes les rumeurs, et trouver la fuite. D'une pierre deux coups.

Personne ne s'était jamais soucié de ce qu'elle pouvait donner d'elle-même, du moment que tous obtenaient ce qu'ils voulaient. Même Vaughn, malgré toutes ses qualités, ne le comprenait pas suffisamment pour s'inquiéter d'autre chose que de sa sécurité.

Alors, elle fit la seule chose à laquelle elle put penser. Elle se pencha et posa ses lèvres sur les siennes. Il lui rendit son baiser pendant une brève seconde, et elle sourit contre sa bouche. Ensuite, il se redressa et la repoussa doucement.

Oh oui, il la désirait. Et peut-être même qu'il l'appréciait.

— Il faut que vous arrêtiez de faire ça, dit-il avec sévérité.

Pour toute réponse, elle lui plaqua un baiser sonore sur la bouche. Cette fois, il ne desserra pas les lèvres. Elle répondit à son regard réprobateur par un grand sourire et répliqua :

— Si vous arrêtez de m'embrasser en retour, peut-être que j'obéirai.

Comme il ne répondit pas, elle se carra dans son siège sans cesser de sourire.

Zach était épuisé après ce long trajet au cours duquel ils avaient plusieurs fois changé d'avion, d'autant qu'il n'avait pas dormi de la nuit. Mais il traversa Nashville au volant de la voiture de location pour rejoindre la planque qu'utilisait parfois l'un de ses amis, qui était membre des forces de l'ordre : une petite ferme, aux confins de la ville.

Sans savoir pourquoi, il était certain que Daisy allait s'y plaire. Mais il ne s'était pas préparé à être à ce point troublé par son ravissement.

— Oh ! mon Dieu ! Un poulailler !

Elle bondit hors de la voiture et courut jusqu'à la barrière qui délimitait la petite basse-cour. Il n'y avait aucune poule en vue, mais la bruine qui tombait sans discontinuer devait les avoir incitées à rester à l'abri.

— Mon ami m'a demandé si je pouvais m'occuper des poules. Si vous voulez vous en charger...

Elle se tourna vers lui. Elle était radieuse.

— Vous plaisantez ? Pourquoi est-ce que vous ne m'avez pas amenée ici dès le début ?

Il ne lui répondit pas que c'était parce qu'il se méfiait de son entourage. Son frère avait estimé qu'elle serait plus en sécurité dans un endroit isolé.

Mais ce plan avait échoué, et Zach en était seul responsable. Il aurait dû voir ses lacunes.

Cependant, il ne pouvait pas se laisser distraire par cette sensation d'échec. Il la chassa et se concentra sur le nouveau plan.

— Vous allez appeler votre manageuse et lui annoncer que vous comptez venir en ville demain. Dites-lui que vous voulez la voir – le matin ou l'après-midi, cela n'a aucune importance. Mais ce que je veux, c'est qu'elle croie que vous repartez de Nashville demain soir.

— Est-ce que nous irons à ce rendez-vous ?

— Bien sûr.

La joie simple que la vue du poulailler avait éveillée en elle avait quitté son visage, mais elle ne chercha pas à discuter et à lui répéter, pour la centième fois, qu'elle avait une confiance totale en sa manageuse.

— Et...

Elle laissa sa phrase en suspens et reposa les yeux sur le poulailler. Il ne pouvait pas deviner ce qu'elle pensait en regardant son dos, mais le fait qu'elle lui dissimule son visage était révélateur : elle n'était pas heureuse.

— Vous serez avec moi, c'est ça ?

— Vous n'irez nulle part sans moi, chérie.

Elle se tourna vers lui, un sourcil haussé.

— Oh ! vraiment ?

— Ne soyez pas contrariante. Pas maintenant, et pas à ce sujet. Je ne cherche pas à vous donner des ordres, mais à vous garder à l'abri de tout danger. Nous sommes aussi inséparables que des siamois.

Elle le gratifia d'un sourire tellement tendre qu'il aurait dû se douter qu'il y avait anguille sous roche, mais il était trop épuisé pour être clairvoyant. Elle s'approcha de lui d'un pas nonchalant, leva la main et la posa sur son torse. Tout son corps se cripa sous la caresse, mais il ne put empêcher un frisson de le traverser quand elle commença à promener ses doigts sur son torse d'un geste malicieux. Il voulut le chasser, mais elle leva les yeux vers lui et le regarda à travers ses cils.

— Des siamois, hein ? Quel genre d'arrangement avez-vous prévu pour les nuits ?

Un éclair de désir le traversa, si douloureux que ce ne fut que par miracle qu'il parvint à ne pas s'écrouler. À ne pas céder... lui céder.

Mais il était hors de question qu'il cède, parce qu'il ne le pouvait pas.

— Nous y réfléchirons une fois à l'intérieur.

— Ne me taquinez pas, Zach.

Elle poussa un soupir sonore et posa la main sur sa joue.

Elle prenait un peu trop l'habitude de faire ce genre de geste, et il éveillait en lui un désir trop intense. Mais il était incapable de s'écarter de sa main. Pour tout dire, il avait le plus grand mal à se retenir de presser sa joue contre sa paume.

— Vous avez besoin de dormir, dit-elle.

— La sécurité avant tout.

Elle balaya la cour du regard. Malgré la bruine, elle avait une apparence de gaieté. L'herbe et les arbres étaient d'un vert intense, le poulailler et la grange d'un rouge vif que la bruine rendait encore plus lumineux. Cet endroit était aux antipodes de celui où il l'avait emmenée en premier.

Cette révélation lui sembla étrangement symbolique, mais il était tellement épuisé qu'il ne savait pas s'il devait y voir un bon ou un mauvais signe. Il désactiva l'alarme et la fit entrer dans la maison. Il laissa tomber les bagages par terre et, en suivant les instructions que son ami lui avait envoyées par mail, activa toutes les alarmes et sécurités.

— Comment contactez-vous votre manageuse, d'habitude ?

Elle le dévisagea. Il étouffa un bâillement. Il avait de plus en plus de mal à garder les yeux ouverts.

— Pour obtenir un rendez-vous, mieux vaut que je l'appelle. Elle devra sans doute réorganiser son emploi du temps pour me voir. Je sais qu'elle ne refusera pas, mais nous devrons déterminer ensemble le lieu et l'heure.

— Très bien. Je vous laisse l'appeler et arranger un rendez-vous.

Il faudrait qu'il pense à la sécurité de Daisy – si la fuite provenait des bureaux de sa manageuse, le harceleur saurait quand l'y trouver.

— Mais il faut qu'elle croie que vous n'arrivez que demain matin, et que vous repartez le soir même, ajouta-t-il.

— D'accord. Est-ce que je peux l'appeler en privé, ou voulez-vous écouter pour vous assurer que je suis bien sage et que je suis bien vos directives ?

Comme il ne savait pas trop quoi penser du ton de sa voix, il préféra ne pas relever le sarcasme. Il se contenta de la regarder droit dans les yeux, en étouffant un bâillement à grand-peine.

— Je vous fais confiance, répondit-il enfin. Il y a trois

chambres. Choisissez celle que vous voulez. Quand vous aurez passé votre coup de fil, donnez-moi l'heure du rendez-vous.

Elle lui rendit son regard pendant quelques secondes lourdes de sens. Il repensa au moment où elle l'avait embrassé, quand ils étaient dans l'avion. Comment avait-il pu être assez stupide pour lui rendre son baiser ?

Pourtant, il savait qu'en s'attachant à elle, il la mettait en danger – il les mettait tous deux en danger. Mais bien qu'il ne puisse oublier que c'étaient les sentiments qui avaient failli le mener droit à la catastrophe, l'année précédente, il n'y pouvait rien. Oui, il s'était attaché à elle.

Il devait bien y avoir un moyen de couper ce lien. Ses erreurs passées avaient été lourdes de conséquences : son frère était dans un hôpital psychiatrique, et Cam avait failli mourir. Quand on s'attachait à quelqu'un, il y avait toujours un prix à payer. S'il ne parvenait pas à détruire ce lien, il devait trouver un moyen de le garder à l'écart de façon qu'il n'interfère pas avec sa mission.

Oui, il avait retenu la leçon.

— Vous ne voulez pas que je vous rapporte la conversation mot à mot ? demanda-t-elle au bout d'un moment.

— Donnez-moi seulement l'heure du rendez-vous.

Parce qu'il devait se concentrer sur les faits, sur les mesures qu'il devait prendre pour la protéger. Il allait laisser tomber ses précieux schémas, cesser de chercher à la comprendre et à comprendre sa vie. Les faits, rien que les faits.

S'il l'avait exposée à un danger encore plus grand en la rapprochant de son harceleur, il ne pouvait pas se permettre de perdre du temps en s'intéressant à autre chose.

Elle hocha la tête, ramassa son sac et partit à la recherche d'une chambre.

Zach ramassa son sac, lui aussi, et en sortit son ordinateur portable. Avant de se laisser glisser dans un sommeil délicieux, il lui restait une chose à faire.

Pendant que son ordinateur démarrait, il ralluma son

téléphone, qui était resté éteint pendant la majeure partie de leur voyage, et grimaça en entendant la rafale de tintements lui annonçant la réception de textos et de messages vocaux. Certaines personnes n'étaient pas ravies qu'il soit parti sans crier gare.

Il effaça tous les messages laissés par Cam et Hilly sans même les écouter, et ne lut que le dernier des textos que lui avait envoyés Cam.

J'espère que tu sais ce que tu fais, parce que ton client – tu sais, le type qui nous paie – n'est pas très content.

Il allait demander à Daisy de contacter son frère. Mais même si Vaughn était un Texas Ranger, il pouvait très bien être à l'origine de la fuite…

Non, mieux valait qu'ils restent aussi discrets que possible, même si cela lui attirait les foudres de quelques personnes. C'était la sécurité de Daisy qui primait, et la meilleure façon de l'assurer était de l'isoler aussi hermétiquement que possible.

Il éteignit donc son téléphone de nouveau, sans répondre au texto de Cam. Il fallait qu'il esquisse un plan pour le lendemain.

Il allait donc fermer les yeux pendant une seconde, ébaucher le plan dans son esprit, y réfléchir jusqu'à ce qu'il devienne plus précis. Plus… il ne savait trop quoi.

L'instant d'après, quelqu'un lui prenait la main.

— Allons, beauté endormie, dit une voix amusée.

Sans ouvrir les yeux, parce qu'il en était incapable, il sentit qu'on le forçait à se lever. Tout semblait indistinct, éthéré. Il devait être en train de rêver.

Il rêva que Daisy l'emmenait quelque part, le faisait asseoir sur un lit, le poussait doucement jusqu'à ce qu'il soit allongé et lui ôtait ses chaussures.

Ensuite, il rêva qu'elle se blottissait contre lui en posant une main sur son torse, juste à l'endroit du cœur, et en l'embrassant sur la joue.

Et puisqu'il s'agissait d'un rêve, il s'autorisa à se détendre. Il posa sa main sur la sienne, l'attira plus près de lui et se laissa engloutir par le sommeil.

11

Daisy ne savait pas trop ce qui l'avait poussée à s'allonger sur ce lit, à côté de Zach. Quand il se réveillerait, il allait être fou de rage. Mais elle ne se sentait nulle part plus en sécurité qu'ici, blottie contre lui.

Son coup de fil à Stacy avait été une vraie torture. Elle aurait voulu pouvoir dire à son amie ce qui se passait vraiment, mais elle n'avait pu que s'excuser d'avoir disparu sans crier gare et lui demander un rendez-vous en tête à tête, tout en essayant d'éluder ses questions.

Elle avait essayé d'interpréter chacun de ses silences, chacune de ses questions. Était-ce Stacy qui lui voulait du mal ? Courait-elle un danger en allant à ce rendez-vous ?

Elle déglutit avec effort et se tourna vers Zach. La pièce était plongée dans l'obscurité mais, à la lueur du réveil posé sur la table de chevet, elle distinguait son profil, sa grande main posée sur la sienne.

Avec lui, elle se sentait en sécurité. Pas seulement parce qu'elle était en danger et qu'il avait fait partie du FBI, mais aussi parce qu'il lui donnait une impression de sécurité… émotionnelle. C'était vraiment étrange. Elle n'avait jamais ressenti cette sensation, pas même avec sa mère ou avec Vaughn. Avec eux, elle sentait toujours qu'elle devait être prudente parce qu'ils n'avaient jamais approuvé le choix qu'elle avait fait de marcher sur les pas de son père. Ils l'aimaient, mais ils ne la comprenaient pas.

Elle n'était pas certaine que Zach la comprenne, mais c'était l'impression qu'il lui avait donnée jusqu'ici.

Et est-ce que tu es vraiment assez naïve pour croire que Zach est différent de tous les autres hommes ? Qu'il ne te laissera pas tomber ?

Mais elle avait vu Vaughn tomber amoureux de Nat. Elle avait vu comment cet amour l'avait changé, l'avait amené à s'ouvrir. Il y avait des hommes bien sur terre. Seulement, elle n'en avait pas rencontré beaucoup. Son instinct lui soufflait que Zach en faisait partie, mais pouvait-elle vraiment s'y fier ?

Mais quand elle était pelotonnée contre lui, comme en ce moment, elle était délivrée de tous les doutes qui l'assaillaient quand elle était avec Jordan. Elle ne doutait pas de Zach. Il ne lui donnait aucune raison de douter de lui.

Elle laissa cette pensée la faire basculer dans le sommeil.

Elle se réveilla en sentant le corps de Zach tressaillir contre le sien et en l'entendant aligner quelques jurons bien choisis. Elle sourit et ouvrit les yeux alors qu'il se levait d'un bond.

— Je me suis endormi ?

Sa voix était rauque de sommeil et d'indignation. Elle voulut pincer les lèvres pour ne pas sourire, mais échoua.

— Vous dormiez debout, cow-boy, expliqua-t-elle en s'étirant voluptueusement. J'ai essayé de vous réveiller, mais en vain. Il a fallu que je vous traîne jusqu'à ce lit. Mais je n'ai pas profité de vous.

Il lui jeta un regard en coin avant de se passer les mains sur le visage et dans les cheveux. Elle mourait d'envie de poser les mains sur lui, elle aussi, mais elle savait qu'il allait vouloir se mettre au travail sur-le-champ.

Et très franchement, il avait été tellement agréable de se réveiller auprès de lui – même s'il l'avait réveillée en sursaut – qu'elle se sentait pleine d'indulgence pour lui. Il y avait un moment déjà qu'elle rêvait de se réveiller chaque matin auprès de quelqu'un, et ce rêve était bien plus attirant si ce quelqu'un était Zach.

— Nous avons rendez-vous avec Stacy à 11 heures, dit-elle.

— 11 heures ?

Il jura de nouveau.

— Cela nous laisse deux heures pour tout préparer.

— Si vous preniez une douche pendant que je fais le café ? Ensuite, nous aviserons.

Sans attendre sa réponse, elle se leva et se dirigea vers la porte. Oui, il lui fallait du café pour calmer les palpitations de son cœur.

Zach posa une main sur son épaule pour l'arrêter, et ses palpitations redoublèrent d'intensité. Il la dévisagea longuement, sans ôter sa grande main chaude de son épaule.

— N'oubliez pas que la personne qui est reponsable du cauchemar que vous vivez peut être quelqu'un en qui vous avez confiance. Vous pouvez vous inquiéter de beaucoup de choses, mais je ne veux pas que vous vous reprochiez de ne pas avoir vu clair dans son jeu.

Est-ce que c'était de cela qu'elle avait peur ? Peut-être. Si le coupable était Jordan ou Stacy, elle ne voulait pas le savoir. Cela aurait voulu dire qu'elle s'était trompée à leur sujet.

Puisqu'elle savait déjà à quel point elle s'était fourvoyée au sujet de Jordan, elle pouvait peut-être espérer qu'il était leur coupable. Mais rien n'y changerait : elle se sentirait toujours aussi idiote, et continuerait à culpabiliser à la pensée que Tom était mort à cause d'une chose aussi...

Zach ramena une mèche de cheveux derrière son oreille. Ce geste fit fuser un petit frisson de plaisir le long de son épine dorsale et desserra l'étau qui semblait lui comprimer les poumons.

— Nous allons résoudre cette histoire, et vous retrouverez votre vie d'avant. Je vous le promets.

Il la gratifia d'un petit sourire rassurant.

— Et maintenant que j'ai dormi, reprit-il, personne ne pourra m'arrêter. Faites-moi confiance.

— C'est le cas, chuchota-t-elle.

Elle avait parlé avec bien trop d'émotion, mais cet homme éveillait en elle tout ce qu'elle avait toujours ardemment souhaité ressentir. Jusqu'ici, seule la musique lui avait apporté ce genre de réconfort, lui avait donné l'impression qu'elle méritait le bonheur.

Et maintenant, il y avait Zach, cet homme dont le cœur n'était que bonté. Il se tenait assez près d'elle pour qu'elle puisse s'appuyer contre lui. L'embrasser. Croire en lui.

Elle se râcla la gorge et recula d'un pas. Elle pouvait se permettre de l'embrasser quand elle cherchait à l'agacer ou à oublier tout ce qui allait mal dans sa vie, mais pas quand elle se sentait aussi... vulnérable qu'en ce moment.

Elle tourna les talons et alla fouiller dans la cuisine pour trouver le café. Il était en train de couler quand Zach sortit de la chambre dans laquelle ils avaient dormi. Il s'était rasé et habillé, et ses cheveux étaient encore humides après sa douche.

L'émotion qui la transperça à sa vue était bien plus que du désir. C'était quelque chose de bien plus grand, qui terrassa le désir qu'elle éprouvait et l'empêcha d'agir.

Elle se râcla la gorge et posa une tasse sur la table.

— Voilà. Il est déjà sucré. Trop, même.

— Merci.

Il posa son ordinateur portable sur la table, s'assit et goûta son café.

— Parfait.

La scène avait tout d'une routine conjugale. C'était plus que son pauvre cœur ne pouvait en supporter en ce moment.

Elle s'assit face à lui et demanda :

— Alors, quel est le plan ?

Parce qu'elle était toujours menacée. Sa sécurité était un sujet bien plus important et, étrangement, beaucoup moins dangereux émotionnellement.

— Nous allons aller à ce rendez-vous ensemble. Vous pouvez me présenter comme votre garde du corps, sans donner de nom afin que nous n'ayons pas besoin de retenir un faux nom. Dites que vous vous inquiétez pour votre sécurité, mais que vous pensez qu'il faudrait que vous donniez quelques concerts pour sauver votre réputation et apporter la preuve que vous n'êtes pas en désintoxication.

— Comme je vous l'ai déjà dit, c'est mon agent qui s'occupe de ce genre de choses.

— C'est vrai. Nous allons donc nous en tenir à une partie de la vérité. Dites-lui que vous ne faites confiance à personne et que vous voulez que tout soit fait par son intermédiaire. Ce n'est pas son travail habituel, mais est-ce qu'elle pourrait accepter, compte tenu des circonstances ?

— Je pense que oui.

— Aussi fortuitement que possible, ajoutez que vous rentrez chez vous ce soir.

— Je n'ai pas de chez-moi, répondit-elle.

Mais Zach ne cilla pas.

— Qui est au courant ?

— Que voulez-vous dire ? demanda-t-elle.

Il lui fallait un autre café pour chasser l'épuisement qui semblait ne plus la quitter.

— Parmi nos suspects, précisa-t-il, qui saurait que vous n'avez pas de véritable chez-vous ? Jordan ?

— Jordan penserait sans doute que je veux parler de Nashville. Après tout, un artiste habite là où est sa carrière.

— Et Stacy ?

— Elle penserait plutôt au Texas. Elle sait que c'est là-bas que vit mon frère, et combien je tiens à lui et à sa famille.

— Très bien. Il y a un vol pour Austin à 10 heures. Donc, vous allez dire à Stacy que vous rentrez chez vous ce soir. Si elle ou l'un de ses employés part pour le Texas, nous saurons que la fuite vient d'elle. Et si Jordan commence à fouiner dans Nashville, nous aurons toutes les raisons de le soupçonner.

— Et comment saurez-vous ce qu'ils font ?

Il haussa les épaules et tapota quelques mots sur son ordinateur.

— J'ai des yeux et des oreilles un peu partout.

Il prit une autre gorgée de café avant de la regarder.

— Tout ce que vous aurez à faire, c'est lui parler comme vous le feriez en temps normal.

— Mais je ne me sens pas normale. C'était déjà assez difficile au téléphone. Alors, en personne...

— Je serai là, dit-il. Je peux parler pour vous s'il le faut. Vous n'aurez qu'à faire semblant d'être à bout de nerfs.

— Je ne suis jamais à bout de nerfs, rétorqua-t-elle.

Et elle le regrettait presque, parce que cela lui aurait permis de tout remettre entre les mains de Zach et de le laisser s'en occuper. Mais il avait beau lui dire que rien n'était de sa faute, elle n'était pas dupe. Elle était responsable de ce qui se passait. Ces événements se produisaient à cause de l'un des choix qu'elle avait faits dans sa vie.

Alors, elle devait prendre les choses en main et mener le combat elle-même.

Quand elle descendit de la voiture de location, à trois rues de l'immeuble où se trouvaient les bureaux de Stacy, la nervosité de Daisy était palpable. Cependant, elle fit appel à toute sa force de caractère pour la juguler et avança sur le trottoir aux côtés de Zach sans la moindre hésitation.

Ils marchèrent vers l'immeuble sans que Zach cesse un seul instant d'observer les bâtiments et la foule qui se pressait sur le trottoir. Il restait tout près de Daisy, prêt à empoigner l'arme qu'il avait dissimulée en cas de besoin.

Mais, apparemment, personne ne les suivait. Même s'il s'y était attendu, il en fut soulagé – mais pas uniquement parce que la sécurité de Daisy ne semblait pas menacée, malheureusement. S'il avait pu retirer sa manageuse de la liste des suspects, il savait qu'il lui aurait enlevé un poids énorme des épaules.

Il ouvrit la porte d'entrée de l'immeuble et, d'un geste, invita Daisy à entrer. À partir de cet instant il ne marcha plus à ses côtés mais derrière elle, comme l'auraient fait la plupart des gardes du corps.

Ils prirent l'ascenseur sans échanger un mot et, quand ils en sortirent, s'engagèrent dans un autre couloir. Le comportement de Daisy changea : sa nervosité disparut, remplacée par une sombre détermination, ce qui lui sembla encore plus triste, en quelque sorte. Elle faisait tellement d'efforts...

Il nota les noms inscrits sur chacune des portes devant lesquelles ils passaient. Plus tard, il les coucherait sur le papier et enquêterait sur d'éventuels liens. Il ne fallait surtout pas qu'il espère parvenir à un résultat plutôt qu'à un autre, sous peine de voir son jugement faussé. Mais il espérait tellement trouver une preuve que Stacy était innocente.

Quand ils entrèrent dans le bureau sur la porte duquel étaient écrits les mots « Starshine Management », une jeune femme se leva d'un bond de son bureau immense.

— Mademoiselle Delaney ! Cela fait tellement longtemps.

— Bonjour, Cory. J'ai rendez-vous avec Stacy.

— Bien sûr. Oh bon sang, mademoiselle Delaney... Il faut quand-même que je vous dise. « Put a Hex on My Ex » m'aide à me remettre d'une rupture vraiment difficile. Je vous le jure. Je ne sais pas ce que je ferais sans votre musique.

Daisy se fendit d'un sourire tendu.

— Vous reprendriez le dessus. Mais la musique est aussi là pour adoucir nos peines, n'est-ce pas ?

— C'est tellement vrai ! Je vais aller chercher Mme Vine maintenant.

Elle sourit, s'éloigna dans le couloir d'un pas dansant et disparut dans un bureau dont les parois vitrées étaient masquées par des stores.

Le visage de Daisy se décomposa, laissant percer sa tristesse et son inquiétude.

— Je ne connais pas « Put a Hex on My Ex », dit Zach.

Elle esquissa un sourire, juste comme il l'avait espéré.

— Elle n'est pas très connue. Cette chanson figure sur le premier album que j'ai enregistré après avoir quitté le label de mon père. À l'époque, peu de gens s'intéressaient à moi. Ce ne sont pas mes heures les plus glorieuses, mais j'adore cette chanson. Maintenant encore plus qu'à l'époque.

Il n'avait cherché qu'à lui changer les idées, mais sa réponse soulevait un point intéressant qu'il avait négligé.

— Est-ce que c'était vous qui écriviez vos chansons quand vous enregistriez pour le label de votre père ?

Elle se frotta la tempe et ferma les yeux.

— J'en ai écrit quelques-unes moi-même, mais toujours avec un coauteur, si je me souviens bien.

Oui, c'était une possibilité qu'il devait creuser : la personne qui lui voulait du mal n'avait peut-être pas un lien qu'avec elle, mais aussi avec son père.

— Est-ce qu'il y a un lien entre Stacy et le label de votre père ?

— Oui. Elle y était assistante manager. Je l'ai persuadée de partir et de me prendre comme première cliente.

Est-ce que c'était le lien qu'il cherchait ? Il n'eut pas le temps d'approfondir la question. La secrétaire guillerette ressortait du bureau, accompagnée d'une femme qui ne semblait pas beaucoup plus âgée que Daisy.

— Daisy ! Mon Dieu. J'étais malade d'inquiétude.

Elle serra fougueusement Daisy dans ses bras avant de scruter Zach, un sourcil haussé.

— C'est mon garde du corps, dit Daisy avec un geste dédaigneux de la main. Tu sais comment mon frère s'inquiète.

Stacy passa un bras autour de la taille de Daisy et l'entraîna dans le couloir.

— Et il a raison. Je suis tellement désolée de tout ce qui t'arrive, Daisy. Qu'est-ce que je peux faire ?

— J'espérais que tu me poserais la question.

Ils entrèrent dans le bureau de Stacy, une pièce spacieuse dont la grande baie vitrée laissait entrer des flots de lumière. Au lieu de prendre place derrière son énorme bureau, Stacy s'installa dans un fauteuil et Daisy s'assit face à elle.

Elles commencèrent par échanger quelques banalités sur leurs relations communes. Rien ne semblait étrange dans le comportement de Stacy. Elle se conduisait comme une femme qui s'inquiète pour son amie, et dans le même temps comme une femme d'affaires entièrement dévouée à la carrière de sa cliente.

Quant à Daisy, elle semblait parfaitement détendue. Mais il suffit à Zach de remarquer la façon dont elle tenait son sac, qu'elle avait posé sur ses genoux, pour savoir qu'elle jouait la comédie.

Daisy aborda tous les sujets qu'il l'avait chargée d'aborder. L'éventualité d'un petit concert intime afin de promouvoir son dernier single, en présence d'un service de sécurité important, son projet de rentrer chez elle pour se reposer pendant quelques jours... et elle prit soin de demander à Stacy de ne rien dire à personne de ce dernier détail.

— Tu es sûre que tout va bien, Daisy ? Tu n'as pas l'air d'être toi-même.

— Est-ce que tu aurais l'air d'être toi-même si tu avais retrouvé ton garde du corps mort dans ta loge ?

Stacy grimaça.

— Pardon. Je m'inquiète pour toi, c'est tout.

Elle jeta un rapide coup d'œil vers Zach.

— Pas seulement pour ta sécurité, mais pour *toi*. Est-ce que tu es certaine de vouloir donner un concert, avec tout ce qu'il se passe en ce moment ? Nous ne pouvons pas examiner les antécédents de tous les spectateurs. Je sais bien que tu veux promouvoir ton album, mais...

— Attends. Qu'est-ce qui te fait penser que la personne qui

a tué Tom est l'un de mes fans ? demanda Daisy, sans pouvoir masquer son désarroi.

Stacy cligna des yeux avec la plus parfaite innocence, à laquelle Zach se demanda s'il devait croire ou non.

— Qui d'autre serait-ce ?

Une sirène assourdissante se déclencha soudain, les faisant sursauter. Stacy fronça les sourcils et balaya la pièce du regard.

— Le moment est mal choisi pour un exercice d'incendie, cria-t-elle pour se faire entendre par-dessus le vacarme.

Elle semblait mal à l'aise, et Daisy encore plus. Quant à Zach, il ne pensait pas du tout qu'il s'agisse d'une coïncidence.

— Nous devrions évacuer, dit-il en tendant une main vers Daisy. Quel chemin prendriez-vous normalement en cas d'exercice d'évacuation ?

Stacy haussa les épaules avec impuissance en se levant.

— Je... j'ai oublié. L'escalier, sans doute. Mais ensuite, est-ce qu'il faut passer par l'avant, ou par l'arrière ? Cory doit le savoir.

Zach hocha gravement la tête, serra fermement la main de Daisy dans la sienne et l'entraîna vers la porte.

Cory était debout au milieu de la salle d'attente du bureau, les mains pleines de papiers et d'objets divers. Toute jovialité avait quitté ses traits, qui n'exprimaient maintenant qu'inquiétude et perplexité.

— Je ne sais pas ce que je dois prendre et ce que je dois laisser, dit-elle.

— Je suis sûre que ce n'est qu'un exercice...

Cory tendit le doigt vers les portes vitrées, et Stacy laissa sa phrase en suspens. Des volutes de fumée rampaient sur le sol du couloir.

— Venez, ordonna Zach en entraînant Daisy vers la porte. Baissez-vous. Il faut sortir d'ici aussi vite que possible.

— Nous devrions appeler les pompiers, remarqua Cory d'une voix tremblante.

Zach ouvrit la porte et lui fit signe de sortir, ainsi qu'à Stacy. Il garda Daisy auprès de lui.

— Nous les appellerons, mais nous devons d'abord sortir d'ici. C'est le plus important.

Stacy et Cory semblaient totalement déboussolées. Debout dans le couloir, elles regardaient la fumée qui continuait à s'élever tout autour d'elles.

— Suivez-nous, ordonna Zach. Donnez-vous la main.

Sans lâcher la main de Daisy, il les guida vers l'escalier qu'il avait remarqué en arrivant.

Dans la cage d'escalier, la fumée était encore plus épaisse. Par contre, la température était normale. Il ne voyait aucune flamme, les gicleurs d'incendie ne s'étaient pas déclenchés... Plus il y pensait, plus il avait la désagréable impression qu'il ne s'agissait pas d'un incendie, mais d'un stratagème visant à créer une diversion.

Ils atteignirent enfin le rez-de-chaussée et débouchèrent dans le hall où flottait une épaisse fumée âcre.

En sentant Daisy tirer sur sa main, il regarda par-dessus son épaule. Mais la fumée était tellement épaisse qu'il distinguait à peine sa silhouette, derrière lui. Il ne voulait pas parler afin d'inhaler aussi peu de fumée que possible. Mais elle continuait à tirer sur sa main, plus fort, par à-coups.

Elle faillit lui échapper, mais il serra plus fermement sa main et l'attira vers lui.

— Restez avec moi, ordonna-t-il.

— Attendez, croassa-t-elle.

Il était hors de question qu'il attende. Ils devaient sortir au plus tôt de cette situation potentiellement dangereuse.

Ils passèrent les portes et se retrouvèrent sur le trottoir, au milieu d'un attroupement de badauds. Il se fraya un chemin à travers la foule, toujours en entraînant Daisy derrière lui, pour s'éloigner de l'immeuble.

— Zach ! s'écria-t-elle. J'ai lâché la main de Stacy. Nous devons retourner la chercher.

Sa voix altérée par la fumée était vibrante de désespoir. Mais Zach ne s'arrêta pas pour autant.

— Ne vous inquiétez pas pour elle ni pour Cory. À mon avis, ce n'était pas un incendie. Maintenant, dites-moi ce qui vous a pris. Pourquoi avez-vous tiré sur ma main comme vous l'avez fait ? Si je vous avais lâchée…

Elle se mit à tousser, et il la regarda. Son cœur se serra en voyant les larmes qui dévalaient son visage.

— C'était Stacy, répondit-elle d'une voix faible. Elle n'arrêtait pas de me tirer dans la direction opposée. Je pense qu'elle connaissait un meilleur moyen de sortir.

Il manqua s'arrêter net, mais la fumée qui s'échappait du bâtiment et le chaos qui régnait autour d'eux lui rappela qu'il devait continuer à avancer – en tenant fermement la main de Daisy.

— Qu'est-ce qu'elle a fait ?

La foule était moins dense, maintenant. Il pressa le pas.

— Je suis certaine que c'était un accident. Elle a dû paniquer et penser que nous nous trompions de direction. Mais quand vous m'avez tirée vers vous, elle a lâché ma main. Je pense que Cory et elle sont sorties par l'arrière.

Zach secoua la tête sans cesser de l'entraîner vers la voiture garée à quelques rues de là. Il aurait aimé pouvoir la protéger en lui cachant la vérité, mais c'était impossible. Ce n'était pas la mission qu'on lui avait confiée.

— Daisy… Cet incident ne plaide pas en faveur de Stacy. Ce n'était pas un incendie mais des bombes fumigènes, sans doute, destinées à créer une diversion. Quelqu'un savait que vous veniez ici. Il a voulu profiter de cette occasion pour vous atteindre, et tout porte à croire que Stacy voulait l'aider à parvenir à ses fins.

12

Daisy ne dit pas un mot sur le chemin du retour, et la vue de la jolie petite ferme ne suffit pas à lui remonter le moral. Elle alla s'enfermer dans la salle de bains, se mit sous une douche brûlante et pleura toutes les larmes de son corps.

Elle aurait mis sa vie entre les mains de Stacy. Depuis qu'elle volait de ses propres ailes, elle n'avait rien construit sans que Stacy soit à ses côtés.

Elle voulait continuer à croire que c'était sous le coup de la panique que Stacy avait essayé de l'entraîner dans la direction opposée de celle où allait Zach – l'explication aurait été logique, mais ils ne s'étaient pas attardés pour lui poser la question. Elle voulait continuer à croire que ce n'était que par accident que Stacy semblait coupable. Rien n'était prouvé. On ne pouvait être sûr de rien.

Et pourtant, Zach était certain que Stacy était mêlée à l'affaire.

Pendant un bref instant, Daisy se prit presque à espérer que la personne qui cherchait à s'en prendre à elle parvienne à ses fins. Au moins, ensuite, tout serait fini.

Mais cette pensée lui donna la nausée. Elle ne voulait pas être blessée – ou pire –, même si cela mettait un terme à cette attente insoutenable. Mieux valait être vivante et bouleversée que sereine et morte.

Elle sortit de la douche et enfila un pyjama confortable,

bien que l'après-midi touche à peine à sa fin. Elle aurait aimé dormir jusqu'à ce que toute cette histoire soit terminée. C'était impossible, bien sûr. Mais si elle dormait pendant toute la soirée, peut-être que cela lui laisserait le temps de se résoudre à l'idée que le comportement de Stacy ne plaidait pas en sa faveur.

Quand elle sortit de la salle de bains, elle fut tentée d'aller droit dans la chambre où elle avait posé ses affaires la veille. Cette chambre où elle n'avait pas passé la nuit, puisqu'elle l'avait passée dans la chambre de Zach.

Zach... Elle avait beau faire, elle était incapable de faire fi de ses certitudes. Il était farouchement déterminé à la protéger. Ce n'était pas la faute de Zach si elle était une aussi piètre juge de la nature humaine, si ses ennemis potentiels étaient des personnes qu'elle avait crues honnêtes et loyales.

Alors, elle se força à retourner dans le séjour coquet, qu'on aurait dit tout droit sorti de *La Petite Maison dans la Prairie* – en plus propre et plus chic. Cette pièce lui faisait l'effet d'être un petit monde imaginaire et bon sang ! c'était exactement ce dont elle avait besoin en ce moment.

Un monde imaginaire, avec en prime un séduisant protecteur qui s'affairait dans la cuisine. Il devait être en train de préparer le dîner. Et elle était certaine qu'il ne la quitterait pas des yeux pour s'assurer qu'elle mangeait.

Quand il se tourna vers elle, elle lut tellement de compassion dans son regard que sa gorge se noua de nouveau. Mais elle ne voulait pas pleurer devant lui, bien qu'elle sache qu'il ferait tout pour la réconforter, avec une gentillesse absolue.

Elle voulait être forte, mais pas pour lui prouver quoi que ce soit. C'était à elle-même qu'elle voulait prouver qu'elle ne tenait pas particulièrement à ce qu'on mette un terme à sa vie, même si elle avait presque espéré, l'espace d'un court instant, que la mort vienne mettre fin à ce cauchemar.

— Ce rendez-vous a été encore plus instructif que je ne m'y attendais, dit-elle.

Elle s'assit sur l'un des hauts tabourets alignés devant le comptoir qui séparait la cuisine de la salle à manger.

— Vous pouvez le dire. Je sais combien il est pénible pour vous de penser que Stacy pourrait jouer un rôle dans cette histoire, mais c'est une éventualité que nous devons accepter.

Elle hocha la tête en faisant tourner son téléphone sur le comptoir.

— Oui, je comprends.

— Si cela peut vous aider, je ne pense pas qu'elle agisse seule. Je ne la pense pas capable de diriger une société aussi exigeante que la sienne et de planifier en parallèle l'envoi d'hommes de main dans le Wyoming ou cette diversion à base de bombes fumigènes. À mon avis, elle n'est qu'un pion.

— Oh ! bon sang. Vous voulez dire que d'autres personnes qu'elle cherchent à me nuire ?

— Peut-être qu'elle ne sait pas qu'on se sert d'elle.

— Mais quoi qu'il en soit, elle est mêlée à toute cette histoire.

Le simple fait de prononcer ces paroles lui noua l'estomac. Elle continuait à se dire qu'elle finirait par accepter que Stacy était impliquée, et qu'elle pourrait alors aller de l'avant.

Mais non, elle ne pouvait pas l'accepter. Même quand Zach restait calme et lui donnait des arguments logiques.

— Toutes les preuves indiquent qu'elle l'est.

Zach égoutta des pâtes dans l'évier, d'une main habile.

— Où avez-vous appris à cuisiner ? demanda-t-elle pour parler d'autre chose que de Stacy.

— Avec ma mère. Elle voulait que ses garçons sachent se débrouiller seuls.

Quelque chose changea sur son visage.

— Des garçons ? Vous avez des frères ?

— Un frère, oui.

— Je ne savais pas. Vous ne m'avez parlé que de votre père et de Hilly.

Il haussa les épaules.

— Est-ce que vous voulez ma biographie ?

Parce que la question sans détour la blessa plus que de raison, elle lui décocha un sourire acéré.

— Je vous rappelle que nous avons passé la nuit ensemble, mon cœur.

Sa bouche tressaillit, comme s'il la trouvait presque amusante.

— Hum. Eh bien, j'ai un frère.

— Est-ce qu'il est aussi protecteur que vous ? Ou êtes-vous tous les deux comme mon frère et moi ?

— Que voulez-vous dire par là ?

— Que Vaughn et moi sommes aux antipodes l'un de l'autre.

— Mais vous l'aimez, remarqua-t-il.

— Bien sûr que oui. De toutes les relations que j'ai eues dans ma vie, celle que j'ai avec Vaughn est l'une des rares à ne pas être compliquée. Enfin... pas trop compliquée. J'ai toujours su qu'il n'approuvait pas vraiment les choix que je faisais, mais il m'a quand-même toujours soutenue.

Elle ne l'avait jamais remercié pour son soutien, qu'elle n'avait pas toujours apprécié à sa juste valeur. De toute façon, il était toujours horrifié de voir quelqu'un laisser libre cours à ses émotions devant lui, même s'il s'agissait de gratitude. Cette pensée lui arracha un petit sourire. Mais quand Zach posa le saladier de spaghettis devant elle, elle se rendit compte qu'il avait fort habilement éludé sa question.

— Alors, que fait votre frère ?

— Il a fait beaucoup de choses, répondit-il évasivement.

Elle haussa un sourcil.

— Vous savez, quand quelqu'un veut aborder un sujet sensible avec moi, je lui réponds toujours d'aller se jeter du haut d'une falaise.

— Je suppose que cette réponse suffit à le délivrer de toute curiosité, répliqua-t-il.

— En éludant ma question, vous ne me délivrez certainement pas de la mienne.

— Ethan est en hôpital psychiatrique, répondit Zach. Pour tout vous dire, il a failli assassiner Cam.

— Cam… Votre associé ? L'homme qui va épouser votre sœur ?

— Lui-même, répondit-il.

Décidément, il ne cesserait jamais de la surprendre. Il avait délivré sa réponse d'une voix parfaitement dénuée d'émotion, mais ses yeux ne mentaient pas aussi bien que le reste de sa personne. Oh non, il n'était pas insensible. Cependant, elle choisit de ne lui témoigner aucune compassion. Moins elle le faisait, plus il semblait disposé à se livrer.

— Eh bien. C'est un sujet sensible, en effet.

— Le meurtre de papa l'a particulièrement affecté, reprit-il. Il a exercé plusieurs métiers, mais sans jamais cesser d'être obsédé par ce meurtre, qui n'a jamais été élucidé. Cette obsession a grandi jusqu'à devenir malsaine, et même dangereuse. J'aime mon frère, malgré ses… J'hésite à dire « ses défauts ». Il est malade mentalement. Il est… J'ai fait tout ce que j'ai pu pour m'occuper de lui, pour le protéger, mais en vain. J'ai seulement réussi à manquer de faire échouer toute une opération d'infiltration menée par le FBI à laquelle je participais, et Cam a failli se faire tuer. On ne traverse pas ce genre d'expérience sans en tirer une leçon. Et, dans mon cas, sans se faire virer du FBI.

— Et voilà la raison pour laquelle vous tenez autant à ce que la dimension émotionnelle soit absente dans le cadre de votre travail, dit-elle.

Elle se rappelait sa gravité quand il lui avait demandé si elle avait envie de mourir, après qu'elle l'eut embrassé la première fois.

Il se tapota le nez et baissa les yeux sur son assiette.

— Ce n'est pas la même chose, dit-elle doucement.

Il haussa un sourcil, et elle sut qu'il allait essayer de dissimuler la tempête d'émotions qui faisait rage en lui en la gratifiant de son fameux regard condescendant. Cela marchait peut-être sur d'autres personnes, mais pas sur elle.

— Vous saviez que votre frère avait des problèmes, et vous

avez continué à le protéger jusqu'au moment où vous n'avez tout simplement plus pu le faire. Ce qui n'a rien à voir avec ce qui se passe entre nous. Les erreurs que vous avez faites n'étaient pas dues à l'amour que vous aviez pour votre frère. Vous avez seulement sous-estimé la gravité de sa maladie et pensé que vous pouviez influencer son cours. Ce n'est pas pour autant que vous reproduirez les mêmes erreurs avec moi.

— Comment pouvez-vous en être aussi sûre ?

Elle cligna des yeux, irritée. Son téléphone se mit à sonner au même moment. Quand elle vit s'afficher le numéro de Jordan sur l'écran, son irritation se mua en colère noire.

— Pourquoi est-ce que cette ordure ne me lâche pas un peu ? grommela-t-elle en attrapant son téléphone.

Elle s'apprêtait à tapoter l'icône « Ignorer » quand Zach ordonna :

— Répondez.

Il avait parlé d'un ton aussi autoritaire que celui d'un patron qui s'adresse à une subordonnée. Mais l'ordre la laissa trop perplexe pour qu'elle se mette encore plus en colère.

— Quoi ?

— Répondez, répéta-t-il. Demandez-lui ce qu'il veut. Mettez le haut-parleur.

Elle n'avait aucune envie de parler à Jordan alors qu'elle était en train de progresser dans sa relation avec Zach – et d'ailleurs, sa journée avait déjà assez mal commencé. Cependant elle obéit, essentiellement parce qu'elle ne savait pas quoi faire d'autre, à part taper des pieds comme une gamine en plein caprice.

— Jordan, dit-elle aussi calmement qu'elle le put.

— Daisy... Dieu merci, tu vas bien !

La peur la gagna aussitôt. Zach lui avait dit que les informations avaient parlé de l'incident des fumigènes, mais les badauds avaient paru trop distraits pour remarquer sa présence.

— Pourquoi est-ce que je n'irais pas bien ? demanda-t-elle d'une voix aussi neutre que possible.

— À cause de l'attaque dans le bureau de Stacy ! s'exclama Jordan. Les journalistes disent que ce n'était qu'une mauvaise plaisanterie, mais je ne suis pas rassuré. Je m'inquiète pour toi, Daisy. Dans quel guêpier es-tu encore allée te fourrer ?

Elle leva les yeux vers Zach. Son expression, sévère et glaciale, était celle d'un membre des forces de l'ordre. Mais là encore, ses yeux le trahissaient. Elle y lisait une fureur sans bornes.

— Tu sais que je suis en ville ? demanda-t-elle.

— Je me tiens au courant de tous tes faits et gestes, Daisy. Tu le sais très bien.

Un tel dédain émanait de sa voix que si elle l'avait pu, elle l'aurait frappé. Il poursuivit :

— Je le dois, au cas où tu sortirais de nulle part pour faire une de ces scènes dont tu es coutumière.

— Mais tu as dit que tu me croyais en désintoxication.

— Non, j'ai dit que c'était ce que disaient les gens, et que j'espérais que tu te faisais vraiment aider. Parce que tu as besoin d'aide.

Et toi, ce dont tu as besoin, c'est d'un bon coup de genou dans les parties.

— Il faut que nous parlions, Daisy, reprit-il. Sans agent ni garde du corps. J'ai des nouvelles importantes à t'apprendre et je dois m'assurer que tu te comporteras raisonnablement.

Elle ouvrit la bouche pour lui répondre qu'elle allait lui montrer sa façon de se montrer raisonnable, mais Zach tendit le bras par-dessus le comptoir et tapota sa main. Il griffonna quelques mots sur un bout de papier, qu'il tourna vers elle.

Acceptez le rendez-vous.

Elle lui arracha le stylo des doigts et écrivit son propre message.

Sans vous ?

— Daisy ? Écoute. Retrouve-moi à l'endroit où nous avions l'habitude d'aller déjeuner. Qu'est-ce que tu dis de 20 heures, avant de prendre ton avion ?

Elle interrogea Zach du regard. Il hocha la tête avec emphase, et elle laissa échapper un soupir avant de répondre :

— Très bien, Jordan. Je serai là à 20 heures. Salut.

Elle raccrocha avant qu'il ait pu ajouter quoi que ce soit.

Zach prit aussitôt une feuille vierge et commença à prendre des notes.

— Nous n'avons dit à personne que vous deviez prendre l'avion ce soir, sauf à Stacy, dit-il. C'est forcément elle qui l'a mis au courant. Il y a un lien, c'est indubitable.

— Un lien ? Entre Stacy et Jordan ? Croyez-moi, ils ne se sont jamais appréciés. C'est peut-être Cory qui le lui a dit.

— À moins d'avoir écouté aux portes, Cory ne sait rien, contra Zach. D'ailleurs, le fait que Stacy et Jordan ne s'apprécient pas ne suffit pas pour affirmer qu'il n'y a aucun lien entre eux. Il ne s'agit pas nécessairement d'un lien d'amitié. Vous connaissez le dicton : l'ennemi de mon ennemi est mon ami... Je sais bien que Stacy n'est pas votre ennemie, mais il arrive que des gens nous en veuillent sans que nous nous en doutions. Vous m'avez dit qu'elle travaillait avec vous quand vous enregistriez pour la maison de disques de votre père, c'est bien ça ?

— Non. Stacy était l'assistante du manager de mon père. Nous avions l'habitude de nous retrouver pour nous plaindre de ce vieux croûton obséquieux, alors quand j'ai enfin trouvé le courage de voler de mes propres ailes, je lui ai demandé si elle voulait me suivre. Nous étions amies et nous rêvions toutes deux d'un avenir dans lequel nous n'aurions à rendre de comptes à personne. Les premières années ont été difficiles, mais je suis sûre que Stacy a été amplement récompensée pour son travail.

Zach se leva et se mit à faire les cent pas.

— Rien ne colle, marmonna-t-il. Il y a quelque chose qui nous échappe.

Il inclina la tête, et elle devina que son cerveau hyperactif était en train d'analyser un détail.

— Ou quelqu'un, rectifia-t-il. Quelqu'un qui connaîtrait à la fois Jordan et Stacy, mais séparément, et qui vous connaîtrait assez bien pour les utiliser tous deux contre vous. Qui dans votre entourage connaît suffisamment Jordan et Stacy pour comprendre la relation qui vous unit à eux ?

— Mon agent, répondit-elle. Ainsi que le manager de Jordan et son assistant, et à peu près toutes les personnes de son entourage qui ont travaillé avec Stacy sur l'un de nos projets communs, avant le divorce.

— J'ai déjà enquêté sur l'entourage de Jordan, mais nous allons y revenir pour voir si nous pouvons établir un lien entre l'un des proches de Jordan et Stacy, ou votre père.

— Et pendant ce temps, qu'est-ce que je fais ?

— Je vous conseille de vous préparer pour ce dîner, parce que vous allez devoir cacher une partie de la colère que vous inspire Jordan. Juste le temps de ce rendez-vous, jusqu'à ce que nous ayons obtenu ce que nous cherchons.

Les nouveaux développements de l'affaire ne cadraient avec aucun des schémas que Zach avait définis, mais il commençait à se dire qu'il ne les regardait pas sous le bon angle. Si cette histoire comptait beaucoup de protagonistes, aucun chef ne se détachait parmi eux, et aucun lien clairement défini n'apparaissait entre eux.

Mais s'il trouvait ce lien, son schéma se mettrait en place.

Daisy ne pensait pas qu'on pouvait lui en vouloir uniquement parce qu'elle interprétait ses propres chansons, mais il persistait à croire que l'affaire était en rapport avec l'industrie du disque. Jordan, l'étoile montante. Stacy, sa manageuse, qui avait quitté la maison de disques de son père pour travailler avec elle…

— Et qu'en est-il du manager pour lequel travaillait Stacy ?

— Que voulez-vous savoir sur lui ? demanda Daisy.

Ils étaient en route pour le restaurant dans lequel Jordan lui avait donné rendez-vous. Tournée vers la vitre, elle regardait la bruine tomber sur le centre-ville.

— Est-ce qu'il pourrait vous en vouloir de lui avoir volé Stacy ?

Daisy renifla.

— Il se fichait pas mal de Stacy. Seul le pouvoir l'intéressait.

— Qu'est-ce que vous voulez dire par là ?

— Écoutez... il doit avoir quatre-vingts ans, maintenant. Je doute qu'il ait pu maîtriser et tuer Tom. Et je ne pense pas qu'il ait les moyens de me suivre dans tout le pays.

— Il n'agirait pas lui-même, répondit-il. Il ne ferait que tirer les ficelles et envoyer des hommes de main. Daisy... Pourquoi cet homme pourrait-il vous en vouloir ?

Il n'ajouta pas : « Et pourquoi diable ne m'avez-vous rien dit ? », ce qu'il considéra comme une belle preuve de self-control.

Daisy s'agita légèrement dans son siège avant de répondre :

— Il n'a aucune raison de m'en vouloir. Il s'en est tiré sans être inquiété.

— Et de quoi s'est-il tiré, au juste ?

Elle poussa un soupir sonore.

— Il a eu quelques paroles déplacées, que j'ai rapportées à mon père. Mais ce n'est pas comme si... il n'a aucune raison de m'en vouloir. Il ne lui est rien arrivé.

Zach se gara sur le parking, devant le restaurant, et se tourna vers elle.

— Est-ce qu'il n'a eu que quelques *paroles* déplacées, ou y a-t-il également eu des *gestes* déplacés ?

Elle balaya la question d'un geste de la main et ouvrit sa portière.

— Ce n'est pas important.

— Si, c'est important, objecta-t-il.

Mais elle descendit de voiture sans un mot de plus et se dirigea vers la porte, sans suivre le plan sur lequel ils s'étaient mis d'accord. Il descendit de voiture d'un bond et vint se planter devant elle.

— Suivez le plan, Daisy. Et parlez-moi de cette histoire.

— Ce n'est rien d'important, croyez-moi. Il n'a jamais eu le moindre problème. Même s'il m'en voulait, ce ne serait pas au point de s'en prendre à moi. Et d'ailleurs, pourquoi m'en voudrait-il ? Il est vieux, il a de l'argent, et je suppose qu'il est à la retraite. Bon sang, si ça se trouve, peut-être même qu'il est mort ! Mais quoi qu'il en soit, il n'a rien à voir dans cette histoire.

— Son nom.

— Oh ! pour l'amour de Dieu, Zach ! Vous ne pouvez pas me faire confiance ?

— Mais je vous fais confiance, riposta-t-il. Par contre, je me méfie d'un homme qui a eu des paroles ou des gestes déplacés à votre égard alors que vous étiez adolescente.

Ils ne pouvaient pas poursuivre cette conversation en public, même si elle était dissimulée derrière d'énormes lunettes de soleil et des vêtements amples.

— Il a essayé de me tripoter et je l'ai repoussé. Il a recommencé quand même. Quand je lui ai dit que j'allais en parler à mon père, il a éclaté de rire et répondu que papa ne ferait rien. Et vous savez quoi ? Il disait vrai. « Oh ! Don est vieille garde, Daisy, c'est tout. Arrange-toi pour ne pas te retrouver seule avec lui. » Affaire classée, n'est-ce pas ?

— Tu parles qu'elle l'est !

Elle serra ses bras autour de son corps et secoua la tête.

— Ça s'est passé il y a longtemps. C'est de l'histoire ancienne.

Mais il sentait bien que l'histoire n'était pas si ancienne qu'elle le disait. Cependant, elle n'avait aucune envie d'en parler. Et de toute façon, le lieu n'était pas propice à ce genre de discussion.

— Et Stacy ?

— Quoi, « et Stacy » ?

— Est-ce qu'il l'a agressée, elle aussi ?

— Il ne m'a pas agressée, Zach.

— Imposer un contact physique à une femme est une agression, Daisy, répondit-il avec fougue.

Mais il se radoucit parce que, bien qu'il ait traversé plus que sa part de situations épineuses, jamais il n'avait eu à fouiller dans son passé pour essayer de deviner qui étaient ses ennemis. Il posa les mains sur ses épaules.

— Je sais que c'est difficile. Je ne peux qu'imaginer à quel point cela doit être douloureux de douter de toutes les personnes en qui l'on a confiance, ou de s'interroger sur des gens auxquels on n'a pas la moindre envie de devoir penser. J'aimerais qu'il y ait un autre moyen de résoudre cette affaire, mais il y a encore un maillon de la chaîne qui nous échappe. Il faut que je le découvre au plus tôt pour que la personne qui vous torture réponde de ses actes devant la justice.

— Je veux juste en finir avec ce cauchemar, répondit-elle d'une voix étranglée. Je ne suis même pas sûre de vouloir que justice soit rendue.

Elle fit un pas vers lui, s'appuya contre son torse et posa la tête sur son épaule. En lui frottant le dos, il répondit :

— Je sais. Je sais… Un dernier maillon. C'est tout ce qu'il me faut pour connecter entre eux les éléments dont je dispose. Ensuite, tout sera fini. Donnez-moi un nom, et tout ce que vous aurez à faire ensuite sera…

Elle releva la tête et désigna du menton quelque chose, derrière lui.

— De dîner avec mon ex-mari ?

Au lieu de se retourner, il continua à la regarder en la retenant contre lui.

— Nous allons apporter quelques modifications à notre plan.

— Oh ! vraiment ?

Il inclina la tête et posa ses lèvres sur les siennes. Pour une fois, c'était lui qui l'embrassait par surprise – ce qui lui procura un ravissement qui n'avait pas lieu d'être.

— Je ne vais pas me faire passer pour votre garde du corps.

Elle esquissa un sourire.

— Voilà qui devrait être intéressant.

Il passa un bras autour de sa taille et se tourna vers Jordan Jones. L'homme ne sembla pas du tout ravi de les voir.

Zach sourit.

— Vous pouvez le dire.

13

Depuis sa plus tendre enfance, Daisy avait toujours pu se targuer de savoir se débrouiller seule. Même quand elle n'était encore qu'une petite fille que son père emmenait dans ses tournées, elle comprenait qu'elle devait faire preuve d'une certaine indépendance si elle ne voulait pas devenir le jouet ou le trophée de son père. Et si elle ne l'avait pas compris par elle-même, sa mère se serait chargée de le lui rappeler.

Elle avait toujours voulu devenir chanteuse, et elle était parvenue à ses fins. En dictant ses propres conditions. Mais certains événements avaient ébranlé son indépendance et ses certitudes. L'attitude de son père, par exemple, qui avait fermé les yeux sur l'agression commise par son manager – parce que Zach avait raison : même si elle détestait ce mot, il s'agissait bien d'une agression. Et l'attitude de Jordan, qui... eh bien, qui n'avait sans doute pensé qu'à ses propres intérêts.

Pouvait-elle lui en vouloir de s'être comporté de la sorte ?

— Je pensais que nous allions dîner, Daisy. Je n'aime pas beaucoup...

Il laissa sa phrase en suspens et détailla Zach de la tête aux pieds.

— ... le petit tour que tu me joues, acheva-t-il.

Tout compte fait, elle pouvait trouver beaucoup de raisons de le haïr.

— Je ne te joue aucun tour, Jordan. Vu les derniers

événements, mon petit ami a refusé de me laisser venir seule à ce rendez-vous.

Elle tapota le torse de Zach et conclut :

— Il prend ma santé très à cœur.

Jordan poussa un soupir de martyr.

— Est-ce que c'est un reproche ? Est-ce que je dois m'excuser de toujours t'avoir traitée comme une femme indépendante ?

Non, mais peut-être que tu devrais t'excuser d'être un salopard adepte de la violence psychologique.

Mais ce fut avec un sourire plein de gentillesse qu'elle répondit :

— Jordan Jones, je te présente mon petit ami...

Elle essaya d'inventer un nom, mais Zach intervint.

— Zach Simmons, dit-il en tendant la main à Jordan. Je suis dans la police, et je mesure la gravité de la menace qui pèse sur Lucy. Il aurait été imprudent de la laisser aller seule où que ce soit. Je suis certain que vous comprenez qu'il est essentiel que sa sécurité soit assurée.

Elle fut... réconfortée qu'il ne se présente pas sous un faux nom et qu'il l'appelle par son vrai prénom. Si Jordan le remarquait, il n'y prêterait sans doute aucune attention. Mais quoi qu'il en soit, c'était un geste qu'elle appréciait.

— Bien sûr, dit Jordan en carrant les épaules. C'est précisément pour cela que je voulais voir Daisy. Pour parler de sa sécurité.

— Parfait ! dit Zach, avec une telle cordialité qu'elle dut retenir un rire. Entrons.

Sans relâcher sa taille, il l'entraîna à l'intérieur du restaurant et annonça à l'hôtesse qu'ils étaient trois.

Le changement qui s'était opéré en lui était fascinant. Il était littéralement devenu un autre homme, avec une facilité déconcertante. Elle comprenait un peu comment il y parvenait. Après tout, quand elle montait sur scène, elle jouait un rôle, elle aussi. Daisy Delaney était faite de parties de Lucy

Cooper soigneusement redisposées et présentées sous un emballage différent.

Elle ne s'était jamais vraiment attendue à ce que beaucoup de personnes comprennent la transformation qui se faisait en elle. C'était aussi pour cela qu'elle s'était sentie attirée par Jordan – tout comme elle, il savait combien il était compliqué d'être tout à la fois soi-même et quelqu'un d'autre.

Mais elle se rendait compte maintenant que beaucoup de gens mettaient un masque chaque jour, même s'ils ne montaient pas sur scène.

L'hôtesse les conduisit vers une alcôve baignée d'une lumière tamisée, et Daisy dut réprimer un fou rire nerveux. Elle partageait une table de restaurant avec son ex-mari et son expert en sécurité qui se faisait passer pour son petit ami – et qu'elle n'aurait pas détesté voir entièrement nu.

Pour couronner le tout, son faux petit ami semblait soupçonner à la fois son ex-mari et sa manageuse de harcèlement et de meurtre.

Zach passa un bras autour de ses épaules d'un geste parfaitement naturel et se lança dans une discussion sur l'industrie du disque avec Jordan. Daisy se retint à grand-peine en entendant Jordan radoter prétentieusement sur sa carrière. S'était-elle vraiment laissé berner à ce point ?

Eh bien, oui. Elle avait été bien naïve, à moins qu'elle ait seulement eu un besoin désespéré de le croire. Avec le recul, elle était malade de honte de ne pas l'avoir percé à jour. Mais à l'époque, il ne parlait jamais de lui. Il ne parlait que d'elle, il savait comment la flatter pour faire vibrer sa corde sensible.

Jordan pérorait toujours quand une pensée étrange lui traversa l'esprit. Et si quelqu'un l'avait formé, en quelque sorte ? Si quelqu'un lui avait dit quels étaient ses points faibles afin qu'il les utilise pour l'atteindre ?

C'était une pensée absurde. Le cauchemar qu'elle vivait ne durait pas depuis des années. Si son mariage avait échoué, ce n'était certainement pas à cause d'un complot alambiqué dont le seul but aurait été de la faire souffrir. Elle devenait paranoïaque... peut-être même qu'elle perdait complètement la tête.

— Ce qui m'anène à la raison de mon coup de fil, dit enfin Jordan en regardant tour à tour Zach et Daisy.

Il avait de beaux yeux, aussi bleus qu'un ciel d'été. Elle avait cru y lire de l'amour, à une époque. Maintenant, elle ne savait plus si c'était du délire ou s'il avait réellement ressenti pour elle un sentiment qui avait fini par s'éteindre.

Cette pensée l'emplit d'une tristesse insupportable. Jordan reprit :

— La rumeur courait que tu étais partie en cure de désintoxication. Je me suis dit que si c'était vrai, ce serait vraiment merveilleux.

— Quoi ? s'exclama-t-elle.

Il ne pouvait pas vouloir dire ça. Elle avait mal compris.

— Il faudrait que vous peaufiniez un peu vos sketchs, mon vieux. Parce qu'ils ne sont vraiment pas drôles, dit Zach.

Sous sa jovialité de façade, sa voix avait la dureté de l'acier.

Une serveuse, parfaitement aveugle à la tension qui régnait autour de la table, apparut et demanda d'un ton guilleret :

— Est-ce que je peux vous apporter quelque chose à boire ?

Zach et elle passèrent machinalement leur commande. Mais quand la serveuse reconnut Jordan et l'informa de l'amour immodéré qu'elle avait pour sa musique, il lui sourit et commença à la draguer.

Si la serveuse reconnut Daisy, elle n'en laissa rien paraître.

Quand elle s'éloigna, Jordan les regarda tous deux avec son sourire estampillé *Jordan Jones* plaqué sur le visage. Un sourire charmeur sur un visage séduisant. Daisy fut traversée par l'envie de lui donner un bon coup de poing sur le nez, mais Zach resserra le bras qu'il avait passé autour de ses épaules, comme pour l'empêcher de bouger.

— Il me semble que tu serais plus en sécurité dans un centre de désintoxication que je ne sais où, en compagnie de...

Il regarda Zach.

— D'un petit ami, acheva-t-il. Surtout quand on sait ce qui est arrivé au dernier.

— Tom était mon garde du corps et il est mort en essayant de me protéger ! riposta-t-elle. Tu est vraiment un sal...

Jordan leva les mains et regarda Zach en soupirant, comme pour dire : « Que voulez-vous faire d'une femme aussi ingérable ? »

— Je ne fais que te suggérer de trouver un lieu sûr, Daisy.

— Tu voudrais que je fasse semblant d'aller en cure de désintoxication pour être *en sécurité* ?

La serveuse revint. Quand elle posa leurs verres devant eux, elle accorda à Daisy un regard plus appuyé que la première fois mais eut la sagesse de ne rien dire.

Jordan but une gorgée avant de remarquer :

— Ce que je veux dire, c'est que tu pourrais réellement y aller.

— Je ne suis pas une alcoolique, Jordan. Contrairement à ce que toi et ton équipe essayez de faire croire aux gens.

— Bien sûr. Bien sûr...

Il ouvrit la bouche pour dire quelque chose, mais fut interrompu par la sonnerie de son téléphone, qu'il tenait à la main. Il regarda l'écran et esquissa une moue agacée.

— Il faut que je réponde, dit-il en sortant de l'alcôve. Si vous voulez bien m'excuser...

Dès qu'il fut hors de portée de voix, Zach marmonna :

— Je ne comprends vraiment pas comment vous avez pu épouser ce tocard.

— Quand je l'ai épousé, il n'en était pas un.

Non, parce qu'il savait lui aussi comment jouer un rôle. Était-elle condamnée à ne tomber amoureuse que d'hommes qui s'avéraient complètement différents de ce qu'ils semblaient être ?

— Vous en connaissez un rayon sur l'art de faire semblant d'être quelqu'un d'autre pour obtenir ce que vous voulez, n'est-ce pas ? reprit-elle.

L'éclair de compassion qu'elle lut dans son regard lui donna envie de le frapper lui aussi. Ou de se laisser aller contre lui, elle n'en savait trop rien.

Il ramena une mèche de cheveux derrière son oreille et répondit :

— Tout ce que je veux pour le moment, c'est vous protéger.

Elle se radoucit à ces paroles.

— Autrement dit, il va falloir que je mette la main sur son téléphone.

— Quoi ?

— Cette histoire de cure de désintoxication me paraît louche.

— Il essaie seulement de me faire paraître sous un mauvais jour, Zach. Depuis que j'ai demandé le divorce, c'est son objectif numéro un. En me dénigrant systématiquement, il semble meilleur, par contraste.

— Peut-être que vous avez raison et que c'est tout ce qu'il cherche à faire, mais il ne me fait pas l'effet d'être assez malin pour que ce soit son seul but. C'est un manipulateur, et un excellent acteur, mais il n'est qu'une marionnette, Daisy. Et je vais trouver qui est le marionnettiste.

— C'est forcément quelqu'un de son entourage.

— Je suis d'accord avec vous. Son manager, peut-être ? Vous souvenez-vous de l'avoir vu se montrer particulièrement… respecteux avec quelqu'un en particulier ?

Daisy essaya de repenser aux années qu'elle avait passées auprès de lui.

— Je pense qu'il a eu trois managers. Il parlait souvent d'un oncle qui travaillait dans l'industrie du disque, mais je ne l'ai jamais rencontré. S'il a cité son nom, je l'ai oublié.

— Il me faut son téléphone. Donc, à mon signal, vous allez renverser votre verre sur lui. Je prendrai son téléphone et j'irai aux toilettes sous prétexte de me laver les mains.

— Vous allez prendre son téléphone ? Comment ?

— Ne vous en faites pas pour ça.

Il sourit et se tapota le nez.

— Si vous me faites confiance, je vous apprendrai peut-être deux ou trois trucs qu'utilisent les agents infiltrés.

Même si elle n'avait aucune envie, sinon celle de retrouver une vie normale, la perspective l'amusa.

— Très bien, mais je vous conseille de faire vite. Son téléphone est comme un membre supplémentaire, pour lui. Il va remarquer sa disparition.

— Contentez-vous de renverser son verre, dit Zach. Je m'occupe du reste.

Daisy s'acquitta de sa mission avec un brio indéniable. Sa jubilation fut peut-être un peu trop évidente quand le soda de couleur sombre éclaboussa la chemise blanche de Jordan, mais Zach n'allait pas lui jeter la première pierre : il savoura lui-même un peu trop l'indignation de Jordan.

Il se leva d'un bond et appela la serveuse tout en tendant une poignée de serviettes en papier à Jordan. Dans le tumulte, il eut tout le temps de subtiliser le téléphone qui baignait dans une flaque de soda poisseux et courut jusqu'aux toilettes sous prétexte d'aller chercher d'autres serviettes en papier – bien que la serveuse accoure déjà, munie d'un torchon.

Une fois dans les toilettes, il s'enferma dans un box et se mit au travail.

Comme il n'avait pas le temps d'essayer de deviner le mot de passe de Jordan, il utilisa un procédé de piratage rapide pour le contourner et accéder à l'écran d'accueil.

Il commença par afficher la liste des contacts, et un détail louche lui sauta aux yeux : tous les contacts de Jordan figuraient sous forme de suites de lettres et de chiffres. Il n'y avait pas un seul nom qui aurait pu lui permettre de les identifier. Plutôt bizarre, pour un type qui avait des tonnes de contacts dans son téléphone.

Bizarre, et très suspect. Zach afficha ensuite la liste des derniers appels, et prit une photo de l'écran avec son propre téléphone. Parmi les huit derniers appels, il vit deux numéros s'afficher chacun trois fois. Peut-être que cela ne voulait rien dire... à moins que cela veuille tout dire, au contraire. Quoi qu'il en soit, maintenant qu'il avait ces numéros, il allait pouvoir enquêter.

Il consulta rapidement les textos sans rien trouver d'intéressant. Quant à ses applications, elles étaient parfaitement banales. Il n'avait pas le temps de creuser plus profondément. Il espérait que les numéros de téléphone lui fourniraient un point de départ.

Il sortit du box, essuya le téléphone avec une serviette en papier et l'éteignit. Si Jordan avait remarqué la disparition de son téléphone, il lui expliquerait simplement qu'il était allé l'essuyer et Jordan ne serait pas plus avancé.

Mais quand il revint dans la salle, tous les clients étaient massés devant les fenêtres, le nez et le téléphone pressés contre les vitres. Daisy était un peu en retrait, debout près d'une table vide, la main plaquée sur la bouche.

— Qu'est-ce qu'il se passe ?

Elle agita vaguement la main vers la fenêtre, mais il y avait tellement de gens devant qu'il ne pouvait rien voir.

— Les flics sont arrivés et l'ont arrêté.

Elle leva les yeux vers lui, comme si elle espérait qu'il pouvait lui fournir une explication, mais il était aussi interloqué qu'elle.

— Les flics sont arrivés et ont arrêté Jordan ?

Elle fit un signe d'assentiment.

— Au... au début c'était juste... Ils ont demandé s'ils pouvaient lui parler à l'extérieur. Il a eu l'air surpris, mais pas du tout inquiet. Je pense même qu'il a cru qu'ils allaient lui demander son autographe, par exemple, mais non... Quand j'ai regardé par la fenêtre, ils étaient en train de lui passer les menottes. *Les menottes !* C'est complètement incompréhensible. Et toute la scène est déjà sur Internet.

Zach baissa les yeux sur le téléphone qu'il tenait toujours à la main.

— Je suppose que je devrais donner son téléphone aux flics.

— Est-ce que vous avez trouvé quelque chose ?

— J'ai photographié les derniers numéros qu'il a appelés, mais si la police a de bonnes raisons de l'arrêter, il vaut mieux qu'elle ait son téléphone.

Daisy sur les talons, il sortit du restaurant et se fraya un chemin entre les petits groupes de badauds jusqu'à la policière qui empêchait les plus curieux de s'approcher trop près.

— Officière ? Excusez-moi, mais j'ai le téléphone de Jordan Jones.

L'officière haussa le sourcil en regardant le téléphone qu'il tendait vers elle, mais ne dit mot.

— Un verre a été renversé, expliqua Zach, et j'étais allé le nettoyer. J'ai pensé que vous voudriez peut-être l'avoir.

— Et vous êtes ? demanda-t-elle sans masquer sa méfiance.

Quand Zach le lui eut expliqué, la femme se décida enfin à les escorter, Daisy et lui, jusqu'à un endroit un peu plus calme. Zach lui montra sa carte d'identité et tous les documents prouvant qu'il assurait la sécurité de Daisy, et décrivit la façon dont le verre de soda avait été renversé.

L'officière prit le téléphone, qu'elle mit dans un sachet en plastique.

— Je pense que nos enquêteurs voudront prendre contact avec vous, mademoiselle Delaney.

— Pouvez-vous me dire pour quel motif il a été arrêté ?

La policière regarda Daisy, avant de se tourner vers Zach.

— Pour le meurtre de Tom Perelli.

Daisy lâcha une exclamation étouffée, et Zach faillit bien faire de même. *Jordan*, un meurtrier ? Même s'il le soupçonnait d'être mêlé à cette affaire, il avait du mal à croire que l'homme dont il avait partagé la table était coupable de meurtre.

Mais il n'avait pas le temps de s'attarder sur le sujet. Certaines personnes commençaient à dévisager Daisy en échangeant des commentaires à voix basse. Les téléphones, jusqu'ici braqués sur la voiture de patrouille où les policiers faisaient monter Jordan, se tournèrent vers le coin sombre où il se tenait avec elle.

Il se positionna de façon à la protéger des regards et des téléphones inquisiteurs, et discuta avec la policière de la meilleure façon de quitter le parking sans être vu. Quand l'officière donna l'ordre à la foule de se disperser afin que la voiture de patrouille puisse reculer, Daisy et Zach contournèrent les badauds et se glissèrent dans la voiture de Zach.

Daisy resta silencieuse pendant tout le trajet du retour. Zach n'aurait su dire à quoi elle pensait, mais il ne pouvait pas non plus se concentrer sur son humeur. Il fallait qu'il surveille toutes les voitures qui suivaient la même direction qu'eux.

Très franchement, il s'attendait à ce qu'ils soient suivis. Il s'attendait à... il ne savait pas quoi. Ce n'était sûrement pas la fin de l'affaire. Cette issue était trop facile, trop propre. Il y avait forcément autre chose.

Mais ils arrivèrent à la ferme sans que personne les ait suivis – pour autant qu'il puisse dire, du moins. Une fois à l'intérieur, il passa toute une série de coups de fil à quelques individus particulièrement bavards dans l'espoir d'obtenir des informations supplémentaires.

Assise sur le canapé, Daisy regardait dans le vide. Il lui avait préparé du thé, mais elle n'y avait pas touché.

Quand il eut les réponses à toutes ses questions – ou du moins à certaines d'entre elles –, il alla s'asseoir à côté d'elle. Elle ne bougea pas, ne dit pas un mot. Comme si elle était en état de choc.

— Jordan a été dénoncé par un coup de fil anonyme, dit-il. La police a obtenu un mandat de perquisition pour aller fouiller sa maison. Ils ont trouvé le revolver avec lequel Tom a été tué dans un coffre-fort caché dans sa penderie.

— Un coup de fil anonyme, répéta Daisy. Quelqu'un d'autre savait que... Il ne peut pas avoir...

Elle déglutit.

— Je ne comprends pas, Zach. Vraiment pas. À la rigueur,

je pourrais croire que c'est lui qui m'a harcelée, et même menacée pendant des mois. Mais tuer Tom ? Je ne peux pas...

Elle s'interrompit et secoua la tête avant de reprendre :

— Mais c'est fini, n'est-ce pas ? Si Jordan est vraiment le meurtrier et qu'il est en prison, tout ce cauchemar est enfin terminé.

Il ne savait pas comment lui dire qu'il ne pensait pas que l'histoire soit vraiment finie, parce que le dénouement lui semblait bien trop simple. Et d'ailleurs, peut-être qu'elle était réellement finie. Ce n'était peut-être pas son instinct qui lui soufflait que l'explication était trop facile, mais uniquement son désir désespéré d'être avec elle.

— Zach ?

Il baissa les yeux vers elle et, dans son regard, lut une lueur d'espoir au milieu de la tempête de confusion et de détresse. Elle espérait réellement que l'arrestation de Jordan allait lui permettre de reprendre une vie normale, de se sentir de nouveau en sécurité. Elle espérait pouvoir laisser toute cette atroce période de sa vie derrière elle.

Il aurait aimé pouvoir croire que c'était possible, même si cela eût voulu dire qu'il ne leur restait que bien peu de temps à passer ensemble. Oui, il aurait aimé pouvoir y croire, parce qu'elle méritait de retrouver une vie normale, délivrée de toute peur.

— Il est possible que tout soit fini, dit-il, en masquant ses doutes du mieux qu'il le put. Attendons de voir si le juge fixe une caution. J'espère que non, mais nous devons être sûrs qu'il reste en prison avant de pouvoir dire que tout est... vraiment fini.

Elle hocha la tête en se tordant les mains.

— Je ne peux pas... Je croyais le connaître, mais je me trompais. J'aimais ce qu'il me montrait de lui, mais je sais maintenant que ce n'était qu'un masque. Je ne peux pas l'imaginer tuer quelqu'un, mais il est parfaitement capable de vouloir me faire souffrir.

Elle se leva d'un bond et se mit à faire les cent pas.

— Il voulait que j'aille en cure de désintoxication. Il voulait que je disparaisse et que je perde toute crédibilité. Voilà pourquoi il a voulu me rencontrer.

C'était possible, bien sûr, mais le timing était étrange – sans parler de cette arrestation en présence de Daisy. Il allait devoir faire quelques recherches sur les numéros qu'il avait trouvés dans le téléphone de Jordan avant d'accepter tout à fait cette version des événements. Il faudrait aussi qu'il lise le rapport de police et...

— Et vous ?

Il leva les yeux vers Daisy, mais son esprit continuait à dresser la liste de tout ce qu'il devait encore faire pour être *sûr* que cette affaire était élucidée.

— Quoi, moi ?

— Vous allez devoir rentrer chez vous, n'est-ce pas ?

Ces mots, qu'elle prononça en posant sur lui de grands yeux tristes, lui firent l'effet d'une gifle. Il se râcla la gorge. Elle l'avait peut-être embrassé deux ou trois fois, il s'était peut-être un peu attaché à elle, mais l'étrange relation qu'ils avaient nouée n'était que temporaire.

Il fit taire ces émotions contradictoires, qui devaient être à l'origine des doutes qu'il nourrissait sur la culpabilité de Jordan.

— J'ai été engagé pour vous protéger, répondit-il. Jusqu'à ce que nous ayons la certitude que Jordan ne ressort pas de prison, je resterai auprès de vous.

Elle hocha la tête et le gratifia d'un pauvre sourire qui manqua lui briser le cœur.

— Bien.

Elle revint vers le canapé mais ne s'assit pas à côté de lui. Elle s'assit sur ses genoux, comme elle l'avait déjà fait une fois dans le Wyoming.

Elle encadra son visage de ses mains et le regarda droit dans les yeux.

— Alors, sois vraiment avec moi.

14

Daisy mit dans ce baiser tout ce qui était en elle : son incertitude, sa douleur, et la tristesse affreuse qui la transperçait à la pensée que Zach allait ressortir de sa vie.

Est-ce à cause de ce baiser que l'attitude de Zach changea ? Il ne voyait les émotions que comme autant de distractions, mais ce baiser était de ceux qui consument l'âme. Ou était-ce, tout simplement, parce qu'il était convaincu que tout était fini ?

Elle aurait aimé partager sa certitude, mais ce dénouement avait quelque chose de trop bizarre pour ne pas être louche. Si elle ne parvenait toujours pas à croire que Jordan était un meurtrier, c'était peut-être uniquement parce qu'elle se serait sentie encore plus stupide. Et pourtant, elle était encore traversée par de petits frissons d'inquiétude qu'elle ne pouvait pas étouffer, bien que Jordan soit derrière les barreaux.

Mais elle pouvait les faire disparaître, ainsi que toutes les autres émotions négatives qui l'habitaient, en embrassant Zach. Si elle se concentrait sur le plaisir et la sécurité totale qu'elle éprouvait quand elle était auprès de lui, elle pourrait oublier tout le reste, ne serait-ce que pour un moment.

Elle crut tout d'abord qu'elle allait devoir le convaincre, mais il l'enlaça et dévora sa bouche comme s'il n'avait pas systématiquement découragé toutes les tentatives qu'elle avait faites jusqu'ici.

Il la poussa doucement jusqu'à ce qu'elle soit allongée sur

le dos et s'étendit sur elle. Elle s'enfonça dans les coussins et savoura pleinement la sensation d'être parfaitement protégée, en sécurité, et pleinement elle-même – comme si les bras de Zach Simmons étaient exactement l'endroit où elle devait être.

Quand il l'embrassa, ce fut comme si elle était exactement la même chose pour lui : l'endroit où il devait être.

Les hommes qui auraient dû l'aimer l'avaient tous amenée à se sentir petite et insignifiante. Zach, au contraire, même s'il n'avait jamais parlé d'amour, lui donnait l'impression d'être aimée et d'avoir de l'importance. Il la croyait, il lui faisait confiance et, de temps à autre, il oubliait tout de ses propres intérêts pour ne se préoccuper que de son bien-être.

Elle lui ôta rapidement son T-shirt et poussa un soupir d'admiration en passant ses doigts sur son ventre.

— J'attends ce moment depuis que je t'ai vu torse nu, la première nuit.

Il marmonna un juron avant de l'embrasser de nouveau, avec une ferveur et une urgence qui consumèrent toutes les atrocités qui se déroulaient dehors, dans le monde réel. Ici, il n'y avait qu'elle et lui, parfaitement en sécurité.

Il glissa les mains sous son chemisier et l'attira en position assise. Il était toujours à cheval sur ses cuisses.

— S'il s'agit vraiment d'une malédiction, je suis prêt à l'affronter, dit-il, les yeux brillants d'un éclat létal.

— Une malédiction ?

— Les Carson, les Delaney… c'est une longue histoire.

Il ferma les yeux et secoua la tête, comme s'il se demandait pourquoi il avait abordé ce sujet.

— Je t'en parlerai plus tard.

Il lui ôta son chemisier et le laissa tomber par terre avant de plaquer sa bouche dans son cou, tout en la débarrassant rapidement de son soutien-gorge. Sous ses baisers, elle oublia toutes les questions qu'elle voulait lui poser.

Il défit le bouton et la braguette de son jean et laissa

échapper un petit gémissement d'admiration qui lui donna l'impression d'être une déesse.

— S'il te plaît..., dit-elle. Ne m'appelle pas Daisy.

Ses mains s'immobilisèrent pendant un instant. Ensuite, il planta son regard dans le sien et fit glisser son jean le long de ses jambes.

— D'accord, Lucy.

Elle fut traversée par un frisson d'émotion, tout à la fois délicieux et dérangeant. Pour lui, elle ne voulait pas être Daisy. Non parce qu'elle avait honte de cette facette de sa personne, mais parce que Daisy devait tenir tout le monde à distance pour satisfaire les exigences qui cohabitaient en elle : sa musique, sa volonté de réussir, et le chaos qui se déchaînait parfois dans sa tête.

Mais si elle n'était que Lucy, délivrée du fardeau de la célébrité et de cette malédiction qui faisait d'elle une conteuse d'histoires, elle pourrait avoir l'impression de vraiment lui appartenir. Il n'y aurait qu'eux.

Zach s'arrêta net, mais son corps était toujours tendu à l'extrême.

— Attends. Un préservatif. Nous ne...

Elle lui tapota la joue.

— N'aie pas peur, mon amour. Je ne sors jamais de chez moi sans alcool ou sans préservatifs.

— J'ai peur de te demander pourquoi.

— Parce qu'une fille doit toujours sauvegarder sa réputation... ou la détruire. Tout dépend des circonstances. J'aime ne jamais être prise au dépourvu.

— En ce cas... À mauvaise fille donnée, on ne regarde pas les dents. Bon sang, ça ne va pas du tout !

Elle éclata de rire et fut étonnée de voir que ce moment en devenait encore plus magique. Elle pouvait tout à la fois le désirer, rire avec lui et se sentir en sécurité. Elle effleura rapidement ses lèvres des siennes et se leva du canapé.

— Viens au lit, Zach.

Une fois dans sa chambre, elle fouilla dans son sac. Elle ne portait plus que ses sous-vêtements et ses chaussettes. Elle se serait sentie un peu ridicule si Zach n'avait pas posé sur elle un regard brûlant de désir, comme s'il avait envie de la dévorer de la tête aux pieds – puis des pieds à la tête.

Ce regard lui donnait une impression de toute-puissance, en dépit de sa tenue. Elle trouva enfin une boîte toute déformée de préservatifs au fond de son sac, vérifia discrètement la date d'expiration et en sortit un.

— Tu as de la chance, n'est-ce pas ?

— Oui, dit-il.

Il y avait une telle vénération dans sa voix que les larmes lui montèrent aux yeux. Elle avança vers lui d'un pas aussi nonchalant que possible. Elle voulait que ce moment reste léger, ne penser qu'à leurs rires et à leur désir, et non à la façon dont son cœur se serrait au point qu'elle parvenait à peine à respirer.

Mais quand elle fut face à lui, elle était bien près de perdre contenance. Alors, elle s'appuya contre la chaleur de son torse dans l'espoir de retrouver un minimum de force mentale contre ce corps puissant.

— Je ne veux pas que cette partie de l'histoire se termine, chuchota-t-elle en écoutant le battement régulier de son cœur. Celle où nous sommes ensemble.

Elle ne s'était jamais autorisée à n'être que Lucy avec qui que ce soit, en dehors de son frère et de sa mère. Et même eux la voyaient toujours en tant que Daisy, en partie du moins. Pourtant, quelque chose lui faisait penser que Zach comprenait la dualité qui existait en elle. Peut-être qu'elle n'était vraiment qu'une idiote – le genre d'idiote qui épouse un meurtrier et…

Zach déglutit et passa une main dans ses cheveux, d'un geste empreint de tendresse.

— Lucy, dit-il d'une voix tremblante.

Sa voix vibrait d'un tel désespoir qu'elle secoua la tête.

— Je sais, dit-elle. C'est impossible. Et Dieu sait que je ne devrais pas me fier à ce que me souffle mon instinct au sujet d'un homme. Peut-être que tu es un meurtrier caché, toi aussi. Comment le saurais-je ?

Elle avait envie de s'enfuir, mais Zach la retint et encadra son visage de ses mains.

— Lucy, répéta-t-il.

Sa voix l'apaisa un peu. Elle se sentait toujours aussi nerveuse et idiote, mais ses mains sur son visage l'apaisaient un peu, tel un baume.

Elle aurait aimé rester là pour toujours. Auprès de Zach, cet homme plein de bonté qui la protégeait et semblait parvenir à la comprendre. Elle avait enfin trouvé un homme qui tenait à elle – réellement, et pas seulement pour la galerie. Elle essayait toujours de se persuader que c'était faux, que son cerveau stupide la bernait, une fois de plus, mais quand elle le regardait, elle n'avait plus aucun doute. Elle savait que Zach était différent.

Et elle était follement amoureuse d'un homme qu'elle ne pouvait pas avoir.

Mais elle l'embrassa quand même, tomba quand même sur le lit avec lui, et se laissa engloutir par les sensations jusqu'à ne plus penser à rien d'autre qu'au plaisir, à ne plus avoir pour seul but qu'atteindre la délivrance avec cet homme qui était tout pour elle.

Cet homme auquel elle devrait bientôt dire au revoir.

Mais il l'embrassa, il l'emplit, et pendant quelques minutes d'extase étincelantes elle oublia tout ce qui les entourait.

Zach n'avait peut-être jamais aussi bien dormi, ou aussi longtemps. Quand il se réveilla, il avait l'impression d'être un homme neuf.

Bien sûr, ce n'était peut-être que grâce à cette nuit de passion.

Si c'était le cas, il n'aurait pas dû se sentir aussi détendu. Ce qui s'était passé entre Lucy et lui ne faisait que lui embrouiller les idées, altérer son jugement. Il avait toujours l'impression que l'arrestation de Jordan n'avait rien résolu, que le dénouement était trop simple. Mais comment pouvait-il distinguer ce qui était vrai de ce qu'il voulait croire, à cause des sentiments que lui inspirait Lucy ?

Pourtant, les faits étaient là : il y avait des preuves de la culpabilité de Jordan. Pourquoi se laissait-il une fois de plus influencer par ses émotions ? Il était bien placé pour savoir où cela pouvait mener...

Il fut presque soulagé d'entendre que quelqu'un frappait à la porte, bien que son soulagement soit mêlé d'inquiétude. Il sortit du lit et Lucy marmonna quelques protestations.

Lucy. Il était étonné et amusé de voir combien il lui était facile de passer d'un prénom à l'autre. À ses yeux, elle était Daisy autant que Lucy, mais c'était avec Lucy qu'il avait fait l'amour... ce qui rendait l'acte encore plus profond, chargé de sens.

Bon sang, il était vraiment en train de perdre la tête !

Il enfila son pantalon et attrapa le revolver qu'il avait rangé dans le tiroir de la table de chevet. Comme la personne qui se tenait à la porte continuait à frapper, de plus en plus fort, il ne prit pas le temps de mettre son holster. Il se borna à cacher son revolver derrière son dos et traversa le séjour, tout en regardant les images de la caméra de surveillance sur son téléphone. L'homme qui se tenait sur le seuil faisait à peu près sa taille. Il portait un jean, une chemise impeccablement repassée et un grand chapeau de cow-boy. Et Zach ne le connaissait pas.

Cependant, il était peut-être venu lui fournir des renseignements sur Jordan. Il entrebâilla la porte, prêt à faire usage de son arme.

L'inconnu détailla sa silhouette, s'attardant sur son torse nu, et son regard bleu acier se fit plus dur.

— Est-ce que je peux vous aider ? demanda Zach en défaisant discrètement la sécurité de son revolver.

— Vaughn ! s'exclama Lucy, derrière lui.

Zach lui jeta un regard et la vit avancer vers la porte en resserrant autour d'elle son peignoir jaune vif.

S'il n'avait pas reconnu le prénom de son frère, la pointe de jalousie qu'il ressentit en entendant son exclamation ravie aurait pu le pousser à perdre tout bon sens et à devenir violent.

— Qu'est-ce que tu fais ici ? demanda-t-elle.

Elle sembla vouloir avancer vers son frère pour l'embrasser, mais se ravisa et resserra encore plus son peignoir autour de son corps.

— Je t'ai dit que tout allait bien.

Vaughn n'avait pas besoin de sortir de Polytechnique pour deviner ce qu'ils avaient fait ensemble cette nuit. Mais pourquoi ne lui avait-elle pas dit qu'elle l'avait contacté ?

— Je suis venu te chercher pour te ramener à la maison, dit Vaughn d'une voix parfaitement détachée.

Ces mots glacèrent le sang de Zach, qui reposa le revolver sur le comptoir.

— Ce n'était pas la peine, risposta-t-elle. Je ne suis pas une brebis égarée qu'il faut ramener au sein du troupeau.

Elle jeta vers Zach un regard tellement rapide qu'il ne put le déchiffrer.

— Peut-être pas, répondit Vaughn. Mais j'ai pensé que tu pourrais être bouleversée par l'arrestation de Jordan, et avoir besoin de...

Il regarda Zach de la tête aux pieds avant de conclure :

— D'un visage ami.

— Je vois, répondit-elle. Vaughn, voici Zach. Je sais que tu as entendu parler de lui, mais je ne pense pas que vous vous soyez rencontrés.

— J'ai entendu parler de vous, en effet. Jaime a dit le plus grand bien de vous.

Vaughn le dévisagea sans chaleur pendant encore quelques instants avant de tendre la main.

— J'ai été impressionné par la précision des rapports que vous nous avez envoyés.

Zach serra la main que Vaughn lui tendait avec tout le professionnalisme que peut rassembler un homme qui ne porte ni T-shirt, ni chaussettes, ni chaussures.

— Je vous retourne le compliment. Heureux de faire votre connaissance.

Vaughn ne répondit pas, mais Zach n'en prit pas ombrage. Il n'avait jamais connu la relation normale qui existe entre frère et sœur, puisque Hilly avait grandi loin de lui et que, quand il l'avait enfin retrouvée, elle fréquentait déjà Cam. Il n'avait donc jamais posé sur ses prétendants le regard soupçonneux que pose un grand frère.

Cependant, il comprenait parfaitement la réaction de Vaughn, d'autant qu'il avait pris toutes les mesures nécessaires pour que la protection de Lucy soit assurée.

— Si tu allais t'habiller ? dit Vaughn à Lucy.

Il gratifia Zach d'un sourire acéré et poursuivit :

— Zach et moi allons discuter un peu.

Lucy leva les yeux au ciel.

— Parce que tu es un vrai moulin à paroles. Mais je vais aller m'habiller parce que je serai plus à l'aise. Et de toute façon, Zach est de taille à te tenir tête.

Elle planta un doigt dans le torse de son frère et effleura le bras de Zach de la paume de la main en s'éloignant d'un pas nonchalant.

Zach se sentait parfaitement de taille à affronter son frère, en effet – Texas Ranger ou pas –, mais il aurait préféré qu'elle ne jette pas d'huile sur le feu.

D'autant qu'il allait passer quelques minutes seul avec lui, pendant lesquelles il allait devoir lui annoncer qu'à son avis, l'affaire n'était pas close. En s'exprimant de façon à ce que Vaughn ne pense pas que c'était son cœur qui parlait.

Quand Lucy eut refermé la porte de la chambre sur elle, il lâcha, de but en blanc :

— Je ne pense pas qu'elle devrait rentrer avec vous.

Il aurait pu aborder le sujet avec plus de tact, mais il ne

faudrait peut-être à Lucy que quelques minutes pour se changer. Chaque seconde comptait.

Vaughn se borna à hausser un sourcil. Ce geste lui rappela tellement Lucy qu'il s'agita, mal à l'aise.

— Je ne dis pas que Jordan n'a rien à voir avec cette histoire, mais...

Il savait qu'il allait se faire incendier, mais il fallait qu'il parle. L'inquiétude qui le taraudait était trop impérieuse.

— Je sais bien que la police a trouvé des preuves qui le désignent comme étant le meurtrier, mais il y a des détails qui m'inquiètent. Je ne suis vraiment pas convaincu que l'affaire soit close et que son arrestation sonne la fin de la menace qui pesait sur Lucy.

Vaughn le dévisagea longuement, et il s'apprêta à se faire traiter d'imbécile et à subir un sermon condescendant.

Mais le sermon ne vint pas.

— Moi non plus, dit enfin Vaughn.

Comme Zach ne pouvait que le fixer, bouche bée, Vaughn poursuivit :

— Et c'est ce qui m'amène ici. Je n'ai pas voulu qu'elle reste seule et se croie en sécurité. Mais je n'ai pas non plus envie de lui dire que ce n'est pas le cas.

— Bienvenue au club, marmonna Zach.

Il devait pourtant le lui dire. Il le *devait*. Mais elle commençait tout juste à accepter le fait que son ex-mari était un meurtrier. Comment pouvait-il remuer le couteau dans la plaie en lui disant que l'arrestation de Jordan ne réglait pas tout, que quelqu'un d'autre – Stacy, par exemple – pouvait être mêlé à cette affaire ?

— Est-ce que je dois vous demander quelles sont vos intentions vis-à-vis de ma sœur ? demanda Vaughn avec un sourire en coin.

— Pourquoi ? Est-ce que nous sommes retournés un siècle en arrière ? Je suis à peu près certain que Lucy est parfaitement capable d'affronter elle-même mes intentions.

Même s'il ne savait pas lui-même ce qu'elles étaient au juste, ni pourquoi il souhaitait maintenant qu'il y ait un fond de vérité dans la légende de la malédiction.

La bouche de Vaughn perdit son pli sévère. Cet homme ne semblait pas du genre à sourire souvent, mais Zach pensa lire un certain amusement dans son expression.

— Lucy, répéta Vaughn.

Il semblait surpris.

— Voilà qui est nouveau.

— Vraiment ?

Vaughn haussa les épaules.

— Je n'ai pas pour habitude de fouiner dans la vie privée de ma sœur, mais je sais que peu de gens peuvent utiliser son vrai prénom sans que cela lui déplaise.

« Son vrai prénom ». La formulation était bizarre et lui fit une impression désagréable. Daisy était aussi « vraie » que Lucy. Elles étaient toutes deux une seule et même femme.

Il secoua la tête.

— Alors, comment allons-nous lui annoncer la nouvelle ?

— Je préférerais ne rien lui dire, répondit Vaughn. Nous pourrions continuer à la protéger sans qu'elle s'en rende compte jusqu'à avoir compris la situation dans son ensemble.

Zach ne put retenir un petit reniflement de dérision.

— J'ai dit que je préférerais ne rien lui dire, se hâta de préciser Vaughn. Pas que ça marchera.

Il poussa un soupir sonore et se passa une main sur le visage. Ses habits étaient impeccables malgré le voyage, rien dans son attitude ne trahissait la fatigue ou l'inquiétude, mais ce simple geste suffit à faire comprendre à Zach qu'en réalité, il était malade d'angoisse pour sa sœur.

D'un geste, Vaughn l'invita à s'asseoir sur le canapé et s'assit à côté de lui.

— Dites-moi aussi rapidement que possible quels sont les détails qui restent à régler.

— J'en vois surtout deux, répondit Zach en surveillant la

porte de la chambre de Lucy. D'abord, comment Jordan a-t-il pu savoir que Daisy avait rendez-vous avec Stacy ? Pour moi, cela veut dire que Stacy joue un rôle dans l'affaire.

— Et les autres personnes qui se trouvaient dans les bureaux ?

— J'ai tendu un petit piège. Nous n'avons dit qu'à Stacy que Lucy devait reprendre l'avion le soir même. Bien sûr, il est toujours possible qu'elle l'ait répété à quelqu'un par inadvertance, mais je suis prêt à parier que c'est elle qui a renseigné soit Jordan, soit quelqu'un qui le connaît.

Vaughn secoua la tête.

— Si Stacy est mêlée à cette histoire, Daisy va être bouleversée ; encore plus que par la culpabilité de Jordan.

— Vous avez raison. Et je vais être franc avec vous : je pense qu'il y a encore quelqu'un d'autre. Voilà le second détail qui me taraude. Quelqu'un qui appartient à son passé, ou au passé de votre père, et qui se sert de Jordan, de Stacy et de Dieu sait qui encore pour assouvir une espèce de... de vengeance.

— Qu'est-ce qui vous fait croire ça ?

— Les schémas. Des intuitions. La façon dont les événements s'enchaînent.

Vaughn soupira.

— Vous avez pris des notes ?

— Et comment ! J'en ai des tonnes.

— Il va me falloir un peu de temps pour les lire, dit-il en jetant un regard vers la porte de Lucy. Et nous manquons de temps.

— Oui, vous avez raison. Écoutez... si vous me laissiez lui dire ce que nous pensons ? Au lieu d'être furieuse contre son frère, elle sera furieuse contre moi. Pas la peine d'entrer dans les détails. Nous pouvons seulement lui dire que nous préférons rester prudents jusqu'au moment où nous serons sûrs que Jordan a agi seul.

— Êtes-vous un bon menteur, Zach ?

Il esquissa un sourire.

— D'après vous ? J'ai fait pas mal de missions d'infiltration pour le FBI.

— Mais serez-vous capable de lui mentir, à elle ? demanda Vaughn.

L'estomac de Zach se retourna.

— Croyez-le ou non, poursuivit-il, je... je suis passé par là, moi aussi. Protéger quelqu'un peut faire naître des sentiments puissants. Si je ne me trompe pas à votre sujet – et je me trompe rarement...

— N'essayez pas de nous éloigner l'un de l'autre, coupa-t-il. Cela ne lui plaira pas plus qu'à moi. Nous sommes adultes, et il y a des choses bien plus importantes à régler.

— Le plus important, c'est la sécurité de ma sœur. Et c'est à vous qu'elle a été confiée. Les sentiments...

— Peuvent compliquer les choses, acheva-t-il pour Vaughn. J'en suis parfaitement conscient.

Vaughn lui décocha un regard indéchiffrable avant de bouger légèrement, comme s'il était mal à l'aise.

— Les sentiments et les émotions ne sont pas toujours source de complications quand on doit protéger les personnes que... qu'on aime.

— Sans vouloir vous vexer, mon expérience m'a appris le contraire.

— Mais pas la mienne, risposta Vaughn. J'ai assuré la protection d'une femme, que j'ai fini par épouser et avec laquelle j'ai deux enfants magnifiques. Alors... je pense que toutes les histoires ne se terminent pas de la même façon.

Avant que Zach ait pu répondre quoi que ce soit, parce que les mots « épouser » et « enfants » lui paralysaient la langue, Vaughn changea de sujet.

— Quelle est la première chose à laquelle nous devons réfléchir ?

Il se força à revenir à l'affaire.

— C'est un coup de fil anonyme qui a mené à l'arrestation de Jordan. Autrement dit, quelqu'un sait quelque chose.

— Peut-être Stacy.

— Peut-être, oui… Mais pour ma part, j'en suis sûr.

Pourtant, il était certain qu'un détail lui échappait encore. Mais le temps lui manquait pour trouver de quoi il s'agissait.

15

Quand elle ressortit de sa chambre, Lucy trouva son frère et son amant en train de passer en revue tous les détails de l'affaire, penchés l'un vers l'autre. Ils parlaient à voix trop basse pour qu'elle puisse distinguer leurs paroles mais en les voyant, elle se rendit compte que Jordan s'était toujours tenu un peu à l'écart de sa famille et de ses amis.

Il ne s'était jamais assis sur un canapé avec Vaughn pour discuter de quoi que ce soit, par exemple.

Elle savait pertinemment que les deux hommes n'étaient pas en train de se quereller sur la supériorité de la défense des Cowboys ou celle des lanceurs des Astros. Ils parlaient de Jordan, ou de l'affaire – en tout cas, de quelque chose qui la concernait. Pendant qu'elle se demandait combien de ses proches avaient trahi sa confiance, ils cherchaient toujours à la protéger.

Vaughn remarqua sa présence et lança aussitôt une phrase sur la valeur immobilière d'une maison qu'il avait remarquée. Mais Lucy secoua la tête.

— Arrêtez vos salades, ordonna-t-elle.

Zach posa sur elle de grands yeux innocents. Sans savoir pourquoi, elle n'était pas effrayée par la facilité déconcertante avec laquelle il pouvait mettre un masque et le retirer. Cette aptitude était l'un de ses traits de caractère, et jamais il ne l'avait utilisée pour la blesser ou pour lui nuire.

— Des salades ? demanda-t-il gaiement.

Mais son regard était fixé sur elle, calme et légèrement préoccupé. Peut-être était-ce pour cela qu'elle ne se sentait jamais mal à l'aise avec lui : il ne cherchait jamais à mentir sur les émotions qu'elle éveillait en lui. Il les refoulait peut-être, mais jamais il n'essayait de les lui dissimuler.

Elle avança vers les deux hommes et s'efforça de masquer sa nervosité en examinant les livres posés sur la table basse. Elle aurait aimé être aussi sereine qu'eux, mais elle savait que jamais elle n'en serait capable.

— Est-ce que le juge a proposé une libération sous caution à Jordan ? demanda-t-elle d'une voix qui se voulait désinvolte.

La veille, Zach lui avait expliqué que quand il s'agissait de meurtre, la plupart des juges refusaient la libération sous caution. Mais dans des villes telles que Nashville, il n'était pas rare qu'ils choisissent simplement de fixer un montant élevé.

Et elle savait que quel que soit ce montant, Jordan serait en mesure de le payer… et ne se priverait pas de le faire.

— Pas de caution, non. Il va rester en prison jusqu'au procès, répondit Zach.

Il posait sur elle ce regard perçant qu'elle avait appris à connaître. Elle n'aurait peut-être pas été trop mal à l'aise si son frère n'avait pas fait de même.

Ce regard lui faisait prendre conscience de la façon dont elle avait tenu Vaughn à distance pendant des années, alors qu'il aurait été là pour l'aider si elle le lui avait permis. Elle n'avait aucun droit de lui en vouloir d'être aussi stoïque et désapprobateur. C'était elle, uniquement elle, qui avait refusé de totalement se dévoiler devant lui – ou qui que ce soit d'autre.

Même devant Jordan… Elle avait nourri une infinité de rêves et d'espoirs pour leur avenir, mais sans jamais les partager avec lui. Pour elle, il avait plus été une statue autour de laquelle elle avait construit ses rêves qu'un être humain avec lequel elle aurait pu construire sa vie.

Même s'il l'avait manipulée, même s'il s'était servi de ses

faiblesses, elle devait reconnaître que ce n'était pas uniquement par sa faute que leur mariage s'était délité. Et elle ne parvenait toujours pas à croire qu'il puisse être l'unique responsable de la mort de Tom, même si elle aurait tout donné pour que la solution de l'énigme soit aussi simple.

— Il va prendre un bon avocat, répondit-elle.

Elle faisait de son mieux pour ne pas sembler sinistre ou résignée, mais parfaitement raisonnable.

— L'argent peut presque tout acheter, reprit-elle. Il pourrait être libéré très rapidement.

— Tu as sans doute raison, dit Vaughn d'une voix dénuée de toute émotion.

Elle eut envie de laisser libre cours à son agacement, d'obtenir une réaction, quelle qu'elle soit, mais ils la dévisageaient tous deux avec une telle inquiétude, un tel... Elle devait être parfaitement idiote pour s'imaginer que Zach la regardait avec amour. Mais puisqu'elle avait déjà décidé qu'elle *était* idiote, pourquoi lutter contre la vague qui l'emportait ?

— Alors, dit-elle, qu'attendons-nous pour comprendre que Jordan n'aurait pas pu savoir que j'étais en ville et m'appeler pour fixer ce rendez-vous si Stacy ne le lui avait pas dit ?

Vaughn soupira.

— Je suis désolé, Luce.

Elle le remercia d'un pâle sourire avant de s'asseoir sur l'accoudoir du canapé, près de Zach.

— Je suis désolée moi aussi, mais... Jordan avait peut-être des raisons de me haïr. Mais Stacy ?

Elle avait beau revenir sur les quelques années qui venaient de s'écouler, elle ne parvenait pas à comprendre ce que Stacy pouvait lui reprocher.

Daisy Delaney pouvait être susceptible et difficile à vivre mais, depuis le jour où elle était sortie de l'ombre de son père, elle l'avait toujours été. Depuis qu'elle connaissait Stacy, rien n'avait changé dans son comportement. Jordan était entré dans sa vie et, dans une certaine mesure, dans sa carrière, mais le harcèlement avait commencé après son divorce. Elle ne pouvait donc pas tenir son mariage pour responsable des événements.

Quelle raison Stacy pouvait-elle avoir de la haïr maintenant qu'elle s'était délestée du poids énorme qui avait pesé sur leurs épaules à toutes deux ?

— Je n'arrive tout simplement pas à comprendre pourquoi elle me voudrait du mal. Je sais, je *sais* qu'elle est la seule à avoir pu mettre Jordan au courant, mais je n'arrive pas à comprendre pourquoi elle l'aurait fait. Et ça me pèse.

— J'ai réfléchi à une autre approche, dit Zach.

Il avait parlé avec une telle douceur qu'elle devina que ce qu'il s'apprêtait à dire serait tout sauf agréable.

En voyant Vaughn lui jeter un regard d'avertissement, elle secoua la tête. Elle ne pouvait pas s'enfouir la tête dans le sable et laisser ces deux hommes se charger de tout, même si elle savait qu'ils ne demandaient qu'à le faire – ce qui aurait préservé son équilibre émotionnel, au moins en partie.

Depuis le début des événements, elle avait cherché à se convaincre que les choses finiraient par s'arranger d'elles-mêmes, ou que quelqu'un d'autre s'occuperait de régler cette histoire. Mais il n'en avait rien été. Oh ! bien sûr... elle s'était repenchée sur son passé, elle avait fait une liste de personnes qui auraient eu des raisons de la haïr, mais elle n'était pas allée jusqu'à rouvrir les anciennes cicatrices. Elle avait cru que c'était inutile, que les personnes qui étaient payées pour la protéger trouveraient la clé de l'énigme.

Elle comprenait maintenant que cela n'arriverait pas. Il fallait qu'elle participe, qu'elle fouille les plaies de son passé. Sinon, jamais ce cauchemar ne prendrait fin. Vaughn et Zach pouvaient agir, mais seulement dans une certaine mesure. Puisque c'était elle qui se trouvait au cœur du problème, c'était elle qui détenait la clé qui les mènerait à la solution.

Tom était mort, Jordan était en prison, et elle soupçonnait

l'une de ses plus vieilles et plus proches amies d'être mêlée à cette affaire.

Ce n'était pas le moment de se cacher. C'était le moment de devenir la femme dont parlaient ses chansons – non seulement par le nom, mais aussi par les actes. Cette femme qui obtenait toujours ce qu'elle voulait, quels que soient les sacrifices à consentir, sans se soucier des conséquences.

Elle planta son regard dans celui de Zach et demanda :

— Et quelle est cette approche ?

— Ton père.

Elle ne s'était pas attendue à cette réponse. Elle fut parcourue par un tressaillement. Si Zach avait été le seul à le voir, elle n'aurait pas été trop mal à l'aise. Mais Vaughn était là, lui aussi…

Il n'avait jamais été très proche de leur père, et elle savait que Vaughn regretterait toujours qu'il soit mort avant qu'ils aient eu le temps de se rapprocher.

Elle se leva et se dirigea vers la cuisine pour préparer du café, en espérant qu'il lui suffirait de s'occuper pour atténuer sa nervosité.

— Eh bien… il y a effectivement un lien entre Stacy et papa, répondit-elle, puisque Stacy était l'assistante de Don. Mais pourquoi voudrait-elle me faire du mal pour se venger d'une personne qui est morte depuis ? Et pourquoi aurait-elle attendu tellement longtemps pour le faire ?

— Je veux que nous revenions à la conversation que nous avons eue avant ce rendez-vous avec Jordan. Celle où nous parlions du manager de ton père – le patron de Stacy.

Elle se raidit de nouveau. Elle aurait dû se douter que Zach reviendrait sur le sujet, bien qu'il n'ait rien à voir avec leur affaire.

— Je ne vois pas ce que Don viendrait faire dans cette histoire.

— Moi non plus, mais nous avons établi qu'il t'a agressée, et que c'est pour cela que tu as quitté la maison de disques que ton père venait de créer. Maison de disques qui a fait faillite peu après, si mes renseignements sont justes.

— Don t'a agressée ? demanda Vaughn.

Lucy lança un regard d'avertissement à Zach pour qu'il ne s'attarde pas sur le sujet.

— Si elle a fait faillite, c'est parce que papa a fait n'importe quoi, répliqua-t-elle. C'était un excellent chanteur, mais il n'était pas très doué en affaires. Tout le monde a toujours su qu'il était seul responsable de l'échec de son label, et que mon départ n'a joué aucun rôle.

— Que t'a fait Don ? insista Vaughn.

— Rien de grave, répondit-elle.

Il lui avait donc fallu des années pour se rendre compte que Vaughn l'aurait soutenue et protégée si elle lui avait relaté l'incident. Mais elle s'était tue, parce qu'elle avait su que cela lui aurait coûté sa carrière. Mieux valait faire fi de la douleur et poursuivre dans la voie que l'on s'était tracée... n'est-ce pas ?

— Lucy, tu vas me dire...

— Je n'ai pas besoin que tu joues les grands frères ! hurla-t-elle en reposant violemment la boîte de café sur le comptoir.

Et dire qu'elle avait espéré parvenir à se maîtriser ! Mais après tout, une femme obtenait-elle ce qu'elle voulait en restant calme ? Il fallait peut-être qu'elle se mette en colère et qu'elle ne fasse rien pour le dissimuler. Il fallait peut-être qu'elle prenne les choses en main.

— Il est grand temps que toute cette histoire se termine, dit-elle.

Sa voix était un peu plus calme, mais vibrait d'émotion.

— Donc, enquête sur Don Levinson si c'est ce que tu veux, reprit-elle en agitant la main vers Zach. D'ailleurs, il est sans doute mort. Enquête aussi sur toutes les personnes qui pourraient avoir haï mon père. Je te donnerai des noms. Mais je veux en finir avec ce cauchemar.

Zach se leva et la rejoignit dans la cuisine. Il ne la toucha pas, bien qu'elle en ait désespérément envie. Elle avait besoin d'un contact physique qui, telle une ancre, l'aurait rattachée à une réalité solide. Elle avait beau se répéter qu'elle devait être forte, elle se sentait sur le point de s'effondrer. Et elle avait l'impression que seul Zach saurait l'en empêcher.

— Nous voulons tous en finir, parce que nous voulons tous que tu ne coures plus aucun danger, dit-il gravement.

Elle faillit lui dire qu'elle ne savait pas comment accepter qu'on la protège, parce que personne ne l'avait jamais protégée. Mais elle ravala ses paroles, parce qu'elles étaient injustes envers Vaughn. Si elle l'avait laissé faire, il aurait toujours été à ses côtés. La vérité était qu'elle n'avait jamais *permis* à personne de la protéger.

Sauf à Zach.

Elle n'eut même pas le bon sens de remettre cette pensée en question parce qu'il se tenait devant elle, qu'il était beau et plein de gentillesse, et qu'elle n'avait jamais ressenti pour Jordan ce qu'elle ressentait pour lui. Elle s'était persuadée qu'elle était amoureuse de Jordan, s'était en quelque sorte forcée à l'aimer à cause de la comédie qu'il lui avait jouée. Mais elle n'avait jamais senti l'amour la balayer aussi implacablement, irréfutablement.

Elle avait dû faire un effort pour aimer Jordan et croire en cet amour. Ce qui palpitait en elle à chaque fois qu'elle posait les yeux sur Zach était différent, était *réel* – même si elle ne comprenait pas vraiment ce qui lui arrivait.

Avec elle, Zach n'essayait pas de se faire passer pour ce qu'il n'était pas. Elle l'avait vu endosser un rôle, et elle savait que l'homme qui lui avait fait l'amour la nuit dernière était le vrai Zach.

Comme elle aurait aimé pouvoir retourner dans le passé et ne plus en revenir, rester dans cette époque où elle ne devait ni s'occuper de détails troublants, ni gérer la présence de son frère…

Hélas, c'était impossible. Mais tandis qu'elle regardait Zach en regrettant que ce moment n'appartienne pas à une vie normale, où sa sécurité n'aurait pas été menacée, elle comprit pour la première fois depuis le début de ce cauchemar que tôt ou tard, sa vie lui appartiendrait de nouveau.

Depuis maintenant un an, elle vivait dans la peur. Cette dernière semaine en particulier avait été atroce. Mais tout finirait par s'arrêter et sa vie lui serait rendue. Totalement. Elle pourrait rendre visite à Vaughn et à sa famille sans s'inquiéter de les mettre en danger. Elle pourrait se fixer quelque part et se construire la vie qu'elle voulait avoir. Une vie avec un compagnon peut-être, un vrai compagnon.

Et si elle s'installait dans le Wyoming ? Avec Zach ? Pourquoi pas, après tout ? Puisque c'était la vie dont elle rêvait en ce moment, pourquoi ne pas faire en sorte que ses rêves impossibles se réalisent ?

— Et si nous essayions de découvrir l'origine du coup de fil anonyme ? demanda Vaughn, qui ne pensait qu'à sa mission. Les flics ont sûrement un moyen de la trouver.

Zach rejoignit aussitôt Vaughn pour poursuivre leur discussion, et Lucy retourna à la tâche qu'elle s'était fixée : préparer le café, en s'autorisant à se perdre dans un joli rêve où elle s'installait dans une ville fantôme où personne ne pourrait la retrouver. Zach pourrait continuer à protéger les personnes qui avaient besoin d'aide, et elle pourrait continuer à écrire de la musique.

Elle fut tirée de sa rêverie par la vibration de son téléphone, dans sa poche. Elle regarda aussitôt le message, qui venait de Stacy.

Elle jeta un regard vers Zach et Vaughn. Comme ils étaient toujours penchés sur l'ordinateur et les papiers et échangeaient des théories, elle ouvrit le message.

911. Rappelle-moi. Pas d'oreilles.

Le « pas d'oreilles » la mit mal à l'aise, mais quel mal Stacy pouvait-elle lui faire par téléphone ? Elle voulait peut-être l'avertir d'un danger, lui expliquer un détail. Bon sang, peut-être même qu'elle appelait pour tout avouer !

Elle regarda de nouveau les deux hommes de sa vie. Ils n'avaient certainement pas besoin d'elle en ce moment, et elle pensait pouvoir gérer la situation sans leur aide.

Elle savait bien qu'elle aurait dû leur parler de ce texto avant de rappeler Stacy, mais puisqu'ils s'occupaient de tout le reste, elle pouvait bien se charger elle-même de passer un simple coup de fil.

Elle ouvrit la bouche pour s'excuser de devoir les laisser, mais se ravisa aussitôt. Ils étaient tellement concentrés sur leur tâche que si elle ne les dérangeait pas, ils ne reprendraient pas contact avec le monde extérieur avant des heures.

Elle se dirigea vers la porte de derrière sur la pointe des pieds et, aussi silencieusement que possible, ouvrit les trois verrous. C'était la première fois qu'elle empruntait cette porte, mais Zach lui avait dit qu'elle donnait sur une petite terrasse, où elle pouvait aller si elle le souhaitait. Si elle ne l'avait pas encore fait, c'était uniquement parce que l'occasion ne s'était pas présentée jusqu'à aujourd'hui.

Ce qu'elle découvrit derrière la porte ressemblait moins à une terrasse qu'à un solarium, clos par des parois de verre qu'elle devina blindé. La porte qui donnait sur l'extérieur était protégée par une énorme serrure à code.

De l'autre côté des vitres, un soleil radieux baignait un paysage majoritairement vert, un vert vif et attrayant. Mon Dieu, comme elle était lasse d'être confinée, de ne jamais pouvoir être seule, ne fût-ce qu'une seconde... Elle se rendit soudain compte que le simple fait de pouvoir sortir et tendre son visage vers le soleil lui manquait terriblement.

Autrement dit, il fallait que toute cette histoire se termine et pour cela, elle devait écouter ce que Stacy avait à lui dire. Elle composa son numéro en contemplant la verdure et en respirant profondément dans l'espoir d'apaiser la nausée qui tourbillonnait au creux de son ventre.

— Oh ! Dieu merci, Lucy ! s'écria Stacy dès qu'elle eut

décroché. Je ne sais pas ce qui se passe. Tout est tellement confus. Jordan est en prison ? Qu'est-ce qui se passe ?

Stacy ne l'appelait Lucy qu'en dehors du cadre du travail, quand la relation qui les unissait n'était plus qu'une relation d'amitié. Elle avait toujours parfaitement jonglé avec ses deux prénoms, sans jamais se tromper. Était-ce parce qu'elle était une traîtresse à deux visages ?

— Je n'en ai pas la moindre idée, répondit-elle carrément.

— L'entourage de Jordan essaie de répandre la rumeur que c'est toi qui lui as tendu un piège.

Lucy renifla, s'assit dans un fauteuil en osier garni d'un coussin et ramena ses jambes sous elle.

— La police n'a pas semblé envisager cette possibilité.

Elle ferma les yeux et essaya de faire fi de la petite graine de peur que les paroles de Stacy venaient de planter dans son esprit. Mon Dieu... est-ce que Jordan allait une fois de plus réussir à la faire passer pour la méchante de l'histoire ?

Même si personne ne pouvait prouver que c'était elle qui avait cherché à le piéger, il était tout à fait possible que l'opinion publique se retourne contre elle. Voilà ce que l'entourage de Jordan allait s'efforcer de faire : la faire passer pour une criminelle, en plus d'être une femme infidèle, alcoolique et incontrôlable.

— Ce que je veux dire, c'est que Jordan est assez idiot pour se faire piéger, reprit Stacy. Je serais la première à saluer ta créativité et à te remercier de nous avoir débarrassées de sa grande gueule.

Elle fut traversée par un frisson glacial.

— Est-ce que tu m'accuses de quelque chose, Stacy ? demanda-t-elle froidement.

À chaque phrase que prononçait son amie, Lucy sentait sa confiance s'effriter. Si Stacy s'était vraiment inquiétée pour elle, leur conversation aurait été tout autre.

— Non. Mon Dieu, bien sûr que non !

Stacy poussa un soupir sonore.

— Mais tout est tellement confus, tellement perturbant… Est-ce que nous pouvons nous voir pour déjeuner ?

— Pas sans mes deux gardes du corps, répondit Lucy d'un ton sec.

— Deux ?

Pourquoi posait-elle cette question ? Parce qu'elle était sincèrement perplexe, ou parce qu'elle calculait ses chances de parvenir à ses fins ? À moins qu'elle compte se servir plus tard des informations qu'elle était en train de glaner…

Oui, Stacy pouvait très bien aller à la pêche aux informations. Lucy en eut le cœur brisé. Et elle eut le cœur brisé de devoir lui mentir.

— Au moins. Tu sais comment est Vaughn, protecteur à l'excès. Il a engagé la moitié des forces de police du comté pour veiller sur moi et pour résoudre toute cette affaire.

Elle voulut se fendre d'un petit rire désinvolte, mais échoua.

— Tu penses que Jordan n'est pas le coupable ? demanda Stacy.

— D'après ce que j'ai entendu, toutes les preuves sont contre lui. Mais certaines personnes pensent que ma sécurité passe avant tout, indépendamment des informations dont je dispose.

— Tu sais tout, pas vrai ? demanda Stacy d'une voix étouffée et vibrante de tristesse.

Lucy déglutit avec effort et attendit que Stacy se confesse. Comme elle ne disait rien, elle demanda :

— Qu'est-ce que je sais, Stacy ? Si tu étais franche avec moi, pour une fois ?

— Mon Dieu…

La voix de Stacy se brisa.

— Ne m'en veux pas trop, Lucy. J'ai fait une erreur, mais c'était en toute bonne foi. Comme toutes celles que j'ai pu commettre.

Une erreur commise en toute bonne foi ? Tom était mort et Stacy avait commis une erreur *en toute bonne foi* ? La gorge de Lucy était tellement nouée qu'elle fut incapable de répondre.

— D'accord, d'accord, reprit Stacy. Écoute-moi, tu veux bien ? Je sais que c'est à cause de moi que Jordan a su que tu étais en ville. Je t'aurais prévenue si je m'en étais rendu compte, mais je ne me suis aperçue de rien avant d'apprendre que vous dîniez ensemble au moment où il a été arrêté. Ensuite, j'ai assemblé les pièces du puzzle et... je suis désolée, vraiment désolée.

Lucy fronça les sourcils. Ce n'était pas précisément la grande confession qu'elle avait espérée, mais c'était un début.

— Qu'est-ce que tu lui as dit ? Que j'étais en ville, ou que j'étais partie pour le Wyoming ?

— Que tu étais en ville, bien sûr ! répondit Stacy. Dans le Wyoming, tu ne risquais absolument rien.

Lucy était incapable de déterminer si Stacy disait la vérité, ou si elle mentait à la perfection.

— Pour tout dire, je ne comprends pas pourquoi tu es revenue alors que personne ne savait que tu étais là-bas.

— Parce que quelqu'un le savait, Stacy, dit-elle. Là-bas, je n'étais pas en sécurité. On m'avait retrouvée. Maintenant, je veux savoir ce que tu as dit à Jordan, mot pour mot. Cette fois-ci, et les autres.

— Je ne lui ai rien dit d'autre ! Comment peux-tu croire ça de moi ?

Stacy marmonna un juron avant de poursuivre :

— Écoute-moi, tu veux bien ? Je n'avais pas parlé à Jordan depuis des mois, mais il m'a appelée juste après l'incident de la bombe fumigène. J'étais parfaitement consciente qu'il cherchait à glaner des informations, et bien décidée à ne lui en donner aucune. Seulement, il a su exactement comment s'y prendre pour me faire parler. Il m'a tellement énervée que j'ai voulu prendre l'avantage sur lui. Je lui ai dit que tu étais passée à mon bureau et que tu allais bien. Ce n'est que longtemps après avoir raccroché que j'ai compris qu'il m'avait tendu un piège et que j'avais été assez idiote pour mordre à l'hameçon.

L'explication semblait plausible. Elle était bien placée pour savoir que Jordan était un manipulateur. Mais comment quelqu'un avait-il pu retrouver sa trace dans le Wyoming ? Et pourquoi Stacy avait-elle cherché à l'entraîner dans la direction opposée à celle que prenait Zach, le jour où ils étaient passés à son bureau ?

Si Stacy ne reconnaissait pas sa culpabilité, pourquoi diable lui avait-elle demandé de la rappeler de toute urgence ?

— Est-ce que c'est toi qui as dénoncé Jordan ? demanda-t-elle après quelques instants de silence.

Le sang de Lucy se glaça.

— Si j'avais eu des renseignements, répliqua-t-elle, je ne les aurais pas donnés de manière anonyme. Et je les aurais communiqués à la police après avoir retrouvé le cadavre de Tom dans ma loge.

— Doux Jésus, dit Stacy.

Elle semblait sincèrement malade à cette pensée.

— Quelqu'un savait que j'étais dans le Wyoming, insista-t-elle. Et je n'en avais parlé à personne, sauf à toi.

— Tu penses réellement que c'est moi qui ai tout orchestré ?

Stacy semblait tellement choquée et peinée que le cœur de Lucy se serra. Mais elle devait être forte, parce que cette affaire reposait sur trop de manipulations, et qu'elle s'était déjà laissé berner trop souvent.

— En dehors de ma famille, personne d'autre que toi ne savait où j'allais, insista-t-elle.

— Je n'ai rien dit à personne. À personne, pas même à Cory. Cory...

Il y eut un long silence.

— N'essaie pas de tout faire retomber sur Cory, prévint Lucy. Pourquoi serait-elle mêlée à cette histoire ?

— Quoi que tu puisses penser, Luce, ce n'est pas moi. Je n'ai rien fait. Je le jure devant Dieu. Je sais que j'ai fait une erreur en disant à Jordan que tu étais en ville, mais... c'est la seule que j'ai commise. Comment la situation a-t-elle pu devenir aussi incontrôlable ?

— Qu'est-ce qui est devenu incontrôlable, Stacy ? Parce que je n'y comprends vraiment rien.

Stacy jura de nouveau avant de répondre :

— Je crois que je sais... J'ai la désagréable impression que je sais qui a tout orchestré. Il y a longtemps, Jordan m'a dit une chose que je ne t'ai jamais répétée. Je sais que j'aurais dû le faire, mais tu étais tellement amoureuse de lui... Si ce détail n'avait pas un lien avec certaines choses qu'a faites Cory ces derniers temps, je ne m'en serais peut-être même pas souvenue. Mais...

— Mais quoi ? pressa-t-elle. Que t'a-t-il dit ?

Stacy ne répondit pas. Pendant de longues secondes, tout ce qu'entendit Lucy fut sa respiration.

— Il y a quelqu'un ici, chuchota-t-elle enfin. Oh ! mon Dieu... il y a quelqu'un chez moi.

Une peur fulgurante traversa Lucy. En entendant la voix de Stacy, vibrante de terreur pure, elle oublia tout de ses soupçons.

— Stacy ? Raccroche et appelle le 911, d'accord ? Stacy ?

Rien, sinon cette respiration haletante.

— Stacy ! hurla-t-elle. Raccroche et appelle le 911, tout de suite !

— Aide-m...

Et la communication fut coupée.

16

— Stacy est en danger ! cria Lucy en déboulant dans le salon.

Zach se leva d'un bond, le cœur dans la gorge.

— Quoi ? demandèrent-ils en chœur, Vaughn et lui.

Elle leur agita le téléphone sous le nez.

— J'étais en train de parler avec Stacy, et...

— Bon sang, pourquoi est-ce que tu as fait ça ? tonna Vaughn.

Ce qui évita à Zach de poser la question lui-même.

— Zach, dit-elle en se tournant vers lui.

Elle semblait penser qu'il saurait se montrer plus raisonnable que son frère. Ce n'était pas le cas, mais il allait essayer de prendre sur lui. Comme si Vaughn et lui jouaient la comédie du bon flic et du méchant flic.

— Elle est chez elle, dit Lucy.

Sa voix et ses gestes révélaient sa panique.

— Elle a seulement eu le temps de me dire que quelqu'un était chez elle avant que la ligne soit coupée.

— Commence par le commencement, dit Zach en s'exhortant au calme. Explique-nous tout depuis le début.

Elle leva vers lui un regard impuissant.

— Nous n'avons pas le temps !

— Lucy, dit-il en la prenant par les épaules. Fais ce que je te dis. Dis-moi vite ce qui s'est passé, depuis le début.

Lucy secoua la tête. Elle serrait toujours son téléphone

dans sa main, comme s'il s'était agi d'un filin de sécurité qui la reliait à Stacy.

— Je l'ai appelée, à sa demande. Nous avons parlé de l'arrestation de Jordan, et elle m'a avoué qu'elle lui avait appris sans le vouloir que j'étais venue la voir et que je devais quitter de nouveau la ville.

Vaughn et Zach ricanèrent à l'unisson.

— Écoutez... je ne sais vraiment pas quoi en penser. Elle avait l'air bizarre, mais je crois qu'elle ne mentait pas. Elle s'apprêtait à me donner une information qu'elle jugeait importante quand elle a dit qu'il y avait quelqu'un chez elle. Elle a juste eu le temps de me dire « aide-moi » avant que nous soyons coupées. S'il te plaît...

Elle leva vers lui des yeux bleus emplis de peur et de larmes.

— Même si elle est... mêlée à tout ça, elle est en danger.

Zach n'en était pas convaincu, mais c'était une possibilité. Cependant, il était également possible qu'elle n'ait cherché qu'à attirer Lucy chez elle.

— Pourquoi est-ce que tu ne nous as pas dit qu'elle t'avait contactée ? demanda-t-il, aussi gentiment qu'il le put.

— Elle voulait me parler en privé, répondit Lucy d'un ton résigné. Mais elle avait peur, Zach. Elle ne jouait pas la comédie, je peux le jurer. Je ne dis pas que je suis sûre qu'on peut lui faire confiance à cent pour cent, mais la situation est vraiment complexe, et elle est en danger.

Complexe était le mot juste.

— Appelle la police, ordonna Zach.

Comme Vaughn ouvrait la bouche, il le fit taire d'un signe de la tête et précisa :

— Ce n'est ni à vous ni à moi de le faire, mais à elle. Puisque c'est elle qui a parlé avec Stacy, elle doit leur faire elle-même le compte rendu de la conversation. Ne bougez pas d'ici, tous les deux. Et toi, Lucy, appelle la police et dis-leur tout ce dont tu pourras te souvenir.

— Rien ne vous prouve que cette femme dit la vérité, lança Vaughn d'un ton ferme.

— C'est vrai, mais rien ne me prouve non plus qu'elle ne la dit pas.

Il prit son revolver, son holster, ses clés et son portefeuille.

— S'il ne s'agissait que d'une manœuvre destinée à attirer Lucy chez elle, elle sera ici, sous votre protection, à l'écart de tout danger. Dans le cas contraire, je vais m'approcher suffisamment pour voir ce qu'il se passe. Peut-être qu'elle prépare autre chose. Il me faut son adresse.

— Attends... tu ne vas pas aller là-bas ! s'exclama Lucy, incrédule.

— Si elle a des ennuis, je l'aiderai, répondit Zach, qui avait déjà mis son holster. Et si elle ne cherchait qu'à t'attirer chez elle, je veux savoir pourquoi.

— Mais la police...

— Il faudra qu'ils inspectent les lieux, mais je veux arriver avant eux au cas où quelque chose se tramerait. Plus je pourrai rassembler d'informations, plus grandes seront nos chances d'en finir avec cette histoire une bonne fois pour toutes.

— Mais si c'est vraiment un piège, c'est peut-être dangereux. Tu pourrais être blessé...

— Pas si tu appelles la police.

Il aurait préféré ne pas s'éloigner de Lucy en ce moment, mais il allait devoir surmonter ses inquiétudes. Vaughn saurait la protéger, si besoin était.

— N'oublie pas de signaler à la police que je serai là-bas et de leur fournir ma description. Dis-leur que j'apprécierais qu'ils ne me confondent pas avec quelqu'un d'autre.

Il se pencha pour l'embrasser, parce que l'entreprise pouvait s'avérer dangereuse et mal tourner, mais interrompit son geste en se rappelant que son frère était là.

Et zut. Il l'embrassa. Avec fougue.

— Ne bougez pas d'ici, vous m'entendez ?

Il savait que Vaughn ne la quitterait pas des yeux, et qu'il n'hésiterait pas à mettre sa vie en danger pour sauver celle de sa sœur – comme il l'aurait fait lui-même.

Alors, malgré les incertitudes qui le taraudaient, il allait sortir de cette maison. Parce que rien n'était résolu dans cette affaire et qu'il était prêt à suivre toutes les pistes qui se présenteraient.

— Envoie-moi l'adresse par texto.

Il monta dans la voiture de location, entra l'adresse de Stacy dans son GPS et se mit en route.

Il aurait aimé avoir plus de temps pour planifier son action, mais puisque Lucy pensait que Stacy courait un réel danger, il devait agir sans attendre. Stacy pouvait être mêlée à l'affaire comme l'était Jordan, et le vrai meurtrier était peut-être sur le point de lui faire du mal pour que son identité ne soit pas dévoilée. Mais elle pouvait tout aussi bien avoir cherché à attirer Lucy jusqu'à elle, ou à faire en sorte qu'elle soit seule.

Il y avait une infinité de possibilités. Il devait s'attendre à tout.

Stacy n'habitait pas très loin de la ferme, et il atteignit sa maison avant la police. Il hésita quelques instants avant de descendre de voiture pour se diriger vers la maison, plantée au milieu d'une grande pelouse impeccable qu'une épaisse haie séparait des jardins voisins.

Il jeta un œil par la fenêtre du garage et y vit une voiture. Aucun autre véhicule n'était en vue.

Pour l'amour de Lucy, il aurait aimé que Stacy soit innocente. Mais baser son jugement sur l'amour qu'il avait pour elle n'aurait fait que mettre beaucoup trop de gens en danger. Il avait déjà laissé ses émotions prendre trop de place dans cette affaire, malgré toutes ses bonnes résolutions.

Mais ce qui était fait était fait. Il ne pouvait rien y changer. Il ne pouvait rien faire, sinon mieux protéger Lucy qu'il n'avait protégé Ethan. Il ferait tout pour qu'elle et son frère sortent de ce cauchemar sains et saufs – et pour commencer, il allait suivre cette piste, où qu'elle le mène.

Il approcha de la porte d'entrée et balaya la pelouse du regard, sans rien remarquer de louche.

Il tourna lentement le bouton, mais la porte était fermée à clé. Il regarda de nouveau tout autour de lui, dans l'espoir de voir l'éclat des gyrophares, mais la police n'arrivait toujours pas.

Il allait devoir faire le tour de la maison en regardant par les fenêtres. Et si rien ne se passait – et que la police n'était toujours pas arrivée – il entrerait par effraction et croiserait les doigts.

Il commença à longer le mur en jetant un œil par les fenêtres, mais sans rien voir de plus qu'un intérieur parfaitement tenu. Personne, aucun signe de lutte.

Mais quand il passa sur l'arrière de la maison, où la terrasse communiquait par deux grandes portes-fenêtres avec un séjour et un coin cuisine, il s'arrêta net.

Stacy était ligotée sur une chaise, au milieu de la cuisine, bâillonnée avec un morceau de scotch. Ses yeux écarquillés étaient emplis de terreur.

Elle était seule. Mais de là où il se tenait, il ne voyait qu'une partie de la cuisine et du séjour. Il balaya une nouvelle fois la grande cour du regard : personne.

Cependant, cette femme était ligotée dans sa cuisine, et il était armé. Il devait l'aider.

C'était par là que l'intrus devait être entré, parce que Zach vit que la porte avait été seulement poussée, et non refermée. Il se dirigea lentement vers elle, sans cesser de scruter la cour, guettant le moindre mouvement.

Son instinct lui hurlait qu'il se jetait dans la gueule du loup, mais le filet de sang qui coulait de la tempe de Stacy sur sa joue et jusque dans son cou le persuada de passer à l'action.

Il était toujours possible que Stacy soit suffisamment bonne actrice pour s'être infligé elle-même cette blessure, mais rien ne le lui prouvait.

Il continua à avancer, lentement et aussi silencieusement que possible, toujours sur ses gardes, l'arme à la main. Quand il atteignit enfin la porte, il s'immobilisa et guetta un quelconque mouvement.

Il tendit le bras et poussa légèrement la porte. Stacy tourna vivement la tête et écarquilla les yeux. Zach avança vers elle en priant pour qu'elle le reconnaisse.

Elle ne s'agita pas et ne chercha pas à parler. Elle se borna à le regarder en respirant bruyamment par le nez. Bien que ses bras soient plaqués contre son corps et attachés à la chaise, elle parvint à lever un doigt et à le pointer vers l'étage. Il ne put qu'espérer qu'il interprétait bien son geste.

Il s'approcha encore pour examiner ses liens. Le mieux aurait été de commencer par libérer ses bras et ses jambes afin qu'elle puisse courir si c'était nécessaire, mais il lui fallait plus d'informations. Il allait devoir lui ôter le scotch en premier.

— Préparez-vous, d'accord ? chuchota-t-il en tapotant le bord du scotch du bout des doigts. Et essayez de ne pas faire de bruit.

Elle hocha la tête. En voyant ses joues ruisselantes de larmes, il se fit l'effet d'un tortionnaire. Quand il arracha le scotch de sa bouche, elle haleta, mais ne laissa échapper aucun son.

Zach s'accroupit aussitôt pour défaire ses liens.

— Combien sont-ils ? demanda-t-il.

— Il n'y en a qu'un. Je ne connais pas cet homme. Je ne sais pas ce qui se passe.

Elle se mit à pleurer, et le bruit de ses sanglots arracha une grimace à Zach.

— Il est en haut, reprit-elle à voix basse. Il cherche quelque chose, mais je ne sais pas quoi.

— Parfait. Tout va bien se passer.

Il finit de la détacher et l'aida à se lever.

— Sortez vite d'ici et attendez la police. Elle ne devrait pas tarder. De mon côté, je vais rester à l'intérieur pour qu'il ne puisse pas s'enfuir. Je vous demanderai d'informer la police que nous sommes deux à l'intérieur – et que je suis de leur côté.

Il espérait que le compte rendu de Stacy, s'ajoutant à la

description qu'il avait demandé à Lucy de fournir, éviterait que la police se trompe à son sujet.

— Qu'est-ce que vous allez faire ? chuchota Stacy en se frottant les bras.

— Découvrir ce qui se passe, une bonne fois pour toutes. Allez-y, maintenant. Sortez d'ici et filez.

Elle hocha la tête en tremblant, mais se glissa par la porte de derrière et s'élança vers la rue.

Zach prit une grande inspiration et tendit l'oreille. Il entendait effectivement du bruit à l'étage. Il aurait aimé savoir comment étaient disposées les pièces dans cette maison, mais aussi longtemps qu'il entendait ce bruit, il avait la certitude que l'intrus ne se trouvait pas au même étage que lui.

Il ne lui restait plus qu'à le trouver et à le faire parler avant de le remettre aux mains de la police.

Rien de plus simple.

Il s'approcha de l'escalier, l'arme à la main. Les bruits de pas étaient toujours audibles.

Néanmoins, il avança lentement et aussi silencieusement que possible. Quand il s'engagea dans l'escalier, les réflexes qu'il avait affinés à l'époque où il était dans le FBI prirent le dessus : le calme l'emplit, ses muscles se tendirent et toute peur le quitta. Il était pleinement concentré sur sa mission, sur son objectif.

Plus rien n'importait, sinon accomplir la tâche qu'il s'était fixée.

Quand il gravit les dernières marches, il vit que l'escalier débouchait sur un palier circulaire. Il se pencha en avant et inspecta les lieux. Quatre portes donnaient sur le palier, toutes entrebâillées. Il lui suffisait d'avancer pour pouvoir jeter un coup d'œil dans les pièces, mais il ne pourrait rien faire d'autre sans risquer de se faire repérer.

La situation n'était pas idéale, mais elle aurait pu être pire. Il s'approcha de la première porte et coula un regard dans la pièce. Elle était vide, ainsi que la seconde. Il avançait vers la troisième porte quand son pied se posa sur une lame de parquet qui émit un craquement aussi sonore qu'une déflagration.

La troisième porte s'ouvrit à la volée et un coup de feu claqua. Zach sentit la brûlure du métal contre sa peau et se laissa tomber à quatre pattes en lâchant un juron. D'un mouvement vif, il roula sur lui-même et alla percuter les jambes du tireur.

Déséquilibré, l'homme alla s'écraser contre une commode avec un glapissement de douleur, puis laissa échapper un chapelet de jurons et de menaces. Mais ses mots furent noyés dans le brouhaha qui s'éleva soudain quand des policiers déboulèrent bruyamment dans la pièce en leur intimant à tous deux de lâcher leurs armes et de rester au sol.

Zach grimaça sous le coup de la douleur fulgurante qui traversait son bras, mais remercia intérieurement la police d'être arrivée à temps. L'homme qu'il avait renversé n'était pas plus grand que lui, mais il était bâti comme un semi-remorque. Il aurait été de taille à l'affronter, mais la pièce était tellement petite qu'il aurait sans doute été salement amoché dans la bagarre.

Les policiers vérifièrent son identité et l'autorisèrent à se relever. Il s'approcha aussitôt de l'homme, toujours étendu sur le sol, à qui deux agents étaient en train de passer les menottes.

— Pour qui est-ce que tu travailles ? demanda-t-il.

— Nous nous occuperons de l'interrogatoire, monsieur Simmons, dit un autre policier.

Zach le regarda sans aménité et voulut s'approcher de l'homme, mais le flic le repoussa de plus belle. Il se mit à jurer et exigea qu'on lui réponde, mais autant s'adresser à un mur de briques. Les policiers lui opposèrent un visage parfaitement inexpressif et emmenèrent le malfaiteur au rez-de-chaussée.

L'agent qui fermait la marche le dévisagea et désigna son bras d'un mouvement de la tête.

— Il y a une ambulance à l'extérieur.

Zach baissa les yeux et vit le sang goutter de son bras sur la moquette blanche. Il regarda la petite mare de sang en clignant des yeux et se sentit pris de vertige pendant une seconde. Il se ressaisit rapidement et répondit :

— Je vais bien.

Mais il lui fallait des réponses avant que la situation dégénère encore plus.

— J'ai des questions à lui poser. Il me faut...

— Il a une sale plaie à la tête, interrompit l'agent. Il va être transféré à l'hôpital, et mis en garde à vue pour être interrogé. Je vous conseille d'appeler l'un de nos détectives demain pour être mis au courant des nouveaux développements de l'affaire.

Demain ? Il n'avait pas le temps d'attendre jusqu'au lendemain !

— Où est la femme ? demanda-t-il.

— Quelle femme ?

Le sang de Zach se glaça, son ventre se noua de peur.

— Celle qui est sortie d'ici en courant, il y a une dizaine de minutes.

Le policier fronça les sourcils, approcha le micro fixé à son épaule de sa bouche et y marmonna quelques mots. Après un bref échange ponctué de friture, le policier haussa les épaules.

— Personne n'a vu aucune femme.

Bon sang.

— Il y avait une femme ici, ligotée et bâillonnée.

Il raconta toute l'histoire, donna le nom et la description de Stacy, et reprit la route de la ferme en essayant de comprendre à quoi jouait Stacy. Elle avait été blessée, et maintenant elle avait disparu.

Que se passait-il ? Il n'en avait pas la moindre idée, mais il était certain d'une chose.

Il devait retourner auprès de Lucy et s'assurer qu'elle ne courait aucun danger.

Lucy arpentait rageusement la pièce.

— Ça prend trop de temps, lança-t-elle. Pourquoi est-ce qu'il n'a pas appelé ? Pourquoi est-ce qu'il n'est pas encore rentré ? Et s'il était blessé, et...

— La police va certainement l'interroger, et un interrogatoire prend toujours un peu de temps, répondit calmement Vaughn. Et n'oublie pas que Stacy comptait probablement sur une réaction irréfléchie. Nous ne pouvons rien faire de plus qu'attendre pendant que la police fait son travail.

— Mais pourquoi est-ce qu'ils interrogeraient Zach ?

— Pour reconstituer ce qui s'est passé. Si Zach remarque quoi que ce soit, il devra le leur signaler. Il est peut-être en train de leur donner des détails supplémentaires sur l'affaire. Tu n'as aucun moyen de savoir ce qui se passe, et le temps qui passe ne te fournira aucun indice. Alors, assieds-toi et détends-toi.

Elle renifla.

— Comment est-ce que tu veux que je me détende alors que... alors que...

Elle se laissa tomber sur le canapé à côté de Vaughn. Jamais son frère et elle n'avaient échangé de confidences sur leur vie sentimentale, mais il était la seule personne à qui elle pouvait confier les émotions qui tourbillonnaient en elle.

— Je suis amoureuse de lui.

Vaughn accueillit son aveu par un regard parfaitement inexpressif.

— Ça alors. Sans blague.

Elle le regarda de travers et s'attendit à subir un sermon. Elle espérait presque qu'il allait venir, parce qu'elle pourrait se mettre en colère et oublier sa tristesse et son anxiété.

Mais le sermon ne vint pas. Et Vaughn ne semblait nullement inquiet, ni même surpris.

— Ça ne te dérange pas ?

— Je ne dirais pas ça, mais... je sais ce que c'est de tomber amoureux dans des circonstances difficiles.

— Il n'est peut-être pas amoureux de moi, riposta-t-elle sèchement.

Si Vaughn ne lui donnait aucune raison d'être folle de rage, elle allait être acerbe.

— Luce, s'il te plaît... Il est tellement fou de toi que je n'arrive même pas à m'indigner comme le font tous les grands frères. Je ne suis peut-être pas très à l'aise avec tout ce qui touche aux sentiments mais quand quelqu'un est follement amoureux, je peux le voir.

— Ce n'est qu'à cause de la pression, et parce qu'il se sent coupable. Quelque chose a mal tourné quand il était dans le FBI... Quelques jours ne suffisent pas pour tomber amoureux. Ce n'est qu'une histoire d'adrénaline, ou un truc comme ça.

Vaughn n'eut même pas la décence de la regarder. Sans quitter des yeux l'écran de l'ordinateur sur lequel il continuait à faire des recherches, il répliqua :

— Je n'oublierai pas de dire à Nat que si je suis tombé amoureux d'elle, c'est uniquement à cause de « l'adrénaline ou un truc comme ça ».

— Ce n'est pas pareil.

Il se tourna vers elle, mais uniquement pour la gratifier de son regard condescendant de frère aîné.

— Et quelle est la différence, au juste ?

Comme elle ne savait pas comment répondre à cette question, elle fut ravie d'entendre son téléphone sonner. Elle se leva et répondit, sans même regarder le nom qui s'affichait.

— Zach ?

— Non, Lucy. C'est moi.

— Stacy ?

Vaughn se leva d'un bond, et elle s'agrippa à son bras. Elle redoutait que Stacy l'appelle pour lui annoncer que Zach avait été blessé... ou pire encore.

— Qu'est-ce qu'il se passe ? Mon Dieu... J'ai tellement peur !

— Stacy, où es-tu ? Et où est Zach ? demanda-t-elle, la gorge nouée par l'angoisse.

Vaughn lui arracha le téléphone des mains. Elle crut qu'il voulait parler lui-même à Stacy, la presser de répondre à ses questions, mais il se borna à mettre l'appel sur haut-parleur.

— Il m'a sauvée, répondit Stacy d'une voix haletante. Il m'a sauvée. Mais, Lucy...

La communication était mauvaise et hachée.

— Écoute-moi, Stacy. Stacy ? Si tu es en train de courir, arrête-toi. Ne bouge pas. Je suis en train de te perdre.

— J'ai tellement peur ! Zach m'a dit de courir, alors c'est ce que j'ai fait. Je me suis enfoncée dans la forêt et maintenant, je ne sais pas où je suis... mon Dieu, je suis complètement perdue. Je sais bien que j'aurais dû attendre la police, mais j'avais trop peur !

Elle se mit à pleurer et le cœur de Lucy se serra dans un affreux mélange de compassion et de soupçon. Et si Stacy lui jouait la comédie ?

— Stacy, dis-moi ce qu'il se passe.

— Je ne sais pas. Je ne comprends rien, mais je crois que... Lucy, Jordan est le petit-neveu de Don Levinson.

— Quoi ? demanda-t-elle, incrédule.

Si elle ne perdit pas l'équilibre, ce ne fut que parce que Vaughn la soutenait.

— Oui. Mon Dieu. Il me l'a dit au cours d'une soirée, il y a des siècles. Je n'y ai pas vraiment prêté attention. Nous nous étions déjà disputées au sujet de Jordan, toutes les deux, et je ne voulais pas que tu sois encore plus en colère contre moi à cause de lui. Mais ensuite, j'ai oublié toute cette histoire. Jordan ne m'en a jamais reparlé, et je n'ai jamais revu ce vieux salopard. Mais je pense que Cory est mêlée à l'affaire, Lucy. Je le pense vraiment. Je n'ai dit à personne que tu allais dans le Wyoming, mais Cory peut avoir surpris notre conversation. Je ne vois aucune autre explication.

Lucy échangea un regard avec Vaughn, qui ne semblait pas convaincu. Pourtant, si Jordan était apparenté à Don... Mais pourquoi Don aurait-il voulu s'en prendre à elle après toutes ces années ? Comment tous ces éléments pouvaient-ils s'emboîter ?

— D'accord. Reste où tu es, ordonna-t-elle.

Il fallait qu'ils examinent son histoire en détail pour déterminer si elle était plausible ou non. Et pour cela, il fallait que Stacy soit à l'abri de tout danger.

— Je vais venir te chercher, reprit-elle.

Avant que Vaughn ait pu protester, Stacy répondit :

— Non, Lucy. Ne fais pas ça. Je ne connais pas l'homme qui s'est introduit chez moi. Celui qui te veut du mal est toujours en liberté et continue à tirer les ficelles.

Ce fut à cet instant qu'ils entendirent une voiture s'arrêter devant la ferme, dans un grincement de freins.

17

Zach pila devant la ferme, descendit de voiture d'un bond et s'élança vers la porte. La disparition de Stacy et le fait que les policiers ne l'aient même pas vue faisaient défiler toutes sortes de scénarios terribles dans son esprit.

Ce coup de fil n'était qu'une ruse dont le seul but était de localiser la ferme. Stacy était arrivée avant lui. Il était trop tard et Lucy était...

Il s'arrêta net sous le porche et fit volte-face. Et s'il était tombé dans un autre piège ? S'il avait conduit Stacy – ou quelqu'un d'autre – jusqu'ici ? Il était toujours convaincu que Stacy était une taupe, mais il s'était trompé sur ses intentions. Elle n'avait pas essayé d'attirer Lucy chez elle, mais de la localiser.

Il balaya la cour du regard, mais elle était vide. Si quelqu'un l'avait suivi jusqu'ici, il avait encore le temps de rejoindre Lucy et de la protéger.

À moins qu'ils soient déjà à l'intérieur. Il bondit en avant et fourra sa clé dans la serrure. Il allait d'abord s'occuper de Lucy, la faire sortir d'ici en vitesse, ainsi que son frère. Cet endroit était devenu dangereux. Ils devaient s'en éloigner et ensuite, il pourrait réfléchir.

Une déflagration déchira l'air, et une douleur fulgurante lui traversa la cuisse. Il tomba en avant et la porte s'ouvrit sous son poids. Quand il s'effondra sur le sol, il entendit un cri et reconnut à peine la voix de Lucy.

Lucy. Il devait la protéger, bien que sa vision se brouille et que son corps hurle de douleur. Cette blessure était plus grave que celle qu'il avait au bras, mais elle n'était pas mortelle. Du moins, il ne pensait pas qu'elle le soit.

Et même si elle l'était, il ferait en sorte que Lucy ne connaisse pas le même sort.

Il parvint à se traîner jusqu'à l'intérieur et referma la porte d'un coup de pied. Avant que Vaughn ait pu se jeter sur le verrou, elle s'ouvrit de nouveau à la volée et Vaughn alla percuter la table basse, qui vola en éclats sous son poids.

Deux hommes entrèrent. L'un d'eux tenait une arme, et l'autre arborait une expression satisfaite. Ils refermèrent la porte derrière eux.

Zach se demanda pourquoi il était surpris. Pourtant, il le savait, n'est-ce pas ?

Il savait que c'était à cause des émotions que des gens étaient blessés et tués. Il avait laissé son inquiétude pour Lucy brouiller ses pensées, et maintenant ils allaient tous en payer le prix.

— Eh bien, regardez-moi ça. La petite Daisy. Tu as bien grandi.

Le ventre de Lucy se noua. Si les années n'avaient pas été clémentes avec Don Levinson, son sourire mielleux était demeuré le même et lui rappelait des choses qu'elle s'était efforcée d'oublier pendant très longtemps.

Ce sourire lui rappela bien trop clairement la jeune fille qui avait pensé que son père la protégerait, et qui avait été cruellement déçue.

Mais son père était mort, tandis que Don était bien vivant. Il était vieux, certes, mais il n'était pas mort. Et il était tout aussi mauvais qu'à l'époque où il essayait de séduire des jeunes filles, des années plus tôt.

Vaughn était assis dans les débris de la table basse. Zach gisait au sol, et une mare de sang d'une largeur inquiétante se formait autour de sa jambe. Tous deux étaient armés, mais aucun d'eux ne chercha à s'emparer de son arme. D'ailleurs, ils ne le feraient sans doute pas aussi longtemps que le petit copain de Don braquerait son énorme revolver dans sa direction.

— Tu me déçois vraiment, ma chérie. Ton père vantait toujours ton intelligence, mais tu n'as jamais soupçonné ton vieux copain Don. Pas plus que tu n'as soupçonné l'idiot que tu avais épousé avant qu'il soit trop tard.

Lucy ne dit rien. D'ailleurs, elle avait à peine écouté ce que Don avait à lui dire parce qu'elle devait réfléchir. Elle devait trouver un moyen de tirer Vaughn et Zach de ce guêpier sans y laisser sa peau.

— Ne t'inquiète pas, poursuivit Don. Tu es loin d'être aussi décevante que *lui*. Malgré tout le temps et les efforts que je lui ai consacrés, ce garçon est toujours aussi bête que ses pieds. Et plutôt lâche, aussi. S'il avait fait ce que je lui disais, il t'aurait tuée lentement et sans faire de bruit, pendant que vous étiez mariés. Mais *non*.

La tuer. Don et Jordan avait comploté pour la tuer.

— Il a préféré utiliser ta célébrité plutôt que suivre mes conseils. Il a pensé qu'il gagnerait plus en faisant de toi une épave qu'en te tuant. Et regarde où il en est aujourd'hui ! Bête comme ses pieds, je te dis.

— Je suppose que je l'ai été autant que lui, répondit-elle en luttant contre une vague de nausée.

Zach se vidait de son sang et Vaughn allait mourir pour la protéger, laissant derrière lui une veuve et deux orphelines.

Non. Elle refusait que tout se termine ainsi.

— Que diable as-tu contre moi, Don ? demanda-t-elle d'une voix qui se voulait détachée et pleine d'ennui.

Don éclata de rire.

— Contre toi ? Contre *toi* ? Comme si tu ne le savais pas ! Ton père m'a dit ce que tu avais fait.

— Tu parles du jour où je l'ai averti que tu étais un

dangereux pervers, qui ne pouvait pas s'empêcher de tripoter les adolescentes ?

— Si tu n'étais pas allée pleurnicher, si tu n'avais pas prétendu que je t'avais touchée contre ton gré, est-ce que tu sais ce que j'aurais aujourd'hui ? Ton père m'a barré de son testament, et je n'ai jamais pu récupérer tout l'argent que j'avais investi sur *toi*. Je n'avais aucun recours. Depuis, j'ai dû me contenter de vivoter. Si tu savais tout ce que j'ai dû endurer parce que je n'ai jamais eu cet argent, uniquement parce que tu es une sale menteuse... Eh bien, maintenant, je vais te tripoter, et comment !

Zach et Vaughn émirent un grognement indigné. Don les regarda en souriant et dit gaiement :

— Ne vous inquiétez pas. Cela ne vous dérangera pas. Vous serez morts tous les deux.

Il reposa les yeux sur Daisy.

— Crois-moi, la presse va boire du petit-lait. Mais d'abord, il faut que je décide d'une mise en scène. On pourrait croire que j'ai déjà tout planifié, comme je le fais depuis le début, mais j'aime bien improviser à l'occasion. Deux meurtres suivis d'un suicide ? À moins que tu sois la seule à porter le chapeau... Il y a tellement de possibilités. Mais j'ai fini par comprendre que je devais me charger moi-même de faire le nécessaire. La jeune génération manque de culot.

Il se tourna vers son acolyte et poussa Zach du bout de sa botte.

— Ne t'occupe pas de celui-là.

Zach demeura inerte, ne laissa échapper aucun gémissement. Il avait sans doute perdu connaissance. Lucy essaya de juguler sa panique.

— Il va se vider de son sang, reprit Don, si ce n'est pas déjà fait.

L'homme se tourna ensuite vers Vaughn.

Elle devait agir. Sauver son frère, sauver Zach. Mais comment ? Comment raisonner un homme prêt à tuer de sang-froid ?

— Tu veux de l'argent ? demanda-t-elle.

— Non, petite fille. Je veux me venger. J'aurais dû avoir une part du gâteau, mais ton père s'est servi de tes mensonges pour me manipuler pendant des années. J'avais travaillé dur pour lui, et il ne m'a rien laissé de sa fortune, pas même un centime. Alors que si tu n'étais pas passée par là, j'aurais dû tout avoir. Je méritais d'être récompensé pour avoir fait de lui une vedette.

— Je n'ai jamais menti, répliqua-t-elle. Tu m'as tripotée.

— C'est toi qui m'as supplié de le faire.

— Tu délires. D'ailleurs, pour avoir nourri cette obsession pendant toutes ces années, tu dois être complètement fou.

— Descends-la, ordonna-t-il à son complice.

Mais il leva aussitôt la main, avant que Vaughn ait pu plonger pour la secourir, et poussa un soupir théâtral.

— Non. Ce serait trop rapide. D'abord, je veux m'amuser un peu avec elle. Et tu pourras t'amuser toi aussi.

Il se tourna vers son acolyte, qui se fendit d'un sourire mauvais.

Lucy espéra que son visage n'avait pas viré au gris, parce qu'elle avait l'impression de se vider de son sang. Il fallait qu'elle continue à faire parler Don. Elle devait lui donner l'impression qu'il était… supérieur. Il pouvait agir sous le coup de la colère, mais s'il ne ressentait que du dédain pour elle, il poursuivrait ses diatribes.

— Jamais il n'a été prévu que tu t'occupes de ma carrière. Elle a toujours été distincte de celle de papa.

Don rejeta la tête en arrière et partit d'un rire un peu trop jovial. Du coin de l'œil, Lucy remarqua que Vaughn approchait sa main de son arme, d'un mouvement assez lent pour ne pas attirer l'attention.

Il fallait une diversion, qui retienne tant l'attention de Don que celle de l'homme au revolver.

— Tu as toujours été destinée à n'être que le pion de ton papa, répondit Don. Le problème, c'est que tu avais bien trop d'ambition et que ma prétentieuse d'assistante t'encourageait. Si ton père m'avait écouté, nous vous aurions remises à votre place, toutes les deux. Mais non : il t'a laissée partir. Ce qui m'a coûté des millions. Des *millions*.

La fureur de Don était en train de renaître. Lucy se creusa la tête pour trouver un moyen de l'apaiser. De tous les sauver. Mais Don continuait à parler. Ses yeux étincelaient d'une rage mauvaise, de la bave se formait aux commissures de ses lèvres.

Et son acolyte pointait toujours son arme droit sur son cœur.

— Après, il n'a même pas eu l'intelligence d'être désolé. Chaque fois que j'avais une idée qui aurait servi sa carrière et qu'il n'était pas d'accord avec moi, sais-tu ce qu'il me répondait ? « Je pense que si Daisy allait voir la police, ce ne serait pas très bon pour *ta* carrière, Don, n'est-ce pas ? »

Bien que sa gorge soit nouée à la fois par la peur et par le chagrin, elle répondit :

— Je pense que le vrai problème était entre mon père et toi.

— Et c'est un problème que j'ai résolu.

Il sourit et les genoux de Lucy faillirent la trahir.

— Tu l'as tué ? demanda-t-elle d'une voix rauque.

Don haussa les épaules, mais son sourire était dur.

— Pas vraiment. Je lui ai fourni suffisamment de drogues pour qu'il se tue lui-même.

Son sourire se fit méprisant et il poursuivit :

— C'est alors que j'ai commencé à recevoir tes lettres.

— Je ne t'ai jamais envoyé aucune lettre, Don. J'avais oublié jusqu'à ton existence. Voilà pourquoi je n'ai jamais soupçonné que tu puisses être derrière toute cette histoire. Tu appartiens à un passé que j'ai complètement oublié, à tel point que je n'ai jamais repensé à toi.

Des lettres ? Comme si l'affaire n'était pas encore assez compliquée, quelqu'un lui avait envoyé des lettres signées de son nom ?

— Bien sûr, petite fille. Bien sûr.

— Peut-être que Jordan n'est pas aussi idiot que tu le crois, riposta-t-elle. Il savait ce que tu m'avais fait.

C'était un énorme mensonge. La seule personne à qui elle en ait jamais parlé, en dehors de Stacy, était Zach.

Oh ! mon Dieu... Tout ramenait toujours à Stacy...

Mais elle ne pouvait pas se laisser distraire par cette découverte. Elle ne pouvait pas laisser couler les larmes qui menaçaient de lui échapper. Elle ne pouvait pas céder à la panique, parce que Zach gisait sur le sol, inanimé, baignant dans son sang, et qu'elle devait le sauver.

Puisque Jordan était en prison, il ne risquait rien. Si elle parvenait à faire croire à Don qu'il était au courant... eh bien, il finirait quand même par tous les tuer, mais peut-être qu'il serait déboussolé pendant quelques minutes.

Don la dévisagea, les yeux plissés.

— Je n'en crois rien.

— Je ne t'ai envoyé aucune lettre, Don. Si je l'avais fait, tu aurais été l'un des principaux suspects. C'est sans doute Jordan, à moins que tu aies parlé de cette histoire à quelqu'un d'autre.

— Ou ton père, remarqua-t-il en secouant la tête. Mais c'est sans importance maintenant.

Il tendit le doigt vers Zach.

— Ce type est mort.

Ensuite, il désigna Vaughn et ajouta :

— Et celui-là ne va pas tarder à l'être. Ensuite, ce sera ton tour. Mais d'abord, nous allons nous amuser un peu.

Non. Cela ne se passerait pas ainsi. Et puisque la meilleure façon de se tirer d'une situation épineuse et d'échapper aux griffes d'un homme qui pensait être en position de force était de se comporter comme une femme à bout de nerfs, elle gémit :

— Mort ? Il est mort ?

Elle laissa échapper un sanglot étranglé et se jeta sur le corps de Zach.

Elle avait espéré que la diversion suffirait pour que Vaughn fasse usage de son arme, mais rien ne se passa, sinon que Don marmonna quelques paroles dédaigneuses sur les femmes. Elle se mit à sangloter aussi bruyamment qu'elle le put tout en déplaçant discrètement sa main, dans l'espoir de s'emparer du revolver de Zach sans être vue.

Elle n'eut pas à beaucoup se forcer pour continuer à pleurer : Zach ne bougeait toujours pas. Mais il respirait – à moins qu'il ne s'agisse que d'une illusion, née du mouvement de son propre corps. Elle avait presque atteint son revolver quand elle le sentit bouger légèrement sous elle.

Elle s'accorda une seconde pour poser la joue sur son torse et pousser un petit soupir de soulagement. Il était en vie, et il avait besoin de son aide. Alors, elle allait attraper son revolver et...

— Crie, chuchota Zach entre des lèvres exsangues.

Puisqu'il respirait, qu'il parlait, elle n'attendit pas qu'il le lui répète. Elle fit exactement ce qu'il lui demandait.

Le cri de Lucy déchira l'air. Bien que son bras lui fasse un mal de chien, Zach sortit son revolver de son holster et tira sur l'acolyte de Don, qui surveillait les mouvements de Vaughn si étroitement qu'il ne l'avait pas vu bouger. Don ne put prévenir son complice : le corps de Lucy lui masquait son bras.

L'homme s'effondra et Vaughn se jeta sur Don, qu'il plaqua au sol malgré ses cris et ses menaces.

Zach voulut se redresser, mais le simple fait de lever le revolver l'avait vidé de toute énergie. Sa vision commençait à se brouiller, et il n'était pas certain de pouvoir sentir ses jambes. Il se sentit basculer dans un monde de douleur, où flottait un épais brouillard.

Il crut entendre Vaughn dire :

— Fais pression sur la blessure.

Est-ce que Lucy était blessée ? Non, elle ne l'était pas, n'est-ce pas ? Il avait abattu l'homme armé, et Vaughn s'était chargé du reste. Lucy était saine et sauve. Malgré toutes les questions qui demeuraient encore sans réponse, il se détendit un peu.

— Il reste des détails à régler, marmonna-t-il.

Des mains caressèrent doucement son visage.

— Seulement quelques-uns. Reste avec moi pour que nous puissions tous les régler ensemble, tu veux bien ?

— Lucy.

— C'est ça, dit-elle d'une voix étranglée. C'est ça.

Bien qu'il ne voie plus que du noir, il devina qu'elle pleurait. Mais elle était là, et elle était saine et sauve. Le reste n'avait aucune importance.

Une douleur fulgurante lui traversa soudain la jambe. Il laissa échapper une expiration sifflante et ouvrit les yeux. Lucy devait être en train de comprimer sa blessure, mais la douleur était trop intense pour qu'il ne perde pas connaissance. Il fit de son mieux pour rester conscient tandis que Lucy lui chuchotait des choses à l'oreille.

— Tout va bien, mon amour. Je te le promets.

Quelque chose flottait dans sa tête, un sentiment qu'il devait lui dévoiler. Mais les mots refusaient de se former. Pourtant, c'était indispensable. Il devait le lui dire pour qu'elle le sache, mais à chaque fois qu'il essayait de parler, les mots s'éloignaient en flottant jusqu'à être hors de sa portée.

— Zach, reste avec moi. On a besoin de toi ici.

— Je suis ici.

Mais il n'y était pas. Il était en train de glisser, loin de lui-même, loin d'elle.

Des bruits résonnèrent soudain dans la pièce, et quelqu'un le bouscula. Lucy s'estompa et il fit de même, mais les mots flottaient toujours autour de lui.

— Je t'aime, Zach. Je t'aime. Alors, tu as intérêt à t'accrocher. Sinon je vais vraiment être en colère contre toi.

Voilà les mots qu'il avait voulu trouver : « Je t'aime, je t'aime. » Si seulement il pouvait parvenir à les lui dire...

18

Tout le monde avait essayé de pousser Daisy à aller au poste de police. Mais si Vaughn était avec elle, Zach était seul. Son frère avait beau lui répéter qu'elle ne pouvait pas être à ses côtés parce qu'il était au bloc, tout ce qu'elle pouvait penser était qu'il était seul.

Elle se retrouva enfin assise devant un bureau, face à un détective. L'homme semblait à bout, ce qui ne la rassura pas vraiment.

— Ça ne colle pas, dit-il. Reprenons toute l'histoire depuis le début.

— Elle l'a déjà fait, répondit fermement Vaughn. Il faut que vous trouviez Stacy Vine. Elle remplira quelques blancs.

— Je sais, oui. Nous sommes en train de la rechercher. L'une de nos équipes passe les bois au peigne fin, en se basant sur ce que Mlle Delaney nous a dit de leur conversation téléphonique, et deux de nos hommes surveillent son bureau et sa voiture.

Le détective soupira et pianota sur le clavier de son ordinateur.

— Nous avons envoyé une autre équipe chez Don Levinson pour y trouver ces lettres qu'il prétend avoir été écrites par vous. Nous cherchons aussi tout indice nous permettant d'établir un lien entre lui et le meurtre de Tom Perelli, l'effraction chez Stacy Vine, et les trois hommes de main impliqués dans les agressions à l'encontre de Mlle Delaney.

— C'est bien beau, mais ce ne sont pas des réponses.

— Il faut du temps pour obtenir des réponses, ranger Cooper, rétorqua le détective avec une pointe d'irritation.

L'homme commençait à perdre patience, et Lucy pouvait le comprendre. La police avait beau creuser, beaucoup de questions demeuraient encore sans réponse. Et puisque sa présence ne ferait pas avancer les choses, il fallait qu'elle retourne à l'hôpital. Elle avait l'impression d'être dans ce bureau depuis une éternité.

Avant qu'elle ait pu s'excuser en remerciant le détective de leur avoir consacré son temps, on frappa à la porte de son bureau.

Et Cory, l'assistante de Stacy, fut poussée dans la pièce. Elle était menottée.

— Cory ?

— Je n'ai rien fait ! Rien du tout !

Mais le ventre de Lucy se noua quand elle remarqua l'étincelle qui brillait dans les yeux de Cory : elle était moins effrayée que furieuse. Elle avait vu exactement la même lueur dans les yeux de Don.

— Un officier a trouvé cette femme chez Mlle Vine, dit l'agent qui l'escortait. Elle était en train de déposer ceci dans ses objets personnels.

L'homme tendit un sachet en plastique au détective, qui l'examina avant de se tourner vers Lucy.

— Est-ce qu'il s'agit de votre écriture, mademoiselle Delaney ?

Lucy lut le mot : « Espèce de crapule invertébrée, je vais te faire payer pour ce que tu m'as fait, et bien plus cher que l'a fait mon père. »

— Non, répondit-elle. Ce n'est pas mon écriture, et je n'ai jamais écrit cette lettre.

Cory se mit à hurler des accusations décousues qui visaient tour à tour Don, Lucy et Stacy. L'agent la fit ressortir de la pièce.

Lucy ferma les yeux pour résister à la nausée qui montait en elle. Elle avait presque… pitié de cette fille. Il était trop facile pour un homme puissant, qui avait toujours été certain de son importance, de manipuler quelqu'un qui doutait de la sienne.

Vaughn passa un bras autour de ses épaules et elle s'appuya contre lui.

Plusieurs heures plus tard, elle était toujours assise dans cet affreux poste de police. Les agents retrouvèrent enfin Stacy, et Lucy chercha un moyen de réparer les dégats de ces derniers jours. Mais la police semblait croire à l'innocence de Stacy. Elle avait conclu que c'était Cory qui avait transmis à Don toutes les informations qu'elle avait pu glaner.

Cory était venue vivre à Nashville en nourrissant l'espoir de devenir une vedette de la country. C'était Don qui l'avait poussée à travailler pour Stacy. Pendant des années, il l'avait formée et lui avait soutiré toutes les informations dont elle disposait sur Lucy. Il avait fourni certaines de ces informations à Jordan qui, au final, ne les avait pas vraiment utilisées comme il l'aurait souhaité.

Mais comme Don n'avait pas non plus aidé Cory à percer dans le monde de la musique, elle avait commencé à utiliser les informations dont elle disposait sur lui, sous forme de lettres de menace qu'elle signait du nom de Lucy.

C'étaient ces lettres qui avaient décidé Don à passer à l'action, au lieu d'attendre son heure. D'autant plus que Lucy avait fini par divorcer d'avec Jordan.

Jordan, qui semblait sur le point d'être remis en liberté.

Vaughn insistait pour que les détectives l'inculpent de complicité, parce qu'il savait que Don voulait la mort de Lucy, mais elle s'en moquait.

— Je veux seulement voir Zach. Et après, je veux...

Elle voulait rentrer chez elle. Sauf qu'elle n'avait pas de chez-elle.

— Une chose à la fois, dit Vaughn. Et, que tu le veuilles ou non, je serai toujours à tes côtés. Et c'est une promesse valable pour le restant de tes jours.

Lucy sourit et fondit en larmes. Vaughn oublia son aversion

pour les démonstrations sentimentales et la serra contre lui tandis qu'elle pleurait sur son épaule. Elle savait maintenant qu'il n'aurait jamais demandé mieux que de l'épauler quoi qu'il arrive. Et dorévanant, elle ne refuserait jamais son soutien.

Quand Zach se réveilla, il se sentait vaseux. Il ne savait ni où il se trouvait ni pourquoi il y était, mais il était certain d'être blessé.

Il ouvrit les yeux, et son regard plongea dans un autre, couleur de ciel d'été. Quelque chose en lui se dénoua. Elle allait bien.

— Ta mère va être furieuse contre moi. Je viens de la convaincre de retourner à son hôtel pour dormir, et voilà que tu te réveilles.

— Oh ! zut. Ma mère ? grommela-t-il d'une voix pâteuse.

Lucy prit sa main dans les siennes.

— Ne t'inquiète pas, elle m'aime bien. Cam et Hilly voulaient venir eux aussi, mais je pense que ta mère leur a dit de rester où ils étaient afin qu'ils puissent venir à tour de rôle.

— Cam doit être plutôt furieux que je ne l'aie jamais rappelé.

— Je pense qu'il te pardonnera. Tu t'es fait tirer dessus, et deux fois, même.

Il la regarda - la regarda vraiment. Il commençait à reprendre ses esprits, mais il ne se rappelait pas grand-chose de ce qui s'était passé. Et à en juger par la barbe naissante qui le démangeait, il avait été inconscient pendant un moment.

Mais ce qu'il n'avait pas oublié, c'était qu'elle lui avait dit « je t'aime », et que ces mots avaient percé le brouillard qui l'enveloppait, tel un phare à la lumière éclatante.

— Normalement, c'est un Delaney qui doit se faire tirer dessus, parvint-il à dire.

Ces mots lui valurent l'un de ses fameux haussements de sourcil, qui l'emplit d'un amour si rapide, si violent, qu'il se promit de ne plus jamais douter de ceux qui croyaient en la destinée.

Malgré la douleur lancinante, il dit :

— Tu vois, à Bent, il y a une querelle ancestrale.

— Encore une histoire palpitante que tu avais oublié de me raconter ?

Elle allait l'adorer. Quant à lui, il n'avait plus peur de cette histoire. En amour, même si l'on avait beaucoup de motifs d'inquiétude, on ne connaissait pas la peur.

— Cette querelle oppose les Carson et les Delaney, qui se détestent cordialement. Ma mère était une Carson, et ton arrière-grand-mère, une Delaney.

— Sommes-nous les nouveaux Roméo et Juliette ?

— Non, Lucy. Je donnerais ma vie pour toi, mais il est hors de question que je me tue pour toi. Et d'ailleurs, depuis un an, cette vieille haine se transforme en amour. Tous les Carson ont fini par sortir avec des Delaney, sauf moi.

— Nous étions donc destinés à être ensemble.

— Je n'ai jamais cru à la destinée, répondit-il en lui prenant la main.

Elle semblait fatiguée et inquiète pour lui. Il restait encore beaucoup de détails à régler, mais puisqu'elle était saine et sauve, celui qui devait être réglé en priorité était l'amour.

— Mais je crois que si nos routes se sont croisées, c'est pour me donner la chance de vivre une chose que je n'aurais jamais cru connaître.

— Tu vas chanter en duo avec moi ?

— Tu es vraiment une petite rigolote.

— Si je ne ris pas, je risque de craquer et de me mettre à pleurer, et j'ai déjà assez pleuré. Je préfère rire, si cela ne te dérange pas.

— Ça ne me dérange pas, répondit-il. Aussi longtemps que tu es près de moi, rien ne peut me déranger. Je t'aime, Lucy.

Elle déglutit, les yeux étincelants.

— Je veux que l'histoire retienne que c'est moi qui ai été assez courageuse pour le dire la première.

— Ou au moins assez intelligente pour t'en rendre compte avant moi. Moi, il a fallu qu'on me tire dessus. Deux fois, même.

— Tu es plus têtu que moi, c'est tout.

— Ha !

Il grimaça. Il ne pouvait même pas rire sans avoir mal.

— Je vais appeler l'infirmière.

— Non, attends un peu. Viens ici.

Elle se rapprocha de lui et l'embrassa doucement sur la joue.

— Tu viendras me voir ? Souvent ?

— Non.

La pointe d'horreur qui le traversa était cent fois plus douloureuse que ses blessures. Mais elle se pencha vers lui en souriant et reprit :

— Je préférerais rentrer à la maison avec toi. J'ai quelques idées pour rendre ta petite ville fantôme plus agréable.

Le soulagement coula en lui, telle une rivière.

— Vraiment ?

— Je peux continuer à composer et à faire des tournées. Et toi, tu continueras à travailler avec Cam et à protéger des gens, même si cela te met en danger. Parce que notre métier est toute notre vie. C'est ce que nous sommes.

— Tu as raison, dit-il.

— Mais je veux construire une vie avec toi, où je pourrai rentrer à la maison et ne plus être que Lucy Cooper quand j'aurai assez vu Daisy Delaney.

— C'est ce que je veux, moi aussi.

Mon Dieu, il ne pouvait pas dire à quel point.

— Donc, il va falloir que tu te dépêches de guérir. Il y a bien trop de curieux à Nashville, et trop de Jordan Jones.

— Très bien. Maintenant, raconte-moi tout.

Elle commença à lui expliquer les manigances de Don et le rôle qu'avait joué Cory, et l'informa de la semi-culpabilité de Jordan et de l'innocence de Stacy. Il s'endormit au beau milieu de ses explications. Il lui fallut encore quelques jours pour arriver à comprendre toute l'histoire, et plus longtemps encore pour quitter enfin l'hôpital et prendre l'avion pour rentrer dans le Wyoming.

Avec Lucy Cooper à ses côtés. Exactement là où elle devait être.

Épilogue

Zach Simmons ne s'était jamais considéré comme un sentimental. Et pourtant, quand il regarda sa mère aider Hilly à ajuster sa robe de mariée, dans une pièce jouxtant l'église tout juste rénovée de Hope Town – le nom que Lucy avait voulu donner à leur petite ville fantôme –, quelque chose remua en lui.

Hilly faisait une mariée magnifique et leur mère, à ses côtés, ne cherchait pas à retenir ses larmes. Son cœur se gonfla à ce spectacle, en un mélange de douceur et d'amertume. Il savait que sa mère ne cesserait jamais de pleurer son époux, mais il savait aussi qu'elle était heureuse que Hilly ait un joli mariage, elle qui avait traversé tant d'épreuves.

— Maman, il faut que tu ailles t'asseoir.

Elle fit un signe d'assentiment en se tamponnant les yeux et l'embrassa rapidement. Elle était rayonnante.

— Tu as bonne mine, dit-elle avant de sortir de la pièce.

Le terme était sans doute un peu fort. Il avait encore un long chemin à faire avant que sa jambe soit totalement guérie, mais même Lucy parvenait à ne plus se fâcher quand il plaisantait à ce sujet. Après tout, jusqu'ici, seuls les Delaney s'étaient fait tirer dessus sur le chemin qui les menait jusqu'au bonheur. S'il avait rompu avec la tradition, ce n'était que parce qu'il était le meilleur de tous les Carson.

— Tu es magnifique, dit-il à Hilly dès qu'ils furent seuls.

Hilly secoua la tête.

— Pas de gentillesses, s'il te plaît. Je ne veux pas pleurer avant d'avoir vu Cam. Est-ce qu'il est nerveux ?

— Le calme personnifié.

C'était vrai, en apparence, mais l'attention maniaque qu'il apportait aux moindres détails de la cérémonie était un indice qui ne trompait pas : Cam était loin d'être aussi serein qu'il voulait le faire croire.

Lucy avait trouvé que c'était mignon, et Zach s'était moqué d'elle.

Il donna le bras à sa sœur, et tous deux sortirent de la petite pièce dans laquelle elle s'était préparée pour gagner le hall de l'église. Hilly et Cam avaient renoncé à choisir des demoiselles et des garçons d'honneur, parce que leurs familles étaient tellement nombreuses qu'ils n'auraient su qui désigner. Ils avaient dit qu'il leur suffisait de se marier dans une église où se trouvaient tous ceux qu'ils aimaient – et c'était exactement ce qu'ils avaient.

Quand Jen lui envoya par texto le signal convenu, il poussa la porte de l'église et conduisit Hilly jusqu'à l'autel.

Certaines personnes étaient absentes. Leur père et leur frère, et l'homme que Hilly avait considéré comme un père pendant son enfance. Mais les deux futurs mariés étaient entourés de leurs familles – les Carson, les Delaney et les enfants nés de leurs unions calamiteuses – et c'était à Zach que revenait l'honneur de conduire sa petite sœur jusqu'à l'autel.

Il la conduisit donc jusqu'à un homme qu'il aimait déjà comme un frère et s'assit à côté de la femme qu'il chérissait pour regarder Cam et Hilly échanger des vœux d'amour éternel.

Quand la cérémonie fut terminée, il y eut une séance photo interminable, qui mit l'endurance de sa jambe à rude épreuve. Ensuite, ils retournèrent tous à Bent pour la réception, qui se tenait au Rightful Claim – empli à ras bord de couples. Laurel et Vanessa circulèrent pendant un moment dans la salle, leurs filles dans les bras, avant de les confier à leurs époux,

Grady et Dylan. Le fils adoptif de Noah courait dans tous les sens en piaillant, ajoutant à la fatigue d'Addie, dont le ventre s'arrondissait un peu plus chaque jour. Quant à Jen, elle était victime de nausées suspectes depuis une semaine – c'était du moins ce que Lucy lui avait dit après l'avoir appris de Laurel.

Lucy s'était intégrée à la vie des Carson et des Delaney comme si elle était née parmi eux. À Bent, personne ne l'appelait Daisy. Ici, elle était Lucy Cooper.

Sauf pour Cam, de temps à autre.

Accompagnée de Grady, elle s'avança vers la petite estrade installée dans un coin de la salle principale du saloon.

— Très bien, tout le monde ! lança Grady. Nous allons réserver la première danse à Cam et Hilly, et c'est notre invitée très spéciale qui va donner la sérénade au jeune couple. Vous la connaissez tous ici sous le nom de Lucy Cooper, mais je vous demande d'applaudir chaleureusement Daisy Delaney.

Tout le monde applaudit et Zach glissa deux doigts dans sa bouche pour produire un sifflement strident. Lucy monta sur scène avec sa guitare, sourit à la foule et s'approcha du micro.

— Quand Hilly m'a demandé de chanter la chanson préférée de Cam à l'occasion de ce mariage, je lui ai promis de le faire. Mais j'ai aussi pensé que pour un événement aussi historique qu'une première danse, il fallait une chanson qui parle de l'union de deux êtres, de deux familles. Donc, avec la permission de Hilly, j'ai écrit une chanson non seulement pour ce moment, mais pour vous tous. Pour célébrer l'amour, la famille et l'espoir. Je vous promets d'interpréter plus tard la chanson favorite de Cam. Et je vais vous filer un tuyau : si vous me faites suffisamment boire, je chanterai tout ce que vous me demanderez. Mais pour le moment, voici une chanson que je vous dédie à tous.

La foule rit, mais le silence se fit bien vite et la voix magnifique de Daisy emplit le saloon. Les paroles de la chanson qu'elle avait écrite, qui célébrait l'amour éternel et comportait même quelques vers sur ceux qui avaient osé braver une malédiction, se déposèrent sur un groupe de personnes qui avaient trouvé le courage de rompre avec la tradition et les espoirs qu'on avait placés en eux pour tomber amoureuses d'un être qu'elles auraient dû haïr.

Il y eut des larmes et des sourires heureux et pleins d'espoir tandis que Lucy chantait, dans un parfait silence. Même les bébés se turent jusqu'à la fin de la chanson.

Elle descendit de scène, mais Cam et Hilly continuèrent à danser, perdus dans leur propre musique. Ensuite, Grady brancha les haut-parleurs pour passer la liste de morceaux que Hilly avait choisis pour la soirée.

Lucy se dirigea vers Zach sans le quitter des yeux un seul instant, même si elle s'arrêta volontiers pour discuter avec toutes les personnes qui l'interpelaient. Quand elle l'atteignit enfin, elle le dévisagea longuement.

— Comment va ta jambe, champion ?

— Assez bien pour une danse.

— Du moment qu'il n'y en a qu'une...

Il l'enveloppa de ses bras et ils se mirent à danser. Lucy posa la tempe sur sa joue et lui chuchota à l'oreille :

— J'ai écrit cette chanson pour Hilly et Cam, et pour tous ceux qui sont ici, mais jamais je n'aurais trouvé les mots si je ne t'avais pas trouvé.

Il la serra plus fort, bouleversé par l'amour qui palpitait en lui, et tout autour de lui.

— Je n'ai jamais cru à cette histoire de malédiction, répondit-il. Je n'y crois toujours pas mais, grâce à toi, je crois à la destinée.

Et, à dater de ce jour, les habitants de Bent, Wyoming, ne parlèrent plus jamais de malédiction. Ils ne parlèrent plus que d'amour, un amour assez fort pour survivre à toutes les épreuves – au meurtre, au deuil, à l'avidité, à la terreur et au mal.

Et ils ne se privèrent pas d'ajouter que certaines choses sont tout simplement destinées à se produire.

REGAN BLACK

Un bébé à choyer

Traduction française de
KAREN DEGRAVE

BLACK ROSE

HARLEQUIN

Titre original :
COLTON FAMILY SHOWDOWN

Ce roman a déjà été publié en 2021.

1

La nuit tombait et Fox Colton sifflotait lorsqu'il se gara devant l'énorme grange rouge qui constituait tout son univers. Elle abritait à la fois la maison qu'il lui fallait et le travail qu'il adorait. Il avait transformé seize hectares de bonnes terres du ranch Crooked C en un élevage de chevaux florissant.

Certains jours, cela lui semblait trop beau pour être vrai.

Fox était fatigué, mais d'une manière qui l'emplissait d'une immense satisfaction. Les deux derniers jours, qu'il avait passés à s'occuper du ranch de son frère en plus du sien, avaient été très longs. Wyatt avait eu mieux à faire : sa femme Bailey venait d'accoucher de leur fils, Hudson Earl Colton.

Après son travail, la veille au soir, il était allé à l'hôpital pour attendre la naissance avec le reste de la famille. Il avait découvert qu'avoir aidé d'innombrables juments à mettre bas ne lui avait pas rendu plus facile de gérer le stress d'un accouchement humain. Néanmoins, les étoiles qu'il avait vues dans les yeux de Wyatt quand celui-ci avait tenu son fils dans ses bras avaient largement compensé le stress.

Avant de sortir de sa voiture, Fox prit son téléphone pour faire un compte rendu à son frère et vit que de nombreux mails requéraient son attention.

Il ouvrit un message de Wyatt et pouffa en découvrant une photo de son bébé. Il ne pouvait pas en vouloir à son frère : Hudson était objectivement adorable. Fox le complimenta avant de faire le bilan de la journée. Tout le monde était à cran à Roaring Springs depuis que les malheurs se succédaient dans le coin. Dans les derniers mois, il y avait eu un meurtre, un taureau abattu et une grange incendiée sur les terres du Crooked C.

Fox rangea son téléphone et sortit de sa voiture. Il avait l'intention de se préparer un hamburger bien épais après une douche. Il entra, retira ses bottes et alla dans son bureau pour allumer son ordinateur. Il pourrait au moins répondre à quelques mails pendant que la viande cuisait.

Un post-it collé sur le clavier attira son attention et éveilla sa mauvaise conscience. Comment avait-il pu oublier ? Il s'empressa de confirmer un entretien d'embauche avec une généticienne équine pour le lendemain.

Fox ne cherchait pas particulièrement une assistante, mais ses affaires se portaient bien et il arrivait régulièrement qu'il réponde à des questions d'autres éleveurs. Il était peut-être temps qu'il songe à embaucher. Il relut le message que Kelsey Lauder lui avait envoyé. Son CV, à lui seul, était un argument convaincant en faveur de la création d'un poste d'assistante. Ses diplômes et ses travaux en matière de génétique équine étaient impressionnants. Et, s'il était honnête, il apprécierait de parler à quelqu'un qui comprenait que l'élevage de chevaux tenait à la fois de la science et de l'art.

La saison dernière, il avait perdu trois poulains dans des mises bas prématurées. C'était un risque du métier, bien sûr, et très en dessous de la moyenne, mais ce n'était jamais plaisant, ni pour le troupeau ni pour l'équipe. À chaque fois, il avait envoyé des prélèvements au laboratoire pour avoir le plus d'informations possible. Maintenant que la saison des saillies était passée, c'était le moment d'étudier les résultats. Ce genre de recherche intéresserait-il Mlle Lauder ?

Un gargouillis de son estomac ramena Fox à la réalité. Il ferma son ordinateur et l'emporta à l'étage.

Le trois pièces qu'il avait aménagé à l'étage de la grange

était simple, fonctionnel, et lui convenait à merveille. Il imaginait facilement sa mère, Dana, être fière de lui en le visitant. Cela lui était d'autant plus facile que sa petite sœur, Sloane, lui avait rendu visite récemment. Elle n'avait aucun souvenir de leurs parents, mais elle était le portrait craché de leur mère. Sa sœur et lui avaient été élevés comme des Colton. Russ et Mara – la sœur aînée de Dana – les avaient adoptés après l'accident qui avait fait d'eux des orphelins. Sloane ne se souvenait que de leur deuxième famille et il arrivait à Fox de jalouser la simplicité de sa mémoire.

Il posa l'ordinateur sur la table de la cuisine et entra dans la salle de bains. Il plaça ses vêtements dans le panier à linge sale et prit le temps de se détendre sous la douche. Quand il en sortit, il alla dans sa chambre pour enfiler un pantalon en flanelle et un T-shirt à manches longues.

Après avoir jeté un coup d'œil à la pendule, il estima qu'il était trop tard pour qu'il se prépare un repas et se contenta de réchauffer un reste de soupe. Tout en la mangeant, il se laissa absorber par un article très détaillé sur un complément alimentaire qui réduisait les dérèglements hormonaux des juments.

Le bruit d'une voiture le fit sursauter, mais il n'y prêta pas plus d'attention que cela. Quelques employés du ranch avaient des vies sociales très actives. Tant que le travail était bien fait, ils pouvaient faire ce qu'ils voulaient de leur temps libre. Fox se rendit compte qu'il était déjà plus de minuit et soupira. Les chevaux auraient besoin de lui dans quelques heures. Il quitta sa messagerie et consulta la liste des juments qui devaient subir un test de grossesse dans la semaine, avant d'éteindre son ordinateur.

Tout le reste devrait attendre le lendemain. Il éteignit la lampe de la cuisine et alla dans sa chambre.

Il avait à peine posé sa tête sur l'oreiller quand il entendit des pneus sur l'allée gravillonnée. Cette voiture était trop près pour se rendre au dortoir des employés. Fox se raidit et prit son téléphone. Après les problèmes des derniers mois, il ne pouvait pas s'empêcher d'être nerveux.

Quand il avait aménagé la grange, il avait ajouté un porche devant la porte. L'une des marches grinçait depuis le début. Il bondit hors du lit dès qu'il entendit le grincement.

Un employé du ranch aurait appelé s'il y avait eu un problème. Son téléphone à la main, Fox fonça vers la porte en s'armant de son fusil sur le chemin. Il avait l'intention de défendre sa propriété et de laisser le shérif tirer les choses au clair plus tard.

Quand Fox ouvrit la porte, la voiture, qui roulait sans phares, n'était plus qu'une ombre dans la nuit. Il y avait de bonnes chances pour que le conducteur heurte un arbre ou tombe dans un fossé, ce qui faciliterait la tâche du shérif. Fox sortit sur le perron, le fusil à l'épaule, et faillit trébucher sur un objet posé sur son paillasson.

C'était un paquet – un paquet de *couches*. Il ne reconnut l'objet que parce qu'il avait vu Bailey et Wyatt en acheter une certaine quantité quand ils se préparaient pour l'arrivée de leur fils. À côté se trouvait un porte-bébé qui contenait un bébé endormi, une tétine au coin des lèvres.

Fox baissa son fusil.

— Mais qu'est-ce que c'est que ça ? grommela-t-il.

Le bébé sursauta, ouvrit les yeux et se mit à téter sa tétine.

Abasourdi, Fox balaya les environs du regard.

— Ha ! ha ! lança-t-il.

Il ne voyait pas qui se servirait d'un vrai bébé pour faire une blague, encore moins pour *lui* faire une blague, mais il avait hâte qu'elle se termine.

— Vous m'avez bien eu ! lança-t-il un peu plus fort.

Personne ne répondit.

Il se frotta un pied contre l'autre jambe. Blague ou non, il faisait trop froid pour rester dehors aussi peu couvert qu'il l'était.

— Tu n'as rien à faire là, dit-il au bébé.

Même si celui-ci était chaudement habillé, il ne pouvait pas le laisser là.

— Tu n'es pas à moi, ajouta-t-il.

Le bébé s'en moqua éperdument.

Fox emporta le bébé et le sac de couches à l'intérieur. Le porte-bébé était bleu et décoré d'avions, de trains et de camions.

— Je présume que tu es un garçon, dit-il.

Comme ce n'était pas l'un de ses poulains, il ne lui revenait pas de vérifier cette hypothèse.

— Tu n'es pas à moi, répéta-t-il.

Il n'était pas possible qu'il ait eu un enfant sans le savoir. Il n'était pas sorti avec une femme depuis plus d'un an – ce qu'il avait du mal à admettre, même dans sa propre tête. Alors qui déposerait un bébé sur son perron ?

— Es-tu un fils de Wyatt ? demanda-t-il.

Bien sûr, le bébé ne répondit rien. Fox observa son visage sans lui trouver de ressemblance avec personne.

Il venait juste de voir le nouveau-né de Wyatt. Celui-ci était trop grand pour être flambant neuf. Les gens n'étaient-ils pas censés abandonner leurs bébés devant des casernes de pompiers ou des orphelinats ? Quel âge avait-il ? Comment avait-il atterri sur son perron ? Fox appela le dortoir, mais personne n'avait vu passer de voiture qui n'appartenait pas au ranch.

— Qui que soit ton père, tu ne peux pas rester ici.

Il n'était pas question qu'on force Fox à la paternité. Vu son enfance perturbée, il y avait renoncé dès le lycée – peut-être même avant. Bien sûr, le bébé s'en moquait.

Il verrouilla la porte, posa le pied sur la première marche de l'escalier et hésita. Pouvait-il laisser le bébé tout seul, même deux minutes ? Il inspecta les lanières du porte-bébé et estima qu'elles l'immobilisaient suffisamment.

— Attends-moi ! ordonna Fox avant de foncer à l'étage pour se changer.

Quand il redescendit, le bébé avait toujours les yeux grands ouverts.

Que voyaient les bébés ?

Il savait quand et comment la vision se développait chez les chevaux, mais il ne s'était jamais renseigné sur ce phénomène chez les humains.

Il s'assit sur le banc qui se trouvait près de la porte et enfila ses bottes.

— Allons-y ! dit-il en soulevant le porte-bébé. Ouf ! Tu n'es pas un poids plume... Tant mieux pour toi.

Il prit le sac de couches et ses clés.

— La police saura quoi faire de toi, conclut-il.

Il attacha le porte-bébé sur la banquette arrière. Il n'était pas sûr de s'y être bien pris, mais cela ferait l'affaire. Le trajet n'était pas très long et il serait prudent.

Le bébé resta calme et eut même l'air content quand Fox entra dans le commissariat à la recherche de son cousin, le shérif Trey Colton.

— Est-ce que Trey est là ? demanda-t-il au bureau d'accueil.

Le policier n'eut pas le temps de répondre.

— Je suis là, Fox ! lui lança Trey de la porte de son bureau. Viens !

Il écarquilla les yeux lorsqu'il vit ce que Fox portait.

— Qui est-ce ? demanda-t-il.

— C'est ce que j'aimerais savoir, répondit Fox avant de poser le porte-bébé sur le bureau et le sac de couches sur une chaise. Je l'ai trouvé devant ma porte.

— Quand ?

— Il y a moins d'une demi-heure. Je suis venu tout de suite.

— Pourquoi ?

Pourquoi ?

Son cousin devait être épuisé pour poser cette question.

— Pour que tu gères le problème, répondit-il. J'ai préféré te l'amener plutôt que de te faire venir au ranch.

— Personne n'a déclaré qu'un bébé avait disparu.

— Alors je serai le premier, grommela Fox en plantant les poings sur ses hanches. Ce n'est pas mon fils.

Le shérif haussa un sourcil.

— Dans ce cas, pourquoi l'a-t-on déposé devant *ta* porte ?

— Je n'en ai aucune idée. Je ne suis sorti avec personne, répondit Fox en se sentant rougir. Du moins pas sur une période qui aurait pu produire ce résultat.

Il aurait dû se faire faire cette vasectomie quand sa sœur était tombée enceinte. Elle était heureuse, il le voyait bien, mais elle l'avait terrifié en lui parlant de cousins à tout bout de champ. Il n'était pas fait pour être père. Elle ne se souvenait pas de cette partie de leur enfance, et cela valait mieux. S'il s'était fait opérer quand il y avait songé, il n'aurait pas eu à subir le regard suspicieux de Trey.

— Ce n'est pas mon fils, insista-t-il.

— Il est mignon, commenta Trey avant de détacher le bébé pour le prendre dans les bras. Regarde s'il y a un mot.

Pourquoi n'y avait-il pas pensé ? se demanda Fox.

— Non, il n'y en a pas.

— Et dans le sac de couches ? demanda Trey en tenant le bébé comme un professionnel.

Fox fouilla le sac, qui ne contenait que des couches, et secoua la tête.

— Y avait-il autre chose devant ta porte ? demanda Trey.

— Non.

— On dirait que tu as un mystère sur les bras, conclut le shérif.

— Non : *tu* as un mystère sur les bras, le corrigea Fox. Je ne peux pas le garder.

La seule idée de s'occuper d'un enfant pendant quelques heures lui donnait des sueurs froides.

Le bébé produisit des sons qui firent sourire le shérif.

— Ta porte n'est pas facile à trouver, lui fit remarquer Trey.

— Oh ! quelle jolie frimousse ! s'écria Daria Bloom, l'adjointe du shérif, en entrant dans la pièce.

Tout le commissariat était-il de nuit, aujourd'hui ? Avec sa grâce athlétique, ses traits délicats, ses yeux dorés et ses cheveux noirs coupés court, elle ressemblait plus à un mannequin qu'à une policière – ce qui ne l'empêchait pas d'être chargée de l'enquête sur le Tueur de l'Avalanche.

— Tu es un charmeur, n'est-ce pas ? dit-elle au bébé en s'approchant.

Le bébé lui sourit et en perdit sa tétine. Daria la ramassa.

— Comment s'appelle-t-il ? demanda-t-elle.

— J'aimerais le savoir, répondit Fox.

— Qu'est-ce que ça veut dire ? demanda Daria en fronçant les sourcils.

— Fox l'a trouvé devant sa porte et il est sûr de ne pas être son père, expliqua Trey.

— Ta maison n'est pas la plus facile d'accès, commenta Daria.

— Je lui ai dit la même chose, répondit le shérif alors que le bébé tendait la main vers son étoile. Quelqu'un s'est donné beaucoup de mal pour te remettre cet enfant, Fox.

— Mais il ne peut pas être mon fils, insista Fox. N'avez-vous pas des gens à appeler dans des situations de ce genre ?

— Je vais laver la tétine, annonça Daria avant de disparaître.

— Je peux appeler les services sociaux, répondit Trey. Si tu es sûr que c'est ce que tu veux.

Fox se raidit.

— Il se retrouverait dans une famille d'accueil ? demanda-t-il. C'est la seule option ?

Trey reposa le bébé et haussa les épaules.

— Pas de note, rien qui permette de l'identifier, pas de bébé porté disparu... J'ai bien peur de ne rien pouvoir faire d'autre. C'est la procédure habituelle.

Fox regarda le bébé. Si la procédure habituelle avait été suivie après la mort de ses parents, sa sœur et lui auraient atterri dans une famille d'accueil. Mais son oncle et sa tante étaient intervenus, les avaient adoptés et avaient fait d'eux des Colton.

Il se massa le front.

— Non.

Le shérif avait raison. Sa maison n'était pas facile d'accès, ce qui signifiait que quelqu'un s'était donné beaucoup de mal pour lui confier le bébé – et ne pas se faire prendre.

— Non quoi ? demanda Trey.

— Pas de famille d'accueil. Il est évident que quelqu'un a commis une erreur, mais je m'occuperai de lui jusqu'à ce qu'on ait retrouvé ses parents.

Son père était peut-être un employé du ranch et la personne qui avait déposé le bébé avait peut-être choisi son perron parce que sa grange était plus facile à repérer que le dortoir.

— Je ferai ce que je pourrai pour t'aider, promit le shérif.

Daria revint avec la tétine.

— Toute propre ! annonça-t-elle. Tu devrais acheter un lacet pour qu'elle ne tombe pas par terre et peut-être appeler un pédiatre demain matin – juste pour t'assurer qu'il est en bonne santé.

Fox se doutait qu'il « devrait » faire beaucoup de choses dans les prochains jours.

— Tu as raison, répondit-il en essayant de contrôler sa mauvaise humeur parce que l'adjointe voulait seulement l'aider. Est-ce que quelqu'un pourrait m'aider à installer ce truc dans la voiture ? Je ne suis pas sûr de l'avoir bien fait à l'aller. J'étais pressé.

— Je m'en occupe, répondit Daria.

Elle le raccompagna jusqu'à sa camionnette et fixa le porte-bébé.

— J'ai pensé à quelque chose..., dit-elle. Tu as peut-être un autre problème, Fox.

Génial.

— Lequel ?

Elle referma doucement la portière.

— Je reconnais que je suis un peu obsédée par le Tueur de l'Avalanche, dit-elle.

Il savait à quel point un problème pouvait obnubiler. Lui-même était souvent complètement absorbé par ceux du ranch ou ses recherches – ce qui était une raison de plus pour ne pas ajouter un bébé à la liste de ses responsabilités.

— Ce n'est qu'une supposition, poursuivit Daria. Mais *si* la mère de ce bébé a été enlevée, c'est peut-être le tueur qui l'a déposé devant la porte la plus proche.

Génial. Comme s'il n'avait pas assez de soucis.

— Tu peux venir jeter un coup d'œil au ranch, si tu veux, répondit-il. J'ai entendu une voiture dans l'allée et une marche de mon perron grincer.

— C'est tout ?

La déception de Daria n'était pas aussi grande que sa propre frustration.

— La voiture roulait sans phares, ajouta-t-il. Je n'ai pas entendu de choc et je n'ai rien vu sur le trajet, mais cette route n'est pas facile à prendre dans le noir.

— Je passerai demain, répondit-elle.

Fox hocha la tête, se mit au volant et retourna chez lui *avec un bébé*. Comment était-ce possible ? Même si son premier essai de paternité n'était que temporaire, il le trouvait terrifiant.

Alors que le soleil couchant teintait le ciel de rouge et d'or, Kelsey Lauder s'arrêta au bout de l'allée gravillonnée qui menait à la grange rouge. Elle avait enfin atteint le bureau de Foxworth Colton. Elle avait deux heures de retard, mais elle était arrivée.

Son retard l'embarrassait – quel manque de professionnalisme ! – mais se présenter en retard et les joues en feu serait encore pire. Tous ceux qui conduisaient savaient qu'une panne de voiture n'était jamais bienvenue. Elle avait fait de son mieux pour tenir M. Colton informé de sa situation : elle avait laissé un message sur son répondeur et elle lui avait envoyé un mail pour lui dire qu'elle arriverait aussi vite qu'elle le pourrait.

Elle avait abandonné sa voiture sur le bas-côté de la route, les warnings allumés, et n'avait pris que son sac à main pour ne pas être encombrée. Comme il n'y avait pas de service de covoiturage dans les environs, elle avait fait du stop. Un camion qui transportait du foin l'avait bien rapprochée de son but, mais elle avait dû faire les deux derniers kilomètres à pied.

Comme elle s'efforçait de toujours regarder le bon côté des choses, elle trouva de l'espoir dans la beauté du coucher de soleil et dans l'éloignement de la propriété par rapport à la route et à la ville la plus proche. Elle aimait le calme et l'intimité – des choses qui lui avaient manqué dans les laboratoires et les dortoirs.

La partie sud du Crooked C était encore plus belle qu'elle ne s'y attendait. Elle avait fait des recherches approfondies sur Internet, mais les photos qu'elle y avait trouvées ne rendaient pas justice à la propriété. Elle s'imprégna de la beauté du paysage, des montagnes qui s'élevaient autour et des chevaux.

Cela faisait des années qu'elle cherchait la paix et la sécurité. Ces sentiments l'avaient envahie dès qu'elle avait mis le pied dans la propriété, comme si le ranch l'accueillait à bras ouverts. Cette impression irrationnelle lui remonta le moral.

Poserait-elle enfin ses valises à Roaring Springs pour y élever des chevaux dans le célèbre ranch Crooked C ? Elle était sur le point de frapper à la porte de son idole et de le découvrir.

Nerveuse, elle posa une main sur son ventre et s'arrêta à l'ombre d'un arbre pour refaire son chignon. Elle était peut-être en retard, mais elle obtiendrait cet emploi.

Depuis qu'elle avait soutenu sa thèse en génétique équine, elle avait enchaîné les contrats de courte durée. Cela lui avait permis de découvrir quelle partie de ses connaissances elle voulait mettre en pratique. Elle aimait le travail de laboratoire, mais le contact quotidien avec les chevaux lui manquait. Cela faisait des années qu'elle n'avait pas assisté à une mise bas. Avec un peu de chance et de persuasion, elle aiderait M. Colton pour celles du printemps prochain.

Se sentant prête, elle grimpa les marches du perron, inspira profondément et sonna. Elle attendit plusieurs secondes sans que rien se passe. M. Colton était-il sorti s'occuper de ses chevaux ?

Elle frappa, bien décidée à reporter l'entretien s'il ne pouvait pas lui parler maintenant. Dans toutes les interviews qu'elle avait lues et écoutées, Fox lui avait semblé être un homme bon et poli. Elle le trouvait déterminé, intelligent, humble et sincère. S'il ne pouvait pas la recevoir ce soir, il pourrait sûrement lui conseiller un garagiste. Comme cela arrivait souvent dans les petites communautés, le garagiste pourrait peut-être à son tour lui conseiller un hôtel abordable.

Roaring Springs était connue pour ses pistes de ski, son festival d'été et l'hôtel avec spa de luxe qui attirait nombre de célébrités. Kelsey n'avait pas les moyens de loger là, pas même une nuit.

Elle sonna encore en réfléchissant à ses options. Si M. Colton ne répondait pas, elle pouvait glisser un mot sous la porte et aller se renseigner dans les autres granges. Valait-il mieux qu'elle essaie de parler à quelqu'un ou qu'elle reste là, comme un chien perdu, à attendre son retour ?

Ses réflexions furent interrompues par des pleurs de bébé. Oh non… Avait-elle réveillé cet enfant en sonnant ? Ne jamais réveiller un bébé qui dort était l'une des règles fondamentales que la vie lui avait enseignées.

Dire qu'elle voulait faire une bonne première impression…

Le volume des pleurs augmenta, puis la porte s'ouvrit. Alors elle se retrouva nez à nez avec un cow-boy épuisé qui tenait un bébé très mécontent.

M. Foxworth Colton. Il était plus grand qu'elle ne l'imaginait, ce qui lui donna l'impression d'être plus petite que jamais. Ses cheveux châtains lui tombaient dans les yeux, sa chemise était à moitié déboutonnée, froissée et mouillée par endroits – à cause des larmes du bébé ou pire. Il ne s'était pas rasé depuis plusieurs jours. Sa biographie ne parlait pas d'une femme ni d'un enfant. Il avait plusieurs frères, mais il ne ressemblait pas à un oncle ravi à cet instant.

Quand leurs regards se rencontrèrent, elle crut que Colton allait se mettre à pleurer aussi. Le bébé – un garçon, d'après les avions qui décoraient sa couche – la fixa quelques secondes, hoqueta et se remit à pleurer. Kelsey eut autant pitié de l'un que de l'autre.

— Monsieur Colton ? demanda-t-elle.

— Oui.

— Je suis désolée de vous déranger. Je suis Kelsey Lauder. Nous avions un entretien...

Il ferma les yeux, fit passer le bébé sur son bras gauche et lui tendit sa main droite.

— J'avais complètement oublié, répondit-il avant de grimacer parce que le bébé hurlait encore plus fort. Je vous proposerais bien d'entrer, mais il vaudrait mieux que vous reveniez un autre jour. Pouvez-vous m'envoyer vos disponibilités par mail ?

Techniquement, elle le pouvait.

— Votre... femme est sortie ? demanda-t-elle.

La perspective de regagner sa voiture dans l'obscurité la tentait assez peu.

— Je ne suis pas marié. C'est...

Il laissa sa phrase en suspens et berça le bébé sans réussir à le calmer.

— C'est compliqué, soupira-t-il.

Elle était venue pour prouver sa valeur en tant qu'assistante. Comment lui proposer son aide avec le bébé sans l'offenser ?

— J'ai de l'expérience avec les enfants, dit-elle.

Il haussa un sourcil. Était-ce du scepticisme ou de l'espoir ?

— J'ai beaucoup de frères et sœurs, expliqua-t-elle.

— C'est vrai... Votre CV dit que vous avez travaillé comme baby-sitter, répondit-il.

— Oui.

C'était l'emploi pour lequel elle était le plus qualifiée quand elle avait eu besoin de financer ses études. Elle s'écarta pour l'inviter à sortir.

— Il fait plus frais dehors, expliqua-t-elle.

— Ne faut-il pas garder les bébés au chaud ? demanda-t-il en franchissant la porte.

— Je pense que quelques minutes d'air frais vous feront du bien à tous les deux, répondit-elle. Vous permettez, monsieur Colton ?

Elle tendit les bras pour prendre le bébé.

— Appelez-moi Fox, dit-il en le lui donnant.

Kelsey plaça l'enfant au creux de son coude, essuya ses larmes et le laissa sucer son doigt.

— As-tu faim, petit bout de chou ? demanda-t-elle.

Les pleurs du bébé se muèrent en gémissements.

— Comment avez-vous fait ça ? demanda Fox, les yeux écarquillés.

— J'ai de l'entraînement, répondit-elle avant de pouffer parce que le bébé lui mordait le doigt. Il commence peut-être à faire ses dents, aussi. Comment s'appelle-t-il ?

— Il n'a pas de nom, grommela Fox en se passant la main dans les cheveux. Enfin... Il doit en avoir un, mais la personne qui me l'a confié ne s'est pas donné la peine de m'en informer.

Elle ne comprenait rien à ce qu'il disait – ce qui n'était pas très grave. L'expérience lui avait appris qu'il valait mieux ne pas poser de questions personnelles si l'on voulait garder sa place de baby-sitter.

— Avez-vous du lait pour bébé ? demanda-t-elle.

Elle sentait aussi qu'il était urgent de lui changer sa couche.

— Oui. Il y avait du lait dans le sac, répondit Fox. C'est à l'étage.

— Pourrions-nous faire l'entretien pendant qu'il mange ? suggéra-t-elle.

— Vous feriez ça ? s'écria-t-il avec un soulagement qui faillit la faire rire.

— Vous n'êtes pas le premier père que je sauve.

— Je ne suis pas le père, répondit-il sèchement.

Génial. Elle avait gaffé.

— Désolée, je...

— Non, c'est moi qui suis désolé, la coupa-t-il. Je n'aurais pas dû vous répondre sur ce ton. La femme de mon frère a accouché hier... Non : avant-hier. Je suis resté avec eux jusque tard dans la soirée. Le lendemain, après une grosse journée de travail, j'ai trouvé ce bébé devant la porte. J'aimerais vous dire que c'est une longue histoire, mais ce n'est pas le cas. Je l'ai juste trouvé. Je ne sais pas pourquoi quelqu'un l'a laissé là. Je... Je n'ai pas...

— Vous n'avez pas à me fournir d'explication, intervint-elle.

Elle ne voulait pas connaître les détails de sa vie amoureuse. Le bébé avait déjà écorné l'image qu'elle s'était faite de Fox Colton. À ses yeux, il était le super-héros de la génétique équine. Sa réputation et ses succès avaient joué un rôle dans la manière dont elle avait envisagé sa propre carrière. Il y avait un portemanteau et un banc sur sa gauche, et une grande porte en verre sur laquelle étaient gravés des chevaux qui galopaient. Sur sa droite, un escalier coudé menait jusqu'à une autre porte, à l'étage supérieur.

— Tout ce qui est arrivé avec lui se trouve là-haut, dans la maison, dit Fox en s'engageant dans l'escalier. Suivez-moi.

— Vous vivez ici ? demanda-t-elle.

Le bébé suçait toujours son doigt, mais elle savait que le répit ne durerait plus très longtemps.

— C'était le plus pratique, répondit-il. Je ne voulais pas construire un autre bâtiment alors que j'avais assez de place ici. J'ai juste aménagé l'étage, ce qui ne demandait que de la patience et de l'huile de coude. Ce n'est pas très grand, mais ça répond à mes besoins.

Kelsey estima avoir marqué un point de plus en entrant dans la maison. Le plancher était d'excellente qualité et il y avait un autre banc à l'entrée du loft. Avait-il tout fait tout seul ?

— Voulez-vous que je retire mes chaussures ? demanda-t-elle.

Elles avaient ramassé beaucoup de poussière pendant sa longue marche.

Fox baissa les yeux, fronça les sourcils et secoua la tête. Avait-il peur de reprendre le bébé dans ses bras ?

Après l'entrée se trouvait une vaste pièce dont l'espace avait été habilement employé. Une cuisine bien équipée avec des plans de travail en granit était séparée du reste de la pièce par un comptoir où quatre personnes pouvaient s'installer confortablement. La grande table semblait ancienne et un salon avait été aménagé autour d'une cheminée et d'une grande télévision.

La décoration était masculine sans être trop austère. Des odeurs de cuir et de café flottaient dans l'air.

— Vous dites qu'il a faim ? demanda Fox.

Il y avait un sac de couches, deux biberons et une boîte de lait en poudre près de l'évier. Kelsey expliqua à Fox comment préparer un biberon pendant qu'elle changeait le bébé. Elle ne lui trouvait pas beaucoup de ressemblance avec Fox, ce qui l'aidait à croire qu'il n'était pas son fils.

Mais la vie personnelle de Fox Colton ne la regardait pas. Tout ce qu'elle voulait, c'était une chance de travailler avec lui pendant un an – plus longtemps si possible.

— Votre maison est très belle, dit-elle en donnant le biberon au bébé, qui le prit avec enthousiasme.

— Vous faites des miracles, soupira Fox.

— Ce n'est que le fruit de l'expérience, répondit-elle.

— Ce serait plus simple si vous étiez assise, non ? Faites comme chez vous.

Elle s'installa dans un fauteuil et se concentra sur le bébé pour ne pas accorder trop d'attention à l'homme. Il lui inspirait une sorte de trac qui n'avait rien à voir avec l'entretien d'embauche. Elle partageait sa philosophie. Elle aussi pensait qu'il valait mieux élever des animaux sains que de se concentrer sur leur vitesse. Comme il ne la connaissait pas encore, il ne savait pas à quel point ils étaient compatibles professionnellement. Mais ce n'était pas tout : Fox Colton réveillait la libido qu'elle avait laissée s'endormir. Elle devait en reprendre le contrôle avant que ses joues ne s'enflamment – la malédiction des peaux claires.

— Alors, vous avez beaucoup de frères et sœurs ? demanda-t-il.

— Oui, répondit-elle en espérant que c'était le début de l'entretien d'embauche – mais pas pour un poste de baby-sitter. J'ai une grande famille et mes parents estimaient normal qu'on s'occupe des plus jeunes.

Il s'assit sur un tabouret.

— Ça vous dérangeait ?

— De temps à autre, répondit-elle sincèrement.

Avant de découvrir que la vie ne se résumait pas à cela, elle avait respecté les règles familiales avec docilité.

Il pouffa.

— De mon côté, nous sommes sept, dit-il.

Il devait être l'un des plus jeunes pour avoir si peu d'expérience avec les bébés.

— Votre invité surprise a un bon appétit, lui fit-elle remarquer. Il grandira vite. Et il est possible qu'il fasse sa première dent.

Fox grogna.

— Ma petite sœur a une fille de deux ans, répondit-il. Elle a vécu un enfer quand la petite a fait ses dents.

— C'est un passage difficile pour tout le monde, reconnut-elle. S'il existait un syndicat des baby-sitters, on demanderait une prime pour les dents.

Heureusement, elle s'était occupée d'enfants plus âgés dans ses derniers postes.

— Si ça pouvait m'épargner de revivre la dernière heure, j'accéderais à toutes vos demandes, répondit Fox. Pourquoi avez-vous manqué le rendez-vous ?

Elle faillit lui parler du message qu'elle lui avait laissé et se retint de justesse. Critiquer le futur patron n'était pas une bonne manière de faire connaissance.

— Ma voiture est tombée en panne. Je suis désolée.

Comme le bébé s'agitait, elle lui retira le biberon et le laissa jouer avec le pompon accroché à la fermeture Éclair de sa veste.

— Ne devrait-il pas le finir ? demanda Fox.

— Il le fera, lui assura-t-elle.

De fait, le bébé tendit les mains vers le biberon quelques secondes plus tard.

Fox s'éclaircit la voix.

— J'ai lu votre CV il y a quelques jours, dit-il. Je sais que vous ne cherchez pas un emploi de baby-sitter, mais vous voyez bien que je suis débordé. Les enfants ne sont pas... Votre aide me serait utile le temps que je trouve sa famille. Je ne sais pas pourquoi on l'a laissé devant ma porte. Je ne peux pas m'en occuper tout seul.

— Je suis venue jusqu'ici pour travailler avec vous dans le domaine de la génétique équine, lui rappela-t-elle.

— Et je suis impatient de vous voir à l'œuvre dans le laboratoire et avec les chevaux, répliqua-t-il.

Elle essaya de cacher sa surprise. Elle s'attendait à devoir batailler longtemps pour ce poste. À cause de son retard, elle craignait même que cela ne suffise pas. Fox avait besoin d'une assistante et elle avait besoin d'un défi professionnel. Les grands espaces dans lesquels personne issu de son passé ne viendrait gâcher ses rêves étaient un bonus extraordinaire. Elle plaça le bébé sur son épaule et lui tapota le dos jusqu'à ce qu'il rote. Fox et elle pouffèrent et le bébé sourit. Il était adorable quand il ne pleurait pas – comme la plupart des bébés. Elle lut de la joie dans les yeux de Fox. Il était impensable qu'il aime ce bébé, mais il s'en souciait déjà.

— Votre CV est impressionnant, mademoiselle Lauder, dit-il.

— Appelez-moi Kelsey, répondit-elle.

— Kelsey, le poste est à vous, que vous acceptiez de m'aider avec le bébé ou non.

La manière dont il prononça son prénom la fit rougir et elle s'empressa de baisser la tête. Elle avait un emploi – l'emploi qui pouvait lancer sa carrière – et elle avait du mal à en prendre conscience parce que son nouveau patron l'attirait.

— Bébé John n'est là que de manière temporaire, reprit Fox. Si vous ne voulez pas jouer les nounous, j'en embaucherai une.

— Je croyais qu'il n'avait pas de nom, s'étonna-t-elle.

Fox baissa les yeux vers le bébé, qui était presque endormi.

— Bébé John Doe, répondit-il en haussant les épaules. Jusqu'à ce qu'on trouve ses parents.

C'était logique et triste.

— Comment envisagez-vous le déroulement des journées si j'accepte les deux postes ? demanda-t-elle.

Comptait-il la loger dans l'un des dortoirs du ranch pour qu'elle ne soit pas loin ? Ce serait un avantage financier. Ou aurait-elle besoin de trouver un appartement et une voiture fiable en urgence ?

— Dans un premier temps, j'aimerais que vous vous concentriez sur le bébé et que vous preniez vos marques dans le ranch. Je ne veux pas vous épuiser.

— Le travail ne me fait pas peur, lui assura-t-elle.

— Ça se déduit de votre CV, lui répondit-il. Peu de gens sont capables d'obtenir autant de diplômes en travaillant à temps plein. Je vous paierai généreusement pour les deux emplois.

Avait-elle bien entendu ? Elle dut mobiliser toute sa volonté pour rester immobile et ne pas réveiller le bébé.

— Nous passerons à un salaire unique quand j'aurai rendu Bébé John à sa famille, poursuivit Fox. En attendant, si ça ne vous dérange pas, j'aimerais que vous vous installiez dans ma chambre d'amis – gratuitement, bien sûr.

Elle était peut-être perturbée par sa marche et le stress du retard, mais cette offre lui semblait miraculeuse. Elle ne pouvait pas la refuser.

— La chambre et un salaire sont tout à fait suffisants, commença-t-elle. Je...

— Acceptez, s'il vous plaît, la coupa Fox en se levant

brusquement. Vous serez payée pour les deux emplois. Ça compensera le fait que je n'ai qu'une salle de bains.

Ce détail semblait tant l'embarrasser qu'elle faillit éclater de rire.

— Très bien. J'accepte.

Elle n'aurait jamais imaginé que l'entretien se passe aussi bien. Comme le bébé dormait, elle l'interrogea sur ses projets et le nombre de poulains qu'il attendait au printemps. Discuter de sa passion avec son idole l'emplit de joie.

— A-t-il un berceau ? finit-elle par demander. Il vaudrait mieux qu'il dorme seul, même pendant ses siestes.

C'était dans l'intérêt du bébé et dans celui de la baby-sitter.

— Je vous fais visiter, répondit-il.

Il l'invita à le précéder dans un couloir, puis dans la chambre d'amis. Il y avait des étagères sur un mur et un vieux fauteuil en cuir sous la fenêtre.

— Voici votre chambre, dit-il. Une minute !

Il disparut et revint quelques secondes plus tard avec un gros objet rectangulaire.

— Je l'ai fait dormir là-dedans, dit-il en posant la boîte près du placard. Mais vous pensez peut-être que c'est dangereux...

— Non, c'est très malin, répondit-elle sincèrement. Je n'aurais jamais pensé à me servir d'un bac à fourrage comme berceau.

Elle posa Bébé John Doe dans le berceau improvisé et soupira de soulagement en le voyant continuer à dormir.

— C'est propre et ça se balance un peu, précisa-t-il.

Elle berça le bébé pendant quelques secondes, même s'il était profondément endormi.

— Je parie que ce sera un bon dormeur, chuchota-t-elle alors qu'ils quittaient la chambre. Avez-vous un babyphone ?

Fox secoua la tête, alors elle laissa la porte entrouverte pour être sûre d'entendre Bébé John s'il se réveillait.

— La salle de bains est là, dit Fox en ouvrant une porte.

Il alluma et elle jeta un coup d'œil dans la pièce, qui était spacieuse et bien conçue.

— Deux lavabos ? C'est malin, commenta-t-elle.

— Comme je ne voulais faire qu'une salle de bains, ma sœur, Sloane, a tenu à ce que je mette deux lavabos, expliqua-t-il.

— Elle a vécu avec vous ?

— Non, mais elle espère qu'une autre femme le fera. On dirait que son vœu est exaucé...

Kelsey pouffa.

— Seulement à demi, puisque mon séjour est temporaire, répondit-elle.

Le sourire de Fox lui fit baisser les yeux.

— Est-ce que ça vous ennuie que le bébé dorme avec vous ? demanda-t-il.

— Pas du tout.

Il serait bien plus facile à vivre que les deux dernières personnes avec lesquelles elle avait partagé une chambre – et la chambre était bien plus agréable que celle du dortoir du dernier laboratoire dans lequel elle avait travaillé. Quant au fait de partager une salle de bains avec un seul adulte ? Elle n'avait jamais connu cela.

— Merci, Kelsey, dit Fox quand ils regagnèrent la pièce principale. Vous ne mesurez pas le service que vous me rendez. Avez-vous besoin d'annuler une réservation dans un hôtel ?

— Je n'avais pas trouvé d'hôtel, répondit-elle.

— Parfait ! Je vais vous aider à porter vos bagages, dit-il en se tournant vers la porte.

— Attendez ! Mes affaires sont dans ma voiture, qui est tombée en panne. C'est pour ça que j'étais en retard, lui rappela-t-elle.

— Oh ! je supposais...

— Ma voiture est à quelques kilomètres à l'est de la ville. J'ai fait une partie du trajet en stop et le reste à pied.

Fox haussa les sourcils.

— À pied ?

— Il n'y a pas de service de covoiturage dans la région, répondit-elle. La voiture est sur le bas-côté de la route. Il fait trop sombre pour y aller maintenant. Ça peut attendre demain.

Il jeta un coup d'œil par la fenêtre, puis soupira.

— Très bien. Dans ce cas, trouvons-nous quelque chose à manger.

L'estomac de Kelsey gargouilla, ce qui fit sourire Fox.

Elle n'en revenait toujours pas de sa chance. Il était merveilleux de se sentir à la fois en sécurité et appréciée. Et elle avait deux emplois. Même si elle avait appris à se défendre, vivre sous le toit de Fox lui offrirait une protection supplémentaire dont elle mesurait bien la valeur.

2

Deux heures plus tard, après des hamburgers et une salade, Fox regardait Kelsey, qui était assise par terre, devant sa cheminée. Elle avait changé la couche du bébé et l'avait mis en pyjama à la vitesse de l'éclair. L'agitation de Bébé John n'avait même pas semblé la ralentir.

Ses cheveux blond vénitien étaient toujours noués en chignon et il s'interrogeait sur leur longueur. Kelsey était petite, avec de grands yeux noisette et des traits fins. Il avait relu son CV et les lettres de recommandation élogieuses de tous ses anciens employeurs. Il ne savait pas ce qui l'avait incitée à frapper à sa porte, mais il avait beaucoup de chance.

Elle toucha le nez du bébé avec le sien, puis elle arrangea la dernière couverture propre de telle façon qu'il se calma instantanément. Quand elle le prit au creux de son bras, il semblait tout à fait heureux.

— Il ressemble à un bébé burrito, lui fit remarquer Fox.

— On appelle ça emmailloter un bébé, mais « bébé burrito » me va, répondit-elle en lui tendant l'enfant. Je vais me laver les mains et je reviens.

Il observa le bébé aux grands yeux bleus. Était-ce le fils de l'un de ses frères ?

— J'ai lancé une lessive pour qu'il ait des vêtements propres demain, déclara Kelsey en revenant. Voulez-vous que je le reprenne ?

Oui. Non. Fox hésita. Il était plus détendu, maintenant qu'il avait de l'aide, et il découvrait qu'il était plaisant de tenir un bébé satisfait. Il n'avait pas fait cette expérience avec la fille de Sloane. Sa nièce était comme un colibri. Elle était toujours en train de bouger ou de s'exprimer – souvent à un volume qui lui donnait envie de grimacer.

— J'ai regardé des démonstrations d'emmaillotage sur Internet, dit-il. Ça a l'air facile quand c'est quelqu'un d'autre qui le fait.

Le bébé bâilla et prit un air renfrogné. Fox paniqua.

— Que veut-il ? demanda-t-il.

— Ça, sans doute, répondit Kelsey en mettant la tétine dans la bouche du bébé.

— Vous, sans doute, répondit Fox en rendant l'enfant à l'experte. Comment savez-vous quoi faire à quel moment ?

Le bébé bâilla encore et suça la tétine.

— Des années d'entraînement, répondit-elle.

— Vous n'avez pas l'air assez vieille pour être Mary Poppins.

D'après son CV, elle avait été baby-sitter à domicile pendant deux longues périodes et gardé quelques enfants de manière plus ponctuelle pendant ses études.

— Intelligent et drôle, commenta-t-elle. Ce sont de grandes qualités chez un patron.

Il ne plaisantait pas vraiment. Elle avait tout juste trente ans. Les femmes avaient peut-être un talent instinctif pour s'occuper des bébés – mais il s'interdit d'émettre cette hypothèse de peur de la faire fuir.

Il marcha jusqu'à une fenêtre d'où l'on voyait l'enclos le plus proche.

— Comment retrouver ses parents ? s'interrogea-t-il à voix haute. Il doit manquer à quelqu'un.

— Qui ne veut pas forcément le récupérer pour autant, murmura Kelsey.

— Vous avez peut-être raison.

Il n'y avait pas pensé. Il aurait dû. En réalité, il n'avait pas pensé à grand-chose depuis l'arrivée du bébé.

— J'ai supposé que c'était sa mère qui l'avait déposé devant ma porte à cause de la manière dont il est arrivé, ajouta-t-il.

L'hypothèse de Daria Bloom lui revint à l'esprit. La mère de Bébé John était-elle une victime du Tueur de l'Avalanche ?

— C'est-à-dire ? demanda Kelsey.

— Il était dans un porte-bébé. Il y avait un sac de couches à côté et il était propre, expliqua-t-il.

— La personne qui l'a déposé avait donc pris soin de lui.

— Oui. J'ai d'abord pensé qu'elle avait eu l'intention de le déposer devant la porte de Wyatt.

— Pourquoi ?

— Parce que c'est mon frère. Il y a souvent des erreurs de livraison entre nos deux adresses. Et parce que sa femme a accouché la veille de l'arrivée de Bébé John.

Il pouffa.

— C'est logique, répondit Kelsey, le sourire aux lèvres.

Il lui rendit son sourire. Elle savait aussi bien que lui que cela n'avait rien de logique.

— Il s'est endormi, chuchota-t-elle. Je vais le coucher.

— Il se réveillera et il pleurera, l'avertit Fox.

D'autant plus que Bébé John avait fait deux heures de sieste pendant que Kelsey et lui dînaient et discutaient de chevaux. Ils avaient des philosophies similaires en matière d'élevage et elle tenait autant que lui à développer des chevaux qui soient d'abord robustes.

— On trouvera, lui avait-elle promis.

Sa confiance compensait son propre manque d'assurance. Il alla se chercher une bière dans la cuisine. Quand elle revint, il fut émerveillé par le silence qui se prolongeait et secoua la tête.

— Vous faites des miracles, répéta-t-il.

— Non. Nous avons juste affaire à un bébé fatigué et satisfait.

— Voulez-vous une bière ?

— Non merci, répondit-elle avant d'aller se chercher un

verre d'eau. Avez-vous prévenu les autorités quand vous avez trouvé Bébé John ?

— Oui.

Il appréciait d'avoir quelqu'un à qui parler, même s'il connaissait à peine Kelsey.

— Je suis allé voir le shérif tout de suite. Malheureusement ou non – ça dépend du point de vue –, personne n'a déclaré qu'un enfant avait disparu.

— Je suis surprise qu'on vous ait laissé le garder.

— Ils ont proposé de m'en débarrasser. Le shérif Colton – c'est un cousin – m'a dit qu'il pouvait le confier aux services sociaux, mais ça ne m'a pas semblé la meilleure chose à faire.

Il baissa les yeux pour lui cacher ses émotions.

— Quelqu'un l'a abandonné dans ce ranch, poursuivit-il. Tout le monde sait qu'il appartient aux Colton. Je n'ai pas eu envie de remettre ce bébé à des inconnus.

— Je ne vous juge pas, murmura-t-elle. Je suis sûre que le shérif vous fait confiance pour bien vous en occuper.

Fox éclata de rire.

— Je vous autorise à l'appeler pour lui dire la vérité.

Elle lui offrit un sourire amusé et bienveillant. On ne lui avait pas souri comme cela depuis son enfance.

— De l'eau a coulé sous les ponts depuis, mais ma sœur et moi avons été adoptés par Russ et Mara Colton quand nos parents sont morts, expliqua-t-il. Mara était la sœur aînée de ma mère. Ils nous ont adoptés pour qu'on ne se retrouve pas en famille d'accueil.

— Je suis désolée, répondit-elle. Ça a dû être à la fois un soulagement et un défi.

— Exactement. Ils nous ont élevés comme leurs propres enfants.

Il y avait des différences entre ses parents et Mara et Russ, mais il avait toujours l'impression d'être ingrat quand il y songeait.

— Vous vouliez en faire autant pour Bébé John, dit Kelsey.

— La famille, c'est important, répondit-il, assailli par des souvenirs douloureux et des inquiétudes nouvelles.

Son père n'avait pas été un exemple de patience et de gentillesse. Fox ne pouvait pas s'empêcher de se demander quand ses nerfs lâcheraient et lui feraient commettre une grave erreur.

— Nous devons savoir s'il est un Colton, reprit-il. Je commencerai à interroger mes frères demain.

— Les interroger, c'est bien, mais si vous faisiez des tests ADN ? suggéra Kelsey.

— J'aurais dû y penser moi-même, murmura Fox.

Trey ouvrirait peut-être une véritable enquête s'il lui prouvait qu'il n'était pas le père de cet enfant.

— Il est difficile d'analyser clairement un problème quand on est plongé dedans, dit Kelsey.

— C'est vrai, lui accorda-t-il en se passant la main sur le visage. Je m'occuperai des tests demain.

Il lui faudrait demander une faveur au laboratoire avec lequel il travaillait, mais ce ne serait sans doute pas un problème.

— Un prélèvement sanguin pourrait être utile aussi, ajouta Kelsey. Ça pourrait éliminer des candidats plus rapidement.

Fox alla ajouter une bûche dans la cheminée.

— Comme il n'y avait pas de mot avec le bébé, je suppose que la mère n'a pas parlé de lui à son père, dit-il.

Il sentait que Kelsey le regardait, mais elle ne répondit rien. Il s'offrit quelques secondes à apprécier le silence.

— J'aime les enfants, finit-il par dire.

— C'est bon à savoir.

— C'est juste que je me sens plus à l'aise quand leurs parents sont dans le coin.

— Je comprends, pouffa Kelsey. Les bébés sont exigeants, même si la liste de leurs requêtes est assez courte.

— Merci d'être aussi compréhensive, répondit-il.

Il n'était pas sûr de le mériter, mais il ne voulait pas qu'elle ait une mauvaise opinion de lui – d'autant moins qu'il venait de devenir son patron.

— Merci de m'avoir donné deux emplois et d'excellentes conditions de travail, répliqua-t-elle.

Son sourire apaisa Fox et lui rendit moins douloureux de ne pas savoir comment aider le petit humain qui dormait dans la pièce voisine.

— Je sais que vous n'êtes pas venue pour ça, mais pourriez-vous m'aider à analyser les échantillons d'ADN et à trouver son père ? demanda-t-il.

— Vous voulez que je travaille aussi là-dessus ?

Il lui en demandait trop.

— C'est votre idée, lui rappela-t-il. Ce n'est pas aussi rapide que les tests sanguins, mais c'est bien plus concluant. S'il vous plaît ? Je suis sûr que le shérif me laissera plus de temps avant de contacter les services sociaux maintenant que j'ai une baby-sitter.

— Votre laboratoire permet de faire ces analyses ? demanda-t-elle, les yeux brillants d'excitation.

— Seulement des analyses préliminaires, répondit-il. Nous devrons envoyer les échantillons dans un laboratoire mieux équipé pour des résultats complets.

— Je vois.

Pour obtenir les échantillons, il lui faudrait avoir une discussion pénible avec chacun de ses frères, songea-t-il.

— Je sais que ce n'est pas l'emploi pour lequel vous avez postulé…

— Je suis venue pour travailler avec vous, Fox, le coupa-t-elle. Si vous avez besoin que je vous aide à trouver le père de cet enfant, je le ferai.

Quelle bonne étoile lui avait donc envoyé cette femme merveilleuse au moment précis où il avait besoin d'un allié ?

— Nous réussirons peut-être à obtenir l'aide du FBI, dit-il, pensant à voix haute. Je ne peux pas prouver que le bébé est lié à l'une de leurs enquêtes, mais ils ne peuvent pas prouver le contraire.

— Vous pensez au Tueur de l'Avalanche ?

— Vous en avez entendu parler ?

— Il est difficile de passer à côté, répondit-elle. On en parle aux informations nationales.

— Et vous êtes venue à pied ?

— Je suis petite, mais forte, répondit-elle en pliant un bras pour contracter son biceps.

Comme elle portait un pull épais, le geste n'eut pas beaucoup d'effet.

— Je vous crois sur parole, répliqua-t-il.

— Vous verrez. Nous n'en avons pas encore parlé, mais serai-je amenée à m'occuper des chevaux ? demanda-t-elle.

Pour quel genre de patron le prenait-elle ?

— Vous occuper du bébé et vous familiariser avec le programme d'élevage devraient vous occuper suffisamment, dans un premier temps. Je vous ferai visiter le bureau, le laboratoire et les écuries demain matin.

— Je suis disposée à faire tout ce que vous voudrez, répondit-elle.

Elle était visiblement sincère. Il regretta de ne pas pouvoir lui promettre que cela n'inclurait pas qu'elle se retrouve mêlée à un drame familial.

Kelsey emporta son verre dans la cuisine en essayant de ne pas danser de joie. Vingt-quatre heures pouvaient faire une telle différence ! Elle avait les jambes lourdes à cause de sa marche, mais rien ne pouvait atténuer sa félicité tandis qu'elle préparait le prochain biberon du bébé.

Elle plaça la lessive dans le séchoir en flottant sur un nuage de fierté et de sentiment d'accomplissement. Le grand Fox Colton voulait d'*elle* – une généticienne inconnue – comme assistante. Cette collaboration lancerait sa carrière.

Il l'avait embauchée ! Cela valait largement tous les efforts qu'elle avait faits entre le moment où elle lui avait envoyé un mail et celui où elle avait sonné à sa porte.

Le bébé l'avait aidée, bien sûr. Fox ne l'aurait pas hébergée sans lui, mais elle était certaine qu'il l'aurait quand même engagée sur la seule base de son CV. Cela aidait Kelsey à supporter de jouer encore les baby-sitters. À chaque fois qu'elle avait eu un emploi de ce genre, elle s'était juré que c'était la dernière.

Un jour ou l'autre, ce serait vrai.

Même si elle adorait les enfants, le métier de baby-sitter réveillait ses vieilles angoisses. Pour la millième fois de sa vie, elle se répéta que son cerveau ne s'atrophierait pas parce qu'elle s'occuperait de ce bébé pendant quelques jours ou quelques semaines. Fox lui avait juré que cette situation était temporaire et elle le croyait. C'était très généreux de sa part d'avoir décidé de garder ce bébé au lieu de le confier aux services sociaux. Elle ne l'en estimait que davantage.

— Vous avez l'air prête à vous évanouir, dit Fox, l'arrachant à ses pensées.

— J'en suis sûre, répondit-elle en lui souriant. C'est vrai que je suis fatiguée, mais je suis aussi folle de joie d'être ici. J'admire ce que vous faites depuis des années et j'ai hâte de me mettre au travail.

— Espérons que vous ne serez pas déçue ! répondit-il en levant sa bière.

— Il n'y a aucun risque, lui assura-t-elle.

Elle avait survécu à des déceptions amères et complètement changé de vie pour les surmonter. Elle ne prenait pas Fox pour un saint, mais elle en savait assez sur lui pour être sûre qu'elle serait ravie de l'assister.

— Nous ferons du bon travail, ajouta-t-elle.

— Je n'ai jamais partagé mon bureau avec personne, dit-il d'un air songeur. N'hésitez pas à me le faire remarquer si je marmonne pendant que je lis ou quelque chose comme ça.

— Comptez sur moi, répondit-elle. J'ai de nombreux frères et sœurs, vous vous souvenez ? Je sais m'exprimer quand ça me paraît nécessaire.

— Je préférais me faire discret, pour ma part, murmura-t-il avant de jeter sa bouteille de bière. Je vais me coucher. Je me lève à l'aube, en même temps que les chevaux. J'essaierai de ne pas vous réveiller.

— Moi aussi, répondit-elle en lui souriant.

Comme il ne semblait pas comprendre, elle ajouta :

— Quand le bébé se réveillera au milieu de la nuit.

— Ah ! merci. Bonne nuit.

Elle passa encore plusieurs minutes dans la cuisine à se réjouir de sa nouvelle situation. Cette nuit, elle dormirait dans un lit confortable au ranch plutôt que dans une chambre d'hôtel miteuse à la serrure peu fiable. Même si elle devait se réveiller pour nourrir un bébé, elle pouvait enfin baisser sa garde et se reposer.

Quand elle se dirigea vers sa chambre, elle faillit percuter Fox, qui sortait de la salle de bains. Elle recula et réprima un petit cri de surprise.

— Désolé, balbutia-t-il. Je viens juste de me souvenir que vous n'aviez pas vos affaires. Avez-vous besoin de quelque chose pour ce soir ?

— Je peux me débrouiller jusqu'à ce que je récupère ma valise, répondit-elle.

Il haussa un sourcil.

— Très bien. J'apprécierais une brosse à dents, si vous avez ça, concéda-t-elle.

Quand elle était partie de chez elle, elle avait gardé une petite trousse de toilette dans son sac à main pendant un long moment, au cas où elle aurait eu besoin de fuir. Elle avait abandonné cette habitude cinq ans plus tôt, quand elle avait estimé qu'elle était devenue assez forte pour se défendre contre ses frères.

Fox rentra dans la salle de bains et en ressortit quelques secondes plus tard avec une brosse à dents neuve.

— Merci.

— Faites comme chez vous, dit-il. Vous n'imaginez pas à quel point vous me rendez service. Bonne nuit.

Il disparut dans sa chambre.

Kelsey se brossa les dents, puis entra dans la chambre qu'elle partageait avec le bébé. Il dormait toujours et semblait comblé.

— Ton père provisoire a cet effet sur les gens, murmura-t-elle.

Elle avait regardé des interviews de Fox et des reportages sur le ranch. Les animaux et les humains semblaient tous tomber amoureux de lui.

Elle était sûre qu'il s'était déjà attaché au bébé, même s'il se sentait débordé par la situation. Malgré son ignorance en la matière, il ferait de son mieux – c'était une tendance naturelle chez lui.

Fox apparut à la porte de la chambre et lui tendit un T-shirt.

— Merci, dit-elle en le prenant.

Il glissa les mains dans les poches de son jean, l'air mal à l'aise.

— Vous devriez me laisser lui donner le biberon nocturne, dit-il.

— Sûrement pas, répondit-elle. Vous m'avez engagée pour m'occuper de ce bébé et je le ferai.

— Vous venez juste d'arriver, protesta-t-il.

— Il y a un premier jour dans tous les postes, répliqua-t-elle. Je ferai appel à vous si j'ai besoin d'aide.

Il la fixa un long moment avant de soupirer :

— Comme vous voudrez.

Elle ferma la porte avant qu'il ne trouve un autre argument. Le lendemain, elle récupérerait sa valise et commencerait pour de bon sa nouvelle vie.

Elle se déshabilla et enfila le T-shirt. Le parfum de Fox, dont il était imprégné, la troubla. Elle se força à se ressaisir.

Elle idolâtrait Fox sur le plan professionnel et elle rêvait de trouver un homme aussi honorable que lui, mais il était son patron, à présent. Elle ne pouvait pas laisser ses hormones gâcher un emploi parfait.

Que cela sonnait bien ! Un vrai travail. Avec le gîte et le couvert tant qu'elle serait aussi baby-sitter. Finis les stages et les déménagements tous les six mois. Elle espérait bien rester là au moins deux ans.

Elle se coucha et soupira d'aise. Ce serait peut-être la meilleure nuit de sa vie – certainement la meilleure nuit de ces derniers mois.

Elle était en sécurité. Le ranch était une propriété privée. Ses frères ne pouvaient pas débarquer dans le coin et poser des questions sans se faire remarquer. N'était-ce pas merveilleux ?

Cette nuit était encore meilleure que sa première nuit dans le dortoir de l'université, où des cartes magnétiques et des veilleurs empêchaient ses frères de faire une scène et de la ramener de force à la maison. Elle s'était sentie moins en sécurité sur le campus, mais la foule lui avait offert une certaine protection.

Ses frères avaient essayé de l'isoler plusieurs fois pendant ses études, mais sa bonne réputation et les cours d'autodéfense qu'elle avait pris lui avaient permis de réaliser ses rêves. Ce soir, elle se rendait pleinement compte que tous ses efforts avaient été justifiés.

Elle sourit, ferma les yeux et essaya de dormir un peu avant que le bébé se réveille.

Fox entendit le bébé pleurer, se leva encore à moitié endormi et se dirigea à tâtons vers le berceau placé sous sa fenêtre. Il ne trouva pas de berceau. Évidemment... Il avait une baby-sitter, maintenant.

Alors pourquoi le bébé pleurait-il ?

Il sortit de sa chambre. Il trouva la salle de bains allumée et la porte de la chambre d'amis ouverte. Kelsey, assise par terre, changeait le bébé en fredonnant une berceuse.

Elle avait une jolie voix, même à un volume aussi bas. Comme il ne voulait pas la déranger, il s'appuya contre l'encadrement de la porte et l'écouta.

Le bébé se calma un peu quand elle eut fini de le changer. Sans cesser de chanter, elle lui donna sa tétine et le berça en prenant soin de maintenir son visage dans l'ombre.

Fox aurait pu la regarder pendant des heures – des jours, peut-être. Il lui sembla que le temps avait ralenti et il savoura chaque seconde jusqu'à ce qu'elle place le bébé dans le berceau.

Il s'écarta de son chemin quand elle s'approcha. Elle portait le T-shirt qu'il lui avait prêté par-dessus le jean dans lequel elle était arrivée. La finesse du T-shirt permit à Fox de s'apercevoir qu'elle ne portait pas de soutien-gorge. Il s'empressa de baisser les yeux. Elle était doublement son employée et le fait d'être à moitié endormi ne lui fournissait pas une excuse pour la dévorer des yeux.

Il prit brusquement conscience qu'il ne portait qu'un vieux pantalon en flanelle.

— Je suis désolée qu'on vous ait réveillé, chuchota-t-elle.

— Vous êtes différente, dit-il.

— Retournez vous coucher avant de ne plus pouvoir vous rendormir, répondit-elle en faisant tourner son doigt en l'air pour l'inciter à faire demi-tour.

C'étaient ses cheveux. Ils étaient détachés et cascadaient sur ses épaules.

— Vous êtes vraiment douée, lui dit-il.

Elle sourit et pressa un doigt sur ses lèvres pour lui demander de se taire.

— Allez vous coucher, répéta-t-elle.

Elle éteignit la salle de bains et s'enferma dans ce qui serait sa chambre tant que le bébé serait avec eux.

Fox se retrouva seul dans le couloir obscur. S'il retournait se coucher, il rêverait d'elle. S'il rêvait d'elle, il serait encore plus embarrassé le lendemain matin.

Il regagna sa chambre, mit ses lunettes et ouvrit le dernier numéro de l'une des revues vétérinaires auxquelles il était abonné.

3

Quelques heures plus tard, Kelsey entendit Fox se lever. Comme le bébé dormait toujours, elle s'autorisa à somnoler encore un peu. Si Fox avait l'intention de s'occuper de l'enfant un certain temps, un babyphone serait sans doute un bon investissement. Les tests d'ADN pouvaient être assez longs. Fox avait besoin d'un peu plus de matériel pour que les choses se passent au mieux dans l'intervalle.

Elle se leva et enfila son jean. Aujourd'hui, après s'être occupée du bébé, elle visiterait le ranch. Elle ramassa son soutien-gorge, alla dans la salle de bains et prit quelques minutes pour elle avant le réveil de Bébé John.

Quand elle rentra dans la chambre, celui-ci testait des sons et des volumes. Il sourit et gigota dès qu'elle apparut. Il était si mignon – de bonne humeur au réveil alors qu'il devait avoir faim et besoin d'être changé.

Elle lui mit une couche propre et l'emporta dans la cuisine, où elle trouva un mot de Fox.

Je suis sorti travailler. Je reviens bientôt. Il y a un biberon prêt dans le frigo.

— Ton père provisoire n'est-il pas formidable ? demanda-t-elle au bébé.

Elle fit chauffer le biberon et s'installa dans le salon pour le donner à Bébé John.

Il venait de le finir quand Fox rentra.

— Excellent timing ! dit elle au bébé, ce qui le fit rire.

— Vous êtes debout de bonne heure, commenta Fox.

— Les bébés se lèvent tôt, répondit-elle.

— Les poulains aussi, répliqua Fox en s'approchant pour chatouiller Bébé John. Je vais préparer le petit déjeuner.

Même si Fox refusait de l'admettre, il était sous le charme du bébé, songea Kelsey en le regardant sourire.

— Je peux m'occuper du petit déjeuner, proposa-t-elle. Vous vous êtes occupé du dîner hier.

— Non, laissez-moi faire, répondit-il. C'est une bonne transition entre les tâches du matin et le travail de bureau.

Elle n'insista pas. Elle avait des dizaines de questions à lui poser sur les chevaux, mais cela pouvait attendre. Le plus urgent était d'aborder le sujet du matériel dont Bébé John avait besoin.

— Avez-vous pris un café ? lui demanda Fox.

— Pas encore, répondit-elle.

Elle se leva, mais Fox lui servit une tasse avant qu'elle n'ait atteint la cafetière.

— Du sucre ? Du lait ? demanda-t-il.

— Je prends toujours le premier de la journée noir, répondit-elle.

— Il n'y a pas meilleure moyen de se réveiller, c'est ça ?

— Exactement.

Elle s'installa au comptoir en prenant garde à ce que sa tasse soit hors de portée du bébé.

— Un vrai délice, dit-elle après sa première gorgée.

— Vous a-t-il tenue éveillée toute la nuit ?

— Non, il ne s'est réveillé qu'une seule fois, répondit-elle en essayant de faire abstraction de l'effet que le torse nu de Fox lui faisait. Je pense qu'il s'adaptera vite à vos horaires. C'est un bon dormeur.

Fox mit des saucisses et cassa des œufs dans une poêle.

— Avez-vous des allergies ou y a-t-il des choses que vous n'aimez pas ? demanda-t-il.

— Aucune allergie et je mangerai tout ce que vous me mettrez sous le nez.

Quand elle était petite, se montrer difficile revenait à avoir faim. Sa mère ne tolérait pas les caprices à table. Elle but une autre gorgée de café avant de demander :

— Avez-vous pensé à ce dont Bébé John pourrait avoir besoin ?

Fox lui jeta un coup d'œil par-dessus son épaule.

— De quoi a-t-il besoin à part de couches et de lait ?

— De vêtements ? répondit-elle en haussant un sourcil. Peut-être d'un siège pour qu'il soit plus simple de le nourrir. Il commencera bientôt les petits pots et quelque chose de facile à nettoyer nous serait utile.

Fox finit de préparer le petit déjeuner sans dire un mot, puis il posa une assiette, des toasts, une fourchette et une serviette devant elle.

— Quelque chose de facile à nettoyer, vous dites ? demanda-t-il. Comme une chaise haute ?

Il y avait du dégoût dans sa voix. Kelsey se leva, étala une couverture par terre et y posa Bébé John pour qu'il joue pendant qu'elle mangeait.

— La situation est temporaire, dit Fox d'un ton sec. Si vous pensez qu'il a besoin d'une chaise haute, j'emprunterai celle de ma sœur.

— Quel âge a votre nièce ? demanda-t-elle.

— Deux ans.

Kelsey doutait que la sœur de Fox soit disposée à se séparer de sa chaise haute, mais ils pouvaient peut-être lui emprunter d'autres choses.

— Je comprends, répondit-elle. On n'a pas besoin d'une chaise sophistiquée, mais quelques objets nous faciliteraient la vie, surtout quand je travaillerai dans le bureau.

Fox fronça les sourcils et coupa un morceau de saucisse plus brutalement qu'il n'était nécessaire.

— Qu'avez-vous en tête ? demanda-t-il.

— Un berceau portable serait utile, commença-t-elle. Et une baignoire. Il lui faudrait aussi un bol et une cuillère…

Elle se tut quand Fox arrêta de manger.

— Faites une liste, dit-il. Nous irons en ville après votre visite du ranch.

Elle finit son assiette et insista pour faire la vaisselle. Quand elle eut enregistré la liste sur son téléphone et mis ses chaussures, Fox lui tendit son manteau et prit le pull du bébé.

— Avons-nous besoin du siège ? demanda-t-il.

— Je peux le garder dans les bras, répondit-elle.

Grâce à sa pratique des arts martiaux, elle était bien plus forte qu'elle n'en avait l'air.

Ils descendirent dans le bureau. Celui-ci était beaucoup plus grand que l'appartement, ce qui fit sourire Kelsey. Fox avait accordé plus de moyens à ce qui comptait le plus pour lui. C'était un choix qu'elle ne pouvait que respecter.

Il y avait bien assez de place pour qu'ils travaillent sans se gêner et pour que Bébé John joue dans un coin. Le laboratoire était conçu pour une seule personne, mais ce n'était pas un problème.

— L'espace est bien employé, le complimenta-t-elle.

Le bureau de Fox était couvert de documents soigneusement empilés autour de l'ordinateur. Elle n'eut aucun mal à l'imaginer plongé dans une lecture.

Bébé John avait les yeux grands ouverts et semblait aussi curieux qu'elle.

Fox ramassa une télécommande et alluma un écran. Il avait installé des caméras qui permettaient de surveiller l'écurie et l'enclos le plus proche.

— C'est une excellente idée, commenta-t-elle.

— Ça aide beaucoup à la période des mises bas.

— J'en suis certaine.

Cela lui permettait de voir les juments s'agiter quand le travail commençait.

Elle mit son pull à Bébé John avant que Fox l'entraîne dehors.

— Lui avez-vous présenté les chevaux ? demanda-t-elle.

— Pas encore.

Ils suivirent le chemin par lequel elle était arrivée la veille et obliquèrent vers l'écurie. Sur le trajet, elle l'interrogea sur le nombre de juments pleines et ce qu'elle serait amenée à faire en plus de veiller sur le bébé.

— Laissez-moi le porter un peu, proposa-t-il.

Elle lui tendit Bébé John sans protester. C'était une belle journée d'automne et les chevaux qu'elle voyait dans les enclos étaient en parfaite santé. Une jument baie, qui était visiblement amoureuse de Fox, s'approcha d'eux. Elle avait une longue cicatrice sur le flanc, mais elle se déplaçait avec grâce.

— Je vous présente Mags, lui dit Fox. C'est le diminutif de Magnifique. Elle était mal en point quand je l'ai trouvée. Elle est trop vieille pour avoir des poulains, mais elle a une bonne influence sur le troupeau et elle est toujours partante pour une promenade.

Mags laissa Kelsey lui caresser le museau et jeta un regard curieux au bébé quand il gazouilla.

Fox lui montra d'autres juments qui se promenaient dans l'enclos.

— Celles-là doivent faire un test de grossesse cette semaine, dit-il.

— Je peux m'en occuper, proposa-t-elle.

Son espoir s'évanouit quand il secoua la tête.

— Vous aurez d'autres occasions, je vous le promets, dit-il. Prenez d'abord le temps de vous installer. Il y aura les mises bas dans quelques mois et on m'appelle pour des consultations tous les jours.

Elle lui sourit. Décidément, elle avait trouvé sa place. Le bébé, qui aurait dû commencer à être fatigué, observait toujours son environnement, les yeux grands ouverts.

— Il aime se faire des amis, fit-elle remarquer à Fox.

— Est-ce une bonne chose ? demanda-t-il.

— Ça ne peut pas être mauvais, répondit-elle.

L'écurie, qui avait de grosses poutres en chêne, était peut-être la plus belle écurie que Kelsey ait jamais vue. L'odeur du foin lui chatouilla les narines quand ils y entrèrent. Il y avait des stalles spacieuses de part et d'autre d'une allée centrale. Plusieurs juments pointèrent leur museau dehors pour accueillir Fox.

— C'est bien conçu, le complimenta-t-elle.

— Il vaut mieux faire les choses bien du premier coup, répondit-il en caressant le museau d'une jument alezane.

Kelsey flatta l'encolure de la bête.

— Elle est magnifique, dit-elle. C'est la couleur qui vous a fait connaître.

— Comme vous le savez, je préférerais être connu pour un quarter horse vigoureux, mais mon frère Wyatt me rappelle souvent qu'un cheval dont on peut faire de belles photos fournit une bonne publicité.

— D'après ce que j'ai entendu dire, vous avez réussi les deux.

— Est-ce ce qui vous a amenée ici ?

— Entre autres, répondit-elle en évitant son regard.

Elle avait perdu le compte des raisons qui l'avaient amenée là. Elle voulait apprendre des choses auprès de Fox et contribuer à produire des animaux vigoureux. Elle voulait s'installer quelque part, goûter un moment à la stabilité. À trente ans, elle en avait assez de sa vie de nomade.

— Mes derniers postes dans des laboratoires m'ont fait prendre conscience que le travail de terrain me manquait, ajouta-t-elle.

Fox pouffa, ce qui fit tressaillir le bébé, qui s'était presque endormi sur son épaule. Celui-ci commença à s'agiter et Kelsey le reprit dans ses bras.

— Il a besoin d'être changé, dit-elle en le berçant. Et il devrait bien dormir après cette promenade.

Comme ils avaient fait un cercle, ils regagnèrent la maison par l'arrière. Kelsey découvrit une terrasse en brique avec un barbecue et une table en fer forgé. Elle fut surprise de voir un portique et une balançoire sur la pelouse, mais elle se souvint aussitôt que Fox avait une nièce. Les enfants ne l'effrayaient peut-être pas tant que ça, finalement.

Ils montèrent à l'étage. Quand elle eut changé Bébé John, il parut prêt à faire une sieste. Elle retourna dans le salon et trouva Fox devant une fenêtre.

— Si vous voulez descendre travailler, je vous rejoindrai quand il se sera endormi, lui proposa-t-elle.

— Pensez-vous qu'il dormirait dans la camionnette ? demanda Fox. Il s'est tenu tranquille la dernière fois... Ça nous permettrait de nous occuper de votre voiture et de faire quelques courses pour lui.

— C'est une très bonne idée, si vous pensez qu'on a le temps.

— On a le temps, répondit-il en ramassant sa veste.

Alors que Fox fermait la porte de la grange, elle s'aperçut qu'elle n'avait pas ses clés de voiture. Zut. Cet oubli ne l'aiderait pas à prouver son efficacité.

— J'ai laissé mes clés là-haut, dit-elle.

— Ce n'est pas grave, répondit Fox en prenant Bébé John. On vous attend.

Elle balbutia des excuses et fonça récupérer ses clés. Quand elle ressortit, Fox marchait lentement en parlant de la nature au bébé.

— Je suis prête ! lança-t-elle.

Quand Fox se retourna, le cœur de Kelsey manqua un battement. Nimbés de soleil, Bébé John et lui formaient un tableau adorable.

Elle avait consacré tant de temps et d'énergie à son indépendance qu'elle n'avait presque jamais rêvé de bonheur domestique. Mais ce tableau aurait facilement pu devenir son idéal. Pas cette paire, spécifiquement – elle n'était pas assez idiote pour tomber amoureuse de son patron et d'un bébé qui n'était pas le sien. Néanmoins, elle ne pouvait pas nier que cette image réveillait quelque chose en elle.

— On a survécu une minute entière sans pleurer, dit Fox

avec un sourire espiègle. Je suis sûr qu'il pense que vous êtes un excellent professeur.

— Le secret, c'est que vous vous sentiez détendu avec lui, répondit-elle.

Elle ouvrit une portière arrière de la camionnette et Fox lui tendit le bébé. Il avait une grosse tache sur l'épaule.

— Je vous laisse l'installer pendant que je change de chemise, lui dit-il.

Kelsey le suivit des yeux, le sourire aux lèvres, quand il rentra dans la grange.

Fox était fasciné par l'aisance avec laquelle Kelsey s'occupait du bébé.

— Tout a l'air tellement facile quand vous le faites, lui dit-il.

— J'ai de l'entraînement, c'est tout, répéta-t-elle.

Il aimait le calme et la douceur dont Kelsey faisait preuve, aussi bien avec les chevaux qu'avec le bébé. Bien sûr, il n'espérait pas en bénéficier personnellement. Elle était là pour travailler. Il n'aurait pas pu s'occuper du bébé tout seul, même avec l'aide d'Internet. Il ne devait surtout pas faire fuir Kelsey. Les chances qu'une autre nounou tombe du ciel étaient bien trop minces.

Il était rare qu'il prenne une décision sur un coup de tête, mais il ne regrettait pas de l'avoir fait la veille au soir. L'avenir dirait si elle était aussi douée pour élever des chevaux que pour veiller sur un bébé.

— Avez-vous déjà fait de la reproduction ? demanda-t-il.

— Pardon ? s'écria-t-elle, les yeux écarquillés.

Il réprima un juron.

— Je parle des chevaux, expliqua-t-il en se sentant rougir. Avez-vous travaillé sur des saillies ?

— La dernière fois, c'était pendant ma formation de vétérinaire, à la fac. Ces derniers temps, je n'ai travaillé que dans des laboratoires.

— Et avant ça ?

Quand elle se tourna pour sourire au bébé, Fox crut sentir

que sa question l'embarrassait – mais il n'avait jamais été très doué pour deviner ce que les gens ressentaient.

— J'ai grandi dans une ferme dans un coin perdu au nord d'ici, répondit-elle.

Ce qui était très vague. Il y avait des centaines de kilomètres carrés de coins perdus au nord du ranch. Il eut envie de lui demander de préciser et se l'interdit par politesse.

Il suivit ses indications jusqu'à sa voiture et consulta le compteur kilométrique.

— Vous avez fait douze kilomètres à pied hier ? s'écria-t-il.

— J'ai été prise en stop sur une partie du trajet, lui rappela-t-elle. Et me faire embaucher par le célèbre Fox Colton le valait bien.

Comme nounou, songea-t-il. Un poste pour lequel elle était largement surqualifiée.

— Quand nous aurons mis vos affaires dans la camionnette, nous… C'est tout ? s'écria-t-il.

Elle avait sorti du coffre un ordinateur portable dans un étui qu'elle avait glissé sur son épaule et une valise à roulettes. Il l'aida à les ranger dans le coffre de la camionnette.

Elle avait trente ans. N'était-elle pas censée posséder plus de choses ?

— Oui, c'est tout, répondit-elle. Ne soyez pas aussi surpris. Ça fait des années que je vis dans des dortoirs ou des chambres d'étudiant.

— Mais…

Il était allé à l'université et avait fait quelques stages. Il savait qu'il n'était pas pratique d'avoir beaucoup d'affaires quand on était à l'étroit. Néanmoins, il n'en avait jamais eu aussi peu et il était un homme.

— Vous n'imaginez pas tout ce que je peux faire rentrer dans cette valise, ajouta-t-elle. Et il vaut mieux voyager léger quand on déménage souvent.

— C'est vrai, concéda-t-il.

Après tout, ce qu'il lui était arrivé avant qu'il l'engage ne le regardait pas. Il prit des photos de sa voiture et appela le garage de la ville.

Il fournit son numéro de téléphone au garagiste et lui demanda d'établir la facture à son nom. Il jeta un dernier coup d'œil à la voiture de Kelsey avant de remonter dans sa camionnette. Si elle était d'accord, il valait sans doute mieux la vendre en pièces détachées. Avec ce qu'il avait l'intention de la payer, elle aurait les moyens de s'acheter un véhicule plus adapté aux routes du Colorado.

Quand il redémarra, il faillit prendre la route du ranch et se rappela de justesse qu'ils avaient des courses à faire.

— Vous n'aurez qu'à vous servir de l'une des camionnettes du ranch en attendant, lui dit-il.

— C'est très généreux. Merci.

— J'ai donné mon numéro de téléphone au garagiste, ajouta-t-il.

— Oh ! désolée de ne pas avoir pensé à ça.

— Ce n'est pas grave. Vous serez à portée de main quand il appellera.

Il eut envie de se gifler pour avoir bien mal choisi ses mots une fois de plus. Bien sûr, sa nouvelle assistante et nounou était magnifique, mais elle ne pouvait pas être littéralement à portée de sa main. Le fil de ses pensées prouvait qu'il n'avait pas fréquenté de femme depuis trop longtemps. Il n'était même plus capable de faire correctement la conversation.

— Avez-vous préparé une liste ? demanda-t-il. Je n'en reviens pas de ce que je m'apprête à faire.

— La liste est sur mon téléphone et je vous promets d'être aussi rapide que possible. Avez-vous un budget ? Tout serait pratique, mais tout n'est pas nécessaire.

— Achetez ce qu'il lui faut. L'argent n'est pas un problème. Je donnerai tout au vrai père quand on le trouvera.

— Hum.

— Qu'est-ce que ça veut dire ? demanda-t-il en se garant devant le magasin. Je ne suis pas doué pour ça.

— Pour parler ?

— Oui.

C'était tout en haut de la liste des choses qu'il faisait mal.

Elle fronça les sourcils, ce qu'il trouva plus mignon qu'intimidant – et il n'aurait pas dû.

— Vous savez parler, répondit-elle. J'ai regardé des vidéos de vos conférences.

— Je peux parler de chevaux et de génétique jusqu'à ce que les gens s'évanouissent d'ennui. Je préfère éviter tous les autres sujets.

— Wow, répondit-elle.

Il décida de ne pas lui demander de développer et inspira profondément.

— Je vous le répète : ne vous inquiétez pas pour l'argent. On entre dans le magasin, vous prenez ce qu'il vous faut et on retourne au ranch.

— Comptez sur moi, répondit-elle en se redressant comme si elle se mettait au garde-à-vous.

Il prit Bébé John dans le porte-bébé en espérant que cela aiderait Kelsey à aller plus vite. Il ne voulait pas s'en mêler. Il était incapable de comparer les mérites des pyjamas à boutons-pressions et à fermeture Éclair.

Il ne s'était retrouvé aussi près de matériel de puériculture qu'une seule fois, quand sa sœur était enceinte. Pour Wyatt et Bailey, il avait acheté ses cadeaux en ligne et les avait fait livrer chez eux. Jamais il n'aurait imaginé apporter des objets de ce genre chez lui.

Il suivit Kelsey dans les rayons tandis qu'elle remplissait un caddie. S'il avait eu le choix, il n'aurait jamais fait les courses de cette manière. Il n'achetait rien de cette manière. Il commençait par faire des recherches et lire attentivement les notices. Kelsey prit plusieurs biberons et des paquets de couches – dont un de la taille supérieure à celle de Bébé John. Ils eurent une discussion sur l'intérêt d'une table à langer. Il finit par céder parce qu'il y avait des étagères en dessous où ils pourraient ranger les affaires du bébé.

— Je ne pense pas qu'il soit nécessaire d'investir dans un vrai berceau, dit-elle quand ils arrivèrent dans le rayon des options de couchage.

— Vous voulez qu'il reste dans le bac à fourrage ? s'étonna-t-il.

— Non, répondit-elle. Je pensais à l'une de ces choses.

Il leva la tête vers une rangée de berceaux portables de toutes les couleurs et ornés des motifs les plus variés. Il eut envie de se couvrir les yeux ou de s'enfuir en courant.

— C'est sans danger, nous n'aurons pas besoin de l'assembler et nous pourrons facilement l'emporter dans le bureau, argumenta-t-elle. C'est aussi moins cher et ça vous épargnera une dispute avec votre femme.

— Une dispute ?

De quoi parlait-elle ?

— Je suis sûre que votre femme ne voudra pas décorer sa nurserie avec des objets de seconde main.

— Je ne suis pas marié, répliqua-t-il.

Les femmes avaient tendance à vouloir des enfants et il n'en voulait pas.

— Pas encore, répondit Kelsey. Mais...

— Prenez-en deux, la coupa-t-il. Un pour la chambre, le deuxième pour le bureau. On en aura vite marre de déplacer ce truc d'un étage à l'autre.

Kelsey cligna des yeux.

— D'accord. Avez-vous une préférence pour la couleur ?

— Non.

— Très bien.

Pendant qu'elle examinait les berceaux, il ne put s'empêcher d'admirer la finesse de sa gorge et la délicatesse de son teint.

Kelsey prit deux étiquettes sur le présentoir et se remit en route. Il espéra qu'ils avaient terminé et fut déçu. Elle s'engagea ensuite dans le rayon consacré à la toilette.

À son grand soulagement, elle choisit une baignoire sans

lui poser de questions. Elle prit aussi des serviettes, des gants de toilette, du savon et une lotion. Il repéra un peignoir sur lequel était dessiné un cheval qui faisait une grimace et le mit dans le caddie sans qu'elle s'en aperçoive.

— Avez-vous un fauteuil à bascule ? demanda Kelsey.

— Celui du porche. Je peux le nettoyer et l'installer dans votre chambre.

— Très bien. Merci.

Il la vit caresser un fauteuil à bascule en noisetier qui ressemblait à un objet ancien.

— Je crois que Bailey avait choisi celui-là, dit-il en lui montrant un fauteuil blanc à décor de jungle.

— Bailey ? répéta Kelsey.

— Ma belle-sœur, expliqua Fox. Elle a accouché d'Hudson Earl Colton il y a trois jours.

— C'est un nom qui en impose, commenta Kelsey.

— C'est vrai, reconnut-il. Ils ont ajouté Earl en mémoire de notre grand-père.

Elle hocha la tête, puis elle regarda les fauteuils à bascule d'un air pensif.

— La plupart des mères y passent des heures, dit-elle.

— Pas les nounous ?

— Ça dépend du client et de l'âge de l'enfant, répondit-elle en se remettant en route.

Fox prit l'étiquette du fauteuil à bascule qu'elle avait admiré avant de la suivre. Ils avaient enfin fini – juste à temps parce que le bébé commençait à s'agiter.

— Je peux vous laisser passer en caisse ? demanda Kelsey en le prenant dans ses bras.

Il acquiesça. Elle s'éloigna avec le bébé et un sac de couches.

Il passa à la caisse et survécut par miracle aux joyeux babillages qui l'entouraient.

— Un berceau pour la maison de la grand-mère, c'est ça ? demanda la caissière en s'apercevant qu'il y en avait deux. C'est malin.

Il ne prit pas la peine de la corriger.

— Merci, répondit-il.

Ses parents étaient morts depuis longtemps et il n'avait jamais vu Mara comme une grand-mère, même si elle gâtait ses petits-enfants.

Il faillit avoir un malaise quand il vit le montant de l'addition.

— Les agents de l'entrepôt vous donneront les objets volumineux, dit la caissière lorsqu'il lui tendit sa carte. Quel coussin voulez-vous pour le fauteuil ?

Il n'en avait aucune idée.

— Quelque chose de simple, répondit-il.

— Voilà ce qu'on a, dit-elle en lui montrant des échantillons de tissus.

Ce n'était clairement pas la première fois qu'elle avait affaire à un client débordé par la situation.

Il choisit un tissu marron à rayures vertes.

— Celui-ci.

— Parfait, dit-elle en lui tendant le ticket. Vous n'avez qu'à vous garer devant la porte de l'entrepôt.

— Merci.

Il sortit avec le caddie et plaça les achats à côté de la valise de Kelsey. Elle n'avait que quelques années de moins que lui. Il s'était lassé des dortoirs dès le début de la vingtaine. Comment avait-elle supporté cette vie de nomade si longtemps ?

Bien sûr, Wyatt lui avait vendu des terres à un bon prix et l'avait aidé à monter son entreprise. Fox savait qu'il avait de la chance.

Il ferma le coffre et rangea le caddie.

— Fox ! s'écria Kelsey en courant vers lui, les joues rouges et le bébé dans les bras. J'ai essayé de faire vite. M'attendez-vous depuis longtemps ?

— Non, répondit-il, surpris de la voir au bord des larmes. Que s'est-il passé ?

— Rien, soupira-t-elle. C'est juste…

Elle lui offrit un sourire tremblant.

— Je me suis inquiétée pour rien, reprit-elle. Je ne voulais pas vous faire attendre. Je sais que vous avez mieux à faire que de meubler une nurserie.

— Ce n'est pas le cas, répondit-il parce qu'elle avait visiblement besoin qu'on la rassure. Ce que j'ai à faire de plus urgent, c'est de retrouver les parents de ce petit gars.

Il lui prit le bébé et l'installa dans le siège – plus rapidement que les fois précédentes.

Ils montèrent en voiture et il se gara devant l'entrepôt.

— Restez là, dit-il à Kelsey.

Pendant que les agents chargeaient le reste de leurs achats dans le coffre, il se demanda pourquoi Kelsey s'était autant affolée.

— Avez-vous vraiment cru que je partirais sans vous ? demanda-t-il en se remettant au volant.

— Vous ? Non, pas vraiment, répondit-elle en évitant son regard. C'est une jolie ville. Avez-vous toujours vécu ici ?

Il ne se laissa pas distraire.

— Ça s'est déjà produit, dit-il.

— Oui, soupira-t-elle. Plusieurs fois. C'est devenu une crainte irrationnelle.

— Racontez-moi la vôtre et je vous raconterai la mienne.

— Vous êtes sérieux ? demanda-t-elle en tournant enfin la tête vers lui.

Il acquiesça.

— Aussi sérieux qu'un bébé sur un perron.

Il fut ravi de l'entendre pouffer.

— La première fois, je devais avoir sept ou huit ans, expliqua-t-elle. On était allés faire des courses et je me suis éloignée parce que je lisais ce qui était écrit sur tous les emballages. D'après ma mère, elle m'a appelée et j'ai refusé de lui obéir.

Ses parents l'avaient abandonnée parce qu'elle s'était conduite comme une enfant ?

— Vous avez dû être terrifiée, commenta-t-il.

— Oui, reconnut-elle. Mais la désobéissance n'était pas tolérée dans ma famille.

— Vos parents vous frappaient-ils ? demanda-t-il.

Il n'oublierait jamais la force des coups de son père.

— De temps à autre. Mon père, jamais. C'était ma mère qui s'en chargeait.

Fox déglutit. Il ne lui revenait pas de juger les parents de Kelsey et il avait ses propres démons.

— Je ne me suis plus jamais éloignée de mes parents après ça, ajouta-t-elle.

— Alors qui d'autre vous a abandonnée ?

— Une fois, au lycée, j'ai raté un bus avec quelques camarades. Au moins, je n'étais pas seule.

— C'est tout ?

— Non, répondit-elle en baissant les yeux. Il y a aussi eu un employeur qui m'a laissée me débrouiller parce qu'il en avait assez de m'attendre.

— Je ne le ferai pas, dit-il. C'est peu probable, du moins.

— Qu'est-ce que ça veut dire ?

— Je n'en suis pas fier, mais il m'est arrivé une fois ou deux de laisser tomber mes frères. Je réfléchissais à un problème qui me tracassait et je suis parti le résoudre.

Elle éclata de rire.

— Ce n'est pas la même chose.

— Vous n'arriverez pas à en convaincre mes frères. C'était moi qui avais la voiture.

— Je m'estime avertie, répondit-elle. Je ne vous accompagnerai nulle part si vous êtes plongé dans vos réflexions.

Alors ils ne sortiraient pas souvent ensemble. Il n'était pas doué pour contrôler le fil de ses pensées. Dans l'immédiat, c'était l'identité des parents du bébé qui le tracassait le plus.

Il devrait aller parler à ses frères quand ils auraient arrangé la chambre. Il aurait préféré marcher sur des charbons ardents, mais il le fallait. Il ne pouvait pas garder Bébé John indéfiniment.

4

Kelsey écouta attentivement Fox, qui lui indiquait différents lieux et commerces dans Roaring Springs. Bébé John babillait joyeusement derrière eux.

Ils passèrent devant le garage que Fox avait appelé et elle fut surprise de voir que sa voiture s'y trouvait déjà.

— Ils ont fait vite, lui fit-elle remarquer. On dirait qu'il n'est pas inutile de s'appeler Colton.

Elle n'avait jamais joui d'aucune forme de réputation – d'abord parce qu'elle avait tout fait pour ne pas se faire remarquer. Elle espérait être un jour reconnue pour son travail, mais elle ne pouvait pas se permettre de prendre des risques inutiles.

— Malheureusement, vous n'avez pas tort, répondit Fox.

— Pourquoi malheureusement ?

Bébé John poussa un petit cri. Fox jeta un coup d'œil dans le rétroviseur et sourit. Se rendait-il compte que le bébé avait déjà gagné son cœur ?

— J'essaie de ne pas abuser de l'influence familiale, répondit-il. Il n'y a pas que des fans des Colton dans la région. Mes parents adoptifs se sont fait quelques ennemis au fil de leurs carrières.

— Je ne peux pas m'imaginer dans votre situation, reconnut-elle.

Quand elle était partie de chez elle, elle n'avait pas changé de nom, seulement d'adresse. Elle n'avait parlé de sa famille à personne et avait essayé de se faire des amis. Fox semblait être dans la situation inverse.

— Ma sœur s'est adaptée plus facilement, poursuivit-il. Ma tante avait déjà trois garçons quand on est entrés dans la famille.

Il pouffa.

— J'ai trente-trois ans et ma mère me manque encore, avoua-t-il.

— Je crois qu'on ne fait jamais vraiment ce genre de deuil.

Qu'ils soient bons ou mauvais, les parents avaient une grande influence sur leurs enfants. Elle devait admettre que sa mère lui manquait de temps à autre, en général quand ses frères faisaient quelque chose de stupide dans l'espoir de la ramener à la maison – ce qu'elle ne pouvait pas dire à Fox.

— Et lui ? demanda Fox en indiquant le bébé du pouce. S'adaptera-t-il ?

— Il ne se souviendra que des parents qui l'élèveront. Ce seront eux qui devront décider de lui parler ou non de cette période de sa vie.

Fox laissa échapper un grognement. Elle était prête à parier son premier salaire qu'il se demandait de nouveau qui était le père de Bébé John. Elle ne lui enviait pas la tâche qui l'attendait. Elle aussi serait nerveuse si elle devait interroger ses frères sur une éventuelle paternité.

— Je suppose que ça vaut mieux, finit-il par dire alors qu'ils entraient dans le ranch. La famille qu'il connaîtra aura voulu de lui, contrairement à sa mère.

L'amertume qu'elle entendit dans sa voix éveilla la curiosité de Kelsey, mais elle estima qu'une employée n'avait pas à poser des questions personnelles à son nouveau patron.

Deux heures plus tard, Fox serra le dernier boulon de la table à langer et la retourna.

— Qu'en pensez-vous ? demanda-t-il en n'en revenant pas que Kelsey ait réussi à empêcher le bébé de piquer une crise pendant tout ce temps.

Elle arrêta de plier du linge pour venir éprouver la solidité de son œuvre.

— Bien joué, répondit-elle.

Il esquissa un sourire.

— On dirait que je ne suis pas doué que pour manier des microscopes, dit-il avant d'avoir honte de se jeter des fleurs.

Kelsey ne fit aucun commentaire.

— Mettons-la sous la fenêtre, suggéra-t-elle.

Il déplaça la table. Le moment était venu d'apporter le fauteuil à bascule. Parce que Bébé John avait eu faim à leur retour, elle ne l'avait pas vu le sortir du coffre. Lui offrirait-elle l'un de ses sourires éblouissants quand elle le découvrirait ?

Il se sermonna en rangeant ses outils. Il n'aurait pas dû s'en soucier. Comme la place manquait, il emporta le fauteuil de la chambre d'amis dans la sienne, puis il plaça le nouveau fauteuil à bascule entre le berceau et la table à langer.

Kelsey écarquilla les yeux, puis fronça les sourcils.

— Pourquoi ? demanda-t-elle.

— Parce que c'est pratique. Vous l'avez dit vous-même.

— Et vous avez dit que vous monteriez celui du perron, répondit-elle en rangeant des sacs de couches sous la table à langer.

— Comme ça, je n'aurai pas à le nettoyer, mentit-il avant d'estimer que la fuite était sa meilleure option. Je ferais bien d'aller voir mes frères. On a besoin d'échantillons d'ADN. Vous pouvez vous débrouiller toute seule ?

— Oui, tout va bien, répondit-elle. Je suis sûre qu'il vous sera plus facile de parler à vos frères sans nous avoir dans les pattes.

Il faillit changer d'avis parce qu'il ne voulait pas qu'elle se sente de trop, mais il perdit le fil de ses pensées quand elle se pencha pour poser quelque chose sur l'étagère la plus basse de la table à langer.

Cela ne lui arrivait jamais. Ses frères le taquinaient en lui disant que tout un ballet de danseuses nues ne suffirait pas à le distraire. Mais il était impossible de ne pas remarquer Kelsey. Ses courbes étaient si parfaites qu'il eut envie de poser les mains sur sa taille.

Que lui arrivait-il ? C'était sa nouvelle assistante et sa nounou. Il n'avait pas le droit de la dévorer des yeux. Mais cette situation n'était que temporaire... Quand il aurait retrouvé le père du bébé, Kelsey irait vivre ailleurs et il ne la verrait plus que pendant leurs heures de travail. Cela devrait calmer ses pulsions déplacées.

— À moins que vous ne vouliez qu'on vous accompagne, ajouta-t-elle.

— Quoi ?

Il secoua la tête.

— Pardon. Non merci. Je procrastine, c'est tout. Je vous appellerai sur la route du retour. Vous me direz ce que vous voulez que j'apporte pour le dîner.

Le sourire qu'elle lui offrit l'hypnotisa.

— Je peux cuisiner, si vous voulez, répondit-elle.

— Non, dit-il trop sèchement, ce qui fit sursauter le bébé.

Par miracle, celui-ci ne se mit pas à pleurer.

— Ce que je veux dire, c'est que vous en faites déjà assez, reprit-il.

— C'est l'impression que vous avez maintenant, mais ça s'équilibrera, lui assura-t-elle. J'ai hâte d'avoir le meilleur éleveur de quarter horses comme professeur.

Il apprécia la légèreté avec laquelle elle prenait le chaos dans lequel il l'avait plongée, mais son compliment le mit mal à l'aise.

— J'ai déjà perdu assez de temps, grommela-t-il avant de prendre une photo du bébé avec son téléphone. Merci, Kelsey.

Il s'enfuit sur ces mots. Une fois dehors, il inspira profondément avant de monter dans sa camionnette. Cela le contrariait de laisser Kelsey sans moyen de transport, mais il était sûr qu'elle pouvait gérer n'importe quel problème du bébé.

Le plus logique aurait été de commencer par Wyatt, qui

n'habitait pas loin. Bailey et lui étaient rentrés de l'hôpital dans la journée. Mais Fox n'avait pas envie de voir un autre humain miniature pour le moment.

Il décida de commencer par son frère Decker. Decker, qui était doué pour les affaires, occupait le poste de directeur des opérations au Chalet. Comme il travaillait moins depuis qu'il s'était marié, Fox appela le Chalet pour s'assurer que son frère était dans son bureau avant de s'y rendre. Sur le trajet, il se demanda comment formuler sa requête sans l'offenser.

Mieux valait qu'il s'en tienne à ce qu'il savait faire : un exposé simple et rapide de la situation suivi de quelques questions. Ensuite, il répéterait l'opération avec ses deux autres frères avant de rentrer.

Le Chalet, perché dans la montagne, lui avait toujours semblé masculin et le Château, niché au creux de la vallée, féminin. Les deux étaient extrêmement luxueux et attiraient des touristes fortunés. En entrant dans le Chalet, Fox regretta de ne pas s'être changé avant de venir pour mettre quelque chose de plus habillé que son jean délavé et sa chemise à carreaux.

Tant pis. Il frappa à la porte du bureau de Decker.

— Fox ! s'écria Decker en souriant, ce qui lui arrivait rarement avant qu'il épouse Kendall. Qu'est-ce qui t'amène ?

— J'ai un problème et ton aide peut m'être utile, commença Fox.

— Tout ce que tu voudras, répondit Decker. Entre !

Fox ferma la porte derrière lui et s'efforça d'exposer la situation le plus clairement possible.

— Avant-hier soir, quelqu'un a abandonné un bébé devant ma porte.

— Quoi ? s'écria Decker. Toi ? Tu plaisantes ? Qui est la mère ?

— Je ne suis pas le père, grommela Fox avant de lui montrer les photos qu'il avait prises. Est-ce que ce bébé te dit quelque chose ?

Decker regarda les photos et se remit à sourire.

— Il est mignon, même quand il fait la tête, dit-il. Mes félicitations !

— Pour quoi ?

— Pour t'être intéressé à autre chose qu'à un microscope.

— Ce bébé n'est pas le mien, répéta Fox. Je suis venu te demander s'il pouvait être le tien.

Decker recula comme s'il venait de recevoir un coup de poing dans la mâchoire.

— Tu crois vraiment que la mère aurait pu *nous* confondre ?

— La mère aurait pu confondre nos adresses, répondit Fox. J'avais oublié à quel point tu pouvais être désagréable.

— Moi ? s'écria Decker en posant une main sur son torse. Je suis le charme incarné.

Avait-il jamais apprécié de récupérer des frères en se faisant adopter ? se demanda Fox.

— Dans ce cas, charme-moi en me donnant un échantillon d'ADN, répliqua-t-il.

— Pourquoi ? demanda Decker. Je ne suis pas le père non plus.

— Il a forcément un père et quelqu'un pense qu'il s'agit d'un Colton.

— As-tu parlé à Wyatt ? C'est lui qui vit le plus près de chez toi.

— Je vous verrai tous. As-tu une raison de ne pas vouloir te prêter au test ?

— Je préférerais ne pas être cloné, répondit Decker en haussant un sourcil.

Fox déballa son matériel.

— Ne t'inquiète pas pour ça. Je n'aimerais pas qu'il y en ait deux comme toi dans le monde, plaisanta-t-il.

Decker pouffa.

— Si tu n'es pas le père, pourquoi a-t-on abandonné le bébé devant chez toi ? demanda-t-il avant d'ouvrir la bouche pour laisser Fox frotter un coton-tige à l'intérieur de sa joue. Et où est-il, maintenant ?

Fox prit une goutte de sang à son frère et étiqueta les deux échantillons.

— Chez moi, avec une... nounou, répondit-il.

— Pourquoi ne l'as-tu pas confié aux services sociaux ?

Fox secoua la tête.

— Je n'ai pas pu. Tu as le droit de dire que je suis idiot.

— Tu es idiot, répondit Decker. Tu n'y connais rien en matière de bébés.

— Je sais qu'ils sont petits et qu'ils crient fort.

Il savait aussi qu'ils étaient mignons quand ils dormaient...

— Je parie sur Wyatt, dit Decker.

C'était aussi l'hypothèse de Fox, puisque le bébé avait été abandonné dans le ranch.

— Plus j'aurai d'échantillons, plus j'aurai de chances de trouver le père, répondit-il.

— Ça m'innocentera, au moins, n'est-ce pas ?

— Si tu es innocent, oui.

— Bien. Maintenant, tu peux arrêter de me regarder comme si j'étais un menteur, conclut Decker. Que feras-tu si tu ne trouves pas le père ?

— Je ne sais pas, répondit Fox en rangeant son matériel. Tout le monde sait que je ne suis pas fait pour élever un enfant.

Decker secoua la tête.

— Que tu peux être stupide, parfois, pour quelqu'un d'aussi intelligent !

— Pardon ?

— Tu m'as bien entendu. Ce n'est pas parce que ton père était violent que tu le seras aussi.

Fox se sentit rougir.

— Je ne savais pas que tu étais au courant, balbutia-t-il.

Il n'en avait parlé à personne. Il avait préféré être discret après l'adoption et il en avait gardé l'habitude.

Decker haussa les épaules.

— Les enfants ont une ouïe exceptionnelle. Les adultes

ont tendance à l'oublier. Papa et maman en ont parlé une fois ou deux.

— Il est bien dommage que le bébé n'ait pas une faculté de communication exceptionnelle, répliqua Fox. J'adorerais savoir où est sa mère.

Decker le raccompagna jusqu'à la porte.

— Bonne chance, dit-il.

— Merci pour ton aide. Si tu entends parler de quelque chose, préviens-moi.

— C'est promis, répondit Decker en posant une main sur son épaule.

Fox remonta dans sa camionnette un peu plus détendu et envoya un texto à Kelsey pour prendre de ses nouvelles. Elle répondit aussitôt en incluant une photo du bébé endormi dans le message.

Il envoya un autre texto :

Frimeuse.

Même s'il préférait la solitude, échanger des textos avec Kelsey lui donnait l'impression de partager un secret avec quelqu'un.

Il démarra, le sourire aux lèvres, et prit la direction de la maison que Blaine venait de construire pour sa famille.

Il souriait toujours quand il frappa à la porte. Leur conversation ressembla beaucoup à celle que Fox avait eue avec Decker. Bébé John ne disait rien à Blaine, qui n'était même pas aux États-Unis au moment où l'enfant devait avoir été conçu. Blaine donna des échantillons à Fox sans hésiter pour l'aider dans ses recherches.

— As-tu envisagé la possibilité qu'on t'ait confié le bébé pour que tu le gardes ? demanda Blaine. Ton adoption n'est pas un secret.

Mal à l'aise, Fox évita de répondre.

— Il faisait trop froid pour laisser un bébé dehors, dit-il.

— Arrête, insista Blaine, qui était rarement aussi sérieux. Tu penses que ce bébé est un Colton.

— Je pense que quelqu'un le pense.

— Tu n'as pas à t'occuper de ça, dit Blaine. Ce « quelqu'un » se trompe.

— Si c'est vrai, les tests le diront.

Comment son frère pouvait-il voir aussi clair en lui ? Ils n'avaient jamais été particulièrement proches.

— Tu n'as pas une dette envers l'univers parce que tu as été adopté, ajouta Blaine. Papa et maman te diraient la même chose.

Russ, peut-être, mais Fox n'aurait pas été surpris que Mara estime qu'il avait une dette envers elle.

— Ce n'est pas ça, protesta-t-il. On a déposé un bébé devant ma porte. Un bébé ne peut pas se défendre. Il a besoin de sa famille et j'essaie de la trouver.

— Alors t'occuper d'un bébé inconnu n'a rien à voir avec le fait que mes parents vous aient adoptés, Sloane et toi, quand les vôtres sont morts ? insista Blaine.

Fox secoua vivement la tête.

— Allons, Fox ! Ça te ferait du bien d'en parler, lui assura Blaine.

— Je n'ai rien à dire, grommela Fox. Je garde juste ce bébé jusqu'à ce que j'aie trouvé sa famille.

— Il a l'air d'être un peu petit pour que tu le mettes au travail, plaisanta Blaine.

Fox apprécia son effort pour alléger l'atmosphère.

— Il grandira, répondit-il. Merci pour ton aide.

Il s'empressa de filer et prit des nouvelles de Kelsey avant de redémarrer. Cette fois, elle lui envoya la photo d'un plat dans le four et lui annonça que ce serait prêt dans quarante minutes.

L'estomac de Fox gargouilla. Elle n'aurait pas dû cuisiner, mais cela semblait délicieux… Comment faisait-elle pour le mettre autant à l'aise ? Elle avait peut-être un pouvoir magique, aussi efficace sur lui que sur le bébé.

Il ne lui restait plus qu'un frère à voir. Il prit le chemin de la maison de Wyatt. Une fois garé devant, il envoya un nouveau texto à Kelsey :

Dernier arrêt.

La semaine précédente, il aurait sonné sans réfléchir, mais une nuit avec un bébé qui ne dormait pas avait suffi à lui apprendre certaines choses. Il ne voulait surtout pas contrarier celui de Wyatt. Il frappa doucement.

Son frère ouvrit quelques instants plus tard. Il semblait un peu fatigué, mais Fox ne l'avait jamais vu aussi heureux.

— Salut ! Tu es le comité d'accueil ?

Fox regretta de n'avoir rien apporté d'utile comme de la nourriture, des couches, ou bien des bières et des cigares.

— Désolé, dit-il. Je suis venu les mains vides. J'apporterai quelque chose la prochaine fois.

Wyatt l'invita à entrer.

— Ce n'est pas grave, répondit-il. On a tout ce qu'il nous faut. Maman a apporté de la soupe, des lasagnes et des brownies.

— Je ne resterai qu'une minute, dit Fox. C'est un problème personnel.

Comme il avait déjà eu cette conversation deux fois, il s'en sortirait sûrement comme un pro.

— Laisse-moi m'assurer que Bailey n'a besoin de rien, répondit Wyatt.

— Bien sûr.

— Il y a des bières dans le frigo, si ça t'intéresse ! lança son frère en s'éloignant.

Fox entra dans la cuisine. Il voulait un échantillon d'ADN, pas une bière – d'autant moins si c'était Mara qui les avait apportées. Sa tante n'avait jamais été aussi chaleureuse envers lui qu'envers sa sœur. Il pouvait comprendre qu'il lui ait été difficile de s'occuper des enfants de sa sœur tout en gérant son propre chagrin, mais il ne savait pas pourquoi ils n'avaient jamais été proches. Il avait peut-être repoussé son affection sans s'en rendre compte.

De l'eau avait coulé sous les ponts. Les enfants et les parents étaient des gens et les gens ne s'entendaient pas tous. Fox le savait et cela ne le dérangeait pas de ne se sentir vraiment proche que de Sloane. Wyatt entra dans la cuisine pour remplir un verre d'eau et en ressortit.

À son retour, il prit deux bières dans le frigo et en posa une devant Fox sans lui demander son avis.

— Alors, que se passe-t-il ? demanda-t-il.

— On a déposé un bébé devant ma porte le lendemain de la naissance d'Hudson, expliqua Fox. Il doit avoir dans les six mois, d'après les recherches que j'ai faites sur Internet.

Wyatt se frotta les yeux.

— Évidemment, tu as fait des recherches sur Internet.

— Ce n'est pas comme si sa mère m'avait laissé un certificat de naissance ou un dossier médical, grommela Fox. Il est évident que ce bébé m'a été confié par erreur.

— Tu en es sûr ?

— Je me souviens de la manière dont on fait les bébés.

— Et tu n'as pas... ? demanda Wyatt en haussant un sourcil.

Fox leva les yeux au ciel.

— Non.

Depuis trop longtemps, ce qui expliquait sûrement le désir que lui inspirait Kelsey.

— Pourquoi quelqu'un abandonnerait-il un bébé devant ta porte si tu n'as pas... ?

— J'ai d'abord pensé que ce quelqu'un cherchait *ta* porte, pas la mienne.

La stupeur, l'indignation et la colère se succédèrent sur le visage de Wyatt.

— C'est impossible ! s'écria-t-il avant de jeter un coup d'œil derrière lui comme s'il s'attendait à voir Bailey surgir pour le gifler. Mon seul bébé est avec sa mère dans la pièce d'à côté.

— Je te crois, lui assura Fox. Mais il est logique de supposer que la personne qui a déposé ce bébé cherchait un Colton.

— Decker, répondit Wyatt en le fusillant du regard.

— Je lui ai déjà parlé. Il dit que ce n'est pas lui.

Wyatt ne parut pas convaincu.

— Alors laisse les services sociaux régler le problème, suggéra-t-il. Tu n'es pas fait pour t'occuper d'un bébé.

Fox crut recevoir un coup de poing – parce que c'était vrai.

— J'ai engagé quelqu'un pour m'aider, répondit-il avant de montrer les photos de Bébé John à son frère. Est-ce qu'il te dit quelque chose ?

— Tu te fous de moi ? s'écria Wyatt en regardant les photos. Il est mignon, mais je *te* reconnais à peine après mon séjour à la maternité.

Fox soupira.

— Peux-tu me donner un échantillon d'ADN, s'il te plaît ? demanda-t-il. Ça m'aidera à déterminer à quel Colton il revient.

— Pas à moi, insista Wyatt.

— Je te crois, répéta Fox, qui croyait à la sincérité de ses trois frères. Néanmoins, un échantillon d'ADN m'aiderait dans mes recherches.

— Très bien, grommela Wyatt avant d'ouvrir la bouche.

Fox effectua le prélèvement et l'étiqueta.

— Merci.

— Ça prendra combien de temps ? demanda Wyatt.

— Ces analyses peuvent être assez longues, mais j'espère accélérer le processus, répondit Fox. J'appellerai l'agent Stefan Roberts dans la matinée.

Depuis que l'adjointe du shérif lui avait parlé, il lui semblait que le FBI serait prêt à l'aider, ne serait-ce que pour distinguer l'apparition du bébé de leur enquête sur le Tueur de l'Avalanche.

— S'appeler Colton a des avantages, commenta Wyatt.

Fox entendit le bébé se mettre à pleurer. Il félicita son frère une fois de plus et le laissa profiter de sa première nuit de paternité à la maison. En partant, il ne put s'empêcher d'envoyer un autre texto à Kelsey :

J'arrive. Besoin de quelque chose ?

Il attendit quelques secondes, mais Kelsey ne répondit pas. S'était-il passé quelque chose ? Même s'il n'avait pas de véritable raison de s'inquiéter, il roula plus vite qu'il n'aurait dû. Son téléphone finit par tinter. Il s'arrêta pour lire la réponse de Kelsey.

Tout va bien. Je viens de découvrir que Bébé John adore prendre des bains.

Fox soupira profondément et regarda une ou deux fois – peut-être trois – la vidéo qu'elle avait ajoutée au message. Le bébé était adorable et la voix de Kelsey, chaleureuse et compétente…

Il devait se ressaisir.

Un dîner l'attendait. Il avait été préparé par une femme intelligente qu'il trouvait extrêmement désirable. Malheureusement, les circonstances lui interdisaient de la courtiser. Il serait bon pour l'un comme pour l'autre qu'il s'en souvienne plus qu'une minute de temps à autre.

Kelsey avait pris un risque en préparant le dîner. Il était tout à fait possible que son nouveau patron n'apprécie pas qu'elle fouille dans les placards pour trouver des ingrédients.

Même s'il pouvait sembler naturel de faire à manger quand on gardait des enfants, plusieurs de ses anciens employeurs lui avaient imposé des limites bien précises. Il était arrivé qu'elle n'ait accès qu'à un placard ou une partie du réfrigérateur. Une fois, elle avait eu un mini-réfrigérateur dans sa chambre et il lui avait été interdit d'entrer dans la cuisine.

Malgré les bizarreries de ses patrons, cela avait toujours mieux valu que la vie qu'elle aurait menée si elle était restée chez ses parents.

De manière parfaitement inappropriée, son cœur manqua un battement quand elle entendit le moteur de la camionnette de Fox. Ses textos ne lui avaient fourni aucun indice sur la manière dont s'étaient passées ses discussions avec ses frères. Évidemment, cela ne la regardait pas et il lui faudrait tenir sa curiosité en laisse.

Elle avait couché le bébé après l'avoir baigné et lui avoir donné le biberon. La nuit précédente, il avait dormi presque cinq heures d'affilée. Elle était sûre de pouvoir lui faire prendre un rythme qui ne perturberait pas trop Fox – ni elle – en quelques jours.

Les analyses d'ADN pouvaient prendre des semaines et Fox ne semblait pas vouloir confier le bébé à quelqu'un d'autre avant d'avoir les résultats.

Le four sonna. Elle en sortit le plat au moment où Fox entrait dans la cuisine.

— Ça sent bon ! lança-t-il.

— Vous arrivez juste à temps, répondit-elle.

Elle retira les gants de cuisine, se retourna et faillit percuter Fox.

Elle avait déjà retrouvé l'équilibre quand il la retint par le bras. Ce bref contact suffit à la faire frissonner de plaisir.

— Qu'est-ce que c'est ? demanda-t-il en se penchant au-dessus du plat.

Elle s'était aventurée à associer ce qui lui était tombé sous la main.

— Je ne savais pas ce que vous aimiez, alors...

— Je suis sûr d'adorer, la coupa-t-il. Je n'ai jamais été difficile.

Il sortit deux assiettes d'un placard, puis fixa le comptoir dégagé.

— Qu'est-il arrivé aux affaires du bébé ? demanda-t-il.

Zut. Elle aurait dû demander sa permission avant de déplacer des choses. Elle n'était que la nourrice.

— Je peux les rapporter là, si vous voulez, balbutia-t-elle. Je les ai rangées dans la nurserie.

— La nurserie provisoire, la corrigea-t-il.

— C'est vrai. J'ai tendance à organiser les choses. Je suis désolée si j'ai pris des libertés inappropriées.

— Ce n'est pas le cas, répondit-il en ayant l'air aussi mal à l'aise qu'elle. Vous n'avez pas à marcher sur des œufs chez moi, Kelsey. Je vous suis reconnaissant de m'aider à m'occuper du bébé. Puisque vous vivez ici pour le moment, j'aimerais que vous fassiez comme chez vous. Je m'y habituerai.

— D'accord. Merci.

Elle servit son mélange de riz, de poulet, de fromage et de sauce salsa, puis se remplit un verre d'eau. Elle avait remarqué une bouteille de thé glacé dans le réfrigérateur.

— Voulez-vous du thé glacé ? proposa-t-elle. Quelque chose de plus fort ?

— Juste un verre d'eau, merci. J'ai bu une bière chez Wyatt.

— C'est celui de vos frères qui vient d'avoir un bébé, c'est ça ?

— Oui. Vous avez une bonne mémoire, dit-il avant de prendre une bouchée. Vous avez fait ça avec ce que vous avez trouvé dans les placards ?

Elle acquiesça.

— Est-ce votre mère qui vous a appris à cuisiner ? demanda-t-il.

Il essayait de lui soutirer des informations qui ne se trouvaient pas dans son CV.

— Oui. Maman voulait qu'on l'aide dans la cuisine. C'est nécessaire quand on appartient à une grande famille.

— Alors dites-lui que je la remercie, la prochaine fois que vous lui parlerez.

Elle prit une bouchée pour éviter de répondre et éprouva de la gratitude envers les employeurs qui ne s'étaient pas souciés de sa vie privée.

— Est-ce que j'ai commis une boulette ? demanda timidement Fox.

— Pas du tout, s'empressa-t-elle de répondre.

— Vous avez rougi.

— C'est à cause de la sauce salsa, répondit-elle en haussant les épaules. Le soleil et le vin ont le même effet. C'est la malédiction des peaux claires.

— D'accord. Mais dites-le-moi si je fais une bêtise.

— D'accord.

Il lui semblait le patron le plus étrange qu'elle ait jamais eu, mais elle ne savait pas si c'était bien le cas ou un effet de sa fascination.

Je suis très contente de travailler avec les chevaux et vous, dit-elle.

Comme il fronçait les sourcils, elle ajouta :

— Avec le bébé aussi.

— Alors au moins l'un de nous y trouve du plaisir, grommela-t-il. Il aime vraiment les bains ?

— Il a aimé celui de ce soir.

— J'aurais sans doute dû le faire hier soir…

Il semblait particulièrement stressé par le fait de devoir s'occuper d'un enfant.

— Je suis sûre que vous vous en êtes très bien sorti, l'encouragea-t-elle. Les enfants et les poulains ne sont pas si différents, au début : ils mangent, ils font caca, ils jouent et ils dorment.

Le rire de Fox lui procura autant de joie et de fierté que le premier prix qu'elle avait gagné à un concours de science – plus, même, parce que son père ne pouvait pas le jeter.

Elle finit son assiette et fut ravie de voir Fox se resservir.

— Je n'ai pas eu le temps de faire un dessert, dit-elle.

— Je ne m'attendais pas à ce que vous prépariez le dîner, répondit-il.

— Vous aviez l'air contrarié de devoir parler à vos frères. Je voulais faire quelque chose pour vous aider et j'avais du temps entre les lessives.

Il fronça les sourcils.

— Je n'ai pas eu une minute à moi quand j'étais seul avec le bébé.

— Ça viendra, lui assura-t-elle. À quelle heure commencez-vous à travailler, en général ?

— Je me lève vers 6 heures, je m'occupe des chevaux avant le petit déjeuner, puis je vais dans le bureau vers 8 heures, répondit-il.

Des dizaines de questions vinrent à l'esprit de Kelsey, mais elle s'interdit d'être trop curieuse.

— Êtes-vous sûr de vouloir mettre le deuxième berceau

dans le bureau ? demanda-t-elle. Puisqu'on a un babyphone, ce n'est pas nécessaire.

— Oui, j'en suis sûr. Je ne veux pas que vous vous épuisiez à monter et descendre l'escalier.

Sa voix douce et grave la fit frissonner.

Elle voulut ramasser son assiette quand il eut fini de manger.

— Que faites-vous ? demanda-t-il en lui saisissant le poignet.

Elle lui arracha immédiatement sa main, mais le plaisir que ce contact lui avait procuré perdura.

— Je voulais débarrasser pour faire la vaisselle, c'est tout, balbutia-t-elle.

— Non, dit-il. Vous avez cuisiné en plus de vos responsabilités de nounou. C'est moi qui ferai la vaisselle.

Quelque chose en elle résista et cela l'irrita. Elle n'avait pas perdu ses vieilles habitudes alors qu'elle avait quitté la maison de ses parents quinze ans plus tôt. Ce n'était pas parce qu'elle était revenue dans un ranch que Fox avait la même mentalité arriérée que son père et ses frères.

— Très bien, répondit-elle. Merci.

Fox la regarda bizarrement avant d'emporter les assiettes dans l'évier. Par chance, le babyphone s'alluma et Bébé John commença à gémir à cet instant.

— Moi qui espérais que vous auriez une pause..., murmura Fox. Vous préférez vous occuper de la vaisselle ou du bébé ?

Les concevait-il vraiment comme une équipe ?

— Je m'occupe du bébé, répondit-elle. Il se rendormira peut-être.

Fox croisa les doigts.

— Vous l'espérez réellement ? demanda-t-il.

Elle esquissa un sourire.

— Vous arrive-t-il de vous réveiller en pleurant au milieu de la nuit ?

— Seulement une ou deux fois par an, répondit-il en lui décochant un clin d'œil. Et vous avez raison : je me rendors.

Sa réponse la surprit, mais elle répondit avec légèreté :

Vous voyez ? Le sommeil est une compétence qui s'apprend. Il progressera vite.

Elle quitta la cuisine en continuant à songer à la réponse de Fox. Malgré le clin d'œil, elle n'était pas tout à fait sûre qu'il s'agissait d'une plaisanterie. Si ce n'en était pas une, à cause de quelles craintes ou de quelles souffrances un homme comme Fox Colton pouvait-il se réveiller en larmes au milieu de la nuit ?

Même si elle brûlait de curiosité, sa situation lui interdisait de l'interroger à ce sujet.

5

Fox avait appris à reconnaître un trésor quand il en voyait un, qu'il s'agisse de chevaux ou d'humains. Kelsey en était un auquel on avait ajouté une touche de magie. Dans son programme d'élevage, il appelait cela le facteur X, une qualité intangible dont la génétique ne pouvait pas rendre compte.

Il ne lui avait fallu que quelques jours pour faire prendre au bébé un rythme qui leur permettait de dormir presque sans interruption. Et elle n'avait jamais l'air fatigué le matin – contrairement à son frère et sa belle-sœur.

Elle s'était vite adaptée à sa routine, à la fois au bureau et dans le ranch. Elle s'était occupée des tests de grossesse des juments en un temps record. Après s'être assuré qu'elle savait monter à cheval, il l'avait encouragée à aller se promener pendant que le bébé faisait la sieste dans le bureau.

Bébé John adorait les chevaux. De temps à autre, Fox s'interrompait dans son travail pour faire des recherches sur des porte-bébés ventraux qui auraient permis de l'emmener en promenade, mais il fermait toujours la fenêtre avant d'en avoir acheté un. Bébé John n'était là que de manière temporaire. Fox aurait tout le temps de se promener avec Kelsey quand il aurait rendu l'enfant à ses parents.

Les résultats des analyses de sang n'étaient pas concluants. Grâce à la bonne volonté de l'agent Roberts, ils auraient sans doute bientôt ceux des échantillons d'ADN.

Fox jeta un coup d'œil à Kelsey, qui lisait un document assise par terre, adossée à son bureau. Devant elle, le bébé s'agitait joyeusement sur une couverture.

Ces moments de la vie quotidienne rappelaient sa propre enfance à Fox, l'époque où l'existence lui semblait parfaite. *Presque* parfaite. À quoi aurait ressemblé sa vie si ses parents n'étaient pas morts ?

Tout en lisant, Kelsey rendait au bébé un anneau en caoutchouc à chaque fois qu'il le lançait hors de sa portée. Pourquoi avaient-ils acheté cela ? Pour aider le bébé à faire ses dents et pour développer ses facultés manuelles et cognitives, se souvint Fox.

Il était sûr que les jouets n'étaient pas aussi sophistiqués ni scientifiquement justifiés à son époque. Cela ne l'avait pas empêché de grandir à peu près correctement.

— Je ne me souviens pas quand mon père a commencé à me battre.

Sûrement pas quand il était bébé..., songea-t-il. Sa mère ne l'aurait pas laissé faire.

— Fox ?

L'horreur qu'il entendit dans la voix de Kelsey le tira de ses pensées.

— Désolé. Quand je le regarde, je n'arrive pas à m'imaginer lui faire du mal, mais...

L'horreur de Kelsey se mua en compréhension.

— Mais vous vous demandez quand vous allez perdre les pédales et devenir violent, acheva-t-elle à sa place.

Il releva ses lunettes et se massa l'arête du nez. Cela semblait ridicule dans sa bouche.

— Je parie sur jamais, ajouta-t-elle avant de reporter son attention sur sa lecture.

— Vous êtes bien sûre de vous, lui fit-il remarquer.

Elle plongea son regard dans le sien.

— Picasso a eu quatre enfants, répondit-elle. Aucun d'eux n'est devenu un grand peintre.

— Je vous crois sur parole.

— Chacun d'eux avait des compétences et des talents sans rapport avec leurs gènes, poursuivit-elle. Aucun de nous n'est la somme de ses parents.

Son assurance apaisa un peu Fox.

— Je vous ai déçue, dit-il. Pardonnez-moi d'être humain.

— C'est fait, répondit-elle. Nous avons tous peur de ressembler à nos parents.

— Et encore plus quand ils étaient de mauvais exemples.

— C'est vrai, reconnut-elle. Mais quelqu'un qui serait capable de frapper un enfant n'en aurait pas recueilli un comme vous l'avez fait.

Elle se leva, souleva le bébé et s'approcha pour le lui mettre dans les bras sans lui demander son avis.

— Moi non plus, je n'ai pas eu de très bons exemples, ajouta-t-elle.

— Je sais que c'est idiot, murmura-t-il en regardant le bébé jouer avec un bouton de sa chemise.

— Non, ce n'est pas idiot, c'est normal, lui assura-t-elle. Un été, j'ai travaillé pour une famille qui attendait son troisième enfant. Les deux premiers étaient des garçons et la femme attendait une petite fille. Elle était terrifiée.

— Pourquoi ?

— Parce que sa mère et sa grand-mère étaient obsédées par une certaine image du corps féminin. Elle avait passé sa vie à essayer de s'en délivrer et elle avait peur de reproduire le modèle.

Il comprit ce qu'elle essayait de lui démontrer.

— Il ne s'agit pas de génétique, mais de reproduction de comportement, murmura-t-il. Ma mère était une femme formidable. Quand j'ai découvert que tous les pères n'étaient pas comme le mien, j'ai été incapable de comprendre pourquoi elle avait épousé un homme violent.

— Ah.

— Pouvez-vous développer ? demanda t il alors qu'elle se lançait dans la préparation d'un biberon.

— Vous avez vraiment peur que le Dr Jekyll devienne Mr Hyde quand vous êtes en présence d'un enfant.

— Oui.

— Avez-vous juste besoin d'évacuer vos craintes ou voulez-vous mon opinion ? demanda-t-elle.

Il apprécia qu'elle lui laisse le choix.

— Quelle est votre opinion ?

Elle tendit le biberon au bébé, qui le téta avec enthousiasme.

— J'ai onze frères et sœurs et il n'y avait que des familles nombreuses, là où je vivais.

Elle lui avait dit qu'elle avait des frères et sœurs, mais *onze* ? Le seul fait de penser au bruit et au désordre faillit lui donner la migraine.

— De quelle planète venez-vous ?

— Je ne suis pas autorisée à le révéler, répondit-elle, les yeux pétillants de malice. Et j'ai payé mes études en travaillant comme baby-sitter, ce qui m'a permis de rencontrer beaucoup de parents. Personne n'est parfait, mais je sais que la plupart des gens violents ont un problème psychiatrique.

— Le cerveau est une chose extraordinaire et terrible, répondit-il en se souvenant du mantra de l'un de ses professeurs.

— C'est vrai. Ce que je pense, c'est que vous étiez trop jeune pour comprendre le mariage de vos parents et que ça n'a aucune importance.

— Comment pouvez-vous dire ça ?

Il se leva par réflexe, mais fuir n'était pas une option.

— Parce que vous n'êtes pas votre père, Fox, dit-elle en lui reprenant le bébé. Vous avez hérité d'une partie de son ADN, mais vous êtes *vous*. C'est vous qui choisissez la manière dont vous exprimez votre déception et votre colère. Vous êtes libre de choisir la maîtrise de vous-même ou la destruction.

Elle avait raison. Sa tête le savait, mais le reste de sa personne avait du mal à l'accepter.

Kelsey plaça le bébé sur son épaule pour le faire roter. Quelques secondes plus tard, Bébé John dormait dans ses bras.

— Avez-vous souvent joué les psys pour vos clients ? demanda-t-il.

— Seulement pour les plus intelligents.

Son sourire espiègle éveilla la libido de Fox. Il posa une main sur son bras et se pencha vers elle sans vraiment s'en rendre compte. Au dernier instant, il tourna la tête et déposa un baiser sur le front du bébé avant de battre en retraite vers son bureau.

Il était trop à l'aise en présence de Kelsey. Se rendait-elle compte qu'il avait toutes les peines du monde à contrôler le désir qu'elle lui inspirait ?

C'était son employée. Elle l'aidait déjà beaucoup. Il ne pouvait pas mettre une collaboration aussi précieuse en danger pour explorer une simple attirance physique.

Kelsey coucha Bébé John et lui caressa le dos jusqu'à ce qu'il se mette en position fœtale – ce qui l'aida à masquer l'affolement de ses pensées.

Fox l'avait presque embrassée et elle en avait eu terriblement envie. Elle pinça les lèvres. Ça aurait été aussi merveilleux qu'inapproprié.

C'était son patron et elle commençait juste à comprendre comment elle pouvait lui être utile. Qu'elle en ait envie ou non, il n'y avait pas de place pour des baisers dans cette situation.

— Pensez-vous qu'il s'adaptera ? demanda Fox lorsqu'il se rassit à son bureau.

Ils avaient déjà eu cette conversation… Il était décidément très inquiet.

— C'est le roi de l'adaptation, répondit-elle.

Son cœur s'affola quand il la regarda par-dessus ses lunettes. Pourquoi trouvait-elle cela si sexy ?

— À sa vraie famille, je veux dire, précisa Fox. Ses parents ne feront pas les choses comme nous. Je me souviens que j'ai eu du mal à m'y faire lorsque ma sœur et moi nous sommes retrouvés avec les enfants de Russ et Mara.

— Vous étiez en deuil et lui n'est qu'un bébé. Il ne se souviendra pas de nous.

— Peut-être, marmonna Fox.

Alors qu'elle se replongeait dans sa lecture, il ajouta :

— J'apprécie l'aide que vous m'apportez. Je n'aurais pas pu le confier à des inconnus.

— Vous avez fait le bon choix, lui assura-t-elle. Je suis sûre que son père vous sera reconnaissant de tout ce que vous avez fait pour lui quand nous l'aurons retrouvé.

— Ça m'ennuie que le père n'ait pas encore frappé à ma porte, dit Fox en se levant pour faire les cent pas. Ce n'est pas comme si on vivait à New York. Les nouvelles vont vite, par ici.

Kelsey posa l'article qu'elle lisait et accorda toute son attention à Fox – ce qui n'était pas forcément une bonne idée, parce qu'elle eut du mal à ne pas se laisser hypnotiser par ses mouvements.

— Tout le monde trouve peut-être plus confortable de croire qu'il est votre fils, suggéra-t-elle.

Il fronça les sourcils.

— Vous devez avoir raison, lui accorda-t-il. Je le rendrai quand même à son père quand on aura les résultats. Bébé John a besoin d'être avec sa vraie famille. Avec un peu de chance, je comprendrai du même coup pourquoi on l'a laissé devant ma porte.

— Avez-vous l'intention de rester dans sa vie ? demanda-t-elle.

Il la regarda avec stupeur.

— Je n'y avais pas réfléchi. Je suppose que ce sera le cas si je suis son oncle.

— Tant mieux.

— Pourquoi ?

— Parce que vous vous êtes attaché à lui. Et parce qu'il n'y a pas que les parents qui comptent, dans une famille. Ma tante m'a aidée à...

Elle faillit dire « m'échapper » et s'interrompit net.

— … À me préparer pour l'université, reprit-elle. Je passais autant de temps que je pouvais avec elle.

C'était au courage de sa tante qu'elle devait toutes les bonnes choses qu'il y avait dans sa vie.

— Vous l'avez prise comme modèle, dit Fox en se rasseyant.

— C'est vrai. Qu'est-ce qui a été le plus dur pour vous après la mort de vos parents ?

— D'avoir trois frères en plus d'une petite sœur, pouffa-t-il. Mais je suis reconnaissant envers Russ et Mara de ne pas avoir laissé les services sociaux s'occuper de nous.

— On dirait que vous savez vous soutenir les uns les autres, dans votre famille.

— Oui, reconnut-il. Ce sont des gens bien. Mais c'est toujours de Sloane que je suis le plus proche. Certains jours, j'ai l'impression que la vie l'a arnaquée parce qu'elle n'a aucun souvenir de notre mère.

— Vous m'avez dit que Mara l'avait gâtée.

— Plus que moi, en tout cas… J'ai toujours eu l'impression de taper sur les nerfs de Mara. Mais on s'est débrouillés.

Kelsey n'aima pas ce que cela sous-entendait.

— Russ m'a pris sous son aile, poursuivit-il. Il est possible que Mara m'en ait voulu parce qu'il ne trouvait pas toujours du temps à passer avec ses propres fils. Après le lycée, je suis allé dans une école de commerce pour prendre ma place dans l'empire des Colton.

— C'est vrai ? s'écria-t-elle. Je n'arrive pas à vous imaginer dans un bureau.

Il la regarda encore par-dessus ses lunettes et haussa un sourcil.

— Soit. Nous sommes dans un bureau, se corrigea-t-elle en faisant une grimace. Mais vous voyez ce que je veux dire. Je ne vous imagine pas dans une tour en verre en face de clients fortunés.

Il éclata de rire, ce qui fit tomber ses lunettes sur son bureau.

— Russ est le seul à avoir imaginé cet avenir pour moi, admit-il. Mais j'ai suivi ses conseils jusqu'au moment où j'ai découvert que la biologie et la chimie m'intéressaient plus que les profits et les phrases creuses.

— Tant mieux pour moi, conclut-elle avec un grand sourire.

Mais il avait déjà reporté son attention sur son ordinateur.

Ils travaillèrent en silence pendant un moment. Elle éplucha une vieille étude sur des chevaux de rodéo qu'on avait essayé de rendre plus rapides. Ce n'était pas le but de Fox, mais la manière dont ils avaient été croisés était intéressante. L'étude contenait des photos de poulains qui ramenèrent les pensées de Kelsey vers Bébé John.

— Avez-vous des photos de vous quand vous étiez bébé ? demanda-t-elle.

— Sans doute dans un carton, quelque part, répondit-il après quelques instants de réflexion. Ma mère aimait faire des albums.

Il l'impressionnait tant qu'elle avait du mal à l'imaginer bébé.

— Vous voulez les comparer à Bébé John ? demanda-t-il.

— Non, répondit-elle. Vous avez dit que vous n'étiez pas son père. J'étais juste curieuse. On devrait peut-être faire des photos de lui pour qu'il les ait plus tard...

— C'est une bonne idée.

Il posa ses lunettes, sortit son téléphone et alla prendre quelques photos du bébé endormi.

Sa réaction émut Kelsey. Elle n'avait aucune trace des quinze premières années de sa vie. Si sa mère avait suivi les directives de la communauté, tout avait été détruit pour reconstituer une famille idéale dont elle n'avait jamais fait partie.

— Je pense que les garçons ne sont pas comme les filles, dit Fox en retournant à son bureau.

— Si c'est la première fois que cette idée vous vient, il est certain que vous n'êtes pas le père de Bébé John, plaisanta-t-elle. Faut-il que nous ayons une conversation à ce sujet ?

Il pouffa, puis leva les yeux vers le plafond.

— Ce que je veux dire, c'est que je pense que les hommes et les femmes portent un regard différent sur leur histoire, expliqua-t-il. Et les femmes transmettent la vie, bien sûr.

— Certaines femmes n'aspirent pas qu'à être mères, murmura-t-elle.

— Et elles ont bien raison !

Même si cette conversation touchait un point sensible, Kelsey était intriguée par l'opinion de Fox sur les rôles des deux sexes.

— Je ne formule pas bien les choses, grommela-t-il. Les filles s'intéressent aux gens qui composent la famille, tandis que les garçons la voient davantage comme un héritage et une responsabilité. Bien sûr, je sais que les gens sont tous différents et que cette manière de présenter les choses est trop tranchée.

— Vous vous demandez si les garçons – en général – estiment davantage avoir le devoir de garantir la sécurité matérielle de leur famille parce qu'ils ont vu leurs pères le faire ?

— C'est ça. Il s'agit sans doute plus de reproduction de comportement que de génétique, comme vous le disiez tout à l'heure. Mais j'ai du mal à imaginer mes frères regarder des photos de bébés pendant des heures, comme les femmes de ma famille peuvent le faire. Et dans la vôtre ? Le font-elles ?

— Oui, répondit-elle. Et les garçons, en général, n'y jettent un œil que pour se moquer de tout le monde.

— Ils ne devaient pas se moquer de vous. Je suis sûr que vous étiez trop adorable.

Elle se sentit rougir.

— Ils adoraient se moquer de moi, le corrigea-t-elle. Ils disaient que je ressemblais à une tomate blanche.

Il éclata de rire.

— Alors je veux voir les photos !

— Aucune chance, répondit-elle. Je n'ai pas pensé à en emporter quand je suis partie.

Elle n'avait mis que des vêtements et ses cahiers de science dans son sac et ne songeait qu'à franchir le portail sans se faire prendre.

— Quand avez-vous rendu visite à vos parents pour la dernière fois ?

— Je ne leur rends jamais visite.

Son départ avait été un aller simple. Malheureusement, ses frères faisaient tout ce qu'ils pouvaient pour la forcer à réintégrer la famille.

Dans vos rêves, les gars, songea-t-elle.

— Vous n'avez *aucun* contact avec votre famille ?

Elle n'osa pas soutenir son regard.

— Je ne vous juge pas, s'empressa-t-il d'ajouter.

— Je sais, murmura-t-elle.

Ce n'était pas son genre. Fox était peut-être le meilleur être humain qu'elle ait jamais rencontré.

— Kelsey ?

— Les membres de ma famille ne sont pas... indulgents. C'est un sujet que je n'aime pas aborder. Je suis partie parce que... J'avais plusieurs raisons.

Quel exploit d'honnêteté ! songea-t-elle ironiquement.

Elle rencontra brièvement le regard curieux et compatissant de Fox. Aïe. Elle voulait qu'il la voie comme une égale, pas comme un sujet d'étude. Aucune famille n'était parfaite.

— Je suis ici, maintenant, reprit-elle. Je suis partie il y a longtemps et j'ai pris l'habitude de vivre dans le présent.

— Mais vous avez fait des études, envisagé une carrière...

— C'est vrai.

Où voulait-il en venir ?

— Ça prouve que vous ne vivez pas toujours dans l'instant présent.

Sans faire d'études, elle n'aurait pu travailler que comme nourrice – une vie assez semblable à celle que sa famille lui réservait.

— L'une des raisons pour lesquelles je suis partie est que mes parents ne m'auraient pas laissée aller à la fac.

— Vous plaisantez ? demanda-t-il en fronçant les sourcils.

— Non. Je voulais continuer à apprendre.

— Kelsey, c'est...

Il semblait avoir du mal à trouver ses mots.

— Archaïque ? suggéra-t-elle. Arriéré ?

— Non, dit-il en secouant la tête. Enfin, si. Mais c'est surtout cruel envers quelqu'un qui a un esprit comme le vôtre.

On ne lui avait sans doute jamais fait un aussi beau compliment. Elle se sentit rougir.

— Ma famille a des valeurs très strictes, expliqua-t-elle. Le fait que j'aille à la fac les aurait trop bousculées.

— Ça aurait été plus grave que de vous perdre tout à fait ? balbutia-t-il.

— Pouvons-nous changer de sujet, s'il vous plaît ?

— J'ai encore une question à poser, si vous me le permettez.

Elle acquiesça. C'était son patron. Il pouvait lui demander presque tout ce qu'il voulait.

— Vous arrive-t-il de regretter d'être partie ?

Comme elle ne s'attendait pas à cette question, il lui fallut quelques instants pour répondre :

— Non. C'était le bon choix.

Mieux valait être seul que n'être qu'un rouage dans une machine. Si seulement ses frères pouvaient l'accepter...

— Est-ce que votre famille vous manque ?

— Les bagarres autour de la dernière portion ne me manquent pas, ironisa-t-elle. Et ça fait deux questions.

— J'en ai d'autres, répondit-il. Mais je ne vous harcèlerai pas.

— Merci.

Parler de sa famille lui donnait toujours l'impression d'être sur le point de se faire engloutir par des sables mouvants.

— Ça vous ennuie si je sors prendre l'air ? demanda-t-elle.

— Bien sûr que non.

Une fois dehors, elle marcha jusqu'au carré de pelouse le plus proche et inspira profondément.

Fox était peut-être curieux, mais elle était en sécurité

auprès de lui. Il ne lui en voudrait pas pour les bizarreries de sa famille – même si elle préférait que ses frères ne viennent pas tester les limites de sa patience.

Elle fit la série de mouvements qu'elle avait élaborée au fil des ans en mélangeant ce que ses cours de yoga, d'autodéfense et d'arts martiaux lui avaient appris. Elle l'exécutait régulièrement pour conserver sa force et sa souplesse.

Quelques minutes plus tard, alors qu'elle pressait ses mains l'une contre l'autre, les yeux fermés, elle entendit un bruit de moteur. Elle les ouvrit juste à temps pour voir une voiture noire disparaître entre les arbres.

Fox ne pouvait plus quitter Kelsey des yeux. Elle s'était arrêtée à un endroit qu'il voyait de son bureau. Il identifia quelques poses de yoga, mais la plupart de ses mouvements lui étaient inconnus. Sa gymnastique était un spectacle fascinant.

Il l'avait mise mal à l'aise en l'interrogeant, même si ce n'était pas son intention. Il voulait juste mieux la connaître. Il se sentait si détendu en sa présence… Elle lui rendait facile de se confier. Même son habitude de se perdre dans ses pensées ne semblait pas la déranger.

Il se força à reporter son attention sur la requête d'un nouveau client. Quelques minutes plus tard, Kelsey rentra et se remit au travail sans dire un mot.

Quand le bébé se réveilla, Fox décida de s'en occuper. Il avait besoin de faire quelque chose de ses mains pendant que ses idées s'organisaient dans sa tête. Il fut surpris de voir Bébé John sourire quand il s'approcha de lui.

C'était Kelsey qui avait rendu cela possible en apaisant l'essentiel de ses craintes. Il avait changé le bébé et chauffait un biberon quand elle s'approcha.

— Je pense avoir trouvé quoi suggérer à ce client, dit-elle. J'ai posé mes recommandations sur votre bureau. Voulez-vous que je prenne le relais ?

— Ça va, merci, répondit-il avant de retourner à son bureau avec le bébé, le biberon et un chiffon.

Il partagea son attention entre le rapport de Kelsey et Bébé John. Du coin de l'œil, il vit qu'elle le surveillait discrètement, mais il ne se produisit aucune catastrophe.

— Vos recommandations me paraissent bonnes, dit-il après sa lecture.

Bébé John, qui avait fini son biberon, était en pleine forme.

— Si on allait se promener ? suggéra Fox.

— Je vais chercher son manteau, répondit Kelsey.

Fox enfila le sien pendant que Kelsey habillait Bébé John et le mettait dans la poussette.

Dès qu'ils sortirent, il eut l'impression d'être un personnage d'un tableau romantique. Ce confort domestique n'était vraiment pas l'image de sa vie qu'il avait jusque-là. Ils se promenèrent en parlant de chevaux. De temps à autre, Bébé John émettait un son et ils lui répondaient comme s'il avait dit quelque chose d'intelligible.

Seules une ou deux juments s'arrondissaient, mais Fox était déjà impatient de rencontrer leurs poulains. Dans un autre enclos, ceux de l'année précédente s'ébattaient dans l'air frais de l'automne. Leurs personnalités s'affirmaient et certains avaient clairement copié des traits de leur mère.

— À quel point les enfants copient-ils leurs parents ? s'interrogea-t-il à voix haute.

C'était une question qu'il se posait depuis longtemps, sans doute parce qu'il n'avait pas eu que de bons exemples. Son père frappait fort et sans prévenir. Fox avait fait de son mieux pour être obéissant et ne pas se faire remarquer, mais cela n'avait pas changé grand-chose. De l'autre côté, l'amour et le soutien de sa mère lui avaient toujours paru sincères.

— En matière de comportement ou d'émotions ? demanda Kelsey.

— Les deux, je suppose. Tous les ans, les adultes du troupeau guident les poulains.

— Vous comparez les chevaux et les humains ?

— Peut-être un peu, admit-il. Les chevaux sont des animaux sociaux.

— C'est vrai, mais les chevaux agissent par instinct. Les humains ont l'avantage de posséder la raison.

— Quand ils s'en servent, la corrigea-t-il.

— Soit.

— Ma mère n'a jamais essayé de justifier le comportement de mon père, dit-il en recommençant à penser à voix haute. Mais elle aurait peut-être fini par le faire si elle avait vécu plus longtemps...

Ses parents étaient morts et il croyait s'être bien adapté à sa nouvelle famille. Même s'il travaillait beaucoup, Russ s'était montré chaleureux avec tous ses enfants. Mara, par contre, lui avait toujours trouvé des défauts – ce qui l'avait incité à continuer à faire profil bas.

Il aurait été inconcevable qu'il ne se demande pas ce qu'il avait intériorisé de ces exemples contradictoires.

Fox baissa les yeux vers Bébé John.

— Vous connaissez mieux les bébés que moi, dit-il. Ont-ils un instinct de survie qui les pousse à tomber amoureux de tous les gens qu'ils rencontrent ?

Kelsey pouffa.

— Je pense que c'est simplement dans sa nature, répondit-elle. Certains bébés font des otites, d'autres non. Certains sont naturellement plus joyeux que d'autres.

— À cause de leurs gènes ou de leur environnement ?

— Un pédiatre vous répondrait que Bébé John est heureux parce qu'il se sent aimé et en sécurité.

Et le pédiatre se tromperait, songea Fox. Il pouvait garantir la sécurité de Bébé John, mais il ne pouvait pas l'aimer. Il espérait que son vrai père, quand ils l'auraient retrouvé, s'en chargerait.

— Alors je dirais au pédiatre que la sécurité l'emporte sur l'amour, à cet âge, répondit-il. Je me soucie de lui, mais je serais stupide de tomber amoureux de lui alors qu'il a besoin de sa vraie famille.

— Vous êtes-vous senti aimé quand votre oncle et votre tante vous ont adopté ? demanda Kelsey.

— Ce n'est pas la même chose. J'étais leur neveu.

— D'après les analyses de sang, il se pourrait très bien que Bébé John soit votre neveu, lui rappela-t-elle.

Mais ce n'était encore qu'une hypothèse. Il réfléchirait à la suite de sa relation avec Bébé John quand il aurait des certitudes. L'une des juments s'approcha, ce qui ravit le bébé.

— Voulez-vous des enfants ? demanda-t-il à Kelsey.

— Je ne sais pas, répondit-elle après quelques secondes d'hésitation. Dans ma famille, ça semblait inévitable. Mes études m'ont permis de penser à autre chose – sauf quand j'avais des factures à payer. J'aurais peut-être dû parvenir à une conclusion en quinze ans, mais j'ai l'impression d'avoir encore besoin d'y réfléchir.

Et il lui avait donné l'emploi qu'elle essayait d'éviter. Il s'en voulut.

— Vous devriez peut-être m'aider à embaucher une nounou, suggéra-t-il.

— Ne vous en faites pas. J'ai accepté ce travail et je ne le regrette pas.

— Merci. Vous n'imaginez pas à quel point je vous en suis reconnaissant.

— Si, je l'imagine, pouffa-t-elle. J'ai bien vu que Bébé John et vous paniquiez, quand je suis arrivée.

Il baissa les yeux vers l'enfant, qui commençait à s'endormir.

— Pourquoi sa mère l'a-t-elle abandonné ?

— Pourquoi l'avez-vous recueilli ? répliqua Kelsey.

— Parce que ça me semblait la meilleure chose à faire, répondit-il en haussant les épaules.

— Sa mère s'est peut-être dit la même chose.

Kelsey marquait un point, mais il lui aurait été plus facile de l'accepter si la mère ne s'était pas trompée de porte ou si elle avait fourni plus d'informations avec le bébé.

— Que ferez-vous si son père ne veut pas de lui ? demanda Kelsey.

— Je suppose que je le remettrai aux services sociaux.

— Vous n'envisagerez pas de l'adopter vous-même ?

Sa question le mit très mal à l'aise.

— Le feriez-vous, à ma place ?

Elle soupira et laissa son regard se perdre au loin.

— Un homme avec un bébé ? Il paraît que les femmes trouvent ça irrésistible.

Il éclata de rire.

— Je suis un cow-boy, répliqua-t-il. Je n'ai qu'à cirer mes bottes et à aller en ville à cheval pour qu'on me trouve irrésistible.

Elle éclata de rire à son tour, ce qui attira l'attention de Fox sur ses lèvres. Elles étaient de la couleur des pêches. Avaient-elles aussi leur douceur ?

Il n'aurait vraiment pas dû remarquer ce genre de choses, mais observer Kelsey à la dérobée était devenu son loisir préféré. Il savait qu'elle se mordillait la lèvre quand elle réfléchissait et se massait le front quand elle avait lu trop longtemps.

Leur proximité rendait inévitable qu'il perçoive ces choses, songea-t-il pour se rassurer. Mais ce n'était pas parce qu'ils vivaient sous le même toit qu'ils étaient intimes ou formaient une famille. Elle était là pour s'occuper du bébé. Si elle n'avait été que son assistante, elle aurait loué un appartement en ville.

Et c'est ce qu'elle ferait quand Bébé John aurait retrouvé ses parents. L'estomac de Fox se noua. L'idée de ne plus prendre ses repas avec elle le contrariait profondément. Ils n'avaient passé que quelques jours ensemble, mais il savait que l'attendre le matin et la regarder partir le soir seraient des tortures.

Il soupira. Le travail était le meilleur moyen de reprendre le contrôle de son esprit.

— On ferait bien de se remettre au boulot, dit-il.

— Au cas où je ne l'aurais pas déjà dit, c'est vraiment le

travail de mes rêves, répondit-elle avec un grand sourire. Merci de m'avoir embauchée.

À la réflexion, il valait peut-être mieux qu'il s'éloigne d'elle.

— Si vous pouvez vous débrouiller toute seule pendant une heure ou deux, j'aimerais aller prendre des nouvelles de Wyatt, dit-il.

C'était un mensonge, mais il était dans l'intérêt de tous.

— Prenez votre temps, répondit-elle. Tout ira bien.

6

Pendant les jours qui suivirent la conversation qu'ils avaient eue en se promenant, Fox se renferma et Kelsey n'essaya pas de l'en empêcher. Il était évident qu'il réfléchissait à des problèmes personnels. Pour sa part, elle estimait qu'il avait eu beaucoup de chance d'échapper à un père violent.

Bébé John s'adapta vite à leur rythme de travail et elle s'émerveillait toujours de la tournure que sa vie avait prise, même si elle avait de plus en plus de mal à lutter contre le désir que Fox lui inspirait.

Leurs conversations étaient aussi plaisantes qu'intéressantes. Leur spécialité et la situation les incitaient à parler souvent des poids respectifs de l'hérédité et de l'acquisition dans le développement des chevaux et des humains.

Les enfants étaient de petits miroirs de ce qu'ils voyaient. Imiter était leur première manière d'apprendre et de trouver leur place dans le monde – mais cela ne signifiait pas qu'ils reproduiraient toutes les actions de leurs parents à l'âge adulte.

Il était évident que Fox avait peur d'avoir hérité de la violence de son père. Sauf qu'elle ne l'imaginait pas un instant frapper un enfant. Il était tout sauf cruel. Il était doux, protecteur et drôle. Elle réussirait peut-être, avec le temps, à lui faire prendre conscience qu'il serait un très bon père.

Après la sieste du matin de Bébé John, elle le mit dans la poussette pour leur promenade quotidienne.

À peine sortie de la maison, elle tressaillit en entendant un moteur se mettre en route. Elle tourna la tête et reconnut l'une des camionnettes du ranch. Le conducteur, un employé jovial prénommé Luis, la salua en passant.

Elle s'en voulut d'être aussi nerveuse. Il y avait beaucoup d'allées et venues dans un ranch. Néanmoins, cela n'expliquait pas la voiture qu'elle avait suspectée de la suivre quand elle était allée faire des courses, quelques jours plus tôt. La voiture n'était pas entrée sur le parking du supermarché, mais Kelsey n'avait pas cessé de craindre que ses frères ne la coincent entre les pommes de terre et les salades.

— Il est rare qu'ils me laissent tranquille aussi longtemps, confia-t-elle à Bébé John.

Ses frères avaient un don pour la retrouver – mais ils ne réussiraient jamais à la ramener. Elle s'arrêta devant l'écurie et prit Bébé John sur sa hanche.

— Allons voir les chevaux ! lui dit-elle.

Il ne grandirait peut-être pas là, avec Fox, mais il n'était jamais trop tôt pour familiariser les enfants avec les animaux.

Pepper, l'une des plus gentilles juments du ranch, apparut à la porte de sa stalle. Kelsey lui donna un morceau de carotte, ce qui fit la joie de Bébé John.

Après avoir fait le tour de l'écurie, elle repartit vers la maison. C'était une journée magnifique.

— Je me demande ce que tu penseras de la neige, dit-elle à Bébé John.

Elle avait suggéré à Fox de lui acheter des vêtements plus chauds pour l'hiver, qui approchait.

Elle trouva un coin de pelouse ensoleillé où donner le biberon au bébé. Pendant qu'il tétait, elle regarda les arbres frémir sous la brise. Comme cela ne l'empêchait pas de faire le travail qu'elle aimait en parallèle, elle en était arrivée à apprécier de s'occuper d'un enfant.

Bien sûr, le charme de son patron y était sans doute pour beaucoup, songea-t-elle en souriant.

Alors qu'elle essuyait les coins de ses lèvres, la joue de Bébé John s'illumina brusquement, ce qui la fit tressaillir. Le soleil avait dû se refléter sur quelque chose.

— Tu es trop nerveuse, se sermonna-t-elle.

Elle se leva quand le phénomène se reproduisit. Quelques secondes plus tard, le flash lumineux tomba sur le mur de la maison. Elle était prête à parier son premier salaire que quelqu'un l'observait avec des jumelles.

Elle résista à une envie familière de fuir. Si c'étaient ses frères qui l'observaient, elle leur donnerait un avantage en leur prouvant qu'elle les avait repérés.

Elle plaça le bébé sur son épaule pour le faire roter, ramassa le biberon et se dirigea vers la porte. Fox n'avait pas besoin que ses frères lui compliquent la vie, mais il devait connaître les risques qu'il courait.

Elle tomba sur lui à l'angle du bâtiment.

— Vous êtes là ! dit-il en se passant la main dans les cheveux. Je croyais que vous étiez encore dans l'écurie.

Le bébé tendit les bras vers lui et Fox le laissa jouer avec ses doigts.

— Non, on prenait le soleil sur la pelouse, répondit-elle.

— La journée s'y prête.

Ils rentrèrent dans le bureau. Dès qu'ils furent à l'intérieur, elle rassembla son courage et déclara :

— Je crois que quelqu'un observe le ranch depuis le bois, derrière la maison. Je peux me tromper, bien sûr...

— Racontez-moi ce qui s'est passé, répondit-il en lui prenant Bébé John.

— Je m'inquiète peut-être pour rien, commença-t-elle. Alors que je nourrissais Bébé John, j'ai vu un reflet sur sa joue. Quand ça s'est reproduit...

— Ça s'est produit combien de fois ? la coupa-t-il.

— Trois, répondit-elle. La dernière fois, c'était sur le mur. Un reflet ovale – trop parfait pour venir de quelque chose de naturel. Croyez-vous que quelqu'un surveille le bébé ?

Elle préférait cela à l'hypothèse que ses frères l'aient retrouvée.

— Je ne sais pas, mais on le découvrira, répondit-il.

Son assurance la calma instantanément.

— J'en parlerai au shérif, ajouta-t-il. Avez-vous vu d'autres choses bizarres ?

Sa question lui rappela que le Tueur de l'Avalanche courait toujours et que ses frères n'étaient pas la seule menace qui planait sur elle.

— J'ai aussi vu une voiture noire que j'ai trouvée bizarre, répondit-elle.

— Près de la maison ? Quand ça ?

— Non, en ville, il y a quelques jours, répondit-elle en lui reprenant Bébé John, qui commençait à s'agiter. C'est une voiture en bon état, presque neuve.

Une voiture trop chère pour ses frères.

— C'est peut-être la mère qui a mauvaise conscience, suggéra-t-il.

Il tira son téléphone de sa poche.

— Tu as une nounou bien émotive ! dit-elle à Bébé John avant de le poser par terre et de lui donner un livre en tissu aux couleurs vives.

— Je ne suis pas d'accord, déclara Fox. Vous avez peut-être eu peur, mais le bébé ne s'est aperçu de rien. C'est impressionnant.

Impressionnant ? Ce n'était que de l'instinct de survie. Dans sa famille, il fallait s'occuper du confort du dernier bébé avant toute chose. Néanmoins, son compliment lui fit chaud au cœur.

— J'appelle mon cousin Trey pour qu'il vienne jeter un coup d'œil dans les environs, annonça-t-il.

Le sentiment de sécurité que Fox lui procurait était aussi puissant qu'une étreinte, au point qu'elle s'imagina blottie dans ses bras pendant qu'il appelait le shérif.

Fox voyait bien que Kelsey était inquiète, même si elle chatouillait joyeusement le bébé.

— Le shérif arrive, dit-il après avoir raccroché. Voulez-vous que je m'occupe de lui ?

— Ça lui fait toujours plaisir que vous veniez jouer avec nous, répondit-elle.

— Ça me fait toujours plaisir de le faire, répliqua-t-il sincèrement.

Depuis que Kelsey était là, les journées lui semblaient bien plus intéressantes et beaucoup moins terrifiantes.

— Grâce à vous, j'ai presque oublié que les bébés me faisaient peur, ajouta-t-il.

— C'est un bon bébé d'entraînement, dit-elle avant de froncer les sourcils. Ou peut-être pas…

— Que voulez-vous dire ?

— Qu'il est facile à satisfaire. Vous pourriez avoir de mauvaises surprises quand vous aurez des enfants.

— Comme Wyatt et Bailey ?

Leur bébé ne semblait toujours pas avoir l'intention de dormir plus de quelques minutes d'affilée. Wyatt était parfaitement heureux, mais Fox le trouvait de plus en plus fatigué à chaque fois qu'il lui rendait visite.

Kelsey pouffa.

— Certains bébés ont du mal à dormir, au début, dit-elle. Ils finissent par comprendre. L'un de mes petits frères ne voulait pas dormir dans son berceau. Il fallait que maman le tienne dans ses bras. Un jour, on a eu l'idée de l'emmailloter dans l'un de ses pulls et on a tous bien mieux dormi.

— L'avez-vous suggéré à Bailey ?

Elle esquissa un sourire.

— Vous devriez le faire. Vous seriez son héros.

— Allons ! Ils sauront que l'idée vient de vous.

Le bébé roula sur le dos et brandit le livre en riant.

— Est-il normal que j'aie l'impression de le voir changer de jour en jour ? demanda Fox.

— Oui – surtout pour quelqu'un d'aussi observateur que vous, répondit-elle.

Il entendit une portière claquer devant la maison et chatouilla le pied du bébé avant d'aller ouvrir à son cousin. Il le présenta à Kelsey.

— Merci d'être venu, Trey, lui dit-il.

— Comment va ton petit John Doe ? demanda le shérif.

— Bien, en grande partie grâce à Kelsey, répondit Fox.

Bébé John offrit un grand sourire à Trey.

— Ça en a tout l'air, dit celui-ci. As-tu progressé dans ta recherche des parents ?

— Non. On attend toujours les résultats des analyses d'ADN.

— Si tu vas bien aussi, c'est le meilleur endroit possible pour lui en attendant, dit Trey.

— C'est ce que sa mère a dû se dire.

— À condition que ce soit elle qui l'ait déposé devant ta porte, lui fit remarquer Trey en haussant un sourcil.

Son cousin marquait un point.

— Je t'ai appelé parce que Kelsey a vu des reflets bizarres, tout à l'heure, et une voiture qui lui a paru étrange en ville, dit Fox.

— Quel genre de reflets ?

— Un reflet de soleil sur du verre, répondit Kelsey. Je pense que quelqu'un observait la maison.

— Montrez-moi d'où ça venait.

Ils sortirent et contournèrent la maison. Kelsey montra les bois à Trey et lui expliqua ce qu'elle avait vu tandis qu'il prenait des notes.

— Ce n'est sans doute rien, comme vous avez dit, mademoiselle Lauder, dit Trey quand ils rentrèrent. Mais nous avons un tueur en série sur les bras et ça m'ennuie que Fox n'ait pas été avec vous.

— Tu ne la crois pas ? s'écria Fox.

— Du calme, répondit Trey. D'abord, ça fait partie de mon travail d'être sceptique. Ensuite, ce n'est pas toi que le tueur menace le plus, c'est elle.

Fox se calma aussitôt.

— Je n'y avais pas pensé, murmura-t-il.

— Je vais jeter un œil là-haut, dit Trey. Mon adjointe doit me rejoindre. Je repasserai sur le chemin du retour.

Fox le raccompagna à sa voiture.

— Tu crois que le tueur rôde autour du ranch ? demanda-t-il.

— Tout est possible, répondit Trey. Tu as bien fait d'appeler. Et ce que tu fais pour ce bébé est admirable, mais n'hésite pas à faire appel aux services sociaux si tu en as besoin.

Fox rentra contrarié par les derniers mots de son cousin alors qu'ils étaient sans doute encourageants. Il trouva Kelsey en train de faire la lecture au bébé.

Elle leva aussitôt les yeux.

— Merci de l'avoir appelé, dit-elle.

— Il ne trouvera peut-être rien, l'avertit-il.

— C'est rassurant de savoir que quelqu'un essaie d'aider, au moins, répondit-elle en haussant les épaules.

Qui, dans son passé, n'avait fait aucun effort alors qu'elle avait besoin d'aide ? se demanda-t-il. Il s'accroupit devant elle et lui jura :

— Je ne laisserai personne vous faire du mal.

Les yeux de Kelsey brillèrent d'émotion. Il était sincère. Elle travaillait pour lui et il se sentait responsable de tous ses employés.

— Je suis capable de me défendre, répondit-elle. Et je ne laisserai personne faire du mal à John.

Il la croyait. Elle était mince et délicate, mais ses exercices de gymnastique l'avaient impressionné.

— Le shérif a raison, ajouta-t-il. Tant qu'il y aura un tueur dans la nature, nous devrons rester vigilants.

Le bébé s'agita et Fox ressortit pendant que Kelsey le changeait. Il essaya vainement d'apercevoir Trey ou son adjointe entre les arbres.

Pourquoi surveillerait-on son ranch ?

Quelqu'un qui voudrait espionner ses activités ferait mieux de pirater son ordinateur. Il ne savait pas comment marchait le cerveau d'un tueur – et il ne voulait pas le savoir. Il ne savait pas non plus s'il avait plus peur qu'on fasse du mal à Kelsey ou qu'on enlève Bébé John.

Les deux hypothèses le terrifiaient.

Kelsey lui avait fait remarquer plusieurs fois qu'il s'attachait au bébé. Se rendait-elle compte qu'il s'attachait aussi à elle ?

Son rire était contagieux et ses conversations passionnantes. Il avait un mal fou à se retenir de la toucher et de l'embrasser. Il lui arrivait même de rêver d'elle. Alors qu'il avait toujours apprécié la solitude, il commençait à trouver du charme à la vie de famille.

Trey revint.

— Rien, dit-il en sortant de sa voiture. Je peux t'assurer que je paierais cher pour une empreinte ou une trace de pneu.

— Merci d'être venu, répondit Fox en lui serrant la main. Ça me tranquillise.

— Tu ne devrais pas être tranquillisé tant que le tueur est en liberté. Reste sur tes gardes.

— C'est promis, dit Fox.

— Et tiens-moi au courant pour le bébé, conclut Trey avant de remonter en voiture.

Fox le lui promit aussi et le regarda s'éloigner avant de rentrer. Il essaya de se plonger dans les rapports sur les grossesses qui n'étaient pas arrivées à terme l'année précédente, mais son esprit ne cessa pas un instant de se demander comment il pouvait protéger la femme et l'enfant qui vivaient sous son toit.

Le cœur tambourinant dans la poitrine, il regardait le shérif et son adjointe fouiller les bois derrière la maison de Fox. Ils ne trouveraient rien – il était trop prudent.

La poussée d'adrénaline qu'il ressentait à cet instant était presque aussi jouissive que le moment où il passait à l'action.

Toutes les étapes du processus lui procuraient un plaisir immense : la peur qu'il lisait sur un beau visage, les supplications qui prouvaient sa puissance, puis la résignation qui lui offrait un calme et une assurance merveilleux.

Enfin, quand c'était terminé, il tirait du plaisir de l'autre facette du jeu, qui consistait à se montrer plus malin que tous ceux qui essayaient de l'arrêter.

7

Kelsey avait les nerfs à vif après un cauchemar dans lequel ses frères la pourchassaient. Elle préférait nettement la variété de nervosité qui suivait les rêves dans lesquels Fox l'embrassait. Elle se leva tôt pour avoir le temps de reprendre ses esprits.

Encore sous le coup de l'incident de la veille, elle ne sortit que sur le perron pour donner son premier biberon à Bébé John.

Cet emplacement eut aussi l'avantage de lui permettre de voir un beau cavalier revenir de chez Wyatt. Son cœur s'affolait comme celui d'une adolescente dès qu'elle posait les yeux sur Fox.

Celui-ci lui offrit un sourire et la salua avant d'entrer dans l'écurie.

Le bébé lui tapota la main en babillant. Il serait sans doute bientôt capable de tenir son biberon tout seul.

— On dirait que tu respectes le programme, dit-elle en lui essuyant le menton.

Fox les rejoignit quelques minutes plus tard et s'appuya contre un poteau du perron.

— Belle journée ! lança-t-il.

— Je suis d'accord, répondit-elle. Comment ça va, chez Wyatt ?

— Le troupeau va bien et Wyatt est terriblement jaloux quand je lui parle du rythme de Bébé John, répondit Fox avec un sourire espiègle.

— Vous avez autre chose à l'esprit, constata-t-elle.

Il fronça les sourcils et sortit son téléphone de sa poche.

— Je viens de recevoir les résultats des analyses d'ADN.

— Déjà ? s'étonna-t-elle. Votre agent Roberts est vraiment efficace.

— On peut le dire.

Étrangement, il ne semblait pas pressé de prendre connaissance des résultats.

— Voulez-vous qu'on y jette un œil maintenant ? demanda-t-elle prudemment.

Il tourna la tête vers les montagnes.

— Dans une minute, répondit-il.

Ces résultats changeraient la situation. Le père du bébé serait obligé d'en assumer la responsabilité. Et Fox s'était attaché à Bébé John, même s'il prétendait vouloir résoudre le problème au plus vite.

Elle ne savait pas s'il retardait l'inévitable parce qu'il ne voulait pas découvrir que l'un de ses frères avait menti ou parce qu'il n'était pas prêt à se séparer du bébé.

— Que ferez-vous des affaires du bébé quand il aura retrouvé sa famille ? demanda-t-elle.

— Je donnerai ce dont ses parents ne voudront pas à Wyatt et Bailey. S'il reste encore des choses après ça, je ne sais pas…

— Y a-t-il un foyer pour mères célibataires dans les environs ? Ça pourrait leur être utile.

— Bonne idée, répondit-il.

Il chatouilla les pieds de Bébé John, puis ajouta :

— J'imagine qu'on ferait bien de s'y mettre.

— Vous avez l'air nerveux, dit-elle en se rendant bien compte que ce n'était pas très délicat.

— Je le suis, admit-il. Ça m'ennuierait qu'un de mes frères m'ait menti.

— La mère n'a peut-être dit à personne qu'elle était enceinte, lui rappela-t-elle.

— Sous-entendez-vous qu'il pourrait être mon fils ?

— Non. Vous m'avez dit qu'il ne l'était pas et je vous crois.

Elle s'occupa du bébé pour se distraire des sentiments que Fox lui inspirait. Ils s'intensifiaient de jour en jour et elle était certaine qu'il ne s'agissait pas que d'attirance physique. C'était l'homme le plus généreux qu'elle ait jamais vu.

Il ne s'énervait jamais, contrairement à la plupart des hommes de sa famille. Elle adorait aussi sa manière de se perdre dans ses pensées – ce qui ne l'empêchait pas d'en sortir pour s'occuper du bébé quand celui-ci en avait besoin. Fox ne s'en rendait peut-être pas compte, mais il ferait un merveilleux père.

Il la tira brutalement de ses pensées en posant une main sur son bras.

— Kelsey ?

Elle se sentit rougir.

— Désolée, balbutia-t-elle. Vous disiez ?

Le bébé tendit les bras vers Fox, qui le prit pour le bercer.

— Je vous demandais pourquoi vous m'aviez accordé votre confiance si facilement, dit-il.

— On ne se connaît pas depuis longtemps, mais je sais que vous êtes un homme de parole, répondit-elle.

Fox pinça les lèvres.

— J'ai connu deux manières de tenir sa parole, répondit-il amèrement. La plupart du temps, mon père tenait les mauvaises promesses. Il a annulé pas mal de projets amusants, mais quand il me disait de faire quelque chose, *sinon*... Le « sinon » était toujours suivi d'effet.

Il parlait d'une voix douce pour que le bébé s'endorme, ce qui contrastait vivement avec ce dont il parlait.

Il lui avait raconté plusieurs anecdotes de son enfance avec Russ et Mara, mais il parlait rarement de ce qu'il lui était arrivé avant.

— Je vous répète que la violence n'est pas héréditaire, dit-elle d'un ton ferme.

Il haussa les épaules.

— D'un autre côté, oncle Russ ne nous a jamais frappés et il tenait toujours ses promesses, ajouta-t-il.

— Il est bon que vous ayez eu un exemple positif, répondit-elle.

— Vous croyez que ça suffit ?

— Regardez-vous dans un miroir, conclut-elle.

Elle ouvrit la porte du bâtiment et celle du bureau pour qu'il pose le bébé dans son berceau, puis elle s'empressa de changer de sujet :

— Si on jetait un œil sur ces résultats ?

— On va y venir, répondit-il, mais j'ai d'abord un aveu à vous faire : dès que je pose les yeux sur vos lèvres, je ne songe plus qu'à vous embrasser.

— Fox...

Était-elle en train de rêver ? Subitement, elle ne savait plus ni quoi dire ni quoi faire.

Lui n'avait pas ce problème, apparemment. Il se pencha lentement vers elle, comme pour lui laisser le temps de fuir. Quand leurs lèvres se rencontrèrent, le cœur de Kelsey s'affola.

Il s'écarta presque aussitôt et elle dut mobiliser toute sa volonté pour ne pas agripper sa chemise et réclamer plus.

— Je n'ai jamais embrassé personne dans un bureau ou un laboratoire, murmura-t-il en prenant ses mains. Je n'en ai jamais eu envie.

— Avez-vous embrassé quelqu'un dans l'écurie ? demanda-t-elle.

Il pouffa.

— Juste quelques chevaux.

La plaisanterie aida Kelsey à retrouver un semblant de calme.

— Puis-je vous demander pourquoi moi et pourquoi maintenant ?

— Je ne sais pas. Je voulais attendre qu'on ait retrouvé le père du bébé pour que vous ne pensiez pas qu'il ne s'agit que de gratitude.

— Ne vous inquiétez pas : je sais ce que ça fait d'être instrumentalisée, répondit-elle.

Les traits de Fox se durcirent brusquement.

— Qui s'est servi de vous ? demanda-t-il.

Elle le repoussa pour inspirer profondément sans être étourdie par son parfum.

— Personne ne peut revenir en arrière pour réparer les injustices, lui dit-elle.

— J'aimerais quand même essayer.

Cela émut Kelsey presque autant que le baiser.

— On se connaît à peine, répondit-elle. C'est parce qu'on s'occupe du bébé ensemble qu'on a l'impression d'être plus proches.

— Vous êtes sur le point de tout savoir sur mon ADN, plaisanta-t-il. En échange, je voudrais mieux vous connaître personnellement.

Le cœur de Kelsey manqua un battement, ce qui n'était pas bon signe. Si elle s'attachait à Fox, trouverait-elle le courage de le quitter quand ses frères la retrouveraient ?

Ce n'était qu'un baiser, s'assura-t-elle. Cela ne remettait pas tout en cause.

— Et si on regardait ces résultats ? suggéra-t-elle une fois de plus.

— Oui, soupira-t-il.

Il alla les imprimer et lui tendit une liasse quelques minutes plus tard.

— Votre copie, déclara-t-il.

Encore troublée, Kelsey se força à reporter son attention sur les documents. Elle avait un travail important à faire. Les relations des différents membres de la famille de Fox risquaient d'être gravement perturbées s'ils parvenaient à une conclusion claire.

Les analyses confirmèrent immédiatement que Bébé John n'était pas le fils de Fox. Cela ne la surprit pas – elle était certaine qu'il ne lui avait pas menti. Ce qui la surprit davantage, c'était qu'aucun des frères de Fox n'était le père. Alors pourquoi Bébé John avait-il été abandonné devant la porte de Fox ?

Il y avait un lien familial, c'était certain, mais il était plus éloigné. Un cousin, peut-être ?

— Des idées ? demanda Fox sans lever les yeux.

— Ce n'est pas votre neveu, répondit-elle. Je dirais qu'il peut être le fils de l'un de vos cousins.

Il émit un son qu'elle interpréta comme un accord. Elle l'observa à la dérobée et ne put s'empêcher de s'imaginer assise sur ses genoux en train de couvrir sa gorge de baisers.

Son cœur s'affola et ses joues s'enflammèrent. Ce n'était vraiment pas le moment de fantasmer. Comment réussiraient-ils à identifier le bon cousin ?

En parcourant les analyses une nouvelle fois, elle tomba sur un résultat inattendu et jeta un bref coup d'œil à Fox. S'était-il rendu compte que Russ Colton était son père biologique ?

Quand il grommela quelque chose, elle crut qu'il venait de le voir.

— Ça va ? demanda-t-elle prudemment.

— Oui, répondit-il en se passant la main dans les cheveux. Je pense que le père de Bébé John est mon cousin Mason Gilford.

Elle fronça les sourcils et compta les analyses.

— Avez-vous prélevé un échantillon de son ADN ? demanda-t-elle.

Il releva ses lunettes sur son front et se frotta les yeux.

— Non – et j'ai beaucoup de cousins, répondit-il. Mais Mason et sa femme avaient du mal à avoir un enfant, au point que sa femme a perdu la tête et enlevé la sœur de Mason, Molly, qui était enceinte, pour lui voler son bébé.

— C'est horrible ! s'écria-t-elle.

— Oui. Leur mariage battait déjà de l'aile avant.

— Assez pour qu'il soit allé voir ailleurs ? demanda-t-elle.

Fox acquiesça.

— Mais ça n'explique pas pourquoi on a déposé le bébé devant ma porte.

— Vit-il dans la région ? demanda-t-elle.

Fox hocha la tête.

— Mais il travaille pour l'empire des Colton et il voyage beaucoup, répondit-il. La mère a peut-être déposé le bébé ici parce qu'elle a eu peur qu'il ne soit pas chez lui.

Ignorait-il sciemment l'autre information que livraient les analyses ? Cela ne la regardait pas. Il n'avait pas essayé de sortir les cadavres qu'elle avait dans ses placards. Elle lui devait d'en faire autant.

Peut-être n'en parlait-il pas parce que c'était ce qu'il s'attendait à voir. S'agissait-il de l'un de ces secrets de famille que tout le monde connaissait et que personne ne mentionnait ?

— À quoi pensez-vous, Kelsey ? demanda-t-il.

Elle essaya d'être à la fois honnête et délicate.

— Ce chiffre est plus élevé que je ne m'y attendais, dit-elle en lui montrant une colonne sur les analyses de son échantillon et de ceux de ses trois frères.

Voilà. Il pouvait aussi bien l'expliquer que l'ignorer.

Elle perçut l'instant précis où il comprit. Il écarquilla les yeux, puis il jura entre ses dents.

— Ça n'a aucun sens, grommela-t-il avant de plonger son regard dans le sien. Quelle conclusion tirez-vous de ces chiffres ?

Il la forçait à l'exprimer clairement.

— Je dirais que ces trois hommes sont frères, dit-elle en montrant les analyses de ses frères, et que celui-ci est leur demi-frère.

Fox se leva d'un bond.

— Et si je vous répondais que c'était impossible ?

— Ça va ? s'inquiéta-t-elle en lisant de la peur dans son regard.

— Répondez à ma question, grommela-t-il.

— Si le résultat me semblait impossible, je commencerais par me demander si les échantillons ont été collectés convenablement et n'ont pas été mélangés, répondit-elle.

— Vous savez que c'est le cas.

— Je me demanderais ensuite si le laboratoire n'a pas commis une erreur.

Il se mit à marcher de long en large en faisant rouler son stylo entre ses doigts.

— Le laboratoire du FBI ne commet pas d'erreurs aussi grossières, dit-il. Avec de bons échantillons et un bon laboratoire, on a des résultats fiables.

— Oui, murmura-t-elle même si ce n'était pas une question.

Elle avait l'impression de voir l'univers de Fox s'écrouler autour de lui.

— Je n'ai pas été élevé avec mes cousins et cousines, reprit-il en jetant le stylo sur son bureau. J'ai été élevé avec mes demi-frères et mes demi-sœurs. Russ Colton est mon père biologique.

Blême, il s'effondra sur sa chaise et se cacha le visage dans les mains.

Se sentant terriblement impuissante, elle se leva et mit une main sur son épaule. Au lieu de la repousser, Fox posa sa main sur la sienne.

— Merci, dit-il.

— Pour quoi ? demanda-t-elle.

— Merci de ne pas me juger.

Pourquoi l'aurait-elle jugé ? Ce n'était pas de sa faute s'il ignorait qui était son père biologique.

— Vous pouvez me croire : toutes les familles ont des secrets, répondit-elle.

Il esquissa un sourire amer.

— La sagesse d'une nounou expérimentée, commenta-t-il.

Pas seulement, songea-t-elle.

— Vous savez aussi bien que moi que le monde n'est pas parfait, ajouta-t-elle.

— C'est vrai.

Fox se releva. Il avait retrouvé des couleurs, mais elle ne le prit pas pour un bon signe.

— Vous êtes en colère, dit-elle.

— Absolument, répondit-il. Quelqu'un le savait – ma mère, au minimum.

L'idée qu'il en veuille à une femme qu'il avait aimée de tout son cœur attrista Kelsey.

— Ne croyez-vous pas qu'on vous l'aurait dit, depuis tout ce temps, si quelqu'un l'avait su ? demanda-t-elle. Vous êtes un adulte, maintenant. Pourquoi vous protégerait-on des erreurs que vos parents ont commises ?

— Est-ce pour ça que Russ et Mara m'ont adopté, à votre avis ?

— Ils ont aussi adopté votre sœur, lui rappela-t-elle. Et ils vous ont aimés tous les deux. Je pense qu'ils ne vous ont adoptés que pour de bonnes raisons.

Elle se donna mentalement un bon point pour sa diplomatie.

— Il faut que j'y aille, grommela-t-il.

Il roula les analyses et les fourra dans une poche arrière de son jean.

— Vous pouvez vous occuper du bébé ? demanda-t-il.

N'était-ce pas l'une de ses fonctions ?

— Bien sûr ! Allez-vous voir Mason ? demanda-t-elle en le suspectant d'avoir une autre destination à l'esprit.

— Non, répondit-il en ramassant les clés de sa camionnette. Je vais voir Russ et Mara. Ils me doivent une explication.

Il sortit du bureau et y rentra deux secondes plus tard pour prendre d'autres clés.

— Il vaut mieux que je ne prenne pas la voiture où il y a le siège du bébé. Vous pourriez en avoir besoin, expliqua-t-il.

Un homme qui était capable de penser aux autres alors qu'il était en colère était un oiseau rare, songea Kelsey.

— Voulez-vous qu'on vous accompagne ? proposa-t-elle.

— Non merci, répondit-il. Ça m'étonnerait qu'ils aient envie de parler de ça devant une étrangère.

— Je comprends.

— Mais vous n'êtes pas une étrangère pour moi, ajouta-t-il.

Il déposa un baiser sur ses lèvres et disparut sans lui laisser le temps de réagir.

8

Fox se gara devant le manoir des Colton, qui témoignait du succès de l'empire familial. Russ et Mara l'avaient fait construire après son départ pour l'université et il ne s'y était jamais vraiment senti chez lui – même si la bâtisse luxueuse ne manquait pas de pièces discrètes et de corridors où passer inaperçu.

Il s'était toujours demandé pourquoi Mara ne lui avait pas donné autant d'affection qu'à Sloane. Était-ce parce qu'elle avait toujours su ce qu'il venait de découvrir ? Une nouvelle vague de colère l'assaillit.

Il essaya de mettre de l'ordre dans ses pensées en montant les marches du perron. Les conclusions hâtives ne lui rendraient pas service. Ce fut Russ qui lui ouvrit.

— Bonjour, dit Fox.

Il ne réussit pas à ajouter « oncle Russ », ce qui le mit mal à l'aise. Russ avait pris de l'embonpoint. Ses cheveux grisonnants étaient autrefois de la même couleur que ceux de Fox. En revanche, les yeux de Fox étaient bleus et ceux de Russ marron – la couleur dont ses autres fils avaient hérité.

— Tu as l'air tendu, dit Russ en s'écartant pour le laisser entrer. Le bébé t'empêche de dormir ?

Ils avaient entendu parler du bébé, bien sûr…

— Non, il dort bien, répondit-il. Kelsey lui a fait prendre des habitudes qui conviennent à nos journées de travail.

— Ça remonte à loin, pour nous…, commenta Russ. Je ne peux pas dire que ça me manque.

Il l'entraîna dans le grand salon. Mara se leva quand ils y entrèrent.

— Tante Mara, la salua Fox sans prendre la peine de la serrer maladroitement dans ses bras.

Même si elle avait rempli son rôle de mère du mieux qu'elle le pouvait, c'était en tant que directrice du Château qu'elle s'était épanouie. Ses cheveux blonds étaient parfaitement coiffés et elle était aussi élégante que d'habitude.

— Bonjour, Fox, répondit-elle en l'observant de la tête aux pieds. Tu as l'air fatigué.

Il haussa les épaules.

— Le bébé et moi nous levons tôt, dit-il.

— Je n'en reviens pas que tu aies recueilli cet enfant.

— Il fait partie de la famille, grommela Fox. Vous avez fait la même chose, non ? J'ai suivi votre exemple.

Mara se rassit dans son fauteuil comme si c'était un trône.

— La différence, c'est qu'on savait qui vous étiez, répliqua-t-elle.

— Vraiment ?

Elle fronça les sourcils.

— Bien sûr. Vous étiez les enfants de ma sœur. Vous lui ressembliez tant quand vous étiez plus jeunes…

Fox fut surpris de voir des larmes briller dans ses yeux.

— Avez-vous trouvé le père ? demanda Russ en invitant Fox à prendre place sur le canapé.

— Je pense, répondit Fox. Et je te remercie d'avoir fourni un échantillon d'ADN pour qu'on ait plus de données.

Du coin de l'œil, il vit Mara agripper les bras de son fauteuil.

— Ça vous a aidés ?

— Oui, dit Fox en sortant les résultats de sa poche. D'après les analyses, le bébé est le fils de l'un de mes cousins.

— Alors pourquoi l'a-t-on déposé devant ta porte ? demanda Mara. Tu aurais dû laisser les services sociaux s'occuper de lui.

— Maintenant, ça dépendra de ce que le père décide, répondit-il.

— Fox..., commença Mara.

— As-tu peur de ce que je m'apprête à dire ? la coupa-t-il.

Elle recula comme s'il l'avait giflée.

— Tu ne sais pas mieux te contrôler que ton père, répliqua-t-elle. J'avais prévenu Dana avant son mariage. On a pourtant essayé de te donner un meilleur exemple...

— Mara ! intervint Russ.

— C'est un adulte, insista-t-elle. Il peut bien entendre que son père ne devait pas être facile à vivre.

— As-tu eu peur que j'hérite de sa violence ? la provoqua Fox.

— C'est toi l'expert en génétique, répliqua-t-elle en levant le menton.

Alors qu'une nouvelle vague de colère assaillait Fox, il songea aux exercices de yoga de Kelsey et à son art de rester calme en toutes circonstances. Cela l'apaisa un peu.

— Vous savez que j'aime mes parents, même s'ils n'étaient pas parfaits. Et je vous aime et je vous suis reconnaissant de nous avoir élevés, déclara-t-il en soutenant le regard de Mara.

— Arrête de tourner autour du pot, dit Russ. Tu sais qu'on sera toujours là pour toi.

Cela serait-il encore vrai quand il aurait dit ce qu'il avait sur le cœur ? se demanda Fox.

— Les analyses ont révélé quelque chose de bizarre, dit-il. Elles montrent que je ne suis pas le cousin de Wyatt, Decker et Blaine, mais leur demi-frère.

Mara le fusilla du regard et Russ fronça les sourcils.

— Je ne comprends pas, balbutia Russ.

— On dirait bien que je suis ton fils, moi aussi, clarifia Fox.

Russ bondit de son siège.

— C'est impossible ! s'écria-t-il en secouant la tête.

— Ce n'est pas la peine de monter sur tes grands chevaux ! lui lança sèchement Mara. Je sais bien ce que tu ressentais pour elle.

— C'est *toi* que j'ai épousée !

— Évidemment. C'était ce que voulaient nos parents et tu as fait ton devoir. J'ai vraiment eu de la chance…

Russ tourna la tête vers Fox.

— Il doit y avoir une erreur, insista-t-il. Si tu avais été mon fils, Dana me l'aurait dit. Elle n'aurait pas…

— Bien sûr que c'est ton fils ! le coupa Mara. Ne le vois-tu pas sur son visage ?

Fox regarda son oncle – son *père*, puis sa tante.

— Tu le savais, lui dit-il.

— Je m'en doutais depuis le début, répondit Mara. Et ma sœur me l'a avoué avant de mourir, à l'hôpital. Elle m'a suppliée de vous adopter et de garder son secret.

Elle se leva pour aller planter un doigt au milieu du torse de son mari.

— Je t'ai été fidèle pendant tout ce temps et j'ai élevé ton fils sans me plaindre, alors que j'avais les meilleures raisons du monde de te quitter ! cria-t-elle.

— Tu voudrais que je te remercie ? aboya Russ. Tu n'aurais pas dû nous cacher ça !

— J'ai respecté le vœu de ma sœur, répliqua Mara. Ce n'était pas un accident. Harrison a découvert la vérité et il a voulu la punir, même s'il devait y laisser la vie.

Le sang de Fox se glaça dans ses veines, puis une violente nausée le gagna.

— Arrête, Mara ! ordonna Russ en posant une main sur l'épaule de Fox.

— Non, je n'arrêterai pas ! rugit Mara. Harrison était inutile, faible et hargneux. Il a tué ma sœur ! J'étais folle de rage, mais ça ne m'a pas empêchée d'élever Fox avec mes fils, comme Dana le voulait.

Elle tourna la tête vers Fox.

— À chaque fois que je te regarde, je vois la trahison de mon mari !

— Voilà pourquoi je n'ai jamais réussi à te satisfaire, quoi que je fasse, balbutia Fox.

— C'est absurde ! répliqua Mara. Je t'ai aimé comme Dana l'aurait fait. Ta mémoire te joue des tours.

— Non, il a raison, intervint Russ.

— C'est bien le moment de la ramener ! cria Mara. Ton empire est toujours passé avant *nos* enfants. Et tu deviens brusquement le père de l'année quand celui-là rapplique ? Tu ne me convaincras jamais que tu ne savais pas que tu étais son père.

Fox en était convaincu, lui. La surprise et le chagrin qu'il lisait sur le visage de Russ ne pouvaient pas être feints.

— Je te jure que je n'en savais rien, Fox, se défendit Russ. Si Dana était encore en vie, j'exigerais des réponses...

Il fusilla sa femme du regard.

— Je lui ai accordé plus d'attention qu'aux autres parce que tu le négligeais ! lui lança-t-il.

— Tu lui as accordé plus d'attention qu'aux autres parce qu'il était le fils de Dana ! riposta Mara avant de tourner les yeux vers Fox. Alors, tu es content d'avoir plongé la famille dans le chaos ?

Une fois de plus, c'était *lui*, le problème.

— Les informations et les réponses sont de bonnes choses, tante Mara, grommela-t-il.

— Que comptes-tu faire, maintenant ? demanda Russ.

— Que suis-je censé faire ? répliqua Fox. J'ai toujours six frères et sœurs. On est toujours une famille.

Alors pourquoi se sentait-il si seul ?

— Vas-tu le leur dire ? demanda Mara.

— Ai-je une bonne raison de ne pas le faire ?

— Tu crois que j'ai envie que tout le monde sache que mon mari m'a trompée et que j'ai dû élever le résultat de sa trahison ?

Fox secoua la tête. Comment Mara réussissait-elle à le blesser toujours autant ?

— Je m'en vais, dit-il calmement.

Mara le retint par le bras.
— À qui le diras-tu ? insista-t-elle.
— Qui s'en soucie ? répondit-il. Et puis tu n'es pas en faute. Tu es la victime, dans cette affaire. Tu es héroïque de m'avoir élevé dans ces conditions. Ne veux-tu pas que tout le monde le sache ?
Elle le gifla.
Russ s'interposa et la força à reculer.
— Présente-lui tes excuses, Mara ! ordonna-t-il.
— Certainement pas !
— C'est à moi que tu en veux. Si tu as besoin de frapper quelqu'un, frappe-moi, lui dit calmement Russ en écartant les bras.
Fox ramassa sa veste et quitta la pièce.
— Ton vieux béguin pour Dana me perdra, si ça se sait ! hurla Mara.
Fox entendit la voix plus posée de Russ, mais pas ce qu'il répondit. Cela ne le regardait pas. Il sortit et monta dans sa voiture. Il était venu en quête de réponses et il les avait eues. Malheureusement, il ne se sentait pas mieux.
Il se mit en route en maudissant sa tante. À qui le dirait-il ? À tous ceux qui voudraient l'entendre ! Quand on saurait qu'il était le fils de Russ Colton, on arrêterait peut-être de craindre qu'il ne devienne violent, comme son « père ».
Fou de chagrin, il se gara au bord de la route. Il avait roulé au hasard et se trouvait sur le lieu de l'accident.
Le lieu du meurtre.
Il avait entendu ses parents se dire « Je t'aime ». Comment pouvait-on tuer une femme à qui l'on avait dit cela ?
La nausée le gagna de nouveau. Il ne pouvait pas le comprendre, alors qu'il était lui-même furieux. Mara l'avait giflé et il n'avait pas eu la moindre envie de riposter.
Alors, très lentement, comme le soleil se lève dans la brume, le soulagement remplaça la colère. Il n'avait pas de prédisposition génétique à la violence.

Après la sieste de Bébé John, Kelsey le changea et lui donna un biberon, puis elle l'emmena dehors pour qu'ils prennent un peu l'air et le soleil.

Comme il était encore trop petit pour jouer sur le portique que Fox avait installé pour sa nièce, Kelsey s'assit sur la balançoire en le prenant sur ses genoux. Bébé John rit et s'agita quand elle se balança doucement.

— Tu prendras vite le coup, lui dit-elle avant de déposer un baiser sur sa tête.

Après quelques minutes de balançoire, elle le promena autour de la maison. Elle lui montra des plantes et des objets en lui disant leurs noms, même s'il était bien trop jeune pour les mémoriser. Alors qu'elle s'apprêtait à l'emmener voir les chevaux, elle remarqua la voiture noire garée derrière des arbres.

Un frisson la parcourut. Elle aurait dû la voir plus tôt. La voiture était trop loin pour qu'elle distingue ses occupants. Il n'y avait presque aucune chance pour que ses frères aient loué ou acheté une voiture aussi luxueuse – du moins pas avant d'avoir encaissé la fortune qu'elle était censée leur rapporter. Mais elle se sentait trop exposée, surtout avec un bébé dans les bras.

Son premier réflexe fut d'appeler Fox, mais elle résista à la tentation. Être surveillée n'était pas la même chose qu'être en danger. Il pouvait y avoir n'importe qui dans cette voiture et Fox avait assez de problèmes à gérer pour la journée. Elle ne voulait pas y ajouter sa paranoïa.

Elle appela la maison de Wyatt et Bailey.

— Allô ? répondit Bailey.

— Bonjour, c'est Kelsey. Avec Bébé John, on se demandait si Hudson et toi étiez d'humeur pour une visite.

— Si c'est un code pour « maman peut faire une sieste », absolument. Pourquoi mon fils ne dort-il jamais ?

Kelsey pouffa.

— Je peux m'occuper de lui pendant que tu fais une sieste, répondit-elle.

— Tu es sérieuse ? s'écria Bailey.

— Oui.

Bailey ne le savait pas, mais elle lui fournirait un sentiment de sécurité en échange.

— Ça paraît divin, mais je ne peux pas te demander ça, soupira Bailey. Viens. Je me contenterai d'une conversation.

Kelsey rentra récupérer les affaires de Bébé John et les chargea dans la camionnette. Quand elle jeta un coup d'œil vers les arbres, la voiture noire n'était plus là.

Kelsey trouva Bailey sur la balancelle du porche, son fils dans les bras.

— Nous devons être discrets, dit-elle à Bébé John en le sortant de la voiture. Bailey et Hudson ont besoin de calme.

Bébé John la regarda avec de grands yeux. Elle aimait croire qu'il la comprenait, d'une certaine manière, même si les experts prétendaient le contraire.

Bailey leur offrit un sourire quand ils approchèrent.

— Hudson pique du nez, chuchota-t-elle.

— L'air frais les épuise, répondit Kelsey en s'asseyant sur les marches du perron.

Bailey bâilla.

— Fox et toi avez bien de la chance d'avoir un bébé qui dort, dit-elle.

Kelsey pouffa, mais elle ne put s'empêcher d'aimer entendre Bailey parler de Fox et d'elle comme d'un couple.

— À part ses problèmes de sommeil, comment va Hudson ? demanda-t-elle.

— Très bien, répondit Bailey. On m'a mise en garde contre toutes sortes d'irritations et de maladies, mais il est en pleine forme. Il refuse tout simplement de dormir plus de quelques minutes d'affilée.

— Il finira par le faire, lui assura Kelsey.

— Merci de me réconforter, Kelsey.

— Je ne plaisantais pas quand je t'ai proposé de m'occuper de lui le temps que tu fasses une sieste, tu sais.

— Non merci. C'est idiot. Wyatt rentrera plus tôt pour que j'en fasse une avant le dîner. Je préfère en profiter pour discuter avec une adulte.

Kelsey esquissa un sourire.

— Je suis peut-être une adulte, mais je passe l'essentiel de mes journées à m'occuper de ce bambin, dit-elle avant de faire une grimace à Bébé John, qui en fut ravi.

— Ça ne durera pas, lui rappela Bailey.

— C'est vrai.

Et, même si elle avait essayé de ne pas trop s'attacher à Bébé John, elle savait qu'il lui manquerait terriblement quand Fox aurait trouvé sa famille ou une solution appropriée.

— Tu as un faible pour lui, dit Bailey.

— Bien sûr. C'est un bébé adorable.

Bailey haussa un sourcil.

— Tu sais très bien que je parle de Fox.

— C'est une bonne chose d'apprécier son patron, se défendit Kelsey.

Le réveil d'Hudson empêcha Bailey d'insister.

— C'est parti pour le round deux cent quarante-deux, soupira celle-ci. Et je ne parle que d'aujourd'hui.

Kelsey la suivit à l'intérieur. Quand Bailey eut changé et nourri Hudson, Kelsey lui proposa encore de le garder.

— Va au moins prendre une douche, insista-t-elle. Ça te fera du bien.

— Tu es sûre que tu ne m'en voudras pas de te laisser seule avec lui ?

— Bien sûr que non, puisque c'est mon idée, répondit Kelsey en lui prenant Hudson.

Bailey écarta les bras.

— Ils sont vides ! s'écria-t-elle. Ça fait tout drôle.

— Profites-en bien, lui conseilla Kelsey.

— J'en ai pour dix minutes – un quart d'heure maximum, lança Bailey avant de disparaître.

Kelsey observa Hudson, qui ressemblait beaucoup à son père. Par contre, ses traits étaient assez différents de ceux de Bébé John.

Dans combien de temps Fox irait-il voir son cousin ? Il ne semblait pas pressé… Bien sûr, découvrir qu'on vous avait menti presque toute votre vie pouvait distraire.

Elle pressa son nez contre celui d'Hudson.

— Tu es bien mignon, lui dit-elle.

Elle chatouilla le ventre de Bébé John quand celui-ci s'agita pour attirer son attention.

— Ne t'inquiète pas, tu es mon bébé de six mois préféré, lui dit-elle. Et on se fait des amis. N'est-ce pas merveilleux ?

— Toi aussi, tu es merveilleuse, dit Bailey, ce qui fit sursauter Kelsey. Hudson et John t'adorent.

— C'est réciproque.

— Je m'inscris officiellement dans ton fan-club, annonça Bailey en la rejoignant. Que c'était bon de prendre mon temps sous la douche !

— Sauf que tu es revenue bien trop vite, répondit Kelsey. Je gère la situation.

— Et j'aimerais bien savoir comment tu fais.

— Je viens d'une grande famille, lui dit Kelsey. J'ai onze frères et sœurs. Comme je suis l'une des plus âgés, j'ai eu beaucoup d'entraînement.

— Douze enfants ? s'écria Bailey en posant une main sur son ventre. Je crois avoir entendu mon utérus gémir.

Kelsey pouffa.

— Je reviens, annonça Bailey.

Elle alla dans la cuisine et en ressortit quelques secondes plus tard avec une bouteille d'eau et un soda, qu'elle tendit à Kelsey.

— Ça te va ? demanda-t-elle.

— Très bien, merci.

Kelsey ouvrit la canette et but une longue gorgée. Quand elle avait bu son premier soda, après sa fugue, elle avait décidé que c'était sa boisson préférée. Elle ne se doutait pas qu'une boisson pouvait être aussi amusante. Comme elle ne connaissait que les règles strictes de sa famille, bien des choses avaient été de merveilleuses découvertes.

— Avez-vous identifié le père de Bébé John ? demanda Bailey.

— Fox pense que c'est l'un de ses cousins, répondit prudemment Kelsey.

Elle ne voulait pas livrer trop d'informations sans la permission de Fox.

— C'est sa mère qui a abandonné le bébé, à ton avis ? demanda Bailey.

— Ça paraît le plus probable, répondit Kelsey.

— Elle se doutait peut-être que Fox ne le confierait pas aux services sociaux alors qu'il avait été lui-même adopté...

— Tu as l'air de bien connaître Fox, commenta Kelsey en regardant Bébé John essayer de s'asseoir, ce dont il serait bientôt capable.

Bailey esquissa un sourire.

— Wyatt et lui sont proches, répondit-elle.

Encore plus proches qu'elle ne l'imaginait, songea Kelsey.

— Je suis contente de voir Fox heureux, ajouta Bailey. Il a toujours aimé son travail, mais avec le bébé et toi...

Kelsey baissa les yeux.

— Est-ce que j'ai dit une bêtise ? demanda Bailey. Je croyais que tu l'aimais bien.

Elle avait dépassé le stade où elle « l'aimait bien » depuis longtemps, et le baiser n'avait fait qu'aggraver les choses.

— Je ne suis que son assistante et sa nounou, lui rappela Kelsey en sentant ses joues s'embraser parce qu'elle pensait à leur baiser.

Bien sûr, Bailey ne s'y laissa pas prendre.

— Il te plaît *vraiment*, pouffa-t-elle. Tu es toute rouge. Et ce n'est pas un tort !

— D'être toute rouge ?

— D'avoir un faible pour Fox. C'est quelqu'un de bien.

— C'est vrai, admit Kelsey. Mais avant que tu ne te lances dans des rêves d'entremetteuse...

— Trop tard.

— Je tiens à te dire que je prends ses projets d'élevage très à cœur, insista Kelsey. Si je devais choisir entre le travail et l'homme, je choisirais le travail.

Bailey plissa les yeux.

— Je te crois presque, répondit-elle.

Comme Hudson s'agitait, Kelsey le tendit à Bailey pour qu'elle lui donne le sein. Elle était honnête. Tant pis si Bailey ne voulait pas la croire. Bébé John réussit à s'asseoir et fit un grand sourire.

— Regarde-toi ! Quel grand garçon ! le félicita Kelsey.

— Ça alors ! s'écria Bailey. Il a réussi.

— Il marchera à quatre pattes d'ici un ou deux mois, dit Kelsey.

Alors ils devraient s'organiser autrement, parce que le bureau ne s'y prêtait pas. Il faudrait peut-être qu'elle adapte ses horaires, ou...

Non ! s'ordonna-t-elle.

Son rôle de nounou n'était que provisoire. Fox irait bientôt voir le père de Bébé John et elle pourrait se concentrer sur son travail d'assistante.

— Que fera Fox si le père ne veut pas assumer ses responsabilités ? demanda Bailey comme si elle avait lu dans ses pensées.

— Il ne m'en a pas parlé, répondit Kelsey. On essaie de rester concentrés quand on travaille.

Ce qui n'était pas facile avec le bébé et le secret que Fox venait de découvrir.

— Russ a enseigné une solide éthique professionnelle à tous ses enfants, dit Bailey. Mais il a toujours trop travaillé, pour être honnête. Wyatt essaie de trouver un meilleur équilibre entre ses vies professionnelle et familiale.

— A-t-il peur de reproduire les erreurs de son père ? demanda Kelsey.

— N'est-ce pas notre cas à tous ? répliqua Bailey.

— Je présume...

Kelsey était à peu près sûre que ses frères tenaient plus à avoir des femmes obéissantes qu'à être de bons pères. Ils voulaient aussi que leur sœur remplisse son devoir en apportant la stabilité financière à la famille. Quant à elle... Elle avait toujours su qu'elle ne pourrait pas suivre l'exemple de sa mère. Avoir des enfants ne suffirait jamais à son bonheur.

Kelsey discuta encore un peu avec Bailey et lui promit de revenir bientôt lui rendre visite.

Sur le chemin du retour, la question de Bailey la hanta. Que ferait Fox si le père de Bébé John ne voulait pas élever son fils ?

Elle n'imaginait pas Fox confier le bébé aux services sociaux. De coup, elle devait bien lui faire comprendre que c'était pour élever des chevaux qu'elle était venue à Roaring Springs. Elle adorait Bébé John, mais le rôle de la nounou ne pouvait pas suffire à son épanouissement.

Les mains moites, elle s'arrêta au bord de la route pour se calmer. Elle n'avait aucune raison de s'inquiéter, se répéta-t-elle. C'étaient ses vieilles angoisses qui resurgissaient. Fox appréciait son travail d'assistante et ne lui avait donné aucune raison de douter de l'avenir qu'il lui réservait au ranch.

9

Fox se gara devant chez lui abasourdi, frustré et plus blessé par les paroles de Mara qu'il ne voulait l'admettre.

Il ne pouvait pas rentrer dans cet état. Comment ferait-il face au bébé innocent dont l'arrivée avait tout mis en branle et à la femme qui l'avait regardé avec compassion quand il était parti ?

Sa raison lui disait qu'il avait besoin de se calmer, mais quelque chose de plus puissant l'incita à retrouver Kelsey.

Il rentra et trouva le bureau désert. À l'étage, il découvrit un mot qui l'informait que Kelsey était allée rendre visite à Bailey et Hudson avec Bébé John.

Fox chiffonna le mot. Puisqu'il avait du temps devant lui, autant en faire bon usage.

Il fonça vers l'écurie et sella Mags pour s'éclaircir les idées en galopant. Malheureusement, il continua à ruminer, le regard fixé sur l'horizon.

Il avait poussé les deux personnes qui l'avaient élevé à se disputer. Et pour quoi ? Cela le contrariait profondément, mais Mara avait raison. Rendre cette nouvelle publique ne changerait rien.

À présent, dans la lumière dorée de la fin du jour, il n'arrivait plus à se rappeler ce qu'il espérait tirer de cette confrontation.

Qu'est-ce que cela changeait que ses cousins et cousines

soient ses demi-frères et demi-sœurs ? Ils avaient toujours les mêmes souvenirs d'enfance.

Il n'avait gagné qu'une explication de la froideur de Mara. Quelqu'un d'autre aurait-il fait mieux dans les mêmes circonstances ? S'il était parfaitement honnête, il n'en était pas sûr.

Il devait sans doute appeler Sloane. Il ne voulait pas qu'elle apprenne cela par quelqu'un d'autre. Il mit la jument au pas, la laissa se promener au bord du chemin qui séparait sa propriété de celle de Wyatt et tira son téléphone de sa poche.

— As-tu une minute ? demanda-t-il à sa sœur quand elle décrocha.

— Pour toi, toujours, répondit Sloane. Chloe et moi jouions à nous déguiser avant le retour de Liam.

Fox entendit sa nièce hurler de joie. Cela le fit sourire, mais il écarta le téléphone de son oreille pendant quelques secondes.

— Est-ce que tout va bien avec le bébé ? demanda Sloane.

— Oui, grâce à Kelsey.

Sa sœur éclata de rire.

— Tu as vraiment eu un coup de chance ! Lui as-tu déjà offert son premier Stetson ?

— Je pensais lui apprendre à fumer d'abord, répondit Fox.

Qu'il était bon de plaisanter avec Sloane… Elle était l'élément le plus stable de toute son existence.

— Je suis désolé de gâcher l'ambiance, mais j'ai quelque chose à te dire, ajouta-t-il.

Sloane poussa un petit cri.

— C'est bien toi le père du bébé !

— Non. Les analyses nous ont donné une idée assez précise de l'identité du père.

— Tant mieux.

— Oui, mais nous avons découvert autre chose. Je pense qu'il faut que ce soit moi qui te l'apprenne.

— Qu'y a-t-il, Fox ? Tu me fais peur.

Il valait mieux cracher le morceau d'un coup, comme on décolle un pansement.

— Les analyses ont prouvé que je ne suis que ton *demi*-frère, répondit-il. Russ est mon père biologique. Je suppose qu'il avait une liaison avec maman.

Sa sœur ne répondit rien.

— Sloane ?

— Je suis là... C'est juste que je ne sais pas quoi dire.

— Tu n'as pas besoin de dire quoi que ce soit. Je voulais juste que tu l'apprennes de ma bouche, répéta-t-il. Je viens de parler avec Russ et Mara.

— Ils étaient au courant ?

— Mara oui, mais pas Russ. Mara a gardé le secret de maman. Il semblerait que notre père l'ait découvert et que ce soit la cause de l'accident.

Il ne trouva pas le courage de dire clairement que leur père avait tué leur mère.

Sloane se mit à pleurer.

Génial. Il aurait pu passer la voir ou attendre que Liam soit là pour la réconforter, mais il lui avait juste annoncé la nouvelle de but en blanc. Quel manque de délicatesse !

— Je suis désolé, murmura-t-il.

— Ça va, toi ? demanda-t-elle.

— Pas vraiment, mais je m'en remettrai. C'est seulement...

— Une grosse surprise, acheva-t-elle à sa place. Ça ne change rien. Tu es toujours le meilleur frère du monde.

— Merci. Fais un câlin à Chloe de ma part.

— C'est promis. Et n'oublie pas qu'on est là pour toi, si tu as besoin de quoi que ce soit. Je t'aime.

— Moi aussi, je t'aime, répondit-il avant de s'empresser de raccrocher.

Fox resta un long moment les yeux rivés sur les montagnes, mais il ne voyait que des images de son passé.

Sa mère lui manquait toujours. Ce sentiment aurait-il été moins poignant si Mara s'était montrée plus chaleureuse ? Cette question n'avait sans doute pas beaucoup d'importance. Même s'ils n'avaient pas été parfaits, ses parents adoptifs lui avaient fourni la stabilité qui lui avait permis de construire sa vie. Il espérait que Bébé John aurait autant de chance.

Le soleil commença à se coucher. Il était sorti plus longtemps qu'il n'en avait l'intention – mais cela l'avait calmé, comme il l'espérait.

Sur le chemin du retour, il remarqua des traces de pneus dans la poussière. Il ne voyait aucune raison pour qu'un employé du ranch soit passé par là.

Il en déduisit que la voiture noire avait dû revenir. Qui rôdait dans le coin et pourquoi ?

Et il avait laissé Kelsey seule avec le bébé… Furieux contre lui-même, il lança Mags au trot.

Il ne serait plus tranquille avant d'avoir Kelsey et Bébé John sous les yeux.

Quand Kelsey rentra, Fox n'était toujours pas là. Était-il allé voir le père du bébé ?

Bébé John avait somnolé pendant le trajet et s'était réveillé de mauvaise humeur. Elle s'empressa de lui donner un biberon et de s'assurer qu'il n'avait pas de fièvre. Ce devait être ses dents qui le faisaient souffrir.

Il s'apprêtait à se rendormir quand Fox rentra. Dès que Bébé John reconnut sa voix, il ouvrit grand les yeux et sourit.

Fox entra dans la pièce les sourcils froncés, mais ses traits se détendirent aussitôt et il rendit son sourire au bébé.

— Est-ce que je l'ai réveillé ? s'inquiéta-t-il.

— Pas vraiment, répondit-elle. Il passe une soirée difficile.

— Alors on est deux, grommela Fox avant d'aller allumer un feu.

— Votre oncle et votre tante n'ont pas bien pris la nouvelle ? demanda-t-elle timidement.

— Avez-vous dîné ? demanda-t-il au lieu de lui répondre.

— Pas encore. Préférez-vous cuisiner ou vous occuper de lui ?

Fox hésita, puis lui demanda :

— Vous êtes-vous attachée à lui ? Pourriez-vous le confier aux services sociaux ?

— Puisque je suis sa nourrice, il ne serait pas dans mon intérêt de me débarrasser de lui.

— Vous voyez très bien ce que je veux dire, insista-t-il.

Elle répondit plus sérieusement :

— Si on avait déposé Bébé John devant ma porte, je me serais sans doute occupée de lui le temps que ses parents soient identifiés.

— Ça ne répond pas à ma question. Vous êtes-vous attachée à lui ?

— Oui, ce qui n'est pas difficile, puisqu'il est adorable, dit-elle. Mais que voulez-vous réellement savoir ?

Fox prit le bébé dans ses bras. C'était à elle qu'il revenait de cuisiner, apparemment.

— Peut-on en parler quand il sera couché ? demanda Fox.

— Bien sûr.

Elle prépara un plat et le mit au four. Fox coucha Bébé John, mais il ne semblait pas plus loquace lorsqu'il prit place à table.

— J'ai passé un bon moment avec Bailey, aujourd'hui, dit-elle en espérant l'aider à se détendre. Les problèmes de sommeil d'Hudson les épuisent.

— On a de la chance avec Bébé John, répondit-il.

Elle esquissa un sourire.

— C'est vrai. Voulez-vous me dire comment ça s'est passé avec Mara et Russ ?

— Je ne sais pas par où commencer, soupira Fox avant d'emporter les assiettes dans l'évier.

— Essayez le commencement, suggéra-t-elle.

— J'étais furieux en arrivant, dit-il. Ce n'est jamais une bonne manière de commencer une discussion.

Elle pensait plutôt qu'il était blessé et perturbé, mais elle ne l'interrompit pas.

— J'ai découvert que des analyses d'ADN étaient un excellent moyen de briser la glace, ironisa-t-il. Russ n'était au courant de rien. Mara savait depuis le début.

— Vous plaisantez ? s'écria-t-elle.

Comment avait-elle pu le cacher à Fox alors qu'il avait si peur d'avoir hérité de la violence de son père ?

— J'aimerais... Ma mère lui a livré son secret sur son lit de mort. Elle lui a aussi dit que mon père avait fait exprès de sortir de la route.

— Je suis désolée, murmura-t-elle.

Que pouvait-elle dire d'autre ? Elle se retint difficilement de le prendre dans ses bras pour le réconforter.

Il alla s'asseoir dans un fauteuil devant la cheminée.

— Ils étaient en pleine dispute quand je suis parti, ajouta-t-il. Ils étaient furieux. Je viens peut-être de briser un mariage.

— Quoi qu'ils décident de faire, vous n'y serez pour rien, lui assura-t-elle. Ce sera une conséquence de leurs choix, pas des vôtres.

— J'ai choisi de leur demander des réponses, objecta-t-il.

— Même si vous étiez en colère, c'est un choix raisonnable. Je suis désolée que ça ne se soit pas passé comme vous l'espériez.

— À vrai dire, je ne sais pas ce que j'espérais, avoua-t-il. Au moins, je comprends pourquoi elle ne me traitait pas comme les autres, maintenant.

— Vous étiez un enfant, lui rappela-t-elle. Elle n'avait aucune excuse.

— Sauf qu'elle a dû beaucoup souffrir, répondit Fox. J'aimerais la haïr, mais je n'y arrive pas. Elle a dû se sentir horriblement trahie et elle devait y penser à chaque fois qu'elle me voyait.

— Ça ne justifie rien, insista Kelsey.

Heureusement qu'elle ne lui avait pas parlé de ses frères, songea-t-elle. Fox avait assez de soucis comme cela. Et, tels qu'elle les connaissait, ses frères se seraient déjà manifestés d'une manière ou d'une autre s'ils avaient été dans la voiture noire.

— La négligence peut faire autant de mal que la brutalité, ajouta-t-elle en s'asseyant sur le canapé.

— J'ai eu un peu des deux, grommela-t-il. Mais j'ai aussi

eu de bons modèles… Pourquoi ne suis-je pas capable de me concentrer là-dessus ?

Ce n'était pas une question facile. Elle-même avait dû observer les gens pendant des années pour comprendre comment ils interagissaient positivement – et de quoi elle avait été privée.

— Il est naturel, pour un enfant, de désirer l'amour, l'attention et l'approbation de ses parents, dit-elle. Le fait d'en être privé change la manière dont on se perçoit.

— Je suis un adulte, maintenant, protesta-t-il. C'est de l'histoire ancienne.

— Pas pour vous, lui rappela-t-elle. Vous avez besoin d'un peu de temps pour encaisser la nouvelle.

Fox se leva, posa un coude sur le manteau de la cheminée et fixa le feu. Incapable de résister à son instinct plus longtemps, Kelsey alla enrouler les bras autour de sa taille et pressa une joue contre son dos.

— Les parents ne sont jamais parfaits, ajouta-t-elle. Les tragédies de votre passé ne vous ont pas empêché de devenir un homme formidable.

— Kelsey…

— Écoutez-moi, le coupa-t-elle. Je ne vous connais pas depuis longtemps, mais j'ai découvert que vous étiez l'un des hommes les plus intelligents, généreux et compatissants que j'aie jamais rencontrés. Ce n'est pas un produit de votre ADN ni de votre éducation. C'est ce que vous êtes, *vous*, parce que vous avez choisi de le devenir.

— Merci, murmura-t-il.

Elle se sentit brusquement très mal à l'aise et le lâcha. Que lui arrivait-il ? Quand Fox se retourna, elle ne réussit pas à soutenir son regard.

— Je devrais peut-être…, dit-elle en indiquant le couloir d'un signe de tête. Il se réveillera tôt.

Avec un peu de chance, elle serait moins embarrassée le

lendemain. Elle pensait tout ce qu'elle avait dit, mais elle aurait sans doute mieux fait de se taire.

Fox était trop près et son parfum, qui l'enveloppait, trop enivrant. Elle se força à lever les yeux quand il lui prit les mains. Allait-il l'embrasser une nouvelle fois ?

— Puis-je vous embrasser ? murmura-t-il.

Craignant de répondre qu'il pouvait faire tout ce qu'il voulait, elle se contenta de hocher la tête.

Il effleura ses lèvres, puis l'embrassa avec plus d'ardeur.

— J'ai envie de toi, Kelsey, dit-il d'une voix rauque en glissant ses doigts sous son pull.

— C'est réciproque, parvint-elle à répondre, étourdie par cette déclaration.

— Tu me donnes déjà tellement de choses…

— Toi aussi. Et je serai toujours ton assistante demain matin, promit-elle.

Le rire de Fox vibra contre sa poitrine.

— Alors nous n'avons rien à perdre.

Il s'écarta et attendit qu'elle soutienne son regard pour ajouter :

— Je serais perdu sans toi.

Elle le crut, parce qu'elle aussi avait l'impression qu'elle aurait été perdue sans lui. Fox n'était pas parfait, mais il était sincère et fiable. Elle s'abandonna à ses sensations lorsqu'ils se déshabillèrent pour découvrir le corps de l'autre.

Ils s'allongèrent sur le tapis, devant la cheminée, et se couvrirent de baisers. Jamais elle n'avait été aussi heureuse.

Fox glissa les doigts dans ses cheveux, lui mordilla les lèvres et lui embrassa la gorge en murmurant son nom. Quand il laissa courir sa langue sur ses seins, elle se cambra et gémit de plaisir. Elle ne pouvait plus attendre.

Il dut le sentir, parce qu'il sortit un préservatif de la poche de son jean et le déroula sur son érection. Caressé par la lumière des flammes, il était d'une beauté à couper le souffle.

Quand il agrippa ses hanches et la pénétra d'un seul coup,

elle se sentit chérie. Ils trouvèrent vite un rythme qui les emporta vers la jouissance. Après l'orgasme le plus intense de sa vie, elle le serra dans ses bras tandis que son cœur se calmait et qu'elle regagnait lentement la réalité.

Une nouvelle réalité dans laquelle elle avait fait l'amour avec son patron.

— Ça va ? s'inquiéta-t-il quand il revint après avoir jeté le préservatif.

— Je suis pleinement satisfaite.

Elle caressa son épaule lorsqu'il se rallongea près d'elle.

— Alors on est deux, répondit-il.

Elle avait encore envie de lui, mais elle n'eut pas l'audace de lui demander de lui faire l'amour une deuxième fois et elle ne savait pas vraiment comment l'y inciter. Même si elle n'était pas vierge, son expérience était limitée. Elle se blottit contre lui.

— Veux-tu bien dormir avec moi, cette nuit ? demanda-t-il.

— Ici ?

Il pouffa.

— Je préférerais mon lit.

Le cœur de Kelsey manqua un battement. Cela lui semblait un bien grand pas, mais était-il vraiment plus grand que ce qu'ils venaient de faire ?

— Est-ce que je vais trop vite ? s'inquiéta Fox.

Elle se redressa pour l'embrasser.

— Non, c'est parfait, répondit-elle.

L'instant suivant, il la soulevait dans ses bras pour l'emporter dans sa chambre.

Fox se réveilla dans un lit vide imprégné du parfum de Kelsey. Il inspira profondément et sourit.

Il ne savait pas ce qu'il avait fait pour qu'une femme comme Kelsey entre dans sa vie, mais il s'en réjouissait. C'était sans doute sa réputation d'éleveur… Il pouffa en songeant à ce que Wyatt penserait du fait que son cerveau ait servi d'aimant.

Impatient de les voir, le bébé et elle, il prit une douche rapide et s'habilla.

Même le fait de devoir parler à Mason dans la journée ne pouvait pas gâcher sa bonne humeur. Il avait fait l'amour à Kelsey – deux fois dans la nuit.

Il la trouva dans la cuisine en train de faire manger des céréales à Bébé John. Elle portait un pantalon en coton et un haut vert qui mettait ses yeux en valeur. Elle incarnait l'équilibre qu'il avait toujours cherché sans le savoir.

— Bonjour ! lui lança-t-elle.

Il déposa un baiser sur la tête de Bébé John, puis il embrassa tendrement Kelsey.

— Bonjour, répondit-il avant de se servir une tasse de café. On devrait aller voir Mason aujourd'hui. J'aimerais que vous veniez avec moi, le bébé et toi.

— Tu en es sûr ? demanda-t-elle.

— Absolument.

Il ne voulait plus aller nulle part sans elle. Mais c'était peut-être trop lui demander...

— Sauf si ça te dérange, ajouta-t-il.

— Tu y emmènerais le bébé sans moi ?

— Si c'était nécessaire.

Elle prit une expression indéchiffrable avant de répondre :

— Nous serons prêts en même temps que toi.

— Merci.

Quand il eut fini ses tâches matinales, il appela le bureau de Mason et apprit que celui-ci travaillait de chez lui. Russ lui avait accordé cette faveur parce que Mason était ébranlé par le meurtre de sa sœur, Sabrina, et par les crimes que sa femme avait commis.

Fox n'était jamais allé chez son cousin, qui habitait une banlieue chic. Il préférait nettement la simplicité de son ranch.

Il se gara devant la maison de Mason et Kelsey prit le bébé dans son siège. L'état de la pelouse confirmait que son cousin vivait un enfer. Il sonna à la porte en espérant trouver les mots justes. Devoir s'occuper d'un bébé adorable aiderait peut-être Mason à surmonter son chagrin...

Fox perdit cet espoir dès que son cousin ouvrit la porte. Mason avait les yeux rouges et les cheveux ébouriffés. Il buvait trop ou ne dormait pas assez – sans doute les deux.

— Bonjour, Mason, dit Fox. Je te présente ma nouvelle assistante, Kelsey. Peux-tu nous accorder quelques minutes ?

— Pourquoi ? demanda Mason. Je n'ai pas l'intention d'acheter un cheval.

— On a trouvé quelque chose d'autre qui pourrait t'intéresser.

Mason écarquilla les yeux.

— Savez-vous qui a tué Sabrina ?

— Pouvons-nous entrer une minute ? demanda Fox alors qu'il se mettait à pleuvoir.

— Bien sûr, répondit Mason en s'écartant. Ne faites pas attention au désordre.

— On ne restera pas longtemps, lui assura Fox.

Des odeurs de sueur, d'alcool et de pizza froide flottaient dans l'air. Tous les volets étaient fermés et la seule lumière provenait de la télévision, réglée sur une chaîne d'informations en continu.

Fox ne put s'empêcher de penser que son cousin s'apitoyait trop sur son sort. Pendant que Mason coupait le son de la télévision, Kelsey et lui s'assirent où ils purent.

Mason observa Kelsey de la tête aux pieds, puis baissa les yeux vers le bébé.

— Tu as fait un enfant à ton assistante ? s'écria-t-il.

— Non, grommela Fox.

Il essaya de retrouver son calme avant d'ajouter :

— Heureusement pour nous tous, Kelsey a de l'expérience avec les bébés.

— Qu'est-ce que tu racontes ?

— C'est ton fils, déclara Fox en lui montrant Bébé John.

— C'est impossible. Elaine a perdu la tête parce qu'on ne pouvait pas avoir d'enfant.

— Je peux t'assurer que c'était elle qui avait un problème de fertilité, répondit Fox. D'après les analyses d'ADN, tu es le père de ce bébé.

— C'est impossible, répéta Mason.

Fox ne se laissa pas désarçonner.

— Les analyses prouvent que c'est vrai. Sais-tu qui est sa mère et pourquoi elle a déposé *ton* enfant devant ma porte ?

Mason serra les poings et regarda Fox avec fureur pendant quelques secondes avant de s'effondrer sur la chaise la plus proche.

— Je me moque de tes résultats, répondit-il. Je ne peux pas m'occuper d'un enfant.

Fox attendit qu'il crache le morceau. Les infidélités de Mason étaient de notoriété publique.

— Merde ! finit par soupirer son cousin. Je suppose qu'il est possible que je sois son père. Il m'est arrivé de me servir de ton nom quand j'étais en voyage.

Fox cligna des yeux.

— Quoi ?

— Comme pseudonyme, précisa Mason. Je suis marié. Je ne pouvais pas me servir de mon propre nom quand je voyais des filles pendant mes voyages d'affaires.

La fureur gagna Fox.

— Tu t'es servi de *mon* nom pour tromper ta femme ?

Mason eut l'élégance de prendre un air penaud.

— La mère a dû faire des recherches.

— C'est donc bien ton fils, insista Fox. Qui est la mère ?

— Comment le saurais-je ? répondit Mason avant de se mettre à pleurer dans ses mains.

Fox était à court de compassion. Kelsey et lui avaient donné tout leur amour au bébé et Mason ne se souciait que de lui.

Fox n'avait jamais brutalisé personne – les bagarres entre frères ne comptaient pas. Pourtant, à cet instant, il avait une envie folle de traîner Mason sous une douche froide et de le secouer jusqu'à ce qu'il revienne à la raison.

— Tu vas assumer tes responsabilités et élever cet enfant ! ordonna-t-il.

— Je ne peux pas, protesta Mason. Regarde-moi ! Je n'ai jamais voulu avoir des enfants. Rendez-le à sa mère.

Si seulement cela pouvait être aussi simple..., songea Fox.

— Si j'en juge par son apparition devant ma porte, je dirai que sa mère pense que *tu* devrais l'élever, répondit-il.

— Sur le papier, Fox Colton présente beaucoup d'avantages, ironisa Mason.

Fou de rage, Fox estima plus prudent de se taire.

— Qui est la mère, à votre avis ? demanda Kelsey après quelques secondes de silence pesant.

— Je ne sais pas ! s'écria Mason.

Il se leva et sortit son portefeuille de sa poche.

— Je suis presque toujours passé par la même agence de call-girls, dit-il en en tirant une carte de visite. Tenez ! Si vous voulez tant trouver la mère, commencez donc par là.

Fox prit la carte avec réticence.

— As-tu un nom à suggérer ? demanda-t-il.

— J'en ai fréquenté plusieurs. Quel âge a le bébé ?

— Environ six mois, répondit Fox.

Mason jura et grimaça comme si réfléchir lui donnait la migraine.

— Candace, finit-il par dire. On s'est bien amusés, tous les deux, jusqu'à...

— Jusqu'à quoi ? le pressa Fox.

— Jusqu'à ce qu'elle arrête de répondre à mes messages et que l'agence me dise qu'elle n'était plus disponible parce qu'elle était enceinte. Mais comment pouvait-elle être sûre qu'il était de moi ?

— Je le lui demanderai quand on la trouvera, promit Fox. Que comptes-tu faire ?

— À propos de quoi ? demanda Mason, l'air surpris. Vous avez l'air d'avoir la situation en main.

— Tu es son père, lui rappela Fox.

— Je n'ai jamais demandé à l'être ! rugit son cousin.

Bébé John, qui s'agitait de plus en plus, se mit à pleurer. Kelsey se leva aussitôt.

— On t'attend dans la voiture, dit-elle avant d'emporter Bébé John hors de la maison.

— Tu dois te ressaisir, dit Fox à Mason lorsqu'ils furent seuls. Je sais que tu souffres. Mais il y a des gens qui sont prêts à t'aider – et des gens qui ont besoin de toi, comme ton fils.

— Je ne peux pas être père, grommela Mason. Fais ce qui te paraît le mieux. Maintenant, va-t'en !

Fox lui posa encore quelques questions sur Candace avant de le laisser tranquille.

Une fois dehors, il inspira profondément. La pluie avait cessé et Kelsey marchait de long en large sous un érable en faisant des grimaces à Bébé John.

Fox les rejoignit, enroula les bras autour d'eux et attendit que sa colère et sa frustration le quittent.

— Merci d'être aussi gentille avec lui, finit-il par murmurer.

— Je t'en prie, dis-moi que tu n'as pas réussi à le convaincre de le prendre, répondit-elle.

— Non. Il n'en est pas capable pour le moment. Allez, viens !

Il voulait s'éloigner le plus vite possible de Mason et de son chagrin.

— Et maintenant ? demanda Kelsey quand ils se mirent en route. Vas-tu dire au shérif que tu as trouvé le père du bébé ?

— Je préférerais essayer de trouver la mère d'abord, si tu veux bien m'aider.

— Je suis partante, répondit-elle.

Fox se demanda si le chaos au milieu duquel il se trouvait la navrait ou l'amusait. Non... Kelsey était trop compatissante pour rire de lui. Ils firent le trajet en silence.

— Tu dois être tentée de t'enfuir, soupira-t-il quand il se gara devant le ranch. Je n'ai pas oublié ce que tu es venue faire chez moi.

— Ne t'en fais pas pour ça, répondit-elle avant de l'embrasser avec tendresse. Rentrons et essayons de trouver la mère de Bébé John.

— Ça va demander des recherches et quelques coups de fil embarrassants.

— Alors on ferait bien de s'y mettre tout de suite.

Elle semblait presque impatiente. Parce qu'elle en avait assez de jouer les nounous ou parce qu'elle aimait autant résoudre des énigmes que lui ?

Il emporta Bébé John à l'intérieur en ayant l'impression qu'ils formaient une famille. Kelsey ne tenait pas plus que lui à avoir des enfants. Alors pourquoi lui semblait-il que le départ de Bébé John serait un déchirement ?

10

Kelsey trouvait que Fox et elle étaient d'une efficacité redoutable. Malgré tout ce qu'ils avaient d'autre à faire, il ne leur fallut que deux jours pour trouver Candace.

À leur surprise, celle-ci accepta aussitôt de les recevoir dans son appartement de Denver.

Fox était nerveux. Qui aurait pu le lui reprocher ? Aujourd'hui, ils auraient peut-être assez d'informations pour présenter un projet au shérif.

— Peut-on s'arrêter au supermarché sur le chemin du retour ? On va bientôt manquer de lait et j'aimerais faire des gâteaux, dit-elle en espérant que cela remonterait le moral de Fox après cette dure journée.

— Bien sûr, répondit-il.

Il faisait doux, aujourd'hui, au point qu'ils baissèrent un peu les vitres pour apprécier l'air de l'automne.

— On y est, annonça Fox en se garant sur le parking d'un immeuble de trois étages. C'est un endroit agréable… On dirait que les affaires vont bien.

— Tu t'attendais à ce qu'elle vive dans un quartier miteux ?

— Oui, admit-il. Si elle peut se permettre de vivre dans un bel appartement, pourquoi n'a-t-elle pas embauché une nourrice ou changé de carrière ?

— Allons lui poser la question, répondit Kelsey.

Fox ferma les yeux et murmura :

— Ce n'est pas sa faute.

— Non, répondit Kelsey, qui luttait elle-même contre la tentation de condamner une mère qui avait abandonné son bébé. Nous ne sommes là que pour découvrir le reste de l'histoire.

— Et pour avoir son opinion, dit Fox. Que ferons-nous si elle veut le récupérer ?

— On verra bien, répondit-elle d'un ton encourageant.

Ils montèrent les trois étages et frappèrent à la porte de Candace.

Une rousse d'une beauté saisissante leur ouvrit. Elle les observa l'un et l'autre, puis baissa les yeux vers Bébé John. Son regard s'adoucit aussitôt. Ils avaient bien trouvé la mère, songea Kelsey.

— Candace ? demanda Kelsey.

— Oui, entrez, répondit la rousse.

L'appartement était gai et propre – bien plus agréable que bon nombre d'endroits dans lesquels Kelsey avait vécu les années précédentes.

— Je m'appelle Kelsey, dit-elle. Je suis… l'amie de Fox.

— Où est-il ? demanda Candace en regardant derrière eux comme si elle s'attendait à voir quelqu'un d'autre.

— Je suis Fox Colton, répondit Fox. L'un de mes cousins se servait de mon nom quand il… vous appelait.

— Oh ! dit Candace en fermant la porte. J'aurais dû m'en douter. Comment s'appelle-t-il ?

— Mason.

— Mason était si convaincant… mais j'aurais dû m'en douter, répéta Candace.

Elle regarda le bébé, les poings serrés, comme si elle avait peur de ne pas pouvoir s'empêcher de le toucher.

— Voulez-vous le prendre dans vos bras ? proposa Kelsey.

Les yeux de Candace s'emplirent de larmes.

— Non, je ne peux pas. Il est à vous, maintenant. À Mason, plutôt.

— Que s'est-il passé ? demanda Fox. Pourquoi l'avez-vous abandonné ?

— Les bébés ne sont pas un atout dans ma profession, répondit Candace. Asseyez-vous. Voulez-vous boire quelque chose ?

— Non merci, répondit Kelsey en forçant Fox à s'asseoir à côté d'elle sur le canapé.

Il était visiblement mal à l'aise.

— Il a grandi, murmura Candace.

— Il est en bonne santé, répondit Kelsey en lui souriant. Et c'est un charmeur. Il sait s'asseoir, maintenant. Comment l'avez-vous appelé ?

— Bébé..., murmura Candace en baissant les yeux. J'ai mis John sur le certificat de naissance, mais je n'arrivais pas à l'appeler comme ça, parce que c'est le surnom qu'on donne aux clients. Et vous, comment l'avez-vous appelé ?

— On a mis John Doe sur le rapport de police, répondit Fox.

Kelsey lui donna un coup de coude.

— On l'appelle Bébé John, précisa-t-elle.

— C'est logique, soupira Candace. Comment avez-vous trouvé son vrai père ?

— Grâce à une analyse d'ADN, expliqua Kelsey. Comme vous l'avez déposé sur la propriété des Colton, Fox a demandé des échantillons à ses frères. On est des généticiens équins.

— Mason a reconnu qu'il s'était servi de mon nom quand on l'a interrogé, ajouta Fox.

— Fox vous va bien – bien mieux qu'à lui, dit Candace avant de se mordiller la lèvre. J'aurais pu avorter... Certaines filles le font. Mais je n'ai pas trouvé le courage. Je l'ai gardé, même si je savais que je ne pourrais pas l'élever.

Bébé John se réveilla et tourna la tête vers Candace. Il semblait reconnaître sa voix. Le cœur de Kelsey se serra. Candace aimait assez son enfant pour l'avoir confié à d'autres dans l'espoir qu'il aurait une meilleure vie.

— Nous ne voulons pas vous rendre les choses difficiles, dit-elle.

— Ça va, murmura Candace. Mason était un client régulier. On a pris des précautions la plupart du temps, mais les accidents arrivent...

Bébé John commença à s'agiter.

— Il a faim, dit Kelsey en le prenant dans ses bras.

— J'avais l'impression qu'il avait toujours faim, pouffa Candace.

Kelsey donna un biberon à Bébé John, qui ne quittait plus sa mère des yeux.

— Vous êtes sûre de ne pas vouloir passer un peu de temps avec lui ? demanda Fox. Il a l'air de se souvenir de vous.

— Non, répondit Candace en baissant les yeux. C'est assez dur comme ça. Est-ce que vous m'en voulez ?

— Non.

La réponse de Fox surprit Kelsey.

— J'avoue que vous m'avez compliqué la vie, mais je ne vous en veux pas, ajouta-t-il. Je m'inquiète pour vous.

— Vous ne devez pas, dit Candace. Je suis rassurée, maintenant. Je ne l'ai pas déposé devant la bonne porte, mais il a eu de la chance. Je ne voulais faire de tort à personne... Quand j'ai fait des recherches sur vous, j'ai su que vous pourriez lui offrir une meilleure vie que moi. Est-ce que son père veut de lui ?

— Je n'en suis pas sûr, répondit Fox. Il est en pleine crise familiale.

Candace fronça les sourcils.

— Êtes-vous disposée à nous le confier ? demanda Fox.

— Oui. Il a l'air de vous aimer. Comptez-vous le garder ?

— Tout dépendra de la décision de Mason, répondit Fox. Mais ça faciliterait les choses que vous l'abandonniez officiellement, en le mettant par écrit.

— Si ça peut vous aider. Je sais que je dois vous paraître froide..., dit Candace.

— Pas du tout, la coupa Kelsey. On ne vous juge pas. C'est juste pour que tout soit clair du point de vue légal.

— Nous ferons tout pour qu'il ne manque de rien, même si Mason n'assume pas ses responsabilités, lui assura Fox.

— Merci, murmura Candace.

— Roaring Springs est un bon endroit où grandir, ajouta Fox.

— Même si on n'y est plus autant en sécurité qu'avant…, dit Candace. Mon amie Bianca s'est retrouvée au mauvais endroit au mauvais moment.

— Comment ça ? demanda Kelsey.

— J'ai entendu dire que c'était une victime du Tueur de l'Avalanche. J'avais arrêté de travailler à cause de la grossesse quand elle a disparu, mais on s'envoyait régulièrement des textos. Comme l'un de ses habitués lui avait posé un lapin, elle était allée au Chalet pour se faire un peu d'argent en dehors de l'agence. Je n'ai pas effacé ses messages. Elle me manque tellement…

Elle chercha les textos sur son téléphone, qu'elle tendit à Fox.

— Vous voyez, dit-elle. Elle l'avait appelé Beaux Yeux.

Le métier de Candace était vraiment risqué, songea Kelsey.

— Avez-vous songé à faire autre chose ? demanda-t-elle.

— Après la mort de Bianca, oui, répondit Candace. Mais il est un peu tard… Toutes mes amies sont dans cette branche. On se serre les coudes.

— Acceptez-vous de fournir ces informations à la police ? demanda Fox.

— Si vous croyez que ça peut aider, bien sûr. Je ne veux pas que Bianca soit oubliée, ni que ce tueur pense qu'il peut faire tout ce qu'il veut aux filles comme nous.

Avec sa permission, Fox transféra les messages vers son téléphone.

— Je donnerai ça et votre numéro aux enquêteurs, dit-il.

Candace rédigea une lettre pour officialiser l'abandon de Bébé John, puis Fox et Kelsey se levèrent. Avant qu'ils s'en aillent, Kelsey étreignit Candace.

— Vous êtes une bonne mère, lui dit-elle.

Candace ferma la porte les larmes aux yeux.

— Ça va ? demanda Kelsey à Fox alors qu'il installait le siège de Bébé John dans la voiture.

— Oui, répondit-il. Grâce à toi. Ça aurait été bien plus dur si tu n'avais pas été là.

Alors qu'elle se demandait quoi répondre, il l'attira dans ses bras et l'embrassa. La passion de son baiser l'étourdit et la força à s'agripper à ses épaules.

— Tu es merveilleuse, murmura-t-il contre ses lèvres avant de lui ouvrir sa portière.

Elle monta en voiture les joues en feu, avec l'impression que son amour pour Fox grandissait d'heure en heure.

— Tu n'es pas obligée de m'accompagner, dit Fox lorsqu'il se gara devant le bureau du shérif. Je n'en ai pas pour longtemps.

Il préférait qu'elle l'accompagne, mais Kelsey était son assistante, pas sa bouée de sauvetage.

— Bébé John adore rencontrer des gens, répondit-elle.

— Veux-tu que je sorte le siège ?

— Non merci. Je peux le porter.

Il tint la porte à Kelsey. Trey sortait de son bureau au moment où ils entrèrent dans le hall.

— As-tu une minute ? lui lança Fox.

— Oui, répondit le shérif. Viens.

Fox jeta un coup d'œil à Kelsey.

— On t'attend dans le coin, lui dit-elle. Il faut que je le change.

Fox s'éloigna d'elle à contrecœur pour entrer dans le bureau de son cousin.

— Assieds-toi ! lui dit Trey. Tu as du nouveau ?

— Oui, répondit Fox. La mère du bébé s'appelle Candace. C'est une call-girl qui vit à Denver.

Le shérif haussa les sourcils.

— Je n'imaginais pas que tu fréquentais ce genre de femmes.

— Tu sais très bien que ce n'est pas le cas, grommela Fox.

— Alors pourquoi a-t-elle déposé le bébé devant ta porte ?

— Parce que le père se servait de mon nom quand il la voyait...

Il s'interrompit parce que Trey avait un sourire idiot et suivit le regard de son cousin. Kelsey se tenait dans l'embrasure de la porte, Bébé John sur la hanche. Ils étaient l'incarnation du bonheur et de la normalité... Mais la vie n'était pas si simple.

— Désolée de vous avoir interrompus, dit Kelsey.

— Vous ne nous dérangez pas, répondit Trey.

Il se leva, incita Kelsey à entrer et s'assit sur un coin de son bureau.

— Alors votre petit bonhomme n'est plus anonyme ? demanda-t-il avant de faire des grimaces à Bébé John.

— Non. Sa mère nous a autorisés à nous occuper de lui, répondit Fox en tirant la lettre de Candace de sa poche. Elle est disposée à signer des documents d'adoption.

— Parce que tu veux l'adopter ? s'étonna Trey.

Oui ! songea Fox.

Son bon sens l'emporta de justesse.

— Non, répondit-il.

Il voulait que Kelsey fasse le métier qu'elle aimait et donner une chance à leur relation – ce qui serait plus simple s'ils n'avaient pas à s'occuper d'un bébé.

— Qui est le père, alors ?

— Mason Gilford, répondit Fox.

Trey siffla, ce qui fit rire Bébé John.

— Maintenant que tu le dis, il y a une certaine ressemblance, commenta-t-il. C'est Mason qui t'a permis de trouver cette Candace ? Le pauvre vieux traverse un enfer...

— Et j'ai l'impression qu'il n'en sortira pas de sitôt, répliqua Fox. L'idée d'assumer son rôle de père ne l'enthousiasme pas.

— J'imagine, puisque le bébé est encore avec vous, dit Trey. Veux-tu que j'appelle les services sociaux ?

Fox se raidit.

— J'ai dit à Mason qu'on s'en occuperait le temps qu'il réfléchisse, répondit-il.

— C'est très généreux de ta part, dit Trey. Puisque tu as les moyens de subvenir à ses besoins et l'accord de la mère, ça me va. Donne-moi cette lettre. Je vais en faire une copie pour le dossier.

— Tiens.

Quand ils se retrouvèrent seuls dans le bureau du shérif, Kelsey posa sa main sur celle de Fox.

— Merci d'être là, lui dit-il.

Bébé John tendit les bras vers lui. Fox lui chatouilla le ventre en souriant. Pendant combien de temps jouerait-il encore le rôle de son père ? Combien de temps Mason mettrait-il à prendre une décision ?

Trey revint et lui rendit la lettre. Kelsey et Fox le saluèrent, puis quittèrent son bureau.

— Il faut que je voie Daria Bloom avant de partir, dit Fox à Kelsey.

— On t'attend dans le hall, répondit-elle.

Il regarda Kelsey s'éloigner, puis il se dirigea vers le bureau de la policière chargée de l'enquête sur le Tueur de l'Avalanche.

Il trouva la porte ouverte. Daria discutait avec l'agent Roberts, du FBI. Fox resta dans le couloir pour ne pas les déranger et entendit la fin de leur conversation malgré lui.

— J'ai trouvé la trace d'une Ava Bloom, en Arizona, dit Roberts. Elle a eu une fille de ton âge.

— Ava…, répéta Daria. Est-ce que je peux lui parler ?

— Malheureusement non, répondit Roberts. Elle est morte d'un cancer il y a dix ans.

Daria soupira de frustration.

— Merci, Stefan, dit-elle. Même si ce n'est pas ce que j'espérais.

L'agent Roberts sortit du bureau. Il tressaillit en découvrant Fox dans le couloir, le salua et s'éloigna.

Fox frappa à la porte.

— Daria ?

— Fox ! lui lança la policière. Où est le bébé ?

— Dans le hall, sans doute en train de séduire tes collègues, répondit-il. Je voulais te voir parce que j'ai peut-être quelque chose pour toi concernant le Tueur de l'Avalanche. As-tu entendu parler d'une call-girl prénommée Candace ?

— Ce prénom ne me dit rien, répondit Daria.

Elle ouvrit un dossier et le parcourut rapidement.

— Non, elle n'apparaît nulle part, confirma-t-elle. Tu crois qu'elle sait quelque chose ?

— Peut-être, répondit Fox. C'est la mère de Bébé John. Je viens de la rencontrer. C'était une amie de Bianca, l'une des victimes. Elles ont échangé des textos juste avant la mort de Bianca, qui était allée racoler au Chalet.

Il transmit les textos et donna le numéro de Candace à Daria.

— Merci, dit celle-ci. Je n'en reviens pas qu'on n'ait jamais entendu parler d'elle. Ça nous sera peut-être très utile... Merci encore, Fox.

Kelsey n'eut aucun mal à occuper Bébé John en attendant Fox. Tout le monde était attiré par son sourire adorable et sa curiosité naturelle. Elle n'avait jamais vu un bébé aussi doué pour se faire des amis.

Un courant d'air passa dans le hall quand la porte d'entrée s'ouvrit. L'apparition de Mason changea instantanément l'atmosphère. Bébé John se raidit et perdit son sourire.

Son père biologique semblait être la seule personne au monde qu'il n'était pas content de voir.

Mason fusilla tout le monde du regard, puis lança au shérif :

— Avez-vous fait des progrès dans l'enquête sur le meurtre de Sabrina ?

— L'enquête est en cours, répondit le shérif.

— C'est ça ! ironisa Mason. Vous êtes tous en train de vous amuser alors que le meurtrier de ma sœur court toujours. Sabrina – une Gilford – n'a jamais été votre priorité, shérif *Colton*.

Bébé John laissa échapper un gémissement. Kelsey le serra plus fort.

— Calme-toi et viens dans mon bureau, Mason, dit Trey.

— Pour ce que ça changera ! rugit Mason.

Bébé John se mit à pleurer. Les gens qui se trouvaient le plus près de Kelsey se placèrent instinctivement entre Mason et elle.

Fox et l'adjointe Bloom apparurent à l'autre bout du hall.

— Calme-toi, Mason ! lança Fox.

Mason se tourna vers lui.

— Sûrement pas ! hurla-t-il. Vous n'arriverez jamais à me convaincre que vous vous souciez de rendre justice à Sabrina.

— Tu fais partie de notre famille, dit Fox.

— Tu parles !

— Tu fais partie de notre famille, répéta Fox plus fermement.

Mason n'avait plus aucun contrôle sur lui-même et mettait tout le monde mal à l'aise. En face de lui, Fox ressemblait à un roc.

Quand il la chercha des yeux, Kelsey hocha discrètement la tête pour lui signifier que Bébé John et elle allaient bien, ce qui lui procura une sensation étrange. Toute sa vie, elle avait eu l'impression de ne pas être à sa place. Elle était trop curieuse pour sa famille et trop naïve pour le reste du monde. À la fac, elle aimait trop les sciences pour se faire des amis et elle avait trop peur que ses frères ne la retrouvent pour accorder sa confiance aux gens. Avec Fox, elle se sentait comprise et acceptée pour la toute première fois.

— Je veux que le meurtrier de Sabrina soit puni ! hurla Mason.

— On fait tout notre possible, je te le jure, dit l'adjointe Bloom.

Mason fonça vers elle. Fox l'attrapa par la chemise et le plaqua contre un mur avant qu'il ne l'atteigne.

— Ça suffit, Mason ! dit-il. Il faut que tu te calmes avant de dire ou de faire quelque chose que tu regretterais.

Mason perdit sa fureur d'un seul coup et se cacha le visage dans les mains.

— Viens dans mon bureau, Mason, dit calmement Trey.

Fox fit un signe de tête à Kelsey pour l'inviter à le suivre avant d'entraîner Mason dans le bureau du shérif.

Quand elle arriva devant le bureau, Trey, Mason et Bloom étaient déjà assis. Fox la rejoignit près de la porte et lui enroula un bras autour de la taille.

Son contact la réconforta comme par magie.

— Nous avons des pistes, Mason, dit Bloom. Ce n'est pas parce qu'on ne peut pas te parler de l'enquête qu'elle n'avance pas.

Mason, qui fixait le sol, ne répondit rien.

— Il y a un autre sujet dont nous devons te parler, dit le shérif. Fox t'a informé que tu avais un fils.

— Et alors ? grommela Mason. Tu vas me faire une leçon de morale sur les responsabilités paternelles ?

Du coin de l'œil, Kelsey vit un muscle se crisper sur la joue de Fox. Cette discussion lui déplaisait autant qu'à elle.

— Non, répondit Trey. Néanmoins, il t'appartient de décider de l'avenir de cet enfant. Veux-tu le prendre en charge ?

— Qu'est-ce que je ferais d'un enfant ? répliqua Mason.

Le shérif haussa un sourcil.

— Compte tenu de ta situation, je te laisse un peu de temps pour te décider. Tu as perdu beaucoup et tu peux très bien renoncer à tes droits paternels, mais n'oublie pas qu'un bébé est un rayon de soleil.

Mason secoua la tête.

— Je n'en veux pas, dit-il.

Le cœur de Kelsey se serra. Heureusement, Bébé John ne se souviendrait pas de cette scène horrible.

— Je te laisse un peu de temps pour réfléchir, répéta le shérif. En attendant, je veux t'entendre autoriser Fox à s'occuper du bébé.

— Oui, répondit Mason. Que Fox le garde.

Le shérif fit un signe de tête à Fox et à Kelsey pour leur demander de partir.

Kelsey soupira de soulagement quand ils remontèrent en voiture.

— Trey n'aurait pas confié le bébé à Mason, n'est-ce pas ? demanda-t-elle.

— Pas tant que Mason est dans cet état, lui assura Fox.

— Il n'arrivait même pas à regarder Bébé John, dit-elle, la gorge serrée.

— On peut difficilement lui en vouloir, vu ce que sa femme a fait pour avoir une famille, répondit Fox.

— Cet enfant a eu beaucoup de chance d'atterrir devant ta porte, soupira-t-elle en caressant la tête de Bébé John.

— Et encore plus que tu y frappes, répondit Fox. Allons manger quelque chose avant de faire les courses.

— Bonne idée, dit-elle, même si c'était peut-être imprudent. Et si ses frères étaient dans le coin ?

Ils entrèrent dans le restaurant avec Bébé John dans son siège. Il y flottait une odeur délicieuse et l'estomac de Kelsey gargouilla tandis qu'ils attendaient une table. Quelques minutes plus tard, on les installa près d'une fenêtre. Décidément, elle aimait Roaring Springs, songea Kelsey en regardant les passants.

Elle lut le menu pendant que Fox amusait Bébé John. Subitement, elle prit conscience qu'elle aimait les choses simples de la vie. Trouverait-elle jamais un équilibre entre son travail et les aspirations de son cœur ?

— Mason t'a perturbée, dit Fox.

— Il est si triste..., répondit-elle en levant les yeux du menu. J'espère que le meurtrier de sa sœur sera arrêté.

— Le shérif et son adjointe font tout ce qu'il faut pour.

La serveuse vint prendre leur commande.

— Combien de temps Trey laissera-t-il à Mason pour se décider, à ton avis ? demanda Kelsey quand celle-ci s'éloigna.

— Le temps qu'il faudra.

— Voilà une vraie réponse de cow-boy, plaisanta-t-elle.

Fox lui offrit un sourire.

— On sait qu'on ne peut pas tout contrôler, dit-il. Je sais

que tu es arrivée dans des circonstances exceptionnelles, mais as-tu l'intention de rester ?

— Le travail que tu fais est très important, répondit-elle. Je suis ravie de t'assister, et oui : j'ai l'intention de rester.

— Tu n'imagines pas à quel point tu as déjà été utile…

Se sentant rougir, elle tourna la tête vers la fenêtre et vit passer une camionnette cabossée. *Voilà* le genre de véhicules que ses frères conduisaient. Ils ne gaspillaient pas d'argent – pour le moment, du moins.

— Tu connais bien les chevaux et les ranchs, dit Fox. Ta famille a-t-elle du bétail ?

Ma famille a surtout des règles, songea-t-elle amèrement.

— Mon père voulait qu'on se suffise à nous-mêmes, répondit-elle. Ma famille a un troupeau et un grand jardin.

— Assez grand pour nourrir quatorze personnes ? s'étonna Fox.

La plupart du temps…

— On appréciait de manger ce qu'on cultivait. Ma mère disait que l'effort rendait les aliments plus savoureux.

— Mais tu n'étais pas d'accord ?

Elle haussa les épaules.

— Le travail et les responsabilités sont des choses importantes, dit-elle.

— Ça forge le caractère, répliqua Fox.

— C'est vrai.

Mais les choix étaient importants aussi. Son esprit et ses facultés analytiques auraient dépéri si elle s'était contentée des projets que son père avait pour elle – et elle ne serait pas hors de danger tant qu'elle n'aurait pas découragé ses frères pour de bon.

Comment pouvait-elle expliquer la situation sans inquiéter Fox ? Il avait assez de soucis comme cela. Elle aurait sans doute dû lui en parler le jour de son arrivée, mais elle avait eu peur que cela ne le dissuade de l'embaucher.

— Je pose des questions indiscrètes, désolé, dit Fox en lui prenant la main. J'ai juste envie de mieux te connaître.

C'était légitime, vu leur proximité. Ils travaillaient ensemble, s'occupaient de Bébé John ensemble et dormaient dans les bras l'un de l'autre.

Elle n'avait jamais espéré être aussi heureuse qu'elle l'était avec Fox.

— Très bien, répondit-elle en se forçant à sourire. Je suis la troisième de la fratrie. La plupart des gens n'imaginent pas ce que c'est que de vivre dans une famille aussi grande. Pour moi, c'était juste la réalité. On s'aimait, on riait et on prenait chaque journée comme elle venait.

— Jusqu'à ce que tu décides de t'en aller, intervint-il. Ça suppose une volonté remarquable. J'avoue que je ne comprends pas comment tu as fait ce choix, mais j'en suis ravi.

Leurs assiettes étaient à peine arrivées quand Bébé John se mit à pleurer.

Fox se leva aussitôt.

— Je m'en occupe, dit-il en ramassant le sac de couches. Mange pendant que c'est chaud. C'est une affaire d'hommes.

Elle pouffa et le regarda s'éloigner. Fox était une perle rare. Aucun des hommes de sa famille n'aurait fait cela. Tout le monde considérait que c'était aux femmes qu'il revenait de s'occuper des enfants. Quand elle s'était enfuie, découvrir que les rôles des deux sexes n'étaient pas aussi tranchés dans le reste du monde avait été une révélation. Comme sa tante Greta le lui disait souvent, fuir sa famille fermait une porte, mais cela en ouvrait beaucoup d'autres.

Kelsey en avait franchi plusieurs. Celle qui lui avait permis d'entrer dans le monde de Fox était de loin la meilleure.

11

Lorsqu'ils sortirent du supermarché, Fox se sentait de nouveau normal. Kelsey éclata de rire quand Bébé John éternua.

— Ma mère, Dana, l'aurait accusé d'être allergique au soleil, commenta Fox.

— À t'entendre, c'était une femme merveilleuse, dit Kelsey.

Fox se demanda ce que sa mère aurait pensé du bébé qui avait atterri devant sa porte et de la femme qui était arrivée juste à temps pour calmer ses angoisses.

— C'était une femme merveilleuse, répondit-il. Ça me rend triste quand je pense que Sloane ne se souvient pas d'elle. Pour me consoler, je me dis que Mara a fait plus d'efforts avec elle qu'avec moi.

— Il vaut toujours mieux que les parents accordent autant d'amour à tous leurs enfants, dit Kelsey. Dans ma famille, les garçons étaient clairement préférés aux filles, qui n'étaient vues que comme des… soutiens.

Décidément, l'éducation qu'elle avait reçue était archaïque.

Fox inspira profondément l'air de l'automne en poussant le caddie. La vie de famille… Il devait admettre qu'il y trouvait du plaisir alors qu'il n'y aspirait absolument pas avant que Bébé John atterrisse devant sa porte. Le rôle d'oncle lui semblait bien assez stressant.

Kelsey rangea les courses dans le coffre pendant qu'il installait Bébé John à l'arrière de la voiture.

— Allons-nous-en ! dit Kelsey d'une voix tremblante en ouvrant sa portière.

Elle jetait des coups d'œil inquiets à l'autre bout du parking.

— Que se passe-t-il ? demanda-t-il en suivant la direction de son regard.

— Le type, là-bas... C'est l'un de mes frères.

Après avoir vainement cherché des yeux une voiture noire, Fox repéra un homme qui avait une épaisse barbe rousse et qui portait une casquette de base-ball usée. Il avait l'air de les regarder – mais il n'y avait pas qu'eux de ce côté du parking.

— Je vais lui dire de te laisser tranquille, répondit-il.

— Non ! s'écria Kelsey. Partons. Il ne nous suivra pas jusqu'au ranch.

Fox n'en était pas aussi certain qu'elle, mais il démarra pour ne pas la contrarier.

— Je ne peux pas rester sans rien faire alors que tu es terrifiée, grommela-t-il.

— C'est pour le bébé et pour toi que j'ai peur, répondit-elle. J'ai l'habitude de me défendre.

Qu'est-ce que cela voulait dire ?

— J'appelle le shérif et on l'attend ici, déclara-t-il.

— Non ! répéta-t-elle. Si on parle à mes frères en public, ils feront une scène. Ils essaieront de me discréditer pour me faire perdre les soutiens que je pourrais avoir.

— Quoi ?

Elle lui jeta un regard suppliant.

— S'il te plaît, Fox. Je te raconterai tout quand on sera au ranch, c'est juré, mais allons-nous-en.

Alors qu'il sortait du parking, Fox vit un autre rouquin qui portait des lunettes de soleil s'approcher du premier.

— Dépose-moi au bureau du shérif, dit Kelsey. Trey leur fera perdre du temps. Comme ça, le bébé et toi ne risquerez plus rien et j'aurai une longueur d'avance.

— Il n'en est pas question, chérie.

Maintenant qu'il avait trouvé la femme qu'il voulait avoir dans sa vie, il ne la laisserait pas s'enfuir.

— Explique-moi ce qu'il se passe, demanda-t-il.

— C'est compliqué… Mais c'est *mon* problème. Dépose-moi au bureau du shérif et reste en dehors de ça.

— Non, Kelsey. Tu ne partiras pas. Tu m'as soutenu dans mes problèmes compliqués.

Il voulait lui faire comprendre qu'elle n'était plus seule, qu'il ne demandait qu'à l'aider.

Fox jeta un coup d'œil dans le rétroviseur et tourna au lieu d'aller tout droit. Une camionnette cabossée tourna aussi.

Kelsey jeta un coup d'œil par-dessus son épaule.

— Je savais bien que la voiture noire était trop chic pour eux.

Alors qui surveillait le ranch dans la voiture noire ? se demanda Fox.

Mais il ne pouvait s'occuper que d'un problème à la fois. Il entra dans la station-service qui se trouvait à côté du bureau du shérif. La camionnette passa assez lentement pour qu'il reconnaisse l'un des deux rouquins au volant.

Fox fit le plein. Quand il quitta la station-service, la camionnette réapparut dans le rétroviseur.

— Je t'écoute, dit-il à Kelsey.

Il voulait savoir à quoi il avait affaire.

— L'histoire de ma famille est longue et pas très belle, commença-t-elle. Je suis née dans une communauté séparatiste, au nord d'ici. C'est une région rurale et très isolée. Ça pourrait aussi bien être un autre pays. J'ai onze frères et sœurs et j'ai aidé ma mère à élever ceux qui étaient plus jeunes que moi. Tout ce que je t'ai dit est vrai. J'ai fugué à quatorze ans parce que je voulais être plus qu'une mère.

Il ne l'avait jamais suspectée de lui avoir menti.

— C'est bien normal, répondit-il.

— Pas là d'où je viens.

— Que veux-tu dire ?

— J'ai fugué, répéta-t-elle. Mes frères essaient de me ramener à la maison depuis ce jour-là. Ils vous laisseront tranquilles, le bébé et toi, si nous ne sommes plus ensemble.

— Tu as peur d'eux, constata-t-il.

— Je ne suis pas impatiente de les revoir, plus précisément. Mais je peux les gérer. Je l'ai déjà fait. C'est comme ça que je suis arrivée jusque-là.

— Tu t'es bien débrouillée, je le reconnais volontiers, mais je suis ravi de te donner un coup de main cette fois-ci, répondit-il.

— Mais le bébé ?

— Il ne se rendra compte de rien, lui assura-t-il même si cela l'inquiétait aussi.

Elle soupira profondément.

— Je n'aurais jamais accepté de m'occuper de Bébé John si j'avais su que mes frères me retrouveraient aussi vite, dit-elle.

— C'est peut-être de ma faute... J'ai parlé de toi aux employés du ranch et en ville.

Elle secoua la tête.

— J'en doute. Mes frères sont doués pour traquer les gens et on est allés en ville plusieurs fois.

Il ne se sentit pas moins coupable. S'il l'avait gardée dans son bureau comme assistante – l'emploi auquel elle avait postulé –, ils n'en seraient peut-être pas là.

Elle lui tapota la cuisse.

— Je t'assure qu'ils me retrouvent toujours. Je ne serais pas là si je n'avais pas élaboré des tactiques d'évasion à chaque fois. Je peux leur échapper encore.

— Est-ce que ça suppose que tu quittes le ranch ?

— Ce serait le mieux pour toi, murmura-t-elle.

Il admira son honnêteté, mais il n'avait aucune envie de la voir partir.

— Si tu continues à faire la même chose, tu obtiendras le même résultat, dit-il.

— Je sais, soupira-t-elle. Mais ça vaut aussi pour eux.

— On est presque arrivés au ranch. S'ils rentrent dans la propriété, on appelle Trey et je porte plainte pour intrusion.

— C'est une mauvaise tactique, Fox...

— Dis-moi qui ils sont.

— Celui qui a les lunettes de soleil s'appelle David. C'est l'aîné. Il est venu avec Saul, cette fois-ci. David est violent. Saul le calme, en général, mais il est rusé.

— C'est bon à savoir.

La camionnette le suivit sur les terres du ranch. Fox avança assez pour qu'il n'y ait aucun doute sur l'intrusion, puis il s'arrêta.

— Je vais leur parler, dit-il. De ton côté, appelle Trey et rentre à la maison.

— Il vaudrait mieux que ce soit moi qui leur parle, protesta-t-elle.

Mais sa voix tremblait. Elle avait besoin d'un allié.

— Va-t'en ! dit-il en sortant de la voiture. Rentre et occupe-toi de Bébé John.

— Mais...

— Va-t'en ! répéta-t-il.

Il claqua la portière et se dirigea vers la camionnette en espérant qu'elle lui obéirait.

Ses frères s'étaient arrêtés un peu plus loin. Au moins, ils ne semblaient pas vouloir lui rouler dessus.

Fox eut l'impression de remporter une première victoire quand il entendit Kelsey se mettre en route.

Il s'approcha de la portière du conducteur.

— Vous êtes perdus ? demanda-t-il à David, qui était un peu plus musclé que Saul.

— On sait très bien où on est, répondit Saul.

— Vous avez quelque chose qui nous appartient, dit David. On est venus le récupérer.

— Je ne vois pas de quoi vous parlez.

— La femme qui élève votre enfant est notre sœur ! aboya David.

— Du calme, intervint Saul avant de s'adresser à Fox. Vous ne devez pas connaître toute l'affaire.

Saul lui raconta une histoire à dormir debout dans laquelle Kelsey s'était fait enlever et laver le cerveau. Seul son prénom était fidèle à la réalité. Fox eut une folle envie de provoquer ces brutes, mais ils étaient deux et peut-être armés.

— C'est intéressant, dit-il quand Saul se tut. Par ailleurs, vous êtes sur une propriété privée. Allez-vous-en, s'il vous plaît.

Il tira son téléphone de sa poche.

— Je serai forcé d'appeler le shérif si vous refusez, ajouta-t-il.

— On veut juste que notre sœur rentre à la maison, répondit Saul. Elle nous manque.

— Je suis sûr qu'elle fait du bon boulot avec votre morveux, mais elle a des responsabilités familiales ailleurs, grommela David.

Fox eut envie de lui abattre son poing dans la figure pour avoir appelé Bébé John un *morveux*.

— Où Kelsey peut-elle vous joindre ? demanda-t-il.

Saul lui tendit la carte d'un motel bon marché aux abords de la ville.

— Il y a mon numéro derrière, précisa-t-il.

— Dites-lui d'appeler. Ce serait dommage qu'il y ait des dégâts dans une aussi jolie propriété, ajouta David.

— Est-ce une menace ? demanda Fox.

— Pas du tout, répondit Saul. On ne veut pas d'ennuis – juste notre sœur.

David remonta sa vitre et fit demi-tour en soulevant un nuage de poussière.

Fox regarda son téléphone et sourit. Il avait réussi à prendre des photos de leurs visages, de la camionnette et de la plaque d'immatriculation. Cela simplifierait le travail du shérif.

Kelsey ajusta le siège et se mit en route. Elle avait appelé le shérif pour signaler l'intrusion sans préciser qu'il s'agissait de ses frères.

Elle avait bien conscience que c'était lâche.

Quels mensonges débiteraient-ils à Fox ? Essaieraient-ils de le convaincre qu'elle était mariée ? Son père avait rédigé un contrat de mariage le jour de ses quatorze ans et prévu la cérémonie pour le week-end qui suivrait sa majorité.

On ne lui avait pas demandé son avis. Le contrat n'était valable qu'au sein de la communauté, mais cela ne la rassurait qu'à demi.

Ses frères avaient déjà réussi à la faire renvoyer plusieurs fois. Pendant sa première année de fac, ils avaient failli lui faire perdre sa bourse. Que serait-elle devenue si sa tante n'était pas intervenue ?

Elle se gara devant la maison les mains moites et les épaules crispées. Elle inspira profondément plusieurs fois pour surmonter son angoisse et s'éclaircir les idées.

La sécurité de Bébé John passait avant tout. Maintenant qu'elle connaissait bien le ranch, elle avait une idée précise du temps qu'il faudrait à Fox pour rentrer à pied. Elle emporta Bébé John dans sa chambre. Comme sa nervosité avait été contagieuse, elle dut le bercer un moment avant de pouvoir le coucher.

Fox n'était toujours pas là quand elle eut fini de ranger les courses. Le cœur gros, elle verrouilla la porte et retourna dans la chambre.

Il valait mieux qu'elle fasse ses valises tout de suite. Elle avait confiance en Fox, mais elle n'arrivait pas à croire que la situation tourne en sa faveur. Ses frères étaient de grands manipulateurs.

Cet endroit et l'homme qui l'avait construit lui manqueraient terriblement. Il y avait d'autres lieux où elle pouvait être utile, mais elle ne trouverait jamais un aussi beau ranch ni un patron aussi sexy.

Bien sûr, elle ne tenait pas à ce que ses patrons soient sexy. Avec Fox, c'était la première fois – et sans doute la dernière – qu'elle avait mélangé ses vies professionnelle et personnelle.

Elle tressaillit quand on frappa à la porte, puis elle entendit Fox l'appeler. Elle courut lui ouvrir avant qu'il ne réveille Bébé John.

Fox l'attira dans ses bras et la couvrit de baisers.

— Que t'ont-ils dit ? balbutia-t-elle, confuse. Dois-je faire mes valises ?

— Seulement si tu veux les suivre, répondit-il.

— Certainement pas !

— Alors reste, dit-il avant de fermer la porte.

— C'est tout ?

Cela ne pouvait pas être aussi simple...

— J'aimerais que *tu* me racontes ton histoire – mais seulement si tu le veux.

Elle le lui devait bien.

— D'accord, murmura-t-elle.

Fox fit du café et lui en tendit une tasse.

— Si je pouvais, je vous emmènerais tous les deux loin d'ici dès ce soir, dit-il.

Elle en resta bouche bée pendant quelques instants.

— Tu ne peux pas ! protesta-t-elle. Toute ta vie est ici.

— Alors, si je ne peux pas partir, toi non plus, répondit-il. Tu fais partie de ma vie.

— Si tu as peur qu'ils reviennent...

— Je suis sûr qu'ils reviendront, la coupa-t-il.

— Rassure-toi : ils ne veulent que moi, reprit-elle. Ils ne feront pas de mal au bébé.

— Ça ne me rassure pas du tout. Ils m'ont l'air assez motivés pour se moquer des dommages collatéraux.

— Je suis désolée, murmura-t-elle.

— Explique-moi ce qui se passe, insista-t-il. J'ai prévenu le shérif et Wyatt, mais c'est toi qui les connais le mieux. Pourquoi te pourchassent-ils ?

— Pour de l'argent, répondit-elle en se massant le front. S'ils me ramènent, mon mariage les rendra riches.

Voilà. Le plus gros était sorti.

Fox pinça les lèvres.

— Mais tu m'as dit que tu avais fugué à quatorze ans...

— C'est le cas. Mes frères t'ont dit que j'avais été enlevée, n'est-ce pas ?

— Oui, confirma Fox. Une sacrée histoire...

— Quelques mois avant ma fugue, alors que je faisais des courses avec ma mère, je suis tombée sur une femme qui m'a paru vaguement familière, raconta-t-elle. C'était la sœur aînée de ma mère, que je n'avais pas vue depuis des années. Elle avait quitté la famille après la mort accidentelle de son mari. Son père a arrangé son deuxième mariage pendant les funérailles.

— C'est très indélicat, commenta Fox.

— Là où j'ai grandi, c'est tout à fait normal, répondit-elle en ayant bien conscience que c'était difficile à expliquer à ceux qui vivaient autrement. Tante Greta m'a dit qu'elle était tombée amoureuse de son mari. Ils n'avaient eu qu'une enfant – une petite fille – et l'homme que son père voulait lui faire épouser était bien plus âgé qu'elle. Les fillettes ne l'intéressaient pas. Elle s'est enfuie parce qu'elle a eu peur qu'on la sépare de sa fille. Quand elles sont parties, plus personne n'a prononcé leurs noms. C'était comme si elles n'avaient jamais existé. J'ai compris que tante Greta avait aidé plusieurs personnes qui voulaient quitter la communauté. Je suis allée la voir quand je me suis enfuie.

— Alors tout le monde ne se fait pas pourchasser..., dit Fox. Pourquoi tes frères tiennent-ils tant à te ramener ?

— À cause du mariage que mon père a négocié quand j'avais quatorze ans.

— Quatorze ans ? s'écria Fox en bondissant de son siège.

— Le mariage devait avoir lieu quand j'aurais atteint dix-huit ans. D'après ce que tante Greta m'a expliqué, c'est une affaire de mine. Un gros gisement s'étend sous les deux propriétés. Les deux familles doivent se mettre d'accord pour qu'il soit exploité.

— C'est pour ça que ton père a organisé ton mariage, conclut Fox. C'est épouvantable.

Elle hocha la tête.

— Mon père est mort il y a quelques années, mais le contrat m'engage toujours aux yeux de la communauté et mes frères ont envie de devenir riches.

— C'est pour ça que tu es partie, dit-il en l'attirant dans ses bras.

— Non, avoua-t-elle. Je suis partie quand mon père m'a retirée du collège. Ce n'est même pas tout à fait vrai... Pendant quelque temps, un ami m'a apporté des livres et des exercices en cachette, mais on s'est fait prendre.

Elle ne s'aperçut qu'elle pleurait que lorsque Fox essuya l'une de ses larmes.

— On a été punis tous les deux, ajouta-t-elle.

— Qu'est-il arrivé à ton ami ? demanda Fox.

— Il est mort. Les anciens n'avaient pas l'intention de le tuer, mais il est mort des suites de ses blessures.

Fox grommela un juron.

— J'ai envoyé des photos de tes frères et de leur camionnette au shérif, dit-il. Ils ont menacé de s'en prendre au ranch.

Elle s'écarta de lui.

— Il faut que je m'en aille, déclara-t-elle. Ils me suivront et te laisseront tranquille.

— Tu ne t'en iras pas, répondit-il, les mâchoires crispées. Tu n'es plus seule.

— Je ne peux pas te demander...

— Tu ne m'as rien demandé, mais tu aurais peut-être dû, la coupa-t-il. Que feront-ils, à ton avis ?

— Ils essaieront de nous harceler, ils feront circuler des rumeurs sur mon compte et provoqueront peut-être des bagarres en ville... Saul a la tête sur les épaules. Il empêchera David de faire quoi que ce soit d'assez grave pour qu'ils soient arrêtés.

Fox soupira.

— Très bien. Je vais dire à tous les employés du ranch de rester vigilants et de me prévenir s'ils voient quelque chose de louche.

— Je suis vraiment désolée, Fox...

— On ne choisit pas sa famille, grommela-t-il.

Ils entendirent Bébé John se réveiller par le babyphone.

— Je vais le chercher, dit-elle, soulagée d'avoir une pause.

— Je m'occupe du biberon, répondit Fox.

En donnant son biberon à Bébé John, elle répondit à quelques questions de Fox sur ses études et la manière dont elle s'était adaptée au monde réel. Il semblait essayer de ramener la conversation vers des sujets plus confortables, mais il y avait de l'inquiétude dans ses yeux.

— Je peux gérer mes frères, je t'assure, lui dit-elle après avoir fait roter le bébé.

— Ils te rendent nerveuse.

Elle n'essaya pas de le nier.

— C'est pour ça que j'ai appris à me défendre, répondit-elle.

Fox serra les poings.

— T'ont-ils déjà frappée ?

— Ils n'ont jamais réussi.

— Qu'est-ce qui pourrait les convaincre que la partie est perdue ? demanda Fox.

— Un mari ou une opération de chirurgie esthétique, plaisanta-t-elle pour essayer de détendre l'atmosphère. Je contacte ma tante à intervalles réguliers et j'ai rédigé une déclaration sur l'honneur. Si elle reste sans nouvelles de moi, elle la présentera à la police pour qu'on me cherche dans la propriété familiale.

— Ils te laisseraient tranquille si tu te mariais ? demanda-t-il.

N'avait-il rien écouté ? Elle maîtrisait la situation. Elle posa Bébé John par terre et Fox s'assit en face de lui.

— Probablement, puisque ça invaliderait le contrat de mariage rédigé par mon père, répondit-elle.

— Je veux le numéro de téléphone de ta tante, dit Fox.

— Tu l'as déjà.

Il fronça les sourcils.

— Comment ça ?

— Il est dans mon dossier.

— Parce que tu as un dossier ?

— Je l'ai créé le jour de mon arrivée, répondit-elle avec fierté.

Quand Fox éclata de rire, le cœur de Kelsey fondit un peu plus.

Fox appréciait l'assurance de Kelsey, mais cela ne lui suffisait pas. Ses frères lui semblaient dangereux et l'appât du gain pouvait inciter les gens à faire des choses stupides.

La meilleure solution était évidente, mais il ne savait pas comment la convaincre de l'épouser. S'ils se mariaient, ils resteraient ensemble et elle serait en sécurité. Il voulait les deux.

Cela l'ennuyait de la laisser seule, mais il avait besoin d'un avis extérieur et objectif. Bébé John était repu et content. Le moment paraissait bien choisi.

— Je sors, annonça-t-il. Je n'en ai pas pour longtemps. Ça ne te dérange pas ?

— Tout ira bien, répondit-elle.

— Je vais chez Wyatt, précisa-t-il. Appelle-moi si tu as besoin de quelque chose.

— C'est promis.

Il déposa un baiser sur sa joue et sortit. Il se retint de claquer la porte pour ne pas faire peur au bébé, mais il se vengea sur la portière de sa camionnette. Il s'était rarement senti aussi proche d'Harrison.

Bien sûr, il n'était pas furieux à cause d'*elle*. Elle n'avait pas choisi sa famille et elle ne contrôlait pas ses frères.

Mais n'aurait-elle pas dû lui en parler plus tôt ? Serait-il aussi inquiet si Bébé John n'était pas là ?

Il était un peu plus calme quand il arriva chez Wyatt. Il eut même la présence d'esprit d'envoyer un texto à son frère au lieu de sonner à la porte.

Celle-ci s'ouvrit quelques minutes plus tard et Wyatt sortit avec deux bières.

— Dure journée ? demanda-t-il en lui tendant l'une des bouteilles.

— Plus dure que les autres, reconnut Fox.

— Viens donc ici, dit Wyatt en s'installant sur la balancelle. Maintenant que je suis père, je me sens perdu dès que je ne suis plus en mouvement.

Fox s'assit à côté de son frère en se rendant compte qu'il avait pris l'habitude de se balancer, lui aussi.

— Est-ce que la paternité te faisait peur ? demanda-t-il.

— J'aurais été un imbécile si ça n'avait pas été le cas, répondit Wyatt. Mais j'ai eu des mois pour m'habituer à l'idée, pas toi. Comment t'en sors-tu ?

— Je ne l'ai pas encore frappé.

Wyatt donna un coup de pied dans sa botte.

— Et tu ne le feras pas, idiot, répondit-il. C'est toi le scientifique, mais je ne crois pas que ce genre de choses soit héréditaire.

Fox hésita à lui faire part de sa découverte.

— Les spécialistes de la question pensent que ça se transmet par l'exemple, dit-il.

— Alors je suis content que tu sois venu vivre avec nous, même si je sais que ta mère t'a toujours manqué.

Fox but une gorgée de bière.

— Je reconnais que Russ est très différent de mon père, répliqua-t-il.

— On ne peut pas lui reprocher de ne pas avoir subvenu à nos besoins, ironisa Wyatt.

— Mais à quel prix pour la famille ?

— On aura une vie plus équilibrée, puisque c'est ce qu'on veut.

— Tu as l'air bien sûr de toi, commenta Fox.

— C'est grâce à Bailey. Avoir une partenaire qui partage notre vision des choses rend tout plus facile.

— Même les nuits blanches ? plaisanta Fox.

— Même les nuits blanches.

Fox avait beau ne pas connaître Kelsey depuis longtemps, il voulait qu'elle devienne sa partenaire.

— Les deux hommes dont je t'ai parlé reviendront, soupira-t-il. Ce sont les frères de Kelsey et ils la harcèlent.

— Je serai vigilant. Sais-tu pourquoi ils la harcèlent ?

— Sa famille est pire que la nôtre, répondit-il. Elle a été élevée dans une communauté séparatiste. Elle s'est enfuie il y a longtemps, mais ses frères veulent la récupérer.

— Et que veut-elle ?

— Rester ici, répondit Fox. Travailler avec moi.

Wyatt pouffa.

— Allons ! Tout le monde sait qu'un bébé est un bon moyen d'attirer les femmes.

Peut-être celles qui n'avaient pas élevé tous leurs frères et sœurs..., songea Fox.

— Ce n'est pas ce que tu crois, se défendit-il.

— Ah oui ? insista Wyatt.

— La présence de Bébé John est provisoire, répondit Fox. Son père finira par le prendre en charge.

— Et s'il ne le fait pas ?

Fox grogna et alla s'accouder à la balustrade du perron.

— Pourquoi es-tu venu me voir ? demanda Wyatt.

— Je ne sais pas. Il y a une femme qui vit chez moi, qui s'occupe d'un bébé qui n'est pas le mien et je pense qu'elle a de gros ennuis.

— Crois-tu pouvoir l'aider ?

— Oui, répondit Fox en se demandant comment expliquer son problème à son frère. Quand je la vois avec le bébé, c'est...

— Facile ? suggéra Wyatt. Inconfortable ?

— Les deux. Je ne voulais pas de famille. Comment ça a pu changer aussi vite ?

Wyatt éclata de rire.

— Tu es un scientifique, répondit-il. Élabore une théorie... Formule des hypothèses...

— Ce n'est pas de la science, grommela Fox. C'est personnel. Comment y voir clair dans ce que je ressens ?

Pendant quelques secondes, on n'entendit plus que les grincements de la balancelle.

— Comment sais-tu quels chevaux croiser pour obtenir ce que tu veux ? finit par demander Wyatt.

— Grâce à la science.

— Et ? demanda patiemment Wyatt.

— L'instinct.

— Exactement. Fie-toi à ton instinct.

— C'est une personne, pas un cheval, rappela Fox à son frère.

Kelsey avait besoin d'un mari pour échapper à ses frères, mais il voulait l'épouser parce qu'il était amoureux d'elle.

Wyatt se leva et vint poser une main sur son épaule.

— Si seulement il existait une formule pour les humains..., soupira-t-il. Quand tu auras produit le cheval parfait, tu pourras la chercher.

— Ce n'est pas une mauvaise idée, grommela Fox. Merci pour la bière.

— Reviens quand tu veux, répondit son frère. On doit se serrer les coudes entre pères.

En était-il un ? Il en avait l'impression quand il était avec Kelsey et Bébé John. Pouvait-il la convaincre de franchir le pas avec lui ?

Kelsey essaya de ne pas accorder trop d'importance symbolique au départ de Fox, mais elle se sentait coupable.

Heureusement, la bonne humeur de Bébé John lui remonta le moral. Elle avait souvent ressenti de l'amertume en s'occupant d'enfants, mais pas cette fois. Bébé John ne lui procurait que de la joie.

C'était sans doute parce qu'elle était plus âgée et que sa carrière était en bonne voie. Elle ne se sentait plus piégée comme autrefois.

Malgré tous ses efforts pour les tenir à distance, ses souvenirs l'assaillirent pendant le bain de Bébé John. Sa mère demandait rarement de l'aide. Elle partait du principe que ses filles n'aspiraient qu'à apprendre à s'occuper d'une famille.

Pendant un temps, cela avait suffi à Kelsey. Elle ne savait pas qu'il y avait d'autres choses à désirer. Et puis son père l'avait empêchée d'aller au collège de plus en plus souvent... Sa vue se brouilla. Elle n'y retournerait pas, quoi que fassent ses frères.

— Pourquoi ne peuvent-ils pas l'accepter ? demanda-t-elle à Bébé John.

Le bain terminé, elle berça Bébé John un long moment dans le fauteuil à bascule avant de le mettre dans son berceau, puis elle erra dans la maison. Il ne lui semblait pas normal de se coucher ou de regarder un film dans ces circonstances. Que pouvait-elle faire en attendant le retour de Fox ?

Elle se changea et alla faire quelques étirements devant la cheminée. Le yoga l'aida à oublier un peu ses frères et à se souvenir de la personne qu'elle était devenue malgré son démarrage difficile dans la vie.

Elle ne fuirait pas, cette fois. Ses frères ne lui voleraient pas une heure de plus du bonheur qu'elle avait si durement gagné. Même si Fox en doutait, elle était capable de se défendre et de protéger le bébé.

Un bruit de moteur la fit tressaillir. Elle tendit l'oreille et reconnut le son de la camionnette de Fox.

— Kelsey ? appela-t-il en entrant.

— Je suis là !

Ils se rejoignirent dans la cuisine.

— As-tu mangé ? lui demanda-t-elle.

— Non.

— Ça peut s'arranger, dit-elle en lui souriant le plus normalement possible.

Alors qu'elle s'approchait du réfrigérateur, il enroula un bras autour de sa taille et l'attira contre lui. Le cœur de Kelsey s'affola aussitôt.

— Tu n'as pas à cuisiner pour moi, lui dit-il.

— Ça ne me dérange pas, répondit-elle sincèrement.

Auprès de lui, sa vie avait un sens. Préparer à manger pour

Fox était un choix, un plaisir, pas une corvée qui lui revenait naturellement.

— Préfères-tu un sandwich chaud ou froid ? demanda-t-elle.

Il se pencha lentement vers elle. Elle eut l'impression d'attendre qu'il presse ses lèvres contre les siennes pendant une éternité. Quand il s'écarta d'elle, ils avaient tous les deux le souffle court.

Alors l'estomac de Fox gargouilla, ce qui les fit sourire. Elle prépara des sandwichs chauds au jambon et au fromage. En mangeant, ils parlèrent du bétail de Wyatt et des chevaux.

— Le bébé s'est endormi facilement ? finit par demander Fox.

— Oui.

— Et tu vas bien ? s'inquiéta-t-il.

— Oui. Tu n'as pas changé d'avis, j'espère ? Tu veux toujours que je reste ?

— Non, je n'ai pas changé d'avis, répondit-il avec assurance.

— Tant mieux, dit-elle en ayant l'impression que quelque chose lui échappait. Veux-tu un dessert ?

Il la fixa un long moment, puis il esquissa un sourire irrésistible. Il poussa leurs assiettes, fit le tour du comptoir et la souleva pour l'asseoir dessus. Quand il l'embrassa et glissa les mains sous son T-shirt, elle eut l'impression que l'univers retrouvait une parfaite harmonie.

12

Le lendemain, Fox essaya de mettre le conseil de Wyatt en pratique. Les yeux rivés sur son écran, qu'il voyait à peine, il ne songea qu'à Kelsey et au meilleur moyen de gérer ce qu'il ressentait pour elle.

Il ne pouvait pas être objectif. Tous ses raisonnements l'amenaient à la même conclusion : il l'aimait. Il connaissait l'amour familial et il avait découvert qu'il était prêt à risquer sa vie pour protéger Bébé John, mais ce que Kelsey lui inspirait était d'une autre nature. Il n'aurait pas imaginé que son cœur pouvait contenir autant de joie.

L'amour n'avait clairement rien à voir avec les liens génétiques ni la durée de la relation. Il dépendait plutôt de la *qualité* de la relation.

— As-tu trouvé quelque chose ? demanda Kelsey, qui jouait avec le bébé tout en lisant.

— Je ne sais pas encore, répondit-il.

Comment réagirait-elle s'il lui avouait franchement son amour et lui proposait sa solution pour la débarrasser de ses frères ? Comment la convaincre qu'il ne s'intéressait pas qu'au sexe et à un arrangement bien pratique pour lui ?

Elle n'avait pas évoqué ses sentiments non plus. S'il existait une règle concernant les premiers pas, il ne la connaissait pas – et ne ferait pas une recherche Internet sur le sujet alors qu'elle était à quelques pas de lui.

Il avait peur qu'elle ne se sente piégée s'il la demandait en mariage. Elle s'était donné tant de mal pour être indépendante...

Il savait que Wyatt lui dirait de prendre son courage à deux mains. Puisqu'elle était forte, elle méritait un homme qui supporterait d'être rejeté.

Mais pourquoi croirait-elle qu'il l'aimait alors que la situation était si déséquilibrée ? Et si elle ne voulait pas de lui ?

— Fox ?

— Oui ? répondit-il, ravi d'être arraché à ses réflexions.

— As-tu un autre marqueur ? demanda Kelsey. Le mien est sec.

Il fouilla dans son tiroir et lui en apporta un.

— Merci, dit-elle. J'ai enfin commencé les analyses des fausses couches de l'an dernier.

— Je suis content qu'on n'en ait pas encore cette année, répondit-il.

Cela ne durerait pas, mais c'était un bon début.

Grâce aux idées nouvelles de Kelsey, il avait déjà modifié deux projets. Qu'elle reste ou non, il la verrait encore pendant des années dans les poulains qui seraient les fruits de ces modifications.

Il se servit un café et la regarda jouer avec Bébé John un moment. Celui-ci s'assit et lui décocha un sourire satisfait.

Génial. Le bébé était plus doué que lui pour exprimer ses sentiments.

Dans un coin de son esprit, Fox les voyait flotter tous les trois sur un nuage de bonheur. S'il n'y prenait pas garde, il allait se mettre à chanter. Il n'était pas rationnel. Mieux valait qu'il attende de savoir ce qui arriverait à Bébé John avant de se lancer dans des déclarations.

Il se rassit à son bureau en ayant bien conscience de sa lâcheté. Il parlerait à Kelsey dès qu'il aurait trouvé les mots.

Assise par terre, Kelsey continua à annoter le document qu'elle lisait tout en jouant avec le bébé. Il commençait à fatiguer. Bientôt, elle l'emmènerait faire un tour dans l'écurie avant sa sieste. Elle avait découvert que passer un moment avec les chevaux l'aidait à mieux dormir.

— Kelsey ?

Elle tourna la tête vers Fox, qui avait rangé ses lunettes dans la poche de sa chemise.

— As-tu trouvé quelque chose ?

Il esquissa un sourire timide.

— Je ne sais pas trop comment m'y prendre, mais j'aimerais que tu m'écoutes, répondit-il.

L'estomac de Kelsey se noua. La renvoyait-il ? Ce devait être dans l'intérêt de ses frères. Elle représentait une menace pour leur famille.

Bébé John s'agita comme s'il sentait son angoisse.

— Je t'écoute, dit-elle en prenant le bébé sur ses genoux.

Fox s'éclaircit la voix et répondit :

— Tu es douée avec le bébé. J'aimerais que tu puisses être sa nounou à temps plein.

— Je ne comprends pas, balbutia-t-elle.

Était-il mécontent de son travail ? Avait-elle consacré des années à étudier pour se retrouver baby-sitter chez l'homme qu'elle admirait ? Elle ne pouvait pas faire cela. Elle ne pouvait pas renoncer à ses rêves – pas même pour Fox.

— Je me suis mal exprimé, dit-il.

Il s'approcha d'elle, lui prit le bébé pour le poser sur la couverture et la força à se lever.

— Tu es douée avec le bébé et encore plus dans ton travail d'assistante, reprit-il. Ça m'étonnerait qu'on trouve une nourrice aussi bonne que toi, mais on doit essayer. Je ne veux plus que tu partages ton temps entre deux emplois.

— Tu donnes la priorité à ma carrière ? s'étonna-t-elle.

— Oui, répondit-il. J'aurais dû le faire tout de suite.

— Et ce n'est pas parce… qu'on couche ensemble ? s'inquiéta-t-elle.

Il esquissa un sourire espiègle.

— Non, répondit-il en s'asseyant sur un coin de son bureau,

les bras croisés. Alors, qu'en penses-tu ? Ce serait juste pour la journée. On peut s'occuper de lui le reste du temps.

La proposition la laissa bouche bée. Il dut mal interpréter son silence, parce qu'il ajouta :

— Tu es une excellente généticienne, Kelsey, et nous formons une bonne équipe.

Inévitablement, le compliment la fit rougir.

— Merci, balbutia-t-elle. Si c'est ce que tu veux, j'accepte avec joie.

Il l'attira dans ses bras et l'embrassa longuement. Les joues en feu, elle s'empressa d'emmener Bébé John en promenade.

Fox se félicita de ne pas avoir complètement raté la conversation et se remit au travail.

Il entendit un bruit de moteur auquel il ne prêta pas vraiment attention. Il y avait toujours des véhicules qui allaient et venaient dans le ranch.

En revanche, le cri qu'il entendit quelques secondes plus tard le fit bondir. Il fonça hors du bureau tout en appelant la police.

Les frères de Kelsey étaient-ils revenus ? Était-ce le Tueur de l'Avalanche ?

Il repéra d'abord la camionnette, garée près de l'écurie, puis il vit Kelsey.

Elle se battait contre deux hommes bien plus grands qu'elle – mais tout le monde était plus grand qu'elle.

Ses frères.

Pendant quelques instants, Fox resta hypnotisé par la rapidité et la précision des mouvements de Kelsey.

Malheureusement, David réussit à l'attraper et à la plaquer contre le mur de l'écurie.

— Tu rentres, grogna-t-il.

— Tu t'es assez amusée, dit Saul.

Fox entendit Bébé John pleurer dans l'écurie.

— Plus un geste ! cria Fox en se demandant pourquoi il

n'avait pas pris son fusil plutôt que son téléphone. Le shérif est en route.

— On l'embarque, répondit David.

— Je ne la laisserai partir que si je l'entends dire que c'est ce qu'elle veut, répliqua Fox.

— Dis-le-lui ! ordonna David.

— Lâche-moi ! cria Kelsey.

Alors elle bougea si vite que Fox ne réussit pas à comprendre ce qu'il voyait. Quelques secondes plus tard, David tomba à genoux, le nez en sang et les mains sur ses parties génitales.

Quand Saul voulut intervenir, Fox s'élança et le plaqua au sol. Il n'avait pas les compétences de Kelsey, mais il s'était souvent bagarré avec ses frères. Il réussit à tordre les bras de Saul derrière son dos.

Quand Trey et son adjointe arrivèrent, Kelsey et lui avaient maîtrisé les deux brutes.

Le shérif les menotta tandis que Kelsey allait chercher le bébé dans l'écurie.

— Tu es une vraie guerrière, lui murmura-t-il à l'oreille quand elle revint. Le shérif a besoin de ta déposition.

Il lui prit Bébé John et l'écouta expliquer comment ses frères avaient interrompu sa promenade. Ils lui avaient laissé le temps de déposer le bébé dans l'écurie avant de l'entraîner vers la camionnette.

— Je leur ai échappé, j'ai couru dans cette direction et j'ai crié, expliqua-t-elle.

Fox n'était pas près d'oublier ce cri.

— Ils m'ont attaquée ensemble, cette fois, poursuivit-elle. Il y en a un qui reste au volant, d'habitude.

— Cette fois ? répéta le shérif. Combien de fois ont-ils essayé de vous enlever, au juste ?

— Trois fois ces deux dernières années, répondit Kelsey.

Trey fusilla les deux hommes menottés du regard.

— Dans cet État ? demanda-t-il.

— Non, répondit Kelsey. C'est leur première tentative dans le Colorado.

— Avez-vous porté plainte les fois précédentes ?

— Non. Je me suis enfuie.

Fox réprima un frisson. Il ne la laisserait pas s'enfuir, cette fois.

Furieux, Trey et son adjointe lurent leurs droits aux deux frères et les firent monter dans leur véhicule.

— Quelqu'un viendra chercher la camionnette, dit Trey à Fox.

— Merci, répondit Fox en serrant la main de son cousin.

Kelsey soupira. Elle devait être aussi soulagée que lui de voir ses frères arrêtés. Fox enroula un bras autour de ses épaules.

— Je t'accorde que tu sais te défendre, lui dit-il.

— J'ai apprécié les renforts, répondit-elle alors qu'ils regardaient la voiture du shérif s'éloigner.

Mais le talent de Kelsey pour le combat à mains nues importait peu. Elle avait neuf autres frères et sœurs qui pouvaient essayer de réaliser le rêve de la famille. Il ne voulait plus courir le moindre risque. Il l'entraîna vers la maison.

Sa décision était prise.

— Prépare un biberon pour Bébé John, lui dit-il. Je le lui donnerai pendant que tu feras tes valises et les siennes. On s'en va.

— Comment ça ? demanda-t-elle, les sourcils froncés.

— Je ne veux plus que le bébé et toi couriez le moindre risque.

— Je vais bien, Fox. Mes frères...

— Je ne veux plus que vous soyez en danger, la coupa-t-il.

Quand Bébé John eut son biberon, Fox envoya Kelsey faire les valises et sortit son téléphone. Il avait de nombreux coups de fil à passer s'il voulait organiser un mariage digne de la femme qu'il aimait.

Depuis sa cachette, il observa attentivement la scène qui se déroulait au ranch. Sa prochaine cible se défendait comme une tigresse. Elle lui offrirait un défi exceptionnel.

Le shérif arriva et embarqua les deux hommes qui auraient pu déranger ses plans.

Il réfléchissait au meilleur moment pour attaquer quand il se rendit compte que Fox emmenait la femme et le bébé ailleurs.

À en juger par le nombre de bagages qu'ils chargèrent dans la camionnette, ils n'allaient pas au supermarché.

Il baissa ses jumelles et jura. Tout le temps qu'il avait passé à surveiller cette proie avait été perdu. Tant pis... Il avait une autre cible en vue.

13

— Où allons-nous ? demanda Kelsey en fixant le siège du bébé.

Fox n'avait pas arrêté de s'agiter ni de froncer les sourcils depuis qu'il avait déclaré qu'ils partaient.

— Las Vegas, répondit-il avec un grand sourire. On se marie.

Elle en resta bouche bée.

— Quoi ? balbutia-t-elle.

Fox ne s'était jamais montré impulsif ni tyrannique jusque-là.

— Épouse-moi, Kelsey, répondit-il. Ça résout tout.

Vraiment ? songea-t-elle.

En plus de manquer de finesse, cette demande en mariage lui posait de nombreux problèmes. À commencer par le fait qu'elle était amoureuse de lui.

Ce moment aurait été l'un des plus heureux de sa vie s'il l'avait aimée aussi, mais ce n'était pas la raison qui l'incitait à l'épouser. Il avait pris cette décision irrationnelle à cause de ses frères.

Il ferma la portière arrière et la poussa sur le siège du passager.

— Allez, Kelsey ! l'encouragea-t-il. On peaufinera les détails sur le trajet.

— Les détails ? répéta-t-elle, outragée. Mais qu'est-ce qui te prend ?

Elle n'avait même pas accepté sa proposition !

— Allons ! Ce sera amusant ! dit-il en se mettant au volant.

— Amusant ?

— Ou romantique, s'empressa-t-il d'ajouter. Tout ce que tu voudras. On se mariera comme tu en auras envie.

— À Las Vegas, dit-elle.

— C'est la meilleure solution pour faire vite. Y es-tu déjà allée ?

Elle ne voulait pas faire vite. Elle voulait être désirée. Elle avait décidé depuis longtemps qu'elle voulait être appréciée et considérée comme une égale par son partenaire.

— Une fois, avec des amis, pour un week-end, répondit-elle.

— On pourra y rester quelques jours pour en profiter, dit-il. Le mariage aura une certaine publicité, inévitablement, mais ça devrait calmer ta famille.

Elle n'arrivait pas à y croire. Épouser Fox Colton appartenait au monde qui s'évaporait quand le réveil sonnait.

— Y as-tu bien réfléchi ? demanda-t-elle. Cette situation est absurde. Le mariage est une chose sérieuse.

— Je suis tout à fait sérieux. Et je suis surpris que tu n'y aies pas pensé avant.

Pas une fois elle n'avait songé qu'un mariage pouvait résoudre son problème familial. Cela n'aurait pas été juste pour le faux mari. Elle devait le ramener à la raison.

— J'apprécie le geste, Fox, mais...

— Ce n'est pas un geste, c'est un mariage, la coupa-t-il. Tu m'as dit que ça découragerait tes frères.

— Oui.

Et elle le regrettait, à présent.

— Ce n'est pas une raison pour que tu te sacrifies, ajouta-t-elle.

— Je n'ai pas l'impression de me sacrifier, répondit-il en posant sa main sur la sienne. Je t'accorde que c'est soudain, mais on forme une bonne équipe. On s'apprécie, on se respecte et on est tout à fait compatibles.

Le sous-entendu la fit rougir.

— Dis-moi juste si c'est à cause des cadavres de ton placard ou du mien, demanda-t-elle.

— Les deux, reconnut-il. Ce mariage te protégera. Ce mariage te donnera la liberté de faire la carrière que tu veux sans craindre que tes frères ne viennent tout gâcher.

Elle secoua la tête.

— Mais toi ? s'inquiéta-t-elle.

Il devait avoir d'autres projets que d'épouser une assistante qu'il connaissait depuis quelques semaines.

— J'y gagne d'avoir la meilleure généticienne équine du pays pour femme le temps qu'elle voudra de moi, répondit-il.

Cela semblait horriblement froid et calculateur.

— Comptes-tu faire rédiger un contrat ou quelque chose comme ça ? demanda-t-elle.

— Pourquoi s'embêter avec ça ? Je pense qu'on devrait rester mariés au moins un an, mais tu seras libre de faire ce que tu voudras.

Elle avait envie de le croire, mais ses horribles souvenirs d'enfance lui chuchotaient que c'était un piège.

Alors elle jeta un coup d'œil par-dessus son épaule et le sourire de Bébé John eut raison de ses dernières réticences.

— Très bien, soupira-t-elle. Un vrai mariage grâce auquel je serai reniée par ma famille…

— Et libre de faire ce que tu veux, répéta-t-il en lui décochant un clin d'œil.

Il était vrai que cela rendrait caduque le contrat qu'elle avait passé la moitié de sa vie à fuir. Ses frères n'auraient plus de raison de la pourchasser.

Si Fox savait dans quoi il s'engageait autant qu'il en avait l'air, elle aurait été stupide de le faire changer d'avis – même s'il n'était pas amoureux d'elle.

Ils se retrouvèrent dans le tourbillon de couleurs et de paillettes de Las Vegas. Comme Fox n'avait pas pu emmener Kelsey à Paris, il avait essayé de s'en rapprocher en louant une suite à l'hôtel Le Paris. Il devait avouer qu'il n'aurait jamais imaginé qu'il se marierait dans ce temple des illusions qu'était Las Vegas.

Pour être honnête, il n'avait jamais vraiment songé au mariage. Il savait que les Colton attendaient de lui qu'il fonde une famille, mais il comptait retarder ce moment le plus longtemps possible.

À présent, ce qu'il voulait par-dessus tout, c'était que Kelsey apprécie son séjour. L'hôtel les avait mis en relation avec une organisatrice de mariages et une agence de baby-sitting extrêmement compétentes.

Il voulait protéger Kelsey, la sauver – même s'il avait plutôt l'impression que c'était elle qui l'avait sauvé. Comment aurait-il traversé ces dernières semaines sans elle ?

Kelsey le rejoignit sur le balcon de leur suite et glissa un bras autour de sa taille.

— As-tu des doutes ? demanda-t-elle.

— Aucun, répondit-il. Je veux que tu ne vives plus jamais dans la peur.

— Comptes-tu ajouter ça aux vœux ? plaisanta-t-elle.

— Je sais que ce n'est pas très romantique, mais c'est sincère.

Quand il contempla son beau visage et son sourire chaleureux, il eut l'impression d'être l'homme le plus chanceux du monde.

— Et n'est-ce pas sous-entendu par les vœux traditionnels d'aimer, d'honorer et de chérir ? ajouta-t-il.

— Chérir ? répéta-t-elle.

— J'ai dit une bêtise ? s'inquiéta-t-il en voyant ses yeux s'emplir de larmes.

— Non, répondit-elle en se blottissant contre lui. C'est juste que j'ai toujours entendu *obéir*. Là d'où je viens, c'était le plus important. Je connais assez le monde extérieur pour savoir qu'il y a d'autres options, mais c'était resté gravé dans mon esprit.

Il se rendit brusquement compte qu'elle lui avait accordé une confiance immense en acceptant ce mariage.

— Qu'il soit précipité ou non, ce mariage est pour toi, lui assura-t-il. Il ne contiendra pas un mot, pas une chanson, pas une fleur qui te déplairaient…

— Je suis idiote, c'est tout, murmura-t-elle contre sa chemise.

— Tu ne l'es pas, lui assura-t-il.

Il avait désespérément envie de lui dire à quel point la cérémonie serait réelle pour lui, mais ce serait bien trop égoïste. Comment aurait-il pu l'entraver par ses sentiments au moment même où il lui donnait la liberté ? Grâce à ce mariage, elle pourrait faire la carrière qu'elle voudrait et trouver l'homme qu'elle aurait envie de chérir jusqu'à la fin de ses jours. Sa vie lui appartiendrait enfin… Mais il aurait donné n'importe quoi pour être cet homme.

Elle releva la tête et l'embrassa avec tendresse.

Ils entendirent Bébé John et la baby-sitter rire dans la pièce voisine.

— Bébé John est vraiment doué pour se faire des amis, commenta Kelsey contre ses lèvres.

— On dirait.

Il consulta sa montre et entraîna Kelsey dans le salon de leur suite. L'organisatrice de mariage devait arriver d'une minute à l'autre.

— Prête à peaufiner les détails ? demanda-t-il.

Kelsey lui décocha un grand sourire.

— Absolument. Je ne sais pas comment tu t'es débrouillé, mais j'ai tous les avantages d'un vrai mariage sans les angoisses dont souffrent la plupart des femmes. Je me sens déjà chérie, plaisanta-t-elle.

— Tu l'es, répondit-il.

Et lui ne plaisantait pas.

Au moins, il pourrait lui dire qu'il l'aimait pendant la cérémonie, le lendemain. Il faudrait que cela lui suffise pour le moment. Il tira de sa poche la bague de fiançailles qu'il avait choisie pour elle. Le diamant n'était pas énorme, mais il était joliment taillé et entouré de rubis.

Il montra la bague à Kelsey en haussant un sourcil.

— Fox ! s'écria-t-elle.

Lui plaisait-elle ? S'était-il trompé ?

— Je tiens vraiment à ce que tu aies le dernier mot sur tout, lui dit-il. Si elle ne te plaît pas, tu en choisiras une autre.

— C'est trop..., balbutia-t-elle. Quand l'as-tu achetée ?

— Je suis allé chez un bijoutier pendant que tu avais le dos tourné, répondit-il.

Dès qu'il avait vu cette bague, il l'avait imaginée au doigt de Kelsey.

— Il faudra peut-être l'ajuster, ajouta-t-il.

— Elle est magnifique, Fox, dit Kelsey en tendant enfin une main tremblante.

Ses mains tremblaient aussi lorsqu'il glissa la bague à son doigt.

Je t'aime et je t'aimerai toujours, songea-t-il en s'interdisant de prononcer ces mots.

— Elle est parfaite, dit Kelsey.

Elle l'admira à la lumière pendant quelques secondes, puis lui sauta au cou pour couvrir son visage de baisers.

Cela eut raison de ses doutes – au moins en ce qui concernait la bague.

Quand sa vie était-elle devenue un conte de fées ? se demanda Kelsey. Elle baignait dans le luxe avec son héros personnel, qui ne semblait pas avoir conscience de ce qu'elle ressentait pour lui ni de l'importance de ce qu'il faisait pour elle. Dans quelques heures, elle serait délivrée de son passé grâce à lui.

C'était vraiment le monde qu'il lui offrait par ce mariage insensé.

Après avoir choisi sa robe, elle alla dans la chambre avec l'organisatrice pour l'essayer et relever les ajustements à faire. Quand elle revint dans le salon, Fox et Bébé John regardaient des photos de bouquets.

Le cœur de Kelsey se serra. Comment pouvait-elle être à la fois aussi heureuse et aussi déstabilisée ? Pouvait-elle se contenter du respect et de l'affection de l'homme dont elle était follement amoureuse ?

Mais il était trop tard pour reculer. Ce qu'elle éprouvait pour Fox importait peu. Elle avait besoin de ce mariage pour échapper à sa famille.

— Kelsey ?

Elle se força à sourire.

— La robe te coupera le souffle, lui dit-elle. Merci.

— J'ai hâte de la voir, répondit-il. As-tu une fleur préférée ?

— Qu'est-ce qui est de saison ? demanda-t-elle.

— On est à Las Vegas. Tout ce que tu veux est de saison.

Il lui tendit le catalogue.

Après avoir choisi les fleurs, ils s'accordèrent sur un gâteau, puis l'organisatrice les quitta. Au moins, c'était un bon entraînement s'ils devaient préparer une réception pour les Colton une fois rentrés à Roaring Springs, songea Kelsey.

Ils laissèrent Bébé John avec la baby-sitter et sortirent dîner, puis assister à un match de hockey. Kelsey ne se rappelait pas s'être jamais sentie aussi détendue. En compagnie de Fox, sans inquiétude concernant Bébé John et à des centaines de kilomètres de toute menace, elle goûtait pleinement à la liberté pour la toute première fois.

Mais, dès la première pause du match, Fox et elle s'avouèrent que Bébé John leur manquait. Ils rirent d'eux-mêmes, rentrèrent et passèrent plusieurs minutes dans la chambre du bébé à le regarder dormir.

— Merci, murmura-t-elle quand ils regagnèrent le salon.

— Tu n'arrêtes pas de me remercier, mais je t'assure que tu as fait plus pour moi que je n'ai fait pour toi, répondit Fox.

Il la regarda avec tant de tendresse que le cœur de Kelsey manqua un battement. S'il était arrivé à son père de regarder sa mère de cette manière, elle n'en avait jamais été témoin.

— Et si on allait se coucher ? suggéra-t-elle.

— Ça ne porte pas malheur ? murmura-t-il avant de se pencher pour déposer un baiser sur sa gorge.

— Le bonheur ne dépend que de nous, répondit-elle.

Il la prit dans ses bras et l'emporta dans leur chambre, où ils firent passer la lune de miel avant la cérémonie.

Le lendemain, Kelsey fut réveillée par les babillages joyeux de Bébé John dans le babyphone.

Elle se retourna pour se blottir dans les bras de Fox, mais elle trouva le lit vide.

C'était le jour de son mariage. Même si la méthode était insensée, elle quitterait Las Vegas en tant que Mme Fox Colton. Elle se laissa enivrer par cette idée pendant quelques instants.

— C'est le jour de mon mariage, John, entendit-elle Fox dire dans le babyphone. Je suis l'homme le plus chanceux du monde. Elle est belle, intelligente, attentionnée… Crois-tu qu'elle aimerait que tu te joignes à nous tout à l'heure ?

Oui ! songea Kelsey.

Cela ferait des photos de mariage amusantes à commenter.

Elle n'entendit pas ce que Fox dit ensuite en emportant Bébé John dans la cuisine pour son premier biberon.

Qu'il était difficile de ne pas avouer à Fox qu'elle était tombée follement amoureuse de lui et de Bébé John… Mais ils ne formaient pas vraiment une famille et Mason pouvait toujours réclamer la garde de Bébé John.

Comment réagirait Fox s'il le faisait ? Elle savait qu'il s'était attaché au bébé, lui aussi.

Elle se doucha et enfila un jean et un T-shirt.

Bébé John lui décocha un grand sourire quand elle entra dans la cuisine.

— Bonjour, toi ! dit-elle en déposant un baiser sur sa tête.

Fox se tourna vers elle.

— Bonjour ! Comment te sens-tu ?

— En manque de caféine, répondit-elle alors qu'il était déjà en train de lui servir un café. Merci de m'avoir laissée dormir. On a plus d'entraînement que la plupart des couples, bien sûr, mais je crois qu'on est au point pour la routine du matin.

— Presque, répondit-il en donnant une cuillerée de céréales à Bébé John.

— Qu'est-ce que j'ai oublié ?

— Moi, répondit-il en se tapotant la joue.

Elle se leva pour y déposer un baiser et lui prit la cuillère.

— Va te doucher, lui ordonna-t-elle.

Elle fit manger ses céréales à Bébé John le cœur empli de joie. Même le jour de son mariage, s'occuper de lui ne lui inspirait pas la moindre amertume.

— C'est peut-être la maturité, dit-elle au bébé. Ou la qualité de la compagnie…

Toutes les femmes éprouvaient-elles ce mélange d'espoir et de nostalgie le jour de leur mariage ? Mais la mariée d'une union arrangée devait sans doute se concentrer sur le fait de bien jouer son rôle – surtout si elle n'avait pas le courage d'avouer ses sentiments à son mari.

Fox se tenait devant l'autel avec le pasteur qu'il avait rencontré la veille. L'homme, qui ressemblait au Père Noël avec ses cheveux blancs et ses joues rouges, plaisantait volontiers et l'aidait à rester calme.

Alors Kelsey apparut et Fox eut l'impression que le temps s'était arrêté.

La robe qu'elle avait choisie laissait ses épaules nues et épousait gracieusement ses courbes. Comme Kelsey le lui avait promis, elle lui coupa le souffle. Ses cheveux avaient été relevés en une masse de boucles parsemées de perles.

Il faillit quitter sa place pour marcher vers elle comme un papillon attiré par une flamme.

Chaque pas qu'elle fit dans sa direction emplit son cœur de joie. Quand elle entendit Bébé John babiller sur les genoux de la baby-sitter, elle tourna la tête vers lui et s'aperçut qu'il portait le même smoking que Fox.

— Vous formez une bien jolie paire, dit-elle en le rejoignant.

La cérémonie commença. Ils jurèrent de s'aimer, de s'honorer et de se chérir. Fox mit tout son cœur dans ses vœux et il eut l'impression que Kelsey pensait chacun des mots qu'elle prononça.

Alors le pasteur les déclara mari et femme et l'invita à embrasser la mariée. En pressant ses lèvres contre celles de Kelsey, il essaya de lui faire sentir toutes les promesses qu'il avait l'intention de tenir.

Alors ils furent officiellement mariés. Fox prit Bébé John dans ses bras pour quelques photos en se demandant combien de temps Kelsey lui accorderait avant de jouir de sa liberté.

D'un bout à l'autre, elle joua son rôle à la perfection et il s'efforça de l'imiter, même si l'idée qu'elle finirait par sortir de sa vie lui brisait le cœur par avance.

14

Quand ils montèrent dans l'avion, le lendemain du mariage, Kelsey sentait que quelque chose n'allait pas. Fox était de plus en plus distant.

Elle lutta contre la panique qui la gagnait. Avait-il des regrets ? Mais elle n'avait pas douté de sa sincérité quand il avait prononcé ses vœux.

Elle ne savait pas comment gérer la contradiction entre la joie dont elle débordait encore et sa part sceptique qui lui soufflait que ce bonheur lui serait arraché.

— As-tu eu des nouvelles de Mason ? demanda-t-elle lorsqu'une autre explication possible de son humeur lui vint à l'esprit.

— Pas encore, répondit-il sans lever les yeux de son téléphone.

— Est-ce que j'ai fait quelque chose de mal ? demanda-t-elle, ce qui la fit grimacer parce qu'elle entendit l'écho de la voix de sa mère dans la sienne.

Fox releva la tête, posa son téléphone et lui prit la main.

— Bien sûr que non, dit-il. Tu es parfaite.

— Nous savons tous les deux que c'est faux.

— J'espère que tu m'autoriseras à ne pas être d'accord. Pourquoi me demandes-tu ça ?

— Tu es particulièrement calme depuis le mariage – et pas de la même manière que d'habitude.

— Je préférerais qu'on ait cette conversation quand on sera rentrés, répondit-il. En privé.

Elle réprima ses larmes en repensant à toutes les fois où son père avait prononcé ces mots. Mais Fox n'était pas son père, se répéta-t-elle.

— Kelsey ? s'inquiéta Fox. Que se passe-t-il ? Parle-moi !

— Je préférerais que tu parles le premier, répondit-elle en espérant que cela lui laisserait le temps de se ressaisir.

— Ici ?

Elle hocha la tête.

— Oui.

— Très bien.

Il soupira et laissa son regard se perdre dans le vide.

— Je n'arrête pas de me demander quand tu t'en iras, dit-il.

— Tu veux que je m'en aille ?

— Bien sûr.

Le cœur de Kelsey se serra alors que cela aurait dû lui faire plaisir. C'était la raison pour laquelle ils s'étaient mariés, après tout. Comment une jolie bague, des mots et quelques photos avaient-ils pu changer entièrement sa vision du monde ?

— Tu ne peux pas rester mon assistante pour toujours, ajouta-t-il.

Non, je suis ta femme ! eut-elle envie de répondre.

L'épouser semblait lui avoir fait perdre sa soif de l'inconnu. Elle n'avait plus envie d'aller ailleurs.

— Il y a tant de choses que tu veux faire et apprendre..., dit-il.

C'était vrai, mais elle aurait aimé pouvoir le faire en restant sa femme.

Et en élevant ses enfants, songea-t-elle en caressant la tête de Bébé John, qui dormait dans ses bras. Elle n'en revenait pas d'avoir ce désir, mais elle sentait que rien n'aurait pu la rendre plus heureuse.

— Mais on n'est pas obligés de fixer une date dès maintenant, poursuivit Fox en pressant ses doigts.

Cela la soulagea un peu.

— Je veux juste que tu puisses réaliser tes rêves, conclut il avant de déposer un baiser sur sa tempe.

Ses rêves l'avaient menée à *lui*.

— Je ne m'attendais pas à être aussi bouleversée, admit-elle.

Sa main dans celle de Fox et Bébé John sur les genoux, elle essaya de se détendre. Fox avait raison. C'était une conversation qu'ils devaient avoir en privé.

Fox était hanté par la réaction que Kelsey avait eue dans l'avion. Des souvenirs de son passé devaient l'avoir submergée. Il était mieux placé que quiconque pour savoir que les traumatismes avaient des effets durables.

Il ne voulait pas forcer Kelsey à rester auprès de lui, mais il se rendait bien compte que le fait de garder ses sentiments pour lui le plongeait dans une humeur maussade qui inquiétait Kelsey. Il devait trouver le courage de parler. Comment pouvait-il attendre d'elle qu'elle prenne une décision alors qu'elle n'avait pas tous les éléments en main ?

Et l'amour qu'elle lui inspirait était un fait irréfutable.

Pendant que Kelsey couchait Bébé John, il consulta ses mails, puis écouta le message qu'on avait laissé sur son répondeur.

— Fox ? C'est Mason. Je ne peux pas m'occuper du gamin. Avoir une famille était le rêve d'Elaine. Je signerai une déclaration d'abandon et tu feras ce que tu voudras du bébé.

Fox regarda le répondeur un long moment après avoir écouté le message.

— Heureusement que Bébé John n'entendra jamais ça, commenta Kelsey.

Fox tressaillit.

— Oui, répondit-il en se tournant vers elle. Je ne t'avais pas entendue entrer dans la pièce. Comment va-t-il ?

— Il dort comme un loir, répondit-elle avant de brandir son téléphone. On est rentrés avant que la nouvelle soit rendue publique.

— Tu imagines la réaction de ta famille ? devina-t-il à son sourire espiègle.

— Oui. Je ne te remercierai jamais assez. Je suis tellement soulagée !

Le moment était venu de jouer le tout pour le tout. Il s'approcha lentement d'elle et enroula les bras autour de sa taille.

— Je t'aime, Kelsey Lauder Colton, déclara-t-il. Que tu sois ma femme pendant un an ou pour toujours, ça ne changera jamais.

— Fox..., murmura-t-elle.

Il la fit taire en l'embrassant. Il avait besoin de tout sortir d'un coup.

— Tu as entendu le message de Mason, poursuivit-il. Puisqu'il ne veut pas être le père de Bébé John, j'ai l'intention de l'adopter. Ce que j'aimerais par-dessus tout, c'est qu'on forme une vraie famille, mais c'est seulement ce que je veux, moi. À mes yeux, t'aimer implique de te laisser ouvrir tes ailes. Je ne te retiendrai pas. Si tu n'as pas envie de...

Il laissa sa phrase en suspens lorsqu'il vit les yeux de Kelsey s'emplir de larmes, mais son sourire lui donna de l'espoir.

— Moi aussi, je t'aime, Fox Colton, répondit-elle en posant la tête au creux de son cou. Tous mes rêves se sont réalisés auprès de toi, ces dernières semaines.

— Alors tu es d'accord pour que ce soit un vrai mariage ?

— Et une vraie famille avec le petit garçon qui dort à côté.

— Tu ne le regretteras pas, promit-il.

— J'en suis certaine, mon amour, répondit-elle avant de relever la tête pour presser ses lèvres contre les siennes.

Enfin, ils avaient tous les deux une famille à chérir et sur laquelle ils pouvaient compter. Ensemble, ils deviendraient plus forts de jour en jour. L'amour était l'ingrédient mystérieux qui guérissait les blessures et permettait aux rêves de se réaliser.

Le cœur empli de joie, il souleva Kelsey et l'emporta dans la chambre pour qu'ils passent leur première nuit chez *eux*, comme mari et femme.

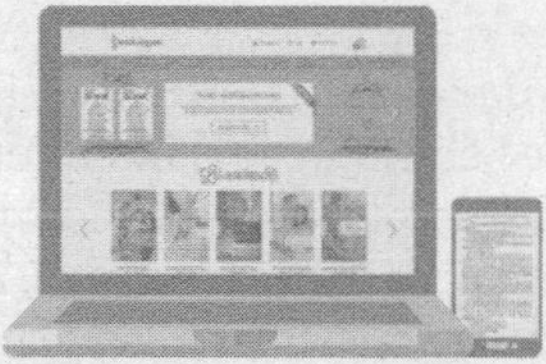